*Astrida Wallat*

# Dolce Vesuvio

## Ein Italien-Roman



Harper
Collins

HarperCollins®

1. Auflage: März 2020


Umschlaggestaltung: zero-media.net, München
Umschlagabbildung: babayuka / shutterstock
Satz: GGP Media GmbH, Pößneck
Printed in Germany
Dieses Buch wurde auf FSC®-zertifiziertem Papier gedruckt.
ISBN 978-3-7457-0059-6

www.harpercollins.de

*A Corrado, il miglior fabbro*

*Liebende, winkt dies launige Buch euch wohlfeil im Laden,*
*nehmt es, kauft es und wisst, dass die Poetin sich freut.*

# I

*Summa cum laude*
*Perfekt*

Als die Stunde ihrer Niederkunft nahte, saß meine Mutter beim Frisör. Genauer gesagt befand sie sich mit nach hinten gedehntem Hals in der schraubstockartigen Umklammerung des fahrbaren Plastikwaschbeckens, das die Auszubildende dienstfertig herbeigeholt hatte.

»Machen Sie es sich bequem«, sagte das Mädchen. »Ist das Wasser angenehm so?«

»Hm …«, soll meine Mutter erwidert haben, worauf ihr die Illustrierte vom Schoß rutschte. Dann seufzte sie lauter, etwas jammernd, und schließlich stöhnte sie im Tonfall größter Dringlichkeit, was die Auszubildende dazu veranlasste, die Temperatur des Wassers selbst zu überprüfen. Heiß wie flüssige Lava soll es gewesen sein. Das aber war nicht der Grund für den mühevoll unterdrückten Schrei meiner Mutter. Der Grund war ich: 47,2 cm groß, 2706 g schwer und drei Wochen zu früh.

Die Auszubildende entschuldigte sich betroffen und bückte sich nach der Zeitschrift, die mit der zuletzt gelesenen Seite nach oben zwischen abgeschnittenen Haarspitzen lag: eine Reisereportage über Capri.

Danach geschah alles gleichzeitig.

Meine Mutter brüllte: »Das Kind!«

Die Chefin: »O Gott, nicht jetzt!«

Jemand anderer: »Nicht hier!«

Eine der Angestellten stolperte zum Telefon, um den Krankenwagen zu rufen.

»Scheiß Caaaapriii«, soll meine Mutter hervorgepresst haben, als sie kurze Zeit später, von heftigen Wehen geschüttelt, zum Krankenwagen geschleppt wurde. »Scheiß Caaaapriii!«

Lange bevor der Schmähruf das romantische Eiland hätte erreichen können, war ich da. Wie ein Korken aus einer übermütig geschüttelten Sektflasche soll ich aus meiner Mutter herausgeschossen sein, ähnlich eruptiv und unerwartet wie Anno Domini 79 die Gesteinsmassen aus dem Vesuv. Nur exakt eintausendneunhundertzehn Jahre später, denn der Tag meiner Geburt ist der 24. August.

Ob all dies dazu führte, dass ich mich für Archäologie interessierte und meine Mutter Italien ablehnte, ist im Rückblick schwer zu sagen. Jedenfalls nicht mit der Verlässlichkeit einer Indizienkette, wie sie mein Vater als Rechtsmediziner gefordert hätte. Fest stand, dass ich alte Dinge liebte, dass ich Vulkane faszinierend fand und dass Schaumwein mich magisch anzog. Nicht weil er so gut schmeckte, sondern weil man ihn so hübsch folgenreich schütteln konnte.

Dies tat ich auch jetzt.

»Lollo, pass auf!«, quietschte meine Kommilitonin Pina, »Professor Hilarius hat das Zeug extra aus Italien bestellt.«

»Umso besser.«

Wir standen im Foyer des Archäologischen Instituts hinter einer provisorisch errichteten Sektbar. Wobei »Sektbar« ein großes Wort war für drei aneinandergereihte Tische mit ein paar vereinzelten Servietten darauf. Erdnussflips, Salzstangen sowie die zu solchen Anlässen verwendeten Gläser aus der Cafeteria hatten wir schon arrangiert, im Personalkühlschrank warteten fein dekorierte Lachs-Kanapees. Ich hielt eine der Sektflaschen in der Hand. »DON FORTUNATO BRUT« informierte das Etikett in weißen Großbuchstaben auf schwarzem Untergrund.

»Der war bestimmt nicht billig«, sagte Pina.

»Ein erlesenes Tröpfchen für den Musterstudenten«, kommentierte ich.

Tatsächlich machte das dunkle, schlicht gehaltene Etikett einen edlen Eindruck. Andererseits hatte meine Mutter mich gelehrt, dass man dem Augenschein nicht trauen durfte – wie bei allem, was aus Italien kam.

»In wenigen Minuten werden wir erfahren, ob unser Alessandro Magno heute ein ›Don Fortunato‹ ist.« Dass *fortunato* so viel wie »Glückspilz« bedeutete, hatte ich im Kurs »Italienisch für Anfänger« an der Uni gelernt. Sehr zum Missfallen meiner Mutter. »Vergiss Capri«, sagte ich, wenn das Gespräch darauf kam, aber sie konnte darüber nicht lachen.

Der Sekt-Dienst war uns auferlegt worden, das heißt, auferlegt worden war er nur mir, Pina hätte notfalls dafür gezahlt, Alessandro Mantegna bei seiner Promotionsfeier bedienen zu dürfen.

»Mit Fortuna hat das nichts zu tun«, belehrte sie mich, »mehr mit Klugheit. Er bekommt die Bestnote, das ist sowieso klar.«

»Sowieso.« Erneut schüttelte ich die Flasche und hatte dabei den Eindruck, dass selbst die höchste Auszeichnung in Pinas glänzenden Augen noch zu gering schien für Alessandro Magno. »Alexander, den Großen« nannte ich ihn ironisch, manch andere dagegen in vollem Ernst.

Im Hintergrund wurden Geräusche laut. Aus Richtung des Ganges, der zu den Seminarräumen führte, drang dumpfes Stimmengewirr.

»Es ist so weit«, flüsterte Pina aufgeregt. »Sie kommen.« Instinktiv nestelte ich am Drahtverschluss der Flasche, da spürte ich ihre Hand auf meinem Arm.

»Warte mal, eben hast du sie noch geschüttelt.«

»Grad drum.«

»Da fliegt uns doch der Korken um die Ohren!«

Zunächst flog die Gangtür auf. Herein stürmte Professor Hilarius' Assistentin samt Lachs-Kanapee-Platte, die schwungvoll vor uns auf dem Tisch landete.

»*Summa cum laude*, die Bestnote«, zischte sie uns zu, und ihr Gesichtsausdruck ließ nicht erkennen, ob sie erfreut darüber war. Der Triumphzug folgte auf dem Fuße: Professor

Hilarius, klein, etwas gedrungen, aber sehr würdevoll, zwei Beisitzer und eine aufgeregte Eskorte an Studentinnen, durchmischt von wenigen Fans männlichen Geschlechts. In ihrer Mitte, schwarz gelockt und braunäugig: er. Alessandro, der Held des Geistes, der frisch geweihte »Dr. phil.«.

»Bravo!«, rief Pina entzückt und klatschte in die Hände. Die meinen waren gefesselt durch Don Fortunato, dessen Inhalt das lustvolle Geschüttel in Aufruhr versetzt hatte.

»Lollo«, befahl mir meine Kommilitonin, »gib die Flasche Professor Hilarius, er ist dafür zuständig, nicht du.«

»Das geht jetzt nicht.« Unter meinen Fingern spürte ich den sich aufstauenden Druck.

»Los, Lollo, mach schon!«

Während Alessandro Magno sich seiner Anhängerschaft präsentierte, versuchte ich vergeblich, die Drahtschlinge wieder zuzuzwirbeln.

»Verdammt!«

Das Szenario entfesselte sich in einem lauten Knall. Um die in meiner Nähe herumstehenden Leute vor einer spontanen Dusche zu bewahren, riss ich den Flaschenhals im letzten Moment nach oben. Mit einem Höllendruck sprang der Korken senkrecht in die Luft, prallte an der Decke ab und landete treffsicher in meinem ausladend gekräuselten Haarschopf. Die mich durchnässende Schaumwein-Fontäne versuchte ich zu ignorieren.

»O Mann! Was für eine Sauerei!«, fauchte Pina. »Professor Hilarius, entschuldigen Sie.« Sie wirkte ehrlich beschämt.

Der Professor winkte ab. »Ach, lassen Sie, schaffen Sie mir lieber einen Stuhl herbei. Wie mir scheint, ist Ihre Kollegin zu beschäftigt.«

Damit hatte er recht. Soeben angelte ich nach einer der Servietten, um meine Bluse trocken zu reiben, wobei ich den Becher Salzstangen zu Fall brachte, dessen Inhalt sich wie ein Mikado-Strauß über den Tisch ergoss. Pina rammte den Stuhl für Professor Hilarius direkt vor meine Nase.

»Besten Dank!« Ächzend erklomm er das etwas klapprige Sitzmöbel, wobei er sich unwillkürlich an meiner klebrigfeuchten Schulter abstützte.

»Nicht sehr zielsicher«, raunte er mir mit unbewegter Miene zu. »Es ist trotzdem gut, dass Sie da sind. Ich muss Sie noch sprechen. Um Punkt 15:30 Uhr in meinem Büro.«

Sollte ich etwa den Sekt bezahlen?

Ich blickte nach oben. Die abgehängte Decke des Institutsfoyers glich einem futuristisch verfremdeten Sternenhimmel. Der elfenbeinfarbene Untergrund war übersät mit dunklen Abdrücken, kleinen Dellen im Rigips. Daneben prangten jeweils ein Name und ein Datum. Institutstradition. Nach bestandener Prüfung feuerte der Doktorvater – dessen Amt heute ich übernommen hatte – einen Sektkorken an die Decke. Dort, wo er auftraf, wurden der Name des Absolventen und das Datum der Prüfung angeschrieben. Unfreiwillig hatte ich abseits des dicht bestirnten Himmels eine neue Galaxie erschlossen.

*»Alessandro Mantegna, 1.7.«*, krickelte Professor Hilarius gefährlich schwankend auf den Rigips. Trotz niedriger Decke und Hilfsstuhl langte er aufgrund seiner geringen Körpergröße kaum hinauf.

»Ach, Salatkopf!« Der Held des Tages war hinter mich getreten und deutete auf sein einsam gelegenes Korkenabdruckgestirn. »Dank deiner Ungeschicklichkeit werde ich in die Verbannung geschickt, wie einst der arme Dichter Ovid.«

»Freu dich! Du liebst doch Extrawürste!«

»Nur manchmal. Gemeinhin bevorzuge ich Lollo rosso. Mit Balsamico.«

»So genügsam? Glaub mir, von Salat allein wirst du nicht satt. Echte Männer brauchen was zu beißen.«

Ich wusste nicht, worüber ich mich mehr ärgerte: darüber, dass mich dieser superstudierte Klischee-Italiener wegen meiner krisseligen rotbraunen Haarpracht »Salatkopf«, wahlweise auch »Lollo rosso«, nannte, oder darüber, dass ich ihm in einer schwachen Stunde meine Begeisterung für den römischen

Dichter Ovid gestanden hatte. Ovid, der »Dichter der Liebe«, das schuf Nährboden für endlosen Spott.

»Du bist unfreundlich, Salatkopf«, beschwerte sich der examinierte Quälgeist und hielt mir sein leeres Glas hin. Der Rest in der explodierten Flasche reichte gerade so, um es zu füllen. Er prostete mir zu.

»Auf mich!«

Professor Hilarius hatte seine Malerei beendet und stieg vom Stuhl.

»Auf Sie!«, murmelte er zerstreut, weil er bereits nach Pina Ausschau hielt, die den Sekt verteilte. Der Professor entschwand in die andere Ecke des Raumes. Ich überwand mich.

»Alles Gute, oder wohl besser: *Auguri!*«

»Und ich dachte schon, du gratulierst mir nie.«

Eitel reckte er sein Glas empor zum Institutshimmel mit seinem Namen.

»Auf mich und die olympischen Höhen der ovidischen Dichtkunst.«

»Lass den Olymp aus dem Spiel, Götterwohnsitze dürften *dir* wenig vertraut sein.« Ich erntete einen verdutzten Blick.

»Ach nein?«

»›Badeanlagen im römischen Reich‹«, zitierte ich das Thema seiner Doktorarbeit. »Recht irdisch, oder?«

Mein Gegenüber zeigte sich unbeeindruckt.

»Ich bin eben bodenständig.«

»Nein, so was, wie fade!«

»Mammamia, mit welchem Fuß bist du denn aufgestanden?«

»Mit meinem unitalienischen.«

In einem ironischen Gestus der Kapitulation streckte Alessandro mir beide Handflächen entgegen.

»Verstehe. *Cede repugnanti*«, erklärte er.

»Häh?«

»Der Klügere gibt nach.«

»Sagt wer?«

»Ovid.«

»Hey Sandro, kommst du mal?«, rief eine attraktive Frau aus dem Kreis höherer Semester, der mit gefüllten Gläsern wartend beieinanderstand. »Wir wollen mit dir anstoßen!«

Inzwischen hatte Pina alle fleißig mit Sekt versorgt, flink und unauffällig wuselte sie zwischen den Gästen umher. Kein Tropfen ging ihr verloren, ihr nicht. Pina war die geborene Sektausschenkerin.

»Ja, sofort!«, rief Alessandro über die Schulter, ehe er sich wieder zu mir wandte. Boshaftigkeit tanzte um seine Mundwinkel.

»Übrigens: Darf ich?«

Vorsichtig, beinahe zärtlich griff er in meinen nachlässig aufgesteckten Lockenschopf, in dem noch immer der Unglückskorken saß. Ich hatte ihn völlig vergessen.

»Den hebe ich mir auf«, meinte Alessandro. »Zur Erinnerung an eine verkorkste Promotionsfeier!«

Er warf den Kopf in den Nacken, prostete mir noch einmal zu und ließ mich stehen.

Um 15:25 Uhr, die Feierrunde hatte sich längst aufgelöst, klopfte ich an die Bürotür von Professor Hilarius. Überpünktlichkeit wurde mir ja in die Wiege gelegt.

Der anerkannte Pompeji-Forscher thronte hinter seinem mächtigen, mit allerlei Bürokram überladenen Schreibtisch. Rechts und links an den Wänden befanden sich Regale mit Unmengen alter, staubiger Folianten.

»Ah, Frau van Veen, treten Sie näher.« Er schnupperte. »Sie duften wie eine Kiste Spumante in einem Lavendelfeld.«

»Ich *bin* eine Kiste Spumante in einem Lavendelfeld.«

Die billige Seife auf dem Uni-Klo, mit der ich der Sektbluse zu Leibe gerückt war, hatte alles nur schlimmer gemacht.

»Lavendel«, sinnierte der Professor, »die Provence. Traumhaft. Doch darüber wollte ich nicht mit Ihnen sprechen.«

Er wühlte in dem gefährlich wackelnden Stapel auf seinem Schreibtisch, fand nicht, was er suchte, fuhr sich mit den

Händen durch den angegrauten Haarschopf und schenkte mir ein Lächeln.

»Ihre Seminararbeit über Ovids *Metamorphosen* im Spiegel pompejanischer Wandmalerei ist vielversprechend. Etwas zu literaturwissenschaftlich vielleicht, zu wenig Archäologie. Im Ansatz brauchbar, im Detail diskutabel, Sie verstehen?«

Ich verstand nicht, aber ich nickte.

»Allein, Sie haben eine Art, sich auszudrücken ... Unverbraucht, frisch. Flüssig im Stil, mutig in der Aussage. Eigene Gedanken, warum nicht? Was studieren Sie im Nebenfach? Latein?«

Ich nickte erneut.

»Wie dem auch sei. Waren Sie schon in Pompeji?«

»Nein.« Professor Hilarius' Lächeln wich einer tief empfundenen Wehmut. Er ruckelte mit seinem Drehstuhl in Richtung Fenster, wo sich sein Blick an der gegenüberliegenden Fassade verlor.

»Lassen Sie mich raten: Sie kennen New York, Singapur und Sydney, den afrikanischen Kontinent, Alaska und vielleicht sogar Timbuktu, aber die knapp zwei Flugstunden zu einer der bedeutendsten Kulturstätten Europas waren Ihnen zu viel?«

»Nein. Es ist nur ... meine Mutter hasst Capri.«

Ich biss mir auf die Zunge, aber er fragte nicht nach.

»Und Sie?«

»Ich lerne Italienisch.«

»Sehr vernünftig. Dann wird Ihnen mein Vorschlag gefallen.«

Ich war gespannt.

»Mein Kollege Glauco Pappalardo sucht noch eine Praktikantin für sein neustes Grabungsprojekt in Pompeji.«

»Oh«, machte ich ehrfürchtig.

»Schön, wenn Sie das zu schätzen wissen. Keine einfache Angelegenheit das Ganze, komplizierte Genehmigungen und so weiter. Bürokratie gibt es schließlich nicht nur hier bei uns. Selten jemanden so fluchen gehört wie Pappalardo, aber jetzt darf er graben – und zwar«, die folgenden Worte ließ er sich genüsslich auf der Zunge zergehen, »in der Nähe der *Porta del Vesuvio*, schräg gegenüber der *Casa degli Amorini Dorati.*«

Das klang rätselhaft. Und verheißungsvoll.

»Wenigstens einmal im Leben«, erklärte Professor Hilarius, »muss ein Archäologe so richtig im Dreck gewühlt haben.« Angesichts seiner penibel gepflegten Hände mochte man das kaum glauben.

»Auch ich war dabei, mittendrin, immer mit Begeisterung. Die da waren mein Lebenselixier!« Er wies auf eine flache Schale mit einem Häufchen unscheinbarer grauer Steinchen. »Lapilli! Sozusagen der Mageninhalt des Vesuvs am Tag seines Ausbruchs im Jahr 79.«

Er ließ ein paar der erbsengroßen Brocken zwischen Daumen und Zeigefinger gleiten.

»Merken Sie sich die! Pompeji wurde von ihnen begraben, und noch heute kann man sich dort nicht vor ihnen retten. Also: im übertragenen Sinne.«

Ein Hauch Heiterkeit huschte über sein Gesicht, der jedoch rasch verflog.

»Archäologie«, fuhr er in ernstem Tonfall fort, »lernt man nicht am Schreibtisch. Man muss sie erleben, sich ihr hingeben. Den Mauerresten, den Gegenständen, die man findet, und den längst verschwundenen Menschen, denen sie gehörten. Immer des Risikos gewahr, leer auszugehen. Die Überreste muss man achten, das Einst. Und ebenso das Jetzt und Hier, das nichts als ein ferner Spiegel dessen ist, was einmal wirklich war. Niemand kommt der Vergangenheit so nahe wie wir Archäologen, und niemand bleibt so weit von ihr entfernt. Ständig stehen wir an einer Grenze. Egal nämlich, wie tief ich gegraben, wie detailliert ich geforscht habe, einem der alten Römer oder Griechen persönlich begegnet bin ich nie …«

An dieser Stelle unterbrach er sich. »Was rede ich da? Wollen Sie fahren?«

»Ja.«

»Sehr schön.« Professor Hilarius nickte zufrieden. »Das Ganze wäre allerdings … etwas spontan. Mein Kollege steht in der Grabung vor dem entscheidenden Durchbruch, er benötigt jede Hand. Sie müssten das Semester vorzeitig beenden und sich umgehend auf den Weg machen.«

Ich malte mir aus, wie ich nach Hause eilte, die Koffer packte und meiner Mutter erklärte, dass ich mir nichts, dir nichts nach Pompeji (nicht weit davon entfernt: Capri) zu verschwinden gedachte. Professor Hilarius bemerkte meine Irritation.

»Ein paar Tage haben Sie schon noch. Außerdem sind Sie nicht auf sich allein gestellt. Über Flug, Unterkunft et cetera können Sie sich mit dem Assistenten von Glauco Pappalardo verständigen.«

»Mit einem Italiener?« Mir wurde schwummerig. Was sollte ich zu dem sagen? In komplizierten Situationen fiel mir nichts ein, außer *buongiorno, ti amo, arrivederci.*

»Keine Sorge«, sagte der Professor entspannt. »Der Herr kann ganz ordentlich Deutsch. Einen Moment bitte.« Er griff zum Haustelefon, wählte, sprach, legte auf, kurz darauf wurde angeklopft.

»Ah, da ist er schon. Ich brauche Sie einander nicht vorzustellen, Sie kennen sich ja.«

In der Tür stand Alessandro Mantegna.

# II

*In vino veritas*
*Im Wein liegt die Wahrheit (manchmal)*

Mamas kleines Nichtigkeiten-Lädchen befand sich direkt in der Freiburger Innenstadt, in einem Nebensträßchen nahe des Münsters. Es hieß »Danas Alloro« und war nach der offensichtlich italienbegeisterten Vorbesitzerin und ihrer Lieblingspflanze, dem Gewürzlorbeer, benannt. Es entbehrte nicht einer gewissen Ironie, dass ausgerechnet meine Mutter ein Geschäft mit italienischem Namen führte, doch ändern wollte sie ihn nicht. Die Kunden kannten es so, und in die niedliche Mannschaft dekorativer Lorbeerbäumchen, welche paarweise angeordnet die Eingangstür flankierten, hatte sie sich sofort verliebt. Ich selbst hatte jedem von ihnen schon heimlich einen Namen gegeben. Apoll und Daphne, Narziss und Echo, Pyramus und Thisbe, Orpheus und Eurydike. Ovid hätte das gefallen.

Als ich den Laden betrat, war meine Mutter kundenlos und schlecht gelaunt.

»Schau dir das an!«

Sie hielt ein blondes knollennasiges Plastikkerlchen ins Licht über der Ladentheke. Dank eingebauter Solarzelle bewegte es sofort hektisch die Ärmchen. Das heißt, es bewegte eines von ihnen, denn das andere fehlte.

»Mängelware, mal wieder!«

Ich musterte das eigentümliche Wesen.

»Was bitte ist das denn?«

»Ein Winke-Trump«, entgegnete meine Mutter, als wäre das eine Selbstverständlichkeit. »Und garantiert sind noch mehr davon kaputt.«

»Wer braucht denn so was?«, fragte ich erstaunt.

Mama sah nicht auf, sondern kramte weiter in der Kiste und glich deren Inhalt mit dem Lieferschein ab. »Brauchen tut das niemand, aber es verkauft sich. Sogar besser als die Winke-Queen vor zwei Jahren. Der Typ ist sehr beliebt.«

»Beliebt? Hast du mal Zeitung gelesen? Den werden sie bald abmurksen wie Caesar an den Iden des März.«

Meine Mutter scherte sich wenig um Politik, noch weniger um alte Geschichte. Was wann warum mit dem armen Caesar passiert war, interessierte sie nicht.

Ich schlenderte zwischen den Regalen umher. Von all den Dingen, die Mama anbot, hielt ich die bunten, großformatigen Klapp-Postkarten für das Sinnvollste. Sie zeigten unterschiedlichste Motive. Einen üppig gedeckten Tisch unter sommerlichem Himmel, von der Brandung halb überspülte Fußabdrücke im Sand, eine Reproduktion der Seerosen von Monet. Kitschig, aber schön.

»Ich werde am kommenden Mittwoch verreisen«, sagte ich beiläufig, »für ungefähr drei Monate.«

Mama fixierte ihren Lieferschein.

»Drei Monate? Was wollt ihr denn drei Monate in Reykjavík? Und warum gerade jetzt? Das Semester ist doch noch gar nicht zu Ende!« Beinahe wäre mir der quietschgelbe Bananenschneider mit Griff in Form eines Äffchens aus der Hand gefallen.

»Reykjavík?«

»Ja, sicher. Christopher hat es mir vor ein paar Tagen erzählt. Er war zufällig in der Gegend, und wir haben Tee getrunken.« Meine Mutter trank mit Stoffel Tee, aha. Stoffel hasste Tee.

»Und über was habt ihr sonst so gesprochen? Über unseren Hochzeitstermin?«

Mama legte den Plastik-Trump beiseite und sah zu mir hinüber.

»Carlotta, sei nicht albern.« Meinen Spitznamen benutzte sie nie, ebenso wenig wie den meines Freundes, sie empfand beide als Verhunzung, und im Fall von Stoffel hatte sie vielleicht sogar ein wenig recht. »Christopher hat mir von euren Urlaubsplänen erzählt, das ist alles.«

»Mag sein, spannend bloß, dass seine Pläne nicht die meinen sind.«

Vor einiger Zeit hatten wir vom Iceland Airwaves Musikfestival gesprochen und von Stoffels Traum, es einmal im Leben zu besuchen. *Einmal im Leben, nicht in diesem Sommer!*

Stoffel und ich liebten uns seit ungefähr acht Monaten. Kennengelernt hatten wir uns im überfüllten Aufzug eines Warenhauses. Er quetschte sich in letzter, ich in allerletzter Sekunde hinein.

»Sehr eng hier«, bat ich um Entschuldigung. »Ich fürchte, ich muss mich etwas an dich randrücken.«

Er sah mir tief in die Augen. »Ich fürchte, es gibt Schlimmeres.«

Was für ein Depp! dachte ich.

Eine Woche später waren wir ein Paar.

»Nein«, sagte ich zu Mama. »Ich fahre nach Pompeji.«

Laut krachend fiel einer der anderen Donald Trumps vom Tisch.

»Warum das denn?«

»Ausgraben.«

»Wie bitte?«

»Mama, ich studiere *Archäologie*.«

Meine Mutter ging dazu über, die Figuren ins Regal zu räumen.

»Pompeji also. Schön. Und was genau gedenkst du, dort zu finden?«, fragte sie.

»Was weiß ich, ist schließlich mein erstes Mal. Aber ich freue mich!«

»Ach ja? Ich hatte gehofft, du würdest mich Anfang August hier für zwei Wochen vertreten, während dein Vater und ich in der Steiermark wandern.« *Die Steiermark also. Schön.*

»Für zwei Wochen? Willst du dich ruinieren?«

Beim letzten Mal hatte ich eine Lieferung verpasst, zwei Stammkundinnen verprellt und die Bilanz um zirka 150 Euro verfälscht. Zur Einzelhandelskauffrau taugte ich nicht.

»Das ist zwei Jahre her, Menschen können sich ändern.«

»Nicht alle.«

Mama schaltete um. Umschalten war ihre Spezialität. Als Kind hatte es mich sehr irritiert, dass sie im einen Moment furchtbar ungehalten sein und mir im nächsten liebevoll übers Haar streichen konnte. Konflikte vermied sie mit unzerstörbarer Konsequenz.

»Magst du etwas trinken?«, fragte sie.

»Ja gerne. Am liebsten Capri-Sonne!«

Die Frotzelei ignorierend holte Mama eine Flasche Orangensaft aus der kleinen Küche im rückwärtigen Teil des Ladens.

In der folgenden halben Stunde plauderten wir bei Fruchtsaft mit Bio-Keksen über dieses und jenes. Ich erfuhr, dass Zitronenzestenreißer »in« und Salatschüsseln »out« seien (keine Ahnung, ob die Leute die Beilagen neuerdings direkt vom Tisch aßen) und dass der aktuelle Warenkatalog ganz auf Fair-Trade-Tischdecken aus ökologisch gefärbtem Gewebe setzte. Zwischendurch piepte mein Smartphone – Stoffel erkundigte sich via WhatsApp, ob es bei unserer Verabredung am Abend bliebe. »Yep«, tippte ich rasch. »Um halb neun bin ich da.«

»Könntest du gleich auf einen Sprung bei Papa vorbeischauen?«, fragte Mama.

»Klar, warum nicht?«, seufzte ich und griff nach meiner Umhängetasche.

»Die Dinkelsuppe steht auf dem Herd, du brauchst sie nur aufwärmen. Aber tu keine Sahne rein, dein Vater wird zu dick.«

*Armer Papa.*

»Und das mit Pompeji musst du Stoffel sagen!«, legte sie nach.

*Sowieso.*

Zuhause in Freiburg-Herdern schob ich eine Pizza Margherita in den Ofen. Weil mein Vater die so gerne mochte. Die Dinkelsuppe kippte ich ins Klo.

»Hey Papa!«, brüllte ich aufs Geratewohl in den Flur. »Nächste Woche fliege ich nach Pompeji.«

Mein Ruf verlor sich in den opulenten Klängen einer Wagneroper. In Sachen Pompeji erwartete ich bei meinem Vater keine großen Widerstände, er war der Wissenschaft zugeneigt und weltoffen. Beruflich obduzierte er Leichen, deren Zustand sich nicht unbedingt auf ganz natürliche Weise eingestellt hatte. Oder er hielt Vorlesungen vor Studenten, die nicht viel lebendiger waren als die Körper auf den Seziertischen. Möglicherweise ein Grund dafür, dass er sich in abendlichen Wagner-Sessions das Gehirn durchpustete.

Ich betrat das Wohnzimmer, wo Isolde ihren berauschten, endlosen Liebestod starb, und schob den Lautstärkeregler nach unten. Mein Vater war neben der Stereoanlage eingeschlafen. Auf seinem Bauch hob und senkte sich ein gelbes Textbuch im Rhythmus seiner Atemzüge. Ich stupste ihn an.

»Papa! Es gibt Pizza!«

»Wie ... was?!«, fuhr er hoch. »Dinkelsuppe?«

»Nein, Pizza«, wiederholte ich. »In zehn Minuten, und ich fahre nach Pompeji.«

»Oh, gut!«, gähnte er, und es war nicht ganz klar, worauf er sich bezog. Mit einem Griff zur Fernbedienung ließ er Isolde in voller Lautstärke weitersterben.

Ich verschwand nach oben. Dass ich noch daheim wohnte, hatte Vor- und Nachteile. Zum Archäologischen Institut war es nicht weit, und in meinem Einzimmerappartement unter dem Dachgiebel konnte ich ungestört Gäste empfangen. Zugleich war es verpflichtend. Einmal die Woche setzte meine Mutter mir ein Essen vor, damit ich Rechenschaft ablegte. Über die Uni, über die Liebe, über mein Leben. Sobald ein Problem auftrat, wurde es von Papa inbrünstiger seziert als jeder seiner Toten.

Jetzt suchte ich verzweifelt das Glätteisen. Ich wollte hübsch sein, und dazu gehörte die radikale Bändigung meiner Lockenpracht. »Salatkopf« sollte mich an diesem Abend niemand nennen können.

*Hast du die Suppe warm gemacht?*, meldete sich Mama per SMS aus dem Off.

*Aber sicher*, schrieb ich zurück. *Köstlich. Wo ist mein Glätteisen?*

*Im Bad*, antwortete Mama, was nicht stimmte.

Tatsächlich steckte das Ding – warum auch immer – im Bücherregal des Elternschlafzimmers, zu weit oben, um bequem heranzukommen. So reckte ich mich auf die Zehenspitzen und bekam ein Kabelende zu fassen, an dem ich das schwere Gerät zu mir heranzog. Zusammen mit ihm donnerten einige Bücher herab, die sich zu meinen Füßen ausbreiteten. Einer der Bände lag geöffnet vor mir. *Ovid – Metamorphosen. Lateinisch/Deutsch*, besagte das Titelblatt, in Fraktur-Schrift. Ich liebte Ovids »Verwandlungen«. Dass meine Eltern eine Ausgabe besaßen, war mir neu. Unter den Titel hatte jemand in schwungvoller Schrift eine mit den Jahren verblasste Widmung gesetzt: *Für Daphne – Apoll.*

Das Buch musste sehr alt sein. Es war stockfleckig, die Fadenheftung ausgeleiert. Stammte die Widmung von meinem Vater? Konnte er je so viel Hintersinn besessen haben?

So viel Hintersinn, den Ofen auszuschalten, besaß er zumindest nicht, denn während Isoldes Gesang mein Ohr erfreute, kitzelte der Geruch von Angebranntem meine Nase.

»Die Margherita«, rief ich, steckte das Buch rasch in die Tasche und und flog die Treppe hinab.

Papa schien betrübt.

»Isolde ist tot«, sagte er, indem er wenig später in den schwärzlichen Rand der Pizza biss.

»Und Daphne hat sich in einen Lorbeerbaum verwandelt«, entgegnete ich, als habe das eine etwas mit dem anderen zu tun.

Papa kaute und nickte. »Irgendwie machen sie einen immer wieder traurig, diese unglücklich Liebenden, nicht?«

Ich schenkte mir ein Glas Barolo ein und trank in großen Schlucken. Unglücklich Liebende? Hoffentlich würden Stoffel und ich nicht dazu werden, wenn ich ihm meine Pompeji-Pläne offenlegte.

Mit Vornamen ist das so eine Sache. Man bekommt sie und darf sie behalten. Ob geliebt oder gehasst, meist bleibt man auf ihnen sitzen. Mein Pass wies mich als Carlotta Leonie van Veen aus, doch fast alle riefen mich Lollo. Damit hatte ich einige illustre Namensvetterinnen: Gina Lollobrigida alias »Gina Nazionale« alias »La Lollo«, außerdem eine erfolgreiche Kaffeemanufaktur in der Nähe von Neapel und die Freiburger Kneipe, in der ich mich mit Stoffel verabredet hatte.

Das »Lollo« lag in der Wiehre. Um dorthin zu gelangen, musste ich die Innenstadt mit dem Fahrrad durchqueren. Es war ein süß duftender Sommerabend, ich genoss das laue Lüftchen, das mir um die Wangen strich. Für einen kurzen Augenblick schloss ich die Augen. So mochte es sich anfühlen, in Pompeji zu sein: so leicht, so südländisch und ein bisschen melancholisch.

Als ich eintraf, ging es bereits rund. Der kleine Raum der Speisekneipe war proppenvoll.

»Endlich!«, begrüßte mich Stoffel. Sein Atem bezeugte, dass er das ein oder andere Bier genossen hatte.

»Was willst du trinken?«, fragte er beschwingt.

»Das Übliche.«

»Okay. Einen Riesling«, rief Stoffel einer der Bedienungen zu. Die winkte bestätigend. Er sah auf die Uhr. »Ich dachte schon, wir müssten ohne dich anfangen.«

»Es gab noch was zu erledigen«, antwortete ich ausweichend, »und jetzt bin ich ja da.« Flüchtig hauchte ich ihm einen Kuss auf die Nasenspitze. Mein Freund hüstelte nervös.

Ich habe es noch nicht erwähnt: Stoffel studierte Jura, aber eigentlich war er Musiker. Nicht irgendeiner natürlich. Der legitime Nachfahre von Mick Jagger und Jimi Hendrix. In seinen

Augen. Ich hörte da auch Eros Ramazzotti, Howard Carpendale und – Heino. Seine Band coverte kreuz und quer durchs Musikbeet alles, was gerade einem der vier Mitglieder gefiel.

Heute trat sie im »Lollo« auf, das hin und wieder solche Events ermöglichte. Im Grunde war das kleine Lokal mit der offenen Küche zu beengt für Derartiges und mit seinem neutral-schicken Flair auch nicht besonders geeignet. Andererseits hatte der Kontrast aus Wummer-Rock und Öko-Strenge etwas Reizvolles.

»Was spielt ihr heute?«, fragte ich.

»Lass dich überraschen«, sagte Stoffel, und ich hatte den Eindruck, dass er es selbst noch nicht so genau wusste. »Ich muss dann mal.« Mit dem Kinn wies er in die Ecke des Raumes, der als eine Art Bühne abgeteilt war.

Die Bedienung brachte den Riesling, und als ich das Glas zum Mund führte, fragte ich mich, ob der sich wohl mit dem Barolo in meinem Magen vertragen würde. Laut dem römischen Historiker Tacitus sollen die Germanen bei ihren Ratssitzungen sehr viel Wein getrunken haben, weil sie glaubten, ein Betrunkener könne nicht lügen. *In vino veritas.* Würde der Kaiserstühler Wein meine Reisepläne irgendwann von selbst offenlegen?

»Hi Lollo«, sprach mich eine Kommilitonin aus dem fünften Semester an, die mich bei meiner Arbeit über Ovid unterstützt hatte.

»Der Hilarius muss dich mega toll finden, wenn er dich zu Pappalardo schickt. Gratuliere.«

*War da jemand neidisch?*

»Woher weißt du das?«

»Flurfunk.«

*Wohl eher Alessandro Magno.*

In diesem Moment setzte die Musik ein.

Die Band eröffnete mit *»Hotel California«*. Die Strophen waren nicht einfach, aber spätestens beim Refrain grölten alle Anwesenden derart laut mit, dass man vom Rest nicht mehr viel hörte. Die Kommilitonin verdrückte sich, ich selbst suchte mir ein freies Fleckchen am Rand der Theke und wippte im Takt der Musik. Als die Kellnerin vorbeikam, bestellte ich ein zweites Glas.

Ich musste es an diesem Abend hinter mich bringen. Reykjavík war für mich gestorben. Aber wie sollte ich das Stoffel sagen?

*»Welcome to the Hotel California …«*

Mein Freund blökte sich als Lead-Sänger die Seele aus dem Leib. Ich fand nicht, dass er sich durch besondere Begabung auszeichnete, für mich klang sein Gesang immer eine Idee zu schräg.

*»… such a lovely place … such a lovely place …«*

Die Instrumente wurden heftigst malträtiert. Den Leuten gefiel es, weil sie den Song kannten, und sie gingen enthusiastisch mit. Ich beobachtete das Geschehen auf der Bühne. Stoffel war lang und dünn, die eng anliegenden Hosen betonten seine Schlaksigkeit. Am Oberkopf begann sein Haar sich bereits zu lichten. Optisch hatte er so gar nichts von den Helden aus meinen Epen, von Hektor, Ajax oder Achill. Auch den berühmtesten Sänger der Antike, Orpheus, stellte ich mir anders vor.

*»›Relax‹ said the nightman …«*

Manchmal fragte ich mich, warum ausgerechnet wir beide zueinandergefunden hatten. Der Aufzug allein konnte es kaum gewesen sein.

»Genieß es, solange es passt«, pflegte meine Freundin Alwa zu sagen.

*»But you can never leave.«*

Ich fühlte mich angenehm benebelt und ließ die Gedanken treiben. In wenigen Tagen begann mein Abenteuer. In Pompeji sollte ich bei einer alten Dame wohnen, die schon andere Grabungs-Praktikanten beherbergt hatte. Es hieß, sie könne sogar ein wenig Deutsch. Alte Damen sind gut, dachte ich rieslingberieselt, sie geben Sicherheit.

In einer der Pausen trat Stoffel zu mir, mit erhitztem Gesicht, das T-Shirt verschwitzt. Er wirkte ermattet und – glücklich. Sein klebriger Kuss schmeckte nach Kaugummi.

*Jetzt sag es ihm schon.*

»Ist schön, cooler Abend.« Wir umarmten uns, und ich roch seinen Schweiß. Nie habe ich diese Groupies verstehen können, die sich zu abgekämpften Rockmusikern ins Bett drängten.

»Klappt super, nicht?«, murmelte er in mein Haar und spielte damit entweder auf das Konzert an oder auf unsere Beziehung.

In der Eingangstür drängte sich ein weiteres Grüppchen in den zum Bersten gefüllten Raum. Das bisher friedliche Beisammensein von Riesling und Barolo schien nun definitiv gefährdet: Bei den späten Gästen handelte es sich um Alessandro Mantegna mit Damen-Eskorte. Mir wurde übel.

»Du siehst ein bisschen traurig aus«, sagte Stoffel, bevor er zurück zur Bühne ging.

»Ich bin müde. Und mir ist schlecht.« Zumindest eine Wahrheit, die der Wein mir entlockte.

Alessandro ignorierte mich gnädig. Auf der anderen Seite des Lokals flirtete er intensiv mit einer großen blonden Frau, die ihn anschmachtete wie einst die schöne Helena von Troja den Königssohn Paris. Immerhin war er beschäftigt.

Ich hatte mich jedoch zu früh gefreut. Als die Band im letzten Teil ihres Auftritts »Satisfaction« von den Stones röhrte, schlenderte der erhabene Held zur Theke.

»Ciao Salatkopf. Obwohl ... das ist gerade nicht der passende Ausdruck.« Er fasste ungeniert in mein straff geglättetes Haar, das sich wegen der hohen Luftfeuchtigkeit in der Kneipe schon wieder zu kräuseln begann. »Heute Abend wohl eher Schnittlauch.« Er winkte dem Barkeeper. »Was wollte ich noch mal? Ach ja, einen ›Lollo rosso‹ bitte.«

Das Spezialgetränk des Ladens war eine Mischung aus Blutorangensaft, Campari, Sekt und einem Schuss von irgendwas Starkem. Es schmeckte schauderhaft, und ich hätte schwören können, dass Alessandro es nur bestellte, um mich zu ärgern.

»Für dich auch?«, fragte er. Ich schüttelte den Kopf.

»Bitte zwei«, sagte er zum Barkeeper.

Einen davon hielt er mir hin.

»Du kapierst es nicht, wenn eine Frau Nein sagt, oder?«

»Wieso, dein Glas war leer, und besonders viel Sekt hast du vorhin nicht abgekriegt.«

»Für mich gab es auch nichts zu feiern.«

»So widerborstig? Oder nur schüchtern?«

»Ich schüchtern? Du träumst wohl.«

»Manchmal – von dir. Komm, Lollo, trink!«

Widerstrebend nahm ich einen Schluck.

»Igitt, ist das bitter.«

»Bitter wie die Liebe.«

»Du musst es wissen«, sagte ich und zeigte auf seine blonde Begleitung, Helena von Troja.

»Du auch …«, sagte er und zeigte auf Stoffel.

Dann sagten wir nichts mehr und nuckelten tapfer vor uns hin. Meine Übelkeit verwandelte sich in ein Komagefühl.

Im Hintergrund hatte die Band das Konzert beendet und begann mit dem Abbau. Es wurde leicht ungemütlich, die schöne Helena begann sich suchend umzusehen.

»Man verlangt nach dem großen Alexander«, bemerkte ich lässig und stützte mich dabei an der Theke ab, damit niemand merkte, wie beschickert ich war.

Mein Gegenüber wandte sich um in Richtung Troja.

»Was du nicht sagst, da kann man wohl nichts machen.«

Er stellte sein leeres Glas auf die Theke. Im Augenwinkel nahm ich wahr, wie Stoffel herbeikam. Alessandro hob den rechten Zeigefinger. Ich sah ihn doppelt.

»Nächsten Mittwoch am Flughafen Basel, Terminal 2, Punkt 9 Uhr. Und, Salatkopf, pack den Lockenstab ein, dieser Schnittlauch steht dir nicht.«

Mit den Händen in den Hosentaschen schwebte er davon.

»Wer war das denn?«, erkundigte sich Stoffel.

»Ein Kommilitone«, erwiderte ich knapp, »einer von den ganz Reizenden.«

»Und was faselte er von Schnittlauch?«

»Er wollte mir nur ein Kompliment machen. Du weißt ja: *in vino veritas.*«

Von wegen.

In dieser Nacht nämlich erzählte ich Stoffel nichts mehr von Pompeji.

# III

*Alea iacta est*
*Entschieden ist entschieden*

»Die Würfel sind gefallen«, soll Caesar gesagt haben, als er am 10. Januar 49 vor Christus den Rubikon überschritt, den Grenzfluss zwischen Gallien und Italien. Und was kam raus? Ein Bürgerkrieg. Natürlich war ich nicht Caesar, der Flughafen Basel nicht der Rubikon, und irgendeinen Krieg hatte ich gewiss nicht im Sinn. Aber Italien wollte ich erobern! Und das Gefühl, eine Grenze zu überschreiten, hatte ich bestimmt. Mehr als nur eine geografische, meine ich.

»Und, mein Schatz«, fragte Stoffel. »Hast du brav gepackt? Eimer und Schaufel zum Graben?«

Ich schwieg.

»Das Wörterbuch für Anfänger und das Selbstverteidigungsspray?«

Ich schwieg.

»Deine Aufbissschiene?«

Die gerade jetzt zu erwähnen war richtig fies. Stoffel wusste sehr gut, dass ich nicht gerne mit dem Plastikding schlief.

Und ich wusste auch so, dass er wegen der abgesagten Islandreise sauer war.

»Danke, alles bestens organisiert.«

Er hatte darauf bestanden, mich in seinem rostigen Fiat Panda zum Flughafen zu fahren. Am Morgen nach der Musik-Session im »Lollo« war die Bombe geplatzt. Noch im Halbschlaf hatte ich das Pompeji-Geheimnis preisgegeben. Stoffel ist wortlos aufgestanden, mit Pokerface, brummelnd verschwunden und hat mir dann, noch immer mit Pokerface ... das Frühstück gebracht.

»Ich wollte ohnehin lieber in die Südstaaten«, erklärte er bei

Orangensaft und Rührei. »Genauer gesagt nach New Orleans, die machen dort super Musik.«

»Jazz.«

»Nenn es, wie du willst, und fahr nach Pompeji. Meinetwegen.«

Das klang erst mal gut, doch wenig später verklickerte ihm die Schwiegermama in spe, dass ich nicht irgendwohin reisen würde, sondern nach Italien, ins Land der Mammas und Machos, ins Paradies von Amore und Dolce Vita, Pasta und Vino – kurz, ins Mekka der Fernbeziehungskiller. Seitdem legte Stoffel eine Laune an den Tag, mit der man alle Fische im Mississippi hätte vergiften können.

Am Flughafen Basel waren die Parkplätze überfüllt.

»Lass mich hier raus«, schlug ich vor. »Ich hasse lange Abschiede.«

»Nichts da, ich bringe dich zum Check-in. Und ich helfe tragen. Ich bin nämlich ein Gentleman.« *Ah, ja.*

So irrten wir gemeinsam durch die endlosen Weiten des Flughafens, vorbei an Duty-free-Shops, Bonbon-Läden und Espresso-Bars. Ich war todmüde und zugleich hellwach.

Stoffel sah ihn zuerst. Mit einem Espresso to go in der Hand lehnte er an einer übergroßen Leuchtreklame für Martini. Fesch gestylt, cool, souverän: eine Reklame für die Reklame. Mein Freund erkannte ihn sofort.

*»Der?«*, fragte er gedehnt. »Wieso denn *der*?«

»Weil er der Assistent ist.« In weiser Voraussicht hatte ich die genaueren Umstände meines Grabungspraktikums verschwiegen.

»Assistent von wem? Von dir?«

»Von Glauco Pappalardo«, versetzte ich kurz angebunden.

»Glauco Pappalardo? Ernsthaft? Klingt total bescheuert. Da hatte deine Mutter wohl recht.«

»Womit?«

»Dass die Italiener nicht alle Tassen im Schrank haben.«

Ich dachte an das von mir heimlich entwendete Buch meines Lieblingsitalieners Ovid im Handgepäck und konnte ihm da nicht zustimmen.

»Mach hin, Salatkopf«, rief mir Alessandro entgegen. »Wir müssen das Gepäck aufgeben, mit dem Stativ des Theodoliten gab es das letzte Mal Schwierigkeiten.« Er wirkte plötzlich leicht gestresst.

»Wenn dein Lover uns helfen würde, ginge es schneller.«

»Lover, pah!«, grollte Stoffel.

Wenig begeistert schleppten wir das Gepäck ans Ende der für diese Tageszeit überraschend langen Schlange vor dem Schalter und warteten. Interessiert musterte ich Alessandro. Die breiten muskulösen Schultern, das im Nacken vom Schwitzen gekräuselte tiefschwarze Haar. Er war nur gut einen halben Kopf größer als ich, aber er hielt sich sehr gerade. Das ließ ihn stattlich wirken, fast ein bisschen statuenhaft. An der Hand hielt ich Stoffel.

»Könntet ihr beiden euch vielleicht jetzt und hier verabschieden? Wir sind gleich dran«, fauchte es schräg vor uns, »oder braucht die Meisterarchäologin einen Kindergärtner?«

Stoffel war zu perplex, um etwas zu erwidern, stattdessen packte er mich wie Rhett Butler einst Scarlett O'Hara und küsste mich mit bisher ungekannter Leidenschaft. Ein echter Lover eben.

»Tschüss, Stoffel«, sagte ich leise.

»Ciao Lollo. Wir hören uns bald, ja?«

Alessandro stemmte seinen Koffer und einen unförmigen Sack, der wohl das Stativ für das Laser-Messgerät enthielt, auf die Gepäckwaage. Eine professionell freundliche Dame winkte ihn durch. Dann mich. Noch einmal drehte ich mich um und dachte dabei an den Sänger Orpheus auf seinem Weg aus der Unterwelt, dessen liebender Blick über die Schulter ihm seine Gattin Eurydike auf ewig geraubt hatte. Reiß dich zusammen, sagte ich mir. *Ovid ist nicht alles.*

Eine Station weiter wurden die Handgepäckstücke und auch wir selbst durchleuchtet. Alessandro in der Männerschlange ließ es stoisch über sich ergehen.

Als wir uns kurz darauf in der großzügigen Wartelounge niederließen, piepte mein Smartphone.

*Tochter, wie soll ich drei Monate ohne dich überleben? Schon wieder Dinkelsuppe!!! Alles Liebe und Daumen hoch, Papa.*

»Lange hat der's ja nicht ohne dich ausgehalten«, sagte Alessandro und glaubte wohl, Stoffel hätte mir geschrieben, wie sehr er mich vermisst.

»Was du nicht sagst.«

*»Amore«*, trällerte Alessandro auf die Melodie des Hits »Volare« von Domenico Modugno, *»o-o-h-o.«*

»Stimmt nicht«, rechtfertigte ich mich völlig grundlos. »Das war mein Vater.«

Die Lounge des Flughafens roch nach großer weiter Welt. Durch eine Glasfront sah man das Vorfeld, wo die Maschinen bereitgestellt wurden. In einer von ihnen würde ich in genau einer Stunde und zweiundzwanzig Minuten abheben. Warum bloß musste man immer so früh da sein? Ich holte mir einen frisch gepressten Orangensaft für knappe acht Euro. Während ich am Strohhalm nuckelte, beobachtete ich die Menschen um uns herum, die sich einzeln oder in kleinen Gruppen zusammengefunden hatten. Wo sie hinfliegen, wie ihr Alltag aussehen mochte? Der Typ im adretten Anzug und langärmeligem Hemd trotz hochsommerlicher Temperaturen musste ein Geschäftsmann sein. Er besaß zwei Handys, deren Displays er abwechselnd kontrollierte. Nachrichten vom Chef? Von der Ehefrau? Der Geliebten? Eines der beiden Telefone schien ihn mehr zu fordern, denn auf die dort eintreffenden Nachrichten reagierte er rascher, angestrengter und sehr ernst. Von meinem Vater hatte ich gelernt, immer genau hinzusehen, gut zu überlegen, nichts außer Acht zu lassen. »Erst aus der Zusammenschau der Anhaltspunkte ergibt sich die Todesursache«, lautete sein Credo. Prinzipiell verhielt es sich in der Archäologie wohl nicht viel anders.

»Magst du?« Alessandro hielt mir eine Tüte klebriger Bonbons hin, die er irgendwoher gezaubert hatte. Ich lehnte ab. *»No, grazie.«*

Ich beobachtete das Treiben in der Halle und blieb schließlich an einem Männertrupp hängen, der seinen Touristen-Status präsentierte wie Fotomodelle eine Pradatasche oder Rolex. Herbstlichen Alters, in Poloshirts, kakibraunen Outdoor-Hosen und dazu passendem Schuhwerk, bepackt mit Stoffbeuteln von Studiosus-Reisen, machten die Herren einen gesetzten und selbstzufriedenen, zugleich geschäftigen Eindruck. Lehrer, sagte mein Instinkt, vermutlich Latein.

»Denen wirst du in Pompeji scharenweise begegnen«, erklärte Alessandro, der meinem Blick gefolgt war. »Und nach wenigen Tagen werden sie dich so nerven, dass du sie in die Luft jagen könntest. Die da sind aus Schwaben.«

»Wie kommst du darauf?«

»Einer von ihnen hat vorhin drei kostenlose Zeitungen eingepackt. So was machen nur Schwaben oder Italiener. Und Italiener sind die nicht.«

Wie zur Bestätigung tönte ein aufgeregtes »Ha noi!« zu uns herüber.

»Denk dran, du wirst sie hassen!«

»Und der da?« Interessiert deutete ich auf ein schmächtig-schmieriges Kerlchen, das mit auf die Brust gesunkenem Kinn im Begriff war einzuschlafen. In seinem hellblauen Trainingsanzug aus Polyester wirkte es recht heruntergekommen. Auch hier wusste mein Begleiter sofort Bescheid.

»Das ist ein Fan der SSC Napoli. Steht vorn auf seiner Jacke. Fußballenthusiasten sind ebenfalls nicht gerade Mangelware in Pompeji, allerdings weniger in der Grabung. Kultur juckt so einen nicht, ein kühles Bier genügt.«

Was dachten die Leute hier wohl über mich? Und lag ich selbst mit meinen Einschätzungen überhaupt richtig? Vielleicht arbeitete der von mir als Geschäftsmann identifizierte Typ als Journalist, vielleicht waren die »Lehrer« Versicherungskaufleute auf Betriebsausflug.

Während ich in dieser Weise vor mich hin grübelte, wurden mir von Alessandro noch mehr Bonbons angeboten, gefolgt von Grissini, Cantuccini und sogar einem *lecca lecca*, einem italienischen Dauerlutscher. Ich hatte keinen Appetit. Dennoch staunte ich über die Verwandlung des sonst so spröde überlegenen Machos in einen personifizierten Süßwarenladen. Besann er sich plötzlich seiner gastfreundlichen Seite? Keinesfalls. Unvermittelt rammte er mir seinen Ellenbogen derart fest in die Seite, dass es wehtat.

»Salatkopf, lass das Träumen, *avanti*, es ist Zeit!« Ich hatte nicht mitbekommen, wie unser Flug aufgerufen wurde. Plötzlich strebten alle um uns herum auf einen Schalter zu, an dem man die Pässe kontrollierte. Unsere Mini-Maschine von SPARJet stand unweit des Gates, die kurze Strecke übers Vorfeld legten wir zu Fuß zurück. Ordner wiesen uns den Weg.

Die warme, kerosingeschwängerte Luft des Sommermorgens flirrte verheißungsvoll. Ich empfand jene Mischung aus Glück und Schmerz, die jedem Neuanfang innewohnt. Ein wenig beneidete ich Alessandro, für den das hier eine Heimkehr war. Nie aber hätte ich ihm das gezeigt. Und noch etwas anderes sollte er nicht wissen: dass ich Flugangst hatte. Nicht sehr, nur ein bisschen. Gerade so viel, dass mir das Gefühl beißend durch den Magen kroch.

»Wetten, dass die Lehrer vor uns sitzen?«, zischte mein Begleiter. Und er behielt recht.

Der Fußballfan landete rechts von Alessandro am Fenster und begann sofort, in hartem Dialekt auf ihn einzureden. Alessandro übersetzte, dass er mir, der *bella bionda*, seinen privilegierten Platz anbieten wollte.

Ich fragte mich, ob für die Italiener jede Frau, die nicht pechschwarze Haare hatte, blond war, und lehnte dankend ab. Bloß nicht rausschauen und zusehen müssen, wie die Erde näher kam, wenn wir vom Himmel stürzten.

Alessandro der Gnadenlose schuf andere Tatsachen.

»Nicht so schüchtern«, meinte er süffisant und erhob sich von seinem Sitz. »Die Alpen von oben. Das muss man erlebt haben.« Mir blieb nichts anderes übrig als mit dem ungewaschenen Fußballfan den Platz zu tauschen.

»*Attenzione*, wir heben ab!« Krampfhaft klammerte ich mich an die Armstützen. Der SSC-Napoli-Fan plapperte von der anderen Seite weiter auf meinen Begleiter ein, bis er irgendwann alles gesagt zu haben schien und wegdämmerte.

»Er hält uns für ein ausgesprochen hübsches Paar«, übersetzte Alessandro.

»Toll«, sagte ich und erlitt beim Anblick des Panoramas vor dem Fenster eine Schwindelattacke – Wolkenmassen mit Gebirgskulisse.

»Sind das die Alpen? Findest du nicht, dass wir recht tief fliegen?«

»Keine Ahnung, aber ich kann dir versichern: Auf dieser Route gab es zuletzt wenige Abstürze.«

Mein Körper versteifte sich vom Haaransatz bis zu den Zehenspitzen. »Wenige?«

»Sehr wenige. Nimm einen Tomatensaft.«

Der Stewardess schienen die Abstürze gleichgültig, sie lächelte ganz unerschütterlich und schenkte ein.

Ich würgte. Sollte das das Letzte sein, was ich von dieser Welt schmeckte?

»Ich persönlich«, wechselte Alessandro das Thema, »habe deine Vorliebe für Ovid nie ganz verstanden. Ich meine, dieses Anschmachten, Verzweifeln und sich als letzten Ausweg Verwandelnlassen … nicht wirklich realistisch.«

»Aber poetisch.«

»Poesie? Da bevorzuge ich Vergil.«

»Ach ja?«

»Sicher! ›*Waffen besing ich und ihn, der zuerst von Trojas Gestaden …*‹«, skandierte er den Beginn der *Aeneis* feierlich und so laut, dass er um ein Haar seinen Nebenmann geweckt hätte.

»Wen wundert's? Waffen und Superhelden, das ist es, was bei euch Männern zieht.«

Immerhin besser, dachte ich, mit Vergil in den Ohren zu sterben als mit Tomatensaft im Mund. Ich konzentrierte mich auf die Sitzlehne vor mir und analysierte ihren fleckigen Bezug. SPARJet war eben nicht die Lufthansa.

»Mir scheint, du brauchst etwas Ablenkung«, sagte Alessandro. »Ich glaube, ich habe da was für dich. Neulich für eine Freundin runtergeladen.«

Die Art, wie er »eine Freundin« aussprach, hatte etwas Anzügliches. Er reichte mir seinen MP3-Player samt Kopfhörer.

*»Italienisch für Anfänger«*, schnarrte eine Kunststimme in meinem Ohr. *»Lektion neun. Beim Zahnarzt.«*

Genervt wollte ich mich der Stöpsel entledigen.

»Lass mal. Im Ernst, das ist gut gegen Flugangst.«

»Prima.« Ich erhielt also meine Lektion über Zahnschmerzen, Betäubungsspritzen, angeknackste Füllungen, Bohrer und Schmerztabletten. Irgendwas über Weisheitszähne war auch dabei. Im italienischen Alltag würde all das ähnlich hilfreich sein wie Ovid. Aber es lenkte tatsächlich ab. Die Wolken vor dem Fenster wurden zu unechtem Dampf über einer weit entfernten Playmobil-Landschaft in der Tiefe, und ich döste kurz ein.

*»Tutto bene, ecco il buco«*, sagte die Stimme in meinem Ohr. *»Alles gut, ich habe das Loch gefunden.«* – *»Please fasten your seatbelts«*, vermeldete der Kabinenlautsprecher. *»Wir beginnen den Landeanflug.«*

Beim Verlassen des Flugzeugs prallte ich gegen eine Wand. Hier war es nicht warm, hier war es heiß. Afrikanisch heiß, wie in einem Backofen. Ich schnaufte.

»Daran gewöhnst du dich«, sagte Alessandro. »In ein, zwei Jahren bist du akklimatisiert.«

Wieder gingen wir über das Vorfeld, diesmal zum Flughafengebäude von Capodichino, dessen Optik sich stark von dem in Basel unterschied. Es wurde gerade renoviert, und überall waren Plakate angebracht, die diesen Umstand entschuldigten.

»Blödes Gerede«, knurrte es neben mir. »Das geht schon seit Jahren so, schließlich sind wir in Neapel. In Deutschland wäre man längst fertig.«

»Mmh«, machte ich vage. Ich hätte ihn an das irrsinnige Projekt des Berliner Flughafens erinnern können, aber es war mir zu heiß.

In der Ankunftshalle ging alles sehr schnell. Wir standen wartend am Kofferband, als mein Begleiter unruhig wurde. Hinter der Absperrung winkte eine Frau, wie selbst Ovid sie nicht mal eben hätte erdichten können – rassig, schlank, mit perfekt gezeichneten Konturen. Ihr naturgewelltes dichtes Haar bewegte sich sacht in einem Lufthauch. Es fehlte lediglich die passende Musik. Sanfte Gitarrenklänge zu einer wehmütigen Weise. Oder Flamenco.

»Da bist du ja!«, begrüßte Alessandro überschwänglich seinen Koffer und meinte wohl in Wahrheit die Schöne. »Und das Stativ. Erstklassig!«

Entschlossen bemächtigte er sich seiner Gepäckstücke, während meine nirgendwo zu sehen waren.

»So, Salatkopf«, verkündete er unvermittelt. »Ab hier geht es für dich alleine weiter!«

»Wie bitte?«

»Die Adresse deiner Unterkunft hat man dir gegeben? Oder nicht? In dem Fall …« Aus seiner Hosentasche kramte er eine zerknautschte Visitenkarte hervor, die er mir in die Hand drückte, ehe er sich im Stechschritt auf den Ausgang zubewegte.

»Aber …«, stammelte ich und lief ihm nach. »Wie …?« Und indem mir klar wurde, was er vorhatte: »Das kannst du nicht machen.«

»Nicht? Du bist jung, intelligent, und du studierst Archäologie. Dein Spürsinn wird dich zum Ziel führen. Abgesehen davon gibt es ja Google.«

»Machst du Witze?«

»Durchaus nicht. Du entschuldigst?«

»*Carissima!*« Ich sah ihn an den Hals der Schönen fliegen, die ihre gebräunten Arme um seinen Hals schlang. Er küsste sie auf die linke Wange, auf die rechte, wieder auf die linke, kurz auf den Mund. Als sie sich von ihm löste, wandte sie ihre Glutaugen mitleidig, fast freundschaftlich in meine Richtung. Sie flüsterte etwas in sein Ohr, er schüttelte den Kopf, sie schien zu insistieren, da packte er sie am Arm, hakte sie unter und schob sie zum Ausgang. Ich blieb zurück, sah die beiden entschwinden, sich in der Menge verlieren und war allein.

Die Würfel sind gefallen, schoss es mir durch den Sinn. Die bekannte deutsche Übersetzung traf es allerdings nicht ganz. Wörtlich hatte Caesar nur von einem einzigen Würfel gesprochen, der überdies noch nicht gefallen, sondern lediglich in die Luft geworfen worden war. Mein persönlicher Schicksalswürfel befand sich gerade ziemlich hoch in der Luft – und niemand wusste, welche Seite er am Ende zeigen würde.

# IV

*In medias res*
*Zur Sache!*

Und so war ich mittendrin. Im Desaster.

Italien zeigte mir die kalte Schulter. Gut, eigentlich war es Alessandro Mantegna, der sie mir gezeigt hatte, doch was machte das für einen Unterschied?

Ganze drei Mal schipperte das Gepäckband meinen inzwischen einsamen Koffer im Kreis herum, ehe ich mich dazu aufraffen konnte, ihn herunterzuhieven. Er kam mir unendlich schwer vor. Was sollte ich tun?

Stoffel anrufen? *Nein.*

Taxi? *Zu teuer.*

Google? Ich griff nach meinem Smartphone, um festzustellen, dass der Akku leer war. In der Hektik des Kofferpackens am Vorabend hatte ich vergessen, ihn nachzuladen.

*Anna Custoza*, stand auf der Visitenkarte, *Via Plinio il Vecchio 79, 80045 Pompei.* Klangvolle Adresse.

Um mich herum ein Gewimmel und Gewusel von Fremden. Die schwäbischen Lehrer und der Fußballfan hatten längst den Flughafen verlassen. Was aus mir wurde, kümmerte hier niemanden.

Ich sprach mehrere Passanten an, die entweder gar nicht reagierten oder unverständliche Laute ausstießen und irgendwohin deuteten. Schließlich wandte ich mich an den Inhaber eines Tabakladens. In den Sprachlehrbüchern war das so üblich: Wer etwas wissen wollte, betrat eines dieser Lädchen mit dem hübschen T-Schild, in denen neben Tabakwaren Briefmarken, Stifte, Telefon-, Ansichtskarten und anderer Krimskrams feilgeboten wurden. Fast so wie in »Danas Alloro«. Ein *tabaccaio*, das hatte ich gelernt, war quasi allwissend. Er konnte Auskunft geben über die Wetterlage, das politische Geschehen, lokale Events und natürlich jedweden Weg von A nach B.

Dieser nicht. Er hatte keine Lust.

Ich mühte mich erfolglos ab, auf Italienisch, Englisch, Deutsch, legte dann die Visitenkarte vor ihn auf die Theke und erntete ein müdes *»boh«*!

Und doch rettete mich die allgegenwärtige Kommunikationsfreude des italienischen Volkes.

*»Poveriiina!«* Ich Ärmste, genau.

Neben mich war eine sehr dicke, attraktive Dame mittleren Alters getreten, der ich offenbar unglaublich leidtat. Sie zeigte auf die Visitenkarte, auf mich, auf sich selbst, rieb die kräftigen Hände aneinander und rief enthusiastisch: *»Alibus! Alibus!«* Wildes Einreden auf den *tabaccaio* bewirkte, dass zwei Fahrkarten vor uns auf der Theke landeten.

Die Signora nickte zufrieden. Unter temperamentvollen Kommentaren wurde ich aus dem Flughafengebäude gezerrt. Es ging quer über den Vorplatz zu einer Haltestelle, wo ein roter Linienbus der Alitalia wartete. Dank ihrem Umfang und meinem Gepäck belegten wir darin vier Sitze.

Auf der Fahrt ins Zentrum von Neapel erfuhr ich, dass die Signora mehrere Kinder hatte und Unmengen an Pasta mit Tomatensoße kochte. Nirgendwo nämlich gab es so intensiv schmeckende Tomaten wie an den Hängen des Vesuvs. Die müsse ich probieren, unbedingt. Überhaupt sei Kampanien der schönste Flecken Erde. Der Vesuv: so majestätisch. Neapel: laut, aber voller Leben. Das Meer: warm und klar.

Das alles verstand ich bruchstückhaft oder glaubte ich zu verstehen. Jedenfalls schien sich mein Gehirn dank der Sprachkurse zögerlich auf die fremde Sprachmelodie einzuschwingen. Wie bei einem Musikstück, das man sehr häufig gehört hat, begann ich, intuitiv Feinheiten und Zwischentöne zu erfassen. Die Signora war dazu übergegangen, langsamer zu sprechen. Antworten erwartete sie nicht. Ab und an warf ich ein *»sì«*, *»no«* oder *»ah!«* in ihren Monolog, und sie nickte freudig.

Wir schaukelten durch lokaltypisch dicht bebaute, etwas heruntergekommene Häuserfluchten, über eine verstopfte Stadtautobahn ins Zentrum. Dort stockte der Verkehr. Der Busfahrer lehnte sich zum geöffneten Fenster hinaus und rief den unzähligen Vespa-Fahrern Schimpfwörter zu. Etwas anderes konnte es den kehligen Lauten nach zu urteilen kaum sein. Nichts ging voran.

*»Benvenuta a Napoli«*, sagte meine Begleiterin. *Willkommen in Neapel.*

Neapel sehen und sterben, dachte ich. *»Vedere Napoli e morire«*, stopselte ich zusammen. Die Antwort war ein Glucksen, das den beeindruckenden Busen der Signora erschütterte wie ein Erdbeben.

*»Morire? No!!«*, rief sie, was wohl heißen sollte, dass mein letztes Stündlein noch nicht geschlagen habe. Mein Kopf, meine Glieder empfanden anders. Angestrengt durch die ungewohnte Umgebung und die fremde Sprache sehnten sie sich nach Schlaf.

Die Signora hingegen war quicklebendig. Sie deutete auf eine Gelateria hier, ein Handtaschengeschäft dort, zwischendurch in die Ferne, wo das Meer liegen musste. Das Meer. Ich schloss die Augen. *Du bist nicht auf Urlaub hier!*

»Piazza Garibaldi!« Die Ansage des Busfahrers riss mich aus den Gedanken. Giuseppe Garibaldi gehörte zu den wichtigsten Italienern überhaupt, weil er im 19. Jahrhundert die Nation geeint hatte. Das dankte man ihm sehr. In jeder Stadt existierte mindestens ein Platz mit seinem Namen, meist ehrte ihn dort eine Statue, mal mit Pferd, mal ohne.

Auf der Piazza, an der sich zugleich der Hauptbahnhof befand, ging es hektisch zu: zig Fahrspuren, Autos, Busse, Motorräder, Passanten, Obststände, Händler, Prostituierte, sinistre Gestalten. Ein Gehupe und Geschrei – das pralle, stinkende Leben. Und mittendrin wieder: ich. Die Signora hatte es plötzlich recht eilig. Sie wies auf das futuristische Bahnhofsgebäude.

*»Circum–vesu–via–na«*, buchstabierte sie betont deutlich. Und: *»Pom–pei Sca–vi … Pom–pei Sca–vi!«* Dann presste sie mich an ihren wogenden Busen, gab mir ein Küsschen links, eins rechts und kniff mich zum Abschied in die Wange.

Diese erste Begegnung mit Italien blieb mir unvergessen.

Den Weg durch die schmuddeligen Katakomben des Gebäudes zur S-Bahn fand ich selbst. Zwanzig Minuten später wiegte mich das gleichmäßige Rattern der Circumvesuviana Richtung Sorrent beinahe in den Schlaf. Ich musste wach bleiben.

»Die klauen wie die Raben«, hatte Mama geschimpft. »Du wirst schon sehen!« Eine Warnung, die ich nicht in den Wind schlug, denn auch das Internet bezeichnete Neapel als Hochburg der Taschendiebe.

Ich saß also in eine Ecke gedrängt auf dem schäbigen Plastiksitz, vor mir meinen riesigen Koffer, den Rucksack auf dem Schoß. Durch das heruntergezogene Fenster drangen Fahrtwind und Fahrgeräusche. Um mich herum wurde geplappert, geplaudert, gelacht. Ein junges Mädchen malträtierte fluchend sein Smartphone. Neben mir döste ein älterer Herr mit Goldkette um den Hals. Auf dem Gangboden stand eine Pfütze, es roch nach verschüttetem Bier und Urin.

Wann kam meine Haltestelle?

Die digitale Anzeige war ausgeschaltet oder kaputt. Eine Dreiviertelstunde ungefähr würde es dauern, daran meinte ich mich aus früheren Recherchen zu erinnern. – Als mein Sitznachbar die Augen aufschlug, erkundigte ich mich schüchtern: *»Pompei?«* Er machte ein Geräusch, das vermutlich Nein bedeutete, nuschelte etwas vor sich hin, um mich schon ein paar Minuten später kräftig am Ärmel zu zupfen: *»Pompe' Schkaaavi!«*

Ich war angekommen. Und empfand: nichts. Hinter dem Nichts lag Verunsicherung, Abgeschlagenheit und ein bisschen Heimweh. Noch mal dahinter machte sich etwas bzw. jemand anderer bemerkbar: mein Magen. Schließlich hatte ich an dem Tag keinen Bissen zu mir genommen. Es war schwül, in der

Ferne explodierten Feuerwerkskörper. Sehr beliebt in Süditalien, wie ich noch lernen sollte: Feuerwerke des Nachts wie am helllichten Tag.

Träge schleppte ich mich zu dem adretten Bahnhofsgebäude im neoklassizistischen Stil. Alles an mir fühlte sich klamm an, am Haaransatz spürte ich Schweißperlen, selbst die Visitenkarte in meiner Hosentasche klebte.

In der Halle empfing mich angenehme Kühle. Es gab sogar eine Bar. Der fensterlose Raum war winzig, nicht viel mehr als ein Korridor mit Theke und wenigen Stehtischen, der in einen verglasten Wintergarten, dahinter in eine metallzaunumfriedete Terrasse mündete. Es roch nach Espresso und … Pizza. Mein Magen tat einen erregten Satz.

»*Ciao bella!*«, rief mir ein junger Mann entgegen, der hinter der Theke Cappuccino zubereitete. Die Terrasse war spärlich besetzt, ich hatte beinahe freie Wahl und steuerte ein abgelegenes Tischchen an. *Endlich im Schatten sitzen!*

Mit einem weiteren Gruß brachte man mir die dreisprachige Speisekarte. Ich studierte sie nicht genauer, sondern bestellte eine Margherita und Weißwein.

Welchen? Egal. Irgendeinen.

»*Va bene.*«

Der Wein kam schnell, schmeckte herb, spröde, aber süffig. Ich genoss ihn in vollen Zügen. Auf der Straße vor der Bar belagerten Touristen die über und über mit Zitronen, anderem Obst und Pompeji-Devotionalien beladenen Marktstände. Um mich tanzte das Licht des hohen Nachmittags, mir wurde schummrig vom Alkohol, nicht sehr, doch gerade so viel, dass etwas Anspannung von mir abfiel. Aus dem Off ertönte gedämpft eine Sopranarie. Hoch und leidenschaftlich. Vielleicht etwas von Verdi, den mein Vater ganz im Gegensatz zu Wagner nicht leiden konnte.

»Pizza Margherita«, sang der Kellner im Duett mit der Frauenstimme und servierte einen wagenradgroßen Teller. Es duftete nach Tomaten, Mozzarella und Basilikum. Perfekt. Wie man es sich erträumte. Wenn das hier eine Touristenfalle war, stolperte ich gerne hinein.

Ein Bissen Margherita … *graben werde ich, vorbildlich und fleißig* … ein Schluck Wein … *und dann etwas Tolles finden, etwas, auf das keiner zu hoffen gewagt hat, nicht einmal dieser Pappalardo* … ein Bissen Margherita … und *flirten, na ja, ein klein wenig* … ein Schluck … *mich rundum wohlfühlen* … ein Bissen … *vorausgesetzt, ich finde zeitnah meine Unterkunft* …

Durch den Weinschleier drang die unschöne Wirklichkeit zurück in mein Bewusstsein: Ich hatte mein Ziel noch nicht erreicht.

Die zwischendurch abgeebbte Hintergrunduntermalung drehte erneut voll auf, verschwendete sich in einer schrägen Melodie. *»Amor …«*, meinte ich herauszuhören, lang und gedehnt auf dem O. Richtig, die Liebe. Ging es in Italien nicht immer um die Liebe?

Ich wedelte dem vorübereilenden Kellner mit meiner ramponierten Visitenkarte zu. Der trat stirnrunzelnd heran, vielleicht in dem Glauben, ich wolle mich über etwas beschweren. Ich aber bestellte die Rechnung, zahlte neunundzwanzig Euro und schob ihm die Karte hin. Er betrachtete sie flüchtig, drehte sich um und brüllte:

*»Donnaaaahhh …!«*

Die Opernarie verstummte abrupt.

»Sie macht hier sauber«, erläuterte der Kellner in fragwürdigem Englisch. »Küche und Toiletten!« Er sagte dies mit einer Hochachtung, als spräche er von der Geschäftsführerin des Hilton.

Eine Weile geschah nichts, dann näherte sich durch den Wintergarten eine ältere Signora. Gemessenen Schrittes trat sie aus dem Halbdunkel ins Sonnenlicht der Terrasse. Auf ihre Weise war sie atemberaubend. Klein und kräftig, jedoch sehr agil. An ihren Füßen saßen ausgelatschte Flipflops, die sie mit großer Eleganz trug. Ebenso wie den farbenfrohen Rock und das nicht minder farbenfrohe T-Shirt, das aussah, als hätte jemand ein weißes Kleidungsstück zur Buntwäsche gesteckt. Ein bemerkenswerter Zopf reichte ihr fast bis zu den Hüften, und ihre warmherzigen, unstet tanzenden Äuglein schlugen mich direkt in den Bann. Würdevoll stellte sie sich in Positur, stemmte die Hände in die Hüften und stieß mit rauer Stimme hervor:

»*Eh?*«

Der Kellner sprach zu ihr im Flüsterton, beinahe untertänig. Sie hörte zu, bedächtig, verstand und wandte sich an mich.

»Guten Tag«, sagte sie auf Deutsch. »Du musst Carlotta sein.«

»Lollo«, korrigierte ich mechanisch.

»Lollo«, wiederholte sie gleichmütig. Sie tippte auf die Visitenkarte. »Ich bin Anna Custoza, deine Wirtin.«

»Donna Anna«, warf der Kellner ein, der seinerseits noch etwas sagen wollte.

»Sie sind …?«

»Sie? Ich bitte dich, Mädchen, lass die deutsche Höflichkeit und nenn mich Anna, meinetwegen auch Donna Anna wie die anderen.«

Sie sprach flüssig, in einem fremdartigen Singsang, mit leichtem Akzent.

»Gehen wir? Das heißt, Moment noch …« Mit dem Kinn wies sie auf die Überreste meiner Mahlzeit. »Wie viel hast du bezahlt?«

Ich zeigte ihr die Rechnung.

Anna zog eine Augenbraue hoch. »Neunundzwanzig Euro? Ach ja? Wofür?«

»Pizza Margherita und Weißwein.«

Die Augenbraue verschwand fast im Haaransatz.

»Rino, Rino«, erging ein Tadel an den Kellner, der wie ein beim Spicken erwischter Schuljunge den Kopf senkte. Eine lockende Her-damit-Geste des Zeigefingers genügte, und ein zerknitterter Zehn-Euro-Schein wanderte zu mir zurück. Der Zeigefinger gab sich nicht zufrieden, bis ein Fünf-Euro-Schein zum Vorschein kam.

Scheinbar hatte ich mit vierzehn Euro noch immer zu viel bezahlt. Anna murmelte etwas von *»amica«*, womit sie wohl untermauern wollte, dass ich weiteren Rabatt verdient hätte, und fischte eigenhändig einen zweiten Fünf-Euro-Schein aus dem Kellner-Portemonnaie, den sie mir überreichte. Es erfolgte kein Widerspruch. Anna schnalzte mit der Zunge.

»So sind sie, die Signori, man muss gut aufpassen. Wir gehen.«

»Zu Fuß?«

»Aber ja, es ist nicht weit, und es lohnt sich, du wirst sehen.«

Vor dem Lokal war die Straße dicht bevölkert. Anna erzählte mir, dass sich hinter der hohen Mauer auf der anderen Seite die Ruinen des antiken Pompeji verbargen. Ein Stück weiter vorne verkaufte eine Reiseagentur Fahrten zum Vesuv. Der Fahrer wollte mich anwerben, doch eine Geste meiner Begleiterin brachte ihn zum Schweigen.

»Hier lang, immer geradeaus.«

Wir folgten einem von südlicher Vegetation flankierten Teerweg, passierten einen Campingplatz. Musik und ausgelassenes Gekreische drangen zu uns herüber.

»Die feiern pausenlos«, sagte Anna. Sie blieb stehen und deutete in die Ferne.

»Da, schau! Da ist er.«

Über dem Zaun, zwischen dichtem Geäst, leuchtete ein Stück Himmel, und darin, fast wie gerahmt, rückte ein Berg in mein Sichtfeld. Sein gestufter Gipfel fiel in sanft geschwungener Linie von rechts nach links ab. Das musste der Krater sein. Der Krater eines der berühmtesten Vulkane der Welt.

*»Il Vesuvio«*, sagte Anna andächtig. »Der Freund, dem wir so viel verdanken, und der Feind, der uns bedroht.«

Ich wusste, was sie meinte. Die Vulkanerde brachte reiche Frucht: Obst, Gemüse, besonders die schon von der Signora im Bus gepriesenen Tomaten, und wundervollen Wein. Auch optisch machte der Vesuv einiges her. Wie ein Herrscher thronte er über Kampanien, prägte die Landschaft, ein Mittelpunkt, um den sich alles drehte.

Zugleich war er ein Pulverfass. Im August des Jahres 79 hatte er innerhalb von Stunden mehrere Städte unter Gesteinsmassen und Schlamm begraben, hatte mit unfassbarem Wüten Pompeji, Herculaneum, Stabiae, Oplontis von der Landkarte getilgt. Heute umgab ihn trügerischer Frieden.

»Und? Du bist so still.«

»Er ist wunderschön«, sagte ich. »Majestätisch und ein bisschen gruselig.«

Sie nickte, wir setzten uns wieder in Bewegung. Meine Schultern schmerzten von den Trägern des Rucksacks.

»Soll ich den Koffer nehmen?«, fragte Anna.

»Nein, bitte nicht«, wehrte ich ab. »Er ist so schwer.«

»Und ich bin zäh.«

Energisch fasste sie nach dem Bügel meines Trolleys.

Um ihre Flipflops wirbelte der Straßenstaub. *Flapp, flapp* machte es bei jedem Schritt, wenn das Plastik des Schuhs gegen die Fußsohle schnappte. Links von uns bewegte sich das südliche Gestrüpp der Macchia, rechts raschelte eine Wand aus Schilf. Ab und an blinzelte der Vesuv durch die Vegetation, jedes Mal eine Idee größer, näher. Neben uns tauchte ein Motel auf, mit einem azurblau lockenden Swimmingpool.

»Woher können Sie so gut deutsch?«, fragte ich, obwohl ich lieber gewusst hätte, wann wir endlich da wären.

Anna ignorierte das »Sie«.

»Die Geschichte ist länger als unser Heimweg.«

*Heimweg*, wie vertraut das schon klang.

»Und warum ›Donna Anna‹?«

»Du bist sehr neugierig.«

Eine Weile marschierten wir hintereinander auf einem schmalen Seitenstreifen, dann bogen wir in eine von Häusern gesäumte Querstraße. Es ging steil bergab, Asphalt, ein Bahnübergang, zunehmend mediterrane Häuserquader mit den typischen Flachdächern, und als ich fast nicht mehr daran glaubte, ergriff Anna wieder das Wort.

»*Eccoci.* Wir sind da.«

Am Tor zur Auffahrt des mehrstöckigen hellgelben Gebäudes prangte ein Keramikschild mit der Aufschrift »Villa Custoza«. Anna tätschelte es zärtlich: »Kein Luxushotel, dafür familiär.«

Ein kleiner Mischlingshund fegte kläffend hinter einem in der Einfahrt geparkten Fiat Cinquecento hervor und sprang an den Torstreben empor. Anna beruhigte ihn mit gurrenden Lauten.

»Er taugt nicht viel als Wachhund. Er hat mehr Angst vor den Menschen als sie vor ihm. Aber es muss nicht alles zu etwas taugen, nicht wahr?«

Sie schob mich durch ein unauffälliges Türchen mit Metallrahmen und Milchglasfenster.

»Das ist der Nebeneingang, der einzige, den wir benutzen.«

Wir standen in einem adretten Raum, der wohl als Frühstückszimmer diente. Im Halbdunkel erkannte ich links an der Wand eine Barzeile mit Espressomaschine, Kühlschrank und zwei Kochplatten. Rechts befanden sich vier schlichte Tischchen mit rot lackierten Holzstühlen und ein Fernseher. Im Hintergrund ein antikes Klavier.

»Ich habe nur drei Zimmer«, erklärte meine Wirtin, »und ich vergebe sie ausschließlich auf Empfehlung, meist an Studenten. Das vordere gleich neben der Bar ist deins. Zurzeit bist du allein. Oben wohne ich mit der Familie, das heißt mit wechselnden Mitgliedern meiner Verwandtschaft. Mal zieht der, mal jener bei mir ein. Irgendwer hat immer ein Problem, trennt sich oder verliert den Job, sodass er mich braucht. Es ist genug Platz für alle da.«

Mein Heim auf Zeit besaß eine Flügeltür zur Terrasse und war mit den besten Stücken des Ikea-Kosmos ausgestattet: »Billy«, »Malm«, »Hemnes«. Von der Decke herab pendelte eine provisorische Kleiderstange. Das Miniaturbad war sonnengelb gekachelt, die Wände weiß getüncht. Über dem Doppelbett hing ein Bild des Feuer speienden Vesuvs.

*»Eh? Contenta?«*, rief Anna, die sich an der Bar zu schaffen machte, von draußen.

*»Sì, grazie!«*

Ich war zufrieden. Zum Beweis dafür warf ich mich bäuchlings aufs Bett. Das Gestell quietschte monumental. Wer darin Sex hatte, unterhielt damit den Rest des Hauses. Die Wirtin spähte zu mir herein.

»*Bene*. Jetzt ruh dich aus. Später gibt es Pasta, wenn du willst. Ich koche gern für meine Gäste. Und für die Familie natürlich.«

»Mmh, wunderbar«, murmelte ich, schon halb im Schlummer. In den Genuss von Annas Nudelkreationen sollte ich an diesem Tag nicht mehr kommen. Dafür andere. Von weit her erreichte mich Töpfe-Geklapper, Gelächter, das Klingen von Gläsern. Vielleicht prostete Anna einer Nichte zu, vielleicht verzehrten die beiden einen Berg Spaghetti so hoch wie der Vesuv. Ich trieb dahin auf meinem Ikea-Floß, selbstvergessen, irgendwo zwischen Diesseits und Drüben. Daphne reichte mir einen Lorbeerzweig, Orpheus sang ein Lied, aus dem Vulkan ergoss sich glühende Lava, in der der Kellner aus der Bar eine Pizza Margherita buk. Die Circumvesuviana wälzte sie ratternd platt. Anna klatschte in die Hände und trällerte ein paar Takte. Fremde Worte, die ich nicht verstand. Ich applaudierte trotzdem: *Brava!*

Einmal noch wachte ich kurz auf. Schloss in Trance mein Smartphone zum Aufladen an die Steckdose, kramte meine Aufbissschiene aus dem Rucksack hervor und schob sie in den Mund. Ordnung musste sein, auch in Italien.

# V

*Omne principium difficile*
*Aller Anfang ist schwer*

Dass aller Anfang schwer ist, hat man mir sehr oft unter die Nase gerieben. Als ich lesen und schreiben lernte, bei der ersten Fahrstunde, in der Einführungsveranstaltung an der Uni. Jedes Mal, wenn ich mich einer neuen Herausforderung stellen musste. Was will man erwarten? Diese Weisheit scheint so sehr den Kern des menschlichen Wesens zu berühren, dass sie schon die alten Römer kannten.

Mir kam sie in den Sinn, als ich am nächsten Morgen erwachte. Ich fühlte mich urlaubsreif. Der Kopf hämmerte, die Nase lief, meine Laune glich der eines Kindes, dem man den Teller mit seiner Lieblingsspeise vor der Nase weggezogen hatte. Vor dem Fenster ratterte es laut. Die Circumvesuviana aus dem Traum war kein Traum gewesen. Ich wohnte neben den Gleisen.

Immerhin hatte sich das Handy über Nacht aufgeladen. Ich schaltete es ein. Eine SMS von Mama: *Geht es dir gut? Falls nicht, bist du jederzeit daheim willkommen!*

Eine von Papa: *Träume noch immer von deiner Pizza Margherita. Lecker.*

Eine WhatsApp von Stoffel: *Warum meldest du dich nicht? Wenn der Typ dich angefasst hat, bringe ich ihn um.*

Und eine von besagtem Typen: *Na Salatkopf? Spürsinn bewiesen? 9 Uhr, in der Grabung, Via del Vesuvio. Wirst du schon finden.*

Neun Uhr? Das war jetzt. Ich sprang aus dem Bett, stürmte ins Bad. Stürmte zurück und tippte widerstrebend ins Handy: *Habe verschlafen, komme, so schnell ich kann.* Dieser Idiot, eigentlich war er an allem schuld, hätte er mich nicht stehen lassen …

Ab ins Bad, Zähne putzen! Duschen? Verzichtbar.

An der Barzeile vor meinem Zimmer wurde gewerkelt. Anna trällerte, verhalten diesmal, ein altbekanntes Lied: *O sole mio*. Die Sonne schien tatsächlich.

Mit klitschnassem Haar fischte ich die erstbeste kurze Hose aus dem Koffer, weiße Shorts, dazu ein pinkes Trägertop. Ich schlüpfte in meine mintgrünen Espadrilles und kippte den Inhalt des Rucksacks aufs Bett. Schwallartig ergoss sich der darin enthaltene Tand auf das Laken. Meinen Geldbeutel, das Smartphone und einen Sweater tat ich wieder hinein.

»*Buongiorno* Lollo«, empfing mich Anna. »Du warst gestern nicht mehr wach zu kriegen.«

»Ich muss los!«

»Frühstück?«

»Nein danke.«

»Setz dich.«

Mutterinstinkte, Widerspruch zwecklos.

Draußen ratterte erneut die Bahn vorüber.

Mit einem dreifachen Espresso spülte ich ein klebriges Hörnchen hinunter, schulterte den Rucksack und rannte los. Alessandros Häme für mein Zuspätkommen am ersten Tag mochte ich mir gar nicht ausmalen.

An diesem Morgen hatte ich keinen Sinn für die Reize der Landschaft. Außer Atem erreichte ich die Bar und kurz darauf den Haupteingang der Grabung, an dem es ähnlich zuging wie auf der Piazza Garibaldi in Neapel.

»Ich will da nicht rein«, quengelte ein kleiner deutscher Junge mit Nickelbrille und Hosen, die in den Kniekehlen hingen. »Das ist doof.«

»Ist es nicht«, entgegnete seine Mutter. »Es ist großartig.«

»Warum?«

»Darum.«

Unentschlossen schlenderte ich auf einen der Kontrolleure am Einlass zu. Sie mussten mich hineinlassen, ohne Geld zu verlangen, schließlich stellte ich meine Arbeitskraft in den Dienst der internationalen Wissenschaft. Mühevoll versuchte ich, das zu vermitteln. »Professore Pappalardo ... *Porta Vesuvio ... scavi ...*« Der Mann blickte an mir herab und wieder herauf, zweifelnd, als wolle er sagen: »Netter Versuch, aber Archäologinnen sehen anders aus.« Dann verwies man mich auf die Schlange an der Kasse.

Als ich endlich an die Reihe kam, war das Wechselgeld alle. Ich schob zwanzig Euro durch das Sichtfenster und gab mich geschlagen.

»Behalten Sie den Rest.«

Mit einem Touristenplan der Grabung in Händen betrat ich am Donnerstag, den 9. Juli, gegen 10:30 Uhr, erstmals das antike Pompeji. Ein weihevoller Moment, der vorüberglitt wie eine Sommerbrise.

Hinter, vor und neben mir wälzten sich Touristenmassen. Franzosen, Russen, Spanier, Polen, Schweden, ein paar Einheimische. Und viele Japaner.

Zwei Amerikaner begrüßten die archäologische Stätte wie eine zu klein geratene Pizza:

*»Look, love, this is great.«*

*»Yes, it is delicious. But so tiny.«*

Winzig. Winzig waren für mich Flöhe, Ameisen, und wenn wir schon von Gebäuden sprachen, Puppenhäuser. Wahrscheinlich empfanden die Amerikaner ganz Europa als Puppenhaus.

*Delicious* traf es vielleicht besser. In meinem Magen kitzelte der morgendliche Lufthauch, der raffiniert die anschwellende Hitze zu vertuschen suchte.

Ein aufgeregtes Pochen breitete sich in meinem Bauch aus, als ich mich umschaute.

Zunächst nahm ich nur festungsartiges Mauerwerk wahr und einen Anstieg. Porta Marina, sagte der Plan. Vor zweitausend Jahren hätte ich nasse Füße gekriegt, denn damals schwappte hier der Fluss Sarno an die Mole. Wäre ich eine Touristin gewesen, hätte ich an jedem zweiten Stein haltgemacht, jeden An- und Ausblick genossen, mich vielleicht einer der zahllosen Gruppen angeschlossen, an deren Spitze eine hektische Person mit emporgerecktem Regenschirm das Kommando führte und kluge Informationen weitergab. Pompeji all inclusive.

Aber ich war ja Expertin, theoretisch, und zudem begnadet im Umgang mit Stadtplänen. Zwar gab es in den Ruinen keine Straßenschilder im heutigen Sinne, dafür Hinweistafeln. Auf dem Plan trug ohnehin jeder Weg, jedes Gebäude seinen ihm von den Archäologen zugeschriebenen Namen. *Via Marina, Via dell'Abbondanza, Tempio di Apollo, Teatro Grande.* Ich versuchte, mich zu orientieren. Jenes Säulenkarree mit dem Steinquader in der Mitte musste einst ein Tempel gewesen sein. Und diese sich weit öffnende, von Mauerresten gerahmte Fläche das Forum.

*»O really! So delicious!«*, tönte es hinter mir, *»look, the Vesuvius.«*

Der alles beherrschende Vesuv. Heute sah ich ihn aus einer neuen Perspektive, und er gefiel mir. Ich durchmaß das Forum der Länge nach, atmete kurz etwas freier, um erneut von Unsicherheit überrollt zu werden. Gleich musste ich da sein. Und dann? *Via della Fortuna, Via Stabiana, Via del Vesuvio.* Ein ziemlicher Gewaltmarsch. Mein Geist eroberte Pompeji, meine Füße rebellierten. Ab und an verhedderten sich die nun staubgrünen Espadrilles in einer der Fugen des aus groben Blöcken bestehenden Straßenpflasters.

»Salaaatkopf!!«

Den Ort meiner Bestimmung hätte ich auch ohne das Leuchtfeuer der Peinlichkeit erkannt, das mich dort erwartete. Von Weitem verströmte die Grabung den Charme einer Baustelle. Provisorisch abgeriegelt durch ein rot-weißes Plastikband, türmten sich auf dem Pflaster Eimer, Schaufeln und anderes Werkzeug. Neben einer Schubkarre mit fast platten Rädern posierte Alessandro.

»Asche auf mein Haupt, Lollo rosso, ich habe deinen Spürsinn überschätzt.« Er schob einen albernen Schlapphut aus der Stirn.

»Wieso?«, pampte ich ihn an, »ich bin doch da! Das ist mehr, als man gestern Nachmittag von dir sagen konnte.«

Mein Gegenüber reagierte mit dem üblichen Sarkasmus: »Deine Unpünktlichkeit wird Professore Pappalardo nicht gefallen und« – er beäugte mich in ähnlicher Weise wie der Kontrolleur am Eingang – »manches andere wohl auch nicht.«

»Ach, hör auf!« Dieser Egomane machte mich rasend.

»Wie du meinst«, sagte er und hob das Absperrband, damit ich darunter hindurchschlüpfen konnte. »Das ist leider notwendig. Man glaubt nicht, wofür sich Touristen alles interessieren! Bei den Niederländern drei Straßen weiter sind sie schamlos über ein freigelegtes Bodenmosaik spaziert.« Wie ich schon wusste, war hier nicht nur der Tourismus international, auch die Grabungsteams kamen aus vieler Herren Länder.

»Beeindruckend, was?«

Wir standen vor einem lang gezogenen Erdwall – einer der noch nicht erschlossenen Bereiche Pompejis –, in den eine großzügige Schneise geschlagen worden war: unser Grabungsareal. Rechts und links dieser Schneise ging es steil bergauf, oben auf der Böschung wucherte mediterranes Gestrüpp. Vor meiner Ankunft musste schweres Gerät Massen an Erdwerk abgetragen haben. Überhaupt schienen die Arbeiten fortgeschritten; man erkannte das typische Skelett eines römischen Stadthauses. Vorne das rechteckige Atrium, der Innenhof, seitlich davon abgehend mehrere Kammern. Die an der oberen Kante unregelmäßig zerfransten Außenmauern waren im vorderen Bereich vielleicht zwei bis drei Meter hoch, jedenfalls überragten sie mich deutlich. Ziemlich genau mittig im Atrium befand sich eine beckenartige Vertiefung, das Impluvium, an seiner Stirnseite ein breiter Durchlass. Dahinter lag das ehemalige Peristyl, ein Säulengang, der nach antiker Bauweise einen kleinen Garten, den Hortus, umgab. Dort wurde gearbeitet, man hörte Stimmen und Geräusche. Aus einem der seitlichen

Räume drang ein Schaben und Kratzen. In diesen Kammern gab es sichtlich viel zu tun, denn noch waren sie angefüllt mit Bergen von Steinchen, ähnlich jenen auf Professor Hilarius' Schreibtisch. Lapilli.

»Vorsicht bitte!«, mahnte Alessandro.

Er deutete auf eine Stoffbahn aus grauem Vlies, die ich als Trittfläche benutzen sollte.

»Nicht der rote Teppich, den du verdient hättest. Wobei ...«

Stirnrunzelnd betrachtete er meine angestaubten Espadrilles. Auch mein pinkes Oberteil fand seine Aufmerksamkeit. Ich ließ mich davon nicht verunsichern.

»Roter Teppich? Alles klar, Indiana Jones!«

Der Boden ließ Teile eines verkrusteten Mosaiks erahnen. Ich trat nur sehr vorsichtig auf, ehrfürchtig. Gut zweitausend Jahre lang war das hier verschüttet gewesen, und ich gehörte zu den Ersten, die es wieder zu Gesicht bekamen. Alessandro quittierte meine archäologischen Gehversuche mit Ungeduld.

»Du wirst das von nun an jeden Tag sehen, also, mach hin! Dort drüben ist Professore Pappalardo.«

Im hinteren linken Eck des Atriums hatte man ein improvisiertes Tischchen aufgebaut, nicht viel mehr als eine Spanplatte auf zwei Pflöcken. Daran saß, mit dem Rücken zu uns, ein Mann und schrieb. Sein schlohweißes, auf dem Oberkopf schütteres Haar trug er im Nacken zu einem dünnen Zöpfchen gebunden, das sich nach unten hin ringelte. Er wirkte sehr in seine Arbeit vertieft.

»Professore?«

Das Scharren eines Klappstuhls auf dem sandigen Grund der Grabung. Ein hypnotisierendes Augenpaar unter einer hohen Stirn in einem verwitterten, mit feinen Runzeln überzogenen Gesicht. Eine Aura von distanzierter Klugheit und drei Worte:

»Du bist unpünktlich.«

Ich sah zu Boden.

»Das ist Frau van Veen aus Freiburg«, stellte Alessandro mich vor.

»Die vom guten Hilarius?«

»Eben die.«

Nie hatte ich jemanden derart salopp über Professor Hilarius sprechen hören. Auf seinen akademischen Titel legte er so viel Wert, dass ihn wahrscheinlich sogar seine Ehefrau benutzte.

Glauco Pappalardo schien weniger vornehm. Unter seinen Fingernägeln zeichneten sich schwarze Ränder ab, das ehemals helle T-Shirt war wie meine Espadrilles grau vom Staub und im Nacken zerschlissen, seine Stirn feucht vom Schweiß. Er musste sich mit den schmutzigen Fingern an die Wange gefasst haben, denn dort prunkte eine Schliere. Professor Hilarius' Vortrag darüber, dass ein Archäologe einmal im Leben so richtig im Dreck gewühlt haben müsse, war effektvoll gewesen und rührend; dem Mann vor mir sah man an, dass er es tatsächlich tat. Und man sah ihm an, dass er ungehalten war.

Gerne hätte ich etwas von mir gegeben, das mich in ein besseres Licht rückte, idealerweise einen wohlgeformten Satz in Art der Sprachlern-MP3 aus dem Flugzeug. Dummerweise war ich nicht beim Zahnarzt.

»Sie ist erst gestern angekommen«, entschuldigte Alessandro. »Und sie hat noch nie ausgegraben.«

Glauco Pappalardo legte den Stift nieder, einen Kugelschreiber mit Werbeaufdruck, und schoss eine Dialektsalve gegen seinen Assistenten, die hätte Arabisch sein können. Oder Japanisch.

Dann wechselte er in die Hochsprache, und ich verstand mehr, als mir lieb war. »Euch Deutsche rühmt man in aller Welt für euren Ordnungssinn und eure Pünktlichkeit. Es heißt, dass bei euch jedes Ding seinen Platz hat und dass ihr schon von fünf Minuten Verspätung furchtbare Magenkrämpfe bekommt. Du scheinst eine Ausnahme.«

»Ich … *Io* …« Mehr fiel mir nicht ein.

»Aber ich gestehe«, fuhr der Professor fort, »manchmal mag ich Ausnahmen. Als Archäologe muss man auf alles gefasst sein.«

Grimmig betrachtete er meine eigensinnigen Korkenzieherlocken. Fragte er sich, welcher der stilisierten Damen der pompejanischen Wandmalereien ich am meisten glich? Oder versuchte er herauszufinden, ob wenigstens mein Äußeres meiner Herkunft entsprach? Er musterte mich lange, mein Trägertop, die Shorts, die beinahe antik angestaubten Espadrilles. Ich fühlte mich geradezu durchleuchtet.

»Ja, richtig, man muss auf alles gefasst sein«, bekräftigte er schließlich, »man weiß nie, worauf es hinausläuft. Wer nach dem Üblichen forscht, wird das Außergewöhnliche nicht finden können. Oder?«

Er bedachte Alessandro mit einer weiteren Dialektsalve und kehrte zu seinen Studien zurück. Als er den Kugelschreiber wieder aufnahm, konnte ich erkennen, dass dieser einen bekannten deutschen Wissenschaftsverlag bewarb.

In Ermangelung anderer Optionen hielt ich mich an seinen Assistenten: »Was hat er gesagt?«

Der zögerte in für ihn ungewohnter Weise.

»Er sagt, dass er so nichts mit dir anfangen kann. Erst sollst du dich angemessen einkleiden.«

»Bitte?«

»Mensch, Salatkopf, dass man nicht in Espadrilles, Shorts und Trägertop bei einer Ausgrabung erscheint, hättest selbst du dir denken können. Dass eine Kopfbedeckung ratsam ist, ebenfalls. Was glaubst du, wie heiß es in ein paar Stunden sein wird?«

Der Schweißfilm auf meinem Körper und ein sich schwach ankündigendes Pochen in den Schläfen machten eine Antwort überflüssig. Alessandro lüpfte demonstrativ seinen idiotischen Hut.

»Wenn man sich dann noch vorstellt, wie du mit diesen Urlaubslatschen in den Lapilli rumrutschst und dir in den sexy Höschen die Knie wund schürfst …«

Leider war Ovid von uns gegangen, ohne das Geheimnis zu verraten, wie man sich ganz konkret verwandeln konnte. In ein Lorbeerbäumchen, eine Narzisse oder … eine Kuh. Das heißt,

Letzteres hatte ich vielleicht bereits geschafft – ich stand da wie einbetoniert und mahlte mit den Kiefern.

»Und jetzt?«

»Jetzt gehst du entweder heim und ziehst dich um, oder du machst das, was Frauen angeblich bevorzugt tun: Shopping. Im modernen Pompeji gibt es durchaus so was wie Läden. Stadtpläne verteilt das Tourist Office. Sogar umsonst.« Großspurig fuchtelte er in der Luft herum. »Bedauerlicherweise kann ich dich nicht begleiten. Dort hinten« – er zeigte auf den Durchlass am anderen Ende des Atriums – »werde ich dringend gebraucht. Es steht eine große Entdeckung bevor.«

»Natürlich. Sicher doch, Herr Oberarchäologe! Wie dumm von mir!«

Diesmal ließ ich ihn stehen, bevor er es tun konnte, und stolperte auf dem grauen Vlies davon. Mein Schuh verhakte sich in den Schaft einer herumliegenden Schaufel, viel fehlte nicht und ich wäre der Länge nach hingeschlagen.

»Verflucht!«

Am meisten ärgerte mich, dass ich Alessandro recht geben musste. Ich hatte definitiv die falsche Garderobe gewählt und mich bis auf die Knochen blamiert. Den Vesuv im Rücken, stapfte ich wieder davon.

Shopping, ausgerechnet! Ein paar Sachen würde ich zweifelsohne benötigen, von zu Hause hatte ich wenig Grabungstaugliches mitgebracht. Stoffhosen, einige Shirts. Aber Schuhe? Flipflops, High Heels, ausgelatschte Treter, Marke Nike. Ich selbst fühlte mich wie Nike von Samothrake, die mutmaßlich schönste Statue der Welt – ein kopfloser Torso. So kopflos wie ich. In mir kroch Frust empor. An der Kasse hatte ich mein Smartphone aus dem Rucksack genommen und in die Gesäßtasche meiner Shorts geschoben. Nun kramte ich es hervor.

*Hallo Mama*, tippte ich gereizt. *Alles ganz wunderbar hier, so schnell siehst du mich nicht wieder!*

*Hallo Papa*, tippte ich weiter. *Vergiss die Pizza, Dinkelsuppe ist gesund!*

Und an Stoffel: *Er hat mich nicht angefasst. Aber bald fasse ich ihn an. Und nicht zärtlich …*

Ohne irgendeine Antwort abzuwarten, versenkte ich das Handy wieder im Rucksack. Jedenfalls wussten sie jetzt Bescheid.

*»Hey«*, rief es hinter mir, *»hey you.«*

Eine junge Frau schloss zu mir auf. Ein zierliches, drahtiges Persönchen mit klarem Teint und sanft gewelltem braunen Haar, das ihr zwanglos auf den Rücken fiel. Sie war weder gestylt noch unpassend gekleidet. In den ausgebeulten Seitentaschen ihrer Stoffhosen steckten vermutlich eine Menge wichtiger Utensilien. Auf ihrem Kopf saß eine Schirmmütze mit dem Schriftzug einer amerikanischen Highschool. Sicher eine der in Italien beliebten billigen Imitationen.

»Mach dir nichts draus«, sagte sie auf Englisch. »Der Pappalardo ist halb so schlimm. Man gewöhnt sich daran.«

»Daran will ich mich gar nicht gewöhnen«, stammelte ich in verschrobenem Italienisch. »Ich hasse Pompeji.« Sollte sie mich ruhig auslachen, nach meinem bekloppten Auftritt hatte ich Narrenfreiheit.

Sie lachte nicht. »Du sprichst unsere Sprache gar nicht schlecht. Vorhin dachte ich, du seist stumm. Ich bin Rosa.«

»Lollo.«

»Ahh!« Sie neigte das Gesicht leicht zur Seite, schien an etwas zu denken.

»Eigentlich Carlotta«, fügte ich rasch hinzu.

»Freut mich. Ich begleite dich, ich soll in der Ferramenta einige Sachen besorgen.«

»Ferra was?«

»Die Eisenwarenhandlung. Trifft es aber nicht ganz. Die verkaufen alles Mögliche: Abdeckplanen, Draht, Eimer. Außerdem Dekomaterial, Waagen, Küchengeräte, Kerzenständer, Schnürsenkel, Hosenträger …« Sie spannte ein imaginäres Paar davon vor ihrer Brust. »Ziemlich viel Plunder also.«

»Aha.« Vielleicht sollte Mama ihren Laden in ›Ferramenta‹ umbenennen.

»Jedenfalls haben sie seit Kurzem auch eine Ecke mit Outdoorbekleidung, da wird sich bestimmt was für dich finden.«

*»You made my day!«*

»Gern geschehen. Da lang!«

Rosa wies mir den Weg durch die monotonen Ruinenfluchten. War ich hier schon entlanggegangen? Und da? Ich konnte mich nicht erinnern.

»Seit wann bist du da?«, fragte ich auf Englisch.

»In der Grabung? Seit gut zwei Wochen«, antwortete sie auf Italienisch. »In der Gegend drei Jahre. Ich studiere Klassische Archäologie an der Universität von Neapel.«

»Ich in Freiburg!«

»Habe ich vorhin mitbekommen«, schmunzelte sie. »Sandro hat dich ja vorgestellt.«

»Ach? Wo warst du?«

»Erstes Cubiculum rechts, schaufeln und Erdreich sieben.« Die schabenden Geräusche aus dem Nebenraum, natürlich.

»Und? Hast du was gefunden?«

»Nicht wirklich. Verschiedene Scherben, aber ob die antik sind, kein blasser Schimmer. Jetzt nach links.«

Wieder eine Ruinen-Flucht, wieder eine gepflasterte Straße, etwas breiter diesmal, mit gehsteigähnlichen Seitenstreifen.

»Wie soll man sich hier je zurechtfinden?«

»Das geht schneller, als du denkst. Eine Woche und du kennst alles wie deine Westentasche. Ist ja eine antike Kleinstadt und nicht Manhattan.«

»Manhattan?«

»Da kann man sich verlaufen. Ich weiß, wovon ich spreche. Schüleraustausch vor vielen Jahren.« Offenbar handelte es sich bei der Schirmmütze doch nicht um eine billige Imitation.

»Du scheinst weit rumgekommen.«

»Geht so. Schau da!« Links neben uns befand sich ein flaches Gebäude, das um einiges niedriger war als die meisten anderen in der Straße. Der bruchstückhaft rekonstruierte Verputz der

Außenwand erzählte von einem zweitausend Jahre vergangenen Alltag. Die untere Hälfte der von mehreren Türöffnungen durchbrochenen Mauer schimmerte in mattem Rostrot, die obere in einem schmutzigen Weiß, das von einer Plexiglasscheibe beschirmte Inschriften bedeckte. Zu deren Schutz hatte man am oberen Ende zusätzlich eine provisorische Überdachung angebracht, die über den Gehsteig ragte.

»Das war mal das Thermopolium der Asellina, eine Art Kneipe. Hier wurde gebechert, getafelt, das Glück im Spiel herausgefordert. Und manches mehr.« Aufreizend klimperte sie mit den Wimpern.

»Du meinst, die haben da drin ...?«

»Nicht offiziell. Dafür existierten schon in der Antike gewisse Etablissements. Aber so ein kleiner Zuverdienst ... davon kann man ausgehen.«

Ich vergaß zu fragen, wer »man« war.

»Was ich dir eigentlich zeigen wollte – lies!«

Rechts von der größten Öffnung, die einmal der Eingang mit einer Verkaufstheke zur Straße hin gewesen sein musste, prangte eine raumgreifende, elegant geschwungene Inschrift.

»Und?«

Ich trat etwas näher heran und kniff die Augen zusammen.

»LOL-LI-UM«, buchstabierte ich verblüfft. In und zwischen den großen Lettern waren noch mehrere kleinere verborgen.

»Ich laufe öfter vorbei und musste, als ich deinen Spitznamen hörte, sofort daran denken«, sagte Rosa vergnügt. »Der hieß fast so wie du.«

»Tatsache! Lollius«, wiederholte ich das Wort in der Grundform.

»Genau. Die Lollier waren eine römische Sippe; irgendeinen von ihnen muss es nach Pompeji verschlagen haben. Pompeji galt als stilvoll. Eine In-Location sozusagen. Wäre da nicht der Vesuv gewesen ...«

»Und warum hat man den Namen dort an die Mauer gepinselt, wenn es doch eine Kneipe war?«

»Eine Art Slogan, Werbung in eigener Sache. Im Jahr des Ausbruchs sollten Wahlen stattfinden, und der Typ hatte offenbar politische Ambitionen.«

»Spannend.«

»Die ganze Stadt ist überzogen mit dem Zeug. Inschriften, Graffiti, Schmierereien zu jedem denkbaren Anlass. Erfüllte Liebe, verschmähte Liebe, guter Sex, schlechter Sex, Ausdruck von Trauer, Ekstase, Sehnsucht, Warnungen vor Betrügern, geheime Botschaften. Die waren hier krasser drauf als heutige Großstadtjugendliche in U-Bahn-Tunneln. Und genauso einfallsreich.«

*»Fascinating indeed!«*

Da mir das Vokabular für eine flüssige Unterhaltung in der Landessprache fehlte, streute ich weiterhin englische Brocken in den Redefluss.

»Nicht wahr? Allein damit könntest du ein Archäologinnenleben füllen.«

Rosa deutete abwechselnd in verschiedene Richtungen, machte mich auf dieses und jenes aufmerksam, riss die eine Geschichte an, um sie schon im Vorübergehen zugunsten der nächsten zu unterbrechen. Antike Ladenlokale, Garküchen, von deren ehemaliger Existenz Verkaufstresen mit bemoosten Vertiefungen zeugten, in denen einst etwas Leckeres geschmort haben mochte. Ein ehrgeiziger und etwas fadenscheiniger Neureicher namens Gaius Iulius Polybius, ein Bankier namens Lucius Caecilius Iucundus, die vielleicht Geschäftsfreunde gewesen waren, der fliegende Händler Marcus Calidius Nasta, dessen Siegel man gefunden hatte. Dieser Ort schien randvoll mit verschlungenen Geschichten. Sie bedingten sich, ergänzten einander, wurden ausgelöscht, überschrieben. Dieser Ort war eine Chronik in Stein.

Weiter ging es durchs antike Straßennetz. Die Zahl der Touristen wuchs. Ganze Reisegruppen versuchten, sich in einzelne Häuser zu drängen, sodass Aufsichtspersonen einschreiten mussten.

»Die denken, das sind nichts als alte Steine, dabei ist alles sehr empfindlich: die Böden, die Wandmalereien – manchmal denke ich, Pompeji wäre besser nicht ausgegraben worden.«

»Aber dann hätte es nie mehr jemand zu Gesicht bekommen, dann wüssten wir nichts!«

»Stimmt, es ist schwierig. Die wertvollsten Stücke befinden sich inzwischen im Museum von Neapel oder werden andernorts verwahrt. Gegraben wird ja nicht erst seit gestern. Apropos, wo wir dabei sind, es liegt auf dem Weg …«

Rosa führte mich zum Ursprung. In einer der Straßen gen Süden wölbte sich der Asphalt zu einer beachtlichen Schwelle, daneben an der Mauer war eine Gedenktafel angebracht.

»Ende des 16. Jahrhunderts baute man in der Gegend an einem Kanal«, erklärte meine Begleiterin. »Der römische Architekt Domenico Fontana sollte das Wasser des Sarno zu den Waffenfabriken von Torre Anunziata leiten. An dieser Stelle stieß er auf Inschriften, Münzen und Ähnliches, kurz, auf all den Kram, der später Generationen von Archäologenaugen zum Leuchten bringen sollte. Damals interessierte sich niemand dafür.«

»Der Mann hatte Pompeji entdeckt und wusste es nicht?«

»Er nicht und niemand sonst. Nur die Einheimischen erzählten sich manchmal von *La Civita*, der ›Stadt‹. Die ersten offiziellen Ausgrabungen begannen Mitte des 18. Jahrhunderts unter der Schirmherrschaft des Königs von Neapel. Allerdings ging es da weniger um Forschung, man hoffte auf wertvolle Funde.«

»Von den Waffenfabriken zur Geldgier, typisch.«

»Männer eben. Jetzt sind zum Glück ja wir da. Frauen mit dem Sinn fürs Wesentliche.« Verschwörerisch sahen wir uns an.

Ehe wir den Ausgang zum Zentrum ansteuerten, warfen wir einen Blick ins Amphitheater. Ein sandiges Rund, von grünem Gewächs überwucherte Ränge, sehr viel Vergangenheit und unerwartet wenige Besucher zu dieser Stunde.

»Das kenne ich aus Filmen«, rief ich begeistert. »Hier ist es immer rundgegangen! Gladiatorenkämpfe, arme Christen in der Arena und dann – *wumms* – der Vesuv …«

Rosa rümpfte die Nase. »Was für Filme waren das denn?«

Betreten fixierte ich den grasüberwucherten Boden.

»Die üblichen, fürchte ich.«

Rosa hob belehrend die Rechte.

»Eins, *cara mia*, kannst du dir gleich merken«, sagte sie und klang dabei ein bisschen wie Alessandro. »Die Geschichte ist kein Blockbuster. Die Geschichte ist noch nicht mal ein historischer Roman.«

# VI

*Per aspera ad astra*
*Auf rauen Bahnen zu den Sternen*

Sobald wir die Grabung verlassen hatten, verlagerten sich unsere Gesprächsthemen fast schlagartig von antik auf modern.

»Sag, kennst du ihn schon lange?«, erkundigte sich Rosa beiläufig.

»Wen?«

»Pappalardos Assistenten.«

»Alessandro Magno? Lange genug.«

Meine neue Kameradin schluckte.

»Alexander der Große, im Ernst?«, fragte sie.

»Im Halbernst. An unserem Institut haben sie ihn so genannt. Südländer, Archäologe, egozentrisch, du verstehst?« Rosa starrte vor sich hin. Plötzlich wirkte sie nicht mehr so entspannt wie vorher.

»Ich glaube«, sagte sie nachdenklich, »er könnte ein bedeutender Wissenschaftler werden. Er hat diesen Biss, dieses untrügliche Gespür.«

»Du meinst wegen der großen Entdeckung, die er vollmundig angekündigt hat?«

»Nicht deswegen. Er ähnelt Professore Pappalardo. Gewissenhaft, leidenschaftlich, unnachgiebig. Er liebt das, was er tut.«

Hehres Gerede, das ich hinreichend aus dem Munde der deutschen Verehrerinnen kannte.

»Deine hohe Meinung in allen Ehren, ich glaube, er liebt vor allen Dingen sich selbst.«

»Du magst ihn nicht.« Ich beschloss, fair zu bleiben.

»Würdest du jemanden mögen, der ›Salatkopf‹ zu dir sagt, dich für minderbemittelt hält und am Flughafen stehen lässt?«

Rosa schwieg.

»Siehst du. Freundlich ausgedrückt: Ich würde ihn nicht unbedingt heiraten.« Dies schien Rosa zu erheitern, denn sie kicherte leise.

»Hat er eigentlich eine Freundin?«

»Eine? Die Anzahl seiner Freundinnen übertrifft die der Lapilli in Pompeji.«

»Du übertreibst.«

»Keineswegs. Und ich dachte, ihr Italienerinnen kennt eure Männer.«

»Tun wir. Solange er alle liebt, hat er sich noch nicht entschieden.«

»So kann man es natürlich auch sehen.«

Galant verschwieg ich die Schöne vom Flughafen. Rosa wechselte das Thema. Wie vorher die Ruinen erläuterte sie mir nun das Pompeji der Gegenwart. Hier die Apotheke, in der man fast alles ohne Rezept bekam, dort der Laden, wo man Kleiderschnäppchen machen und auch bei einem Glas Prosecco chillen konnte, da drüben ein Hotel, in dem der Grabungsdirektor ein italienisches Filmsternchen vernascht hat.

»Wir haben außerdem eine bekannte Wallfahrtskirche: *La Madonna del rosario*. Rosenkranzbeten ist zwar nicht so mein Ding, aber wenn ich in diesem blöden Cubiculum nicht bald etwas finde, überlege ich es mir. Oder ich zünde eine Kerze an.«

»Und du denkst, das hilft?«

»Nein. Andererseits: Die heilige Muttergottes soll sehr gütig sein.«

Neben derlei frommen Gedanken spukte ihr jedoch weiterhin der große Alessandro im Kopf herum. An der Tür der Ferramenta murmelte sie etwas vor sich hin, wie: »Alessandro Magno … nicht unpassend.«

»Ciao Natale!«, sagte sie laut.

»Ciao Rosa«, antwortete eine Stimme, die ich im ersten

Moment nicht zuordnen konnte. Im Gegensatz zu draußen war es hier drin grabesdunkel.

»Das ist Natale, mein Mitbewohner. Wir teilen uns eine kleine Wohnung in Piano di Sorrento, ungefähr zwanzig Kilometer von hier. Alles andere kann man in dieser Gegend nicht bezahlen.«

Hinter dem Tresen grüßte ein junger Mann. Unscheinbar, mit kurzem dunkelblondem Haar und Cyrano-de-Bergerac-Nase. Kein Italiener auf den ersten Blick.

»Ich bin Lollo«, ergriff ich die Flucht nach vorne. »Ich brauche Klamotten.«

»Outdoor«, fügte Rosa hinzu.

»Verstehe. Ein neues Mitglied im Grabungsteam!«

»Sehr neu ...«, bestätigte ich.

»Herzlich willkommen. Was genau soll's denn sein?«

»Das Übliche«, antwortete Rosa an meiner Stelle. »Was man eben für ein paar Wochen braucht.«

»Drei Monate«, korrigierte ich steif.

»Ah, drei Monate, gut!« Natale schien wirklich zu verstehen und bedeutete mir, ihm zu folgen.

»*Bene bene*, berate du sie«, rief uns Rosa hinterher. »Ich suche mir meine Sachen inzwischen selbst zusammen.« Damit verschwand sie in den Katakomben des Ladens, mit dessen Beschreibung sie nicht untertrieben hatte. Im Vergleich dazu war »Danas Alloro« eine Monoverkaufskultur. Auf dem Weg zur Outdoorbekleidung begegnete ich Ölkännchen, Nähbedarf, Duschbrausen und Seifenblasen. Diese Ferramenta deckte jeden Bedarf, von der Angelschnur bis zur Zitronenpresse.

Natale begann, die Kleiderständer zu durchforsten.

»Welche Größe?«, wollte er wissen.

»Sechsunddreißig«, log ich. Vielleicht hatte der Stress der letzten Tage meinen Umfang etwas schrumpfen lassen. Beim Durchsehen der einzelnen Teile klackerten die Bügel.

»Dieses Modell ist zu sechsundneunzig Prozent Polyamid, wasserabweisend, schnell trocknend. Du kannst wählen zwischen Blau, Grün, Braun oder Pink. Das da ist Stretch mit viel Bewegungsfreiheit und praktischen Reißverschlusstaschen. Futter zu 100 Prozent aus Polyester. Die Beine sind abtrennbar, so, schau.« Er demonstrierte das schlaue Patent. »Sehr vorteilhaft, gerade bei Hitze. Diese Hose dagegen …«

»Schon gut, gib her!«

Ich schnappte die drei Teile und zwängte mich in die Kabine. Peinlicherweise schloss der schmale Stoffvorhang nicht vollständig.

»Ich suche für dich weiter.«

»Ja, mach nur«, zischte ich. Die erste Hose passte nicht, die zweite beinahe. Die dritte …

Nie hätte ich gedacht, dass es so etwas wie einen Anproberausch geben kann. An diesem Tag im düstersten Winkel einer pompejanischen Ferramenta erlebte ich ihn zum ersten Mal. Ich schlüpfte in verschiedenste Textilien, rein und wieder raus, krempelte hoch und runter, verhedderte mich mit meinen Haaren in den Knöpfen von Poloshirts und mit meinem Hintern in zu knappen Stoffhosen. Nach einem Defilee passender und weniger passender Grabungsoutfits kam mir Natale gewissermaßen vor wie ein alter Freund. Was für ein Mensch er war, wusste ich damals noch nicht, eines war er zweifelsohne: ein begnadeter Verkäufer.

»Das sieht super aus … *brava*! Das noch besser, und das erst! *Uuuh*!« Er überschüttete mich mit Superlativen. Zwischendurch ein scheues Lächeln, ein bewundernder Blick. Daran konnte Stoffel, der seinen Spitznamen nicht ganz zu Unrecht trug, sich ein Beispiel nehmen. Stoffel. Momentan tausendzweihundert Kilometer entfernt, bald vielleicht über neuntausend. Ob der Flug nach Amerika schon gebucht war?

»Die da nehme ich«, erklärte ich abwesend, »die da auch. Und vielleicht das hier. Was meinst du?«

»Klar, warum nicht? *Perfetto*. Warte mal.« Er entfernte sich und fing an zu kramen. »Ich hätte da etwas, auf das keine Archäologin verzichten kann!«

»Ehrlich? Was denn?« Meine Gedanken schweiften weiter ab. Stoffel ging es gut, daran bestand kein Zweifel, er managte jede Situation.

Ob er mich vermisste?

Und Papa? Sezierte er gerade eine Leiche?

Hatte Mama eine Aushilfe gefunden?

»Lollo?«

Vertraulich beugte sich Natale zu mir. »Das ist eine Archäologenkelle, Marke WHS. Handgeschmiedet. Ich bin kein Experte, aber darauf schwören sie alle.«

Ich wog das Ding probehalber in der Rechten.

»Ja … doch … sieht ganz so aus.«

»Und das hier ist das berühmte Maßband FatMax von Stanley, knicklos ausfahrbar auf fünf Meter, millimetergenau und quasi unzerstörbar.«

Wie sollte ich da widerstehen?

Auf dem Verkaufstisch türmte sich ein Warenberg von der Höhe des Vesuvs. Natale fuhr sich nervös durchs Haar. Seine beeindruckende Nase glänzte.

»Dann wollen wir mal!«

Konzentriert las er über den Scanner einen Artikel nach dem anderen in die Kasse ein. Es piepte, ratterte, klickte, und mir dämmerte, dass ich kein einziges Preisschild zur Kenntnis genommen hatte. Endlich erschien die zu bezahlende Summe auf dem Display.

»*Quattrocentotrentacinquetrentatre*«, verkündete Natale geradezu schuldbewusst. 435,33 Euro!

In dem Moment kam Rosa mit einigen Planen aus dem Hintergrund hervor.

»Seid ihre beide komplett bescheuert?«, ereiferte sie sich angesichts des Kleiderstapels und unserer betretenen Mienen. »Sie soll in Pompeji graben und nicht den Mount Everest besteigen.« Ungläubig sortierte sie den im Rausch zusammengestellten Textil-Vesuv in zwei Haufen.

»Brauchst du … das nicht … das vielleicht …«

Am Ende förderte sie Maßband und Kelle zutage. Kurz fehlten ihr die Worte.

»Das Maßband kaufe ich vom Grabungsbudget«, seufzte sie dann. »Das brauchen wir sowieso. Den Rest …«

»… bezahlt mein Vater«, ergänzte ich schnell und zückte die Visa Card. Papa würde nicht schimpfen.

Rosa grunzte missbilligend.

»Da hast du Glück gehabt«, tadelte sie Natale.

»Sicher«, bestätigte der treuherzig. »Eine so nette Bekanntschaft habe ich seit Langem nicht gemacht.«

Rosa entgegnete etwas, das ich nicht verstand.

»Es wird Zeit, wir müssen los!«

»Oh«, machte Natale betroffen. »Aber hey, Lollo!«, rief er mir hinterher. »Du bist herzlich eingeladen nach Piano di Sorrento! Ich koche Pasta, danach fahren wir nach Sorrent, und ich zeige dir das Meer!«

*»Grazie mille«*, sagte ich und strahlte ihn an.

»Ja danke, sie kommt gerne«, knurrte Rosa. »Falls sie Geld für die Fahrkarte übrig hat.« Sie schob mich ins Freie.

»Fast Mittag, und wir haben noch nicht eingekauft.«

»Haben wir doch«, widersprach ich und schwang meine Tüten.

»Nicht das … *das*.« Sie imitierte die Geste einer zur Mund geführten Gabel.

»Essen?«, fragte ich überrascht, als ob das eine um die Mittagszeit völlig abwegige Angelegenheit gewesen wäre.

»Essen, sicher. Glaubst du, in der Grabung leben wir von Liebe und Lapilli?«

Wir betraten einen kleinen Laden, wo man Rosa offenbar kannte. Ohne nähere Anweisungen verpackte ein korpulenter Mann riesige Mengen an Lebensmitteln: kleine Würstchen und größere, Schinken und Speck in Scheiben, flauschige Mozzarella-Kugeln, die er aus einer Salzlake fischte, dazu mehrere Flaschen Schaumwein. Und Ciabatta.

»Wer soll das denn vertilgen?«, fragte ich erstaunt, als wir den Laden verlassen hatten.

»Na, wer schon! Wir alle. Arbeit an der frischen Luft macht hungrig. Die Frage wird eher sein, ob es reicht. Jetzt fehlen noch die Tomaten. Normalerweise kaufen wir die bei einem Bauern außerhalb der Stadt, aber heute nehmen wir die Touristenstände.«

In der Grabung erwartete man uns bereits. Der Klapptisch war von der Wand abgerückt und mit einem Sonnenschutz überspannt. Um ihn herum hatte man Campingstühle platziert, auf denen zwei der Helfer sich niedergelassen hatten. Andere lagerten im knappen Schatten einer etwas höheren Mauer. Professore Pappalardo rieb sich genüsslich die Hände.

»Was bringt ihr Gutes?«

»Seht selbst!«

Rosa tischte auf. Die Gesichter rundum begannen zu leuchten. Ich hielt mich verunsichert im Hintergrund.

Nicht weit genug, um Alessandro zu entgehen.

»Kein Lollo rosso«, sagte er. »Schade.«

»Lollo rosso?«, fragte Rosa irritiert. »Wie sollten wir den hier zubereiten?«

»Gar nicht«, schnaubte ich auf Deutsch.

Mein Widersacher tat einen Schritt auf mich zu.

»Wusste ich doch, dass Shopping eine gute Idee ist. Aber hast du nicht etwas übertrieben? Wie viele Tüten sind das? Fünf?«

Die Studenten kicherten. Verschämt quetschte ich meine Einkäufe in eine Nische und kam mir endlos dumm vor. Alessandro war nicht zu bremsen.

»Weißt du, Lollo, wir beschäftigen uns hier zwar mit einer fernen Zivilisation, befinden uns jedoch nicht fern jeder Zivilisation. Das ist ein Unterschied.«

Rosa versetzte ihm einen Rippenstoß.

»Hör auf.«

»Immerhin«, mischte sich Professore Pappalardo ein, »nimmt sie meine Anweisungen ernst, das gefällt mir. Komm her.« Er wies auf einen freien Campingstuhl und musterte mich erneut, fast noch intensiver als am Vormittag, allerdings mit etwas mehr Wohlwollen.

»Du kommst mir irgendwie bekannt vor«, meinte er nachdenklich, »als hätte ich dich schon einmal gesehen.«

Ich vollführte eine hilflose Geste und schwieg. Ich für meinen Teil war ihm an diesem Tag zum ersten Mal begegnet.

»Zur Feier des Tages«, übernahm Rosa die Regie, »habe ich Spumante besorgt.« Hinter irgendeinem Mauervorsprung kramte sie einen Stoffbeutel mit Pappbechern hervor.

»Sehr schön, und was feiern wir?«, wollte Alessandro wissen. »Wichtige Funde gab es heute keine.«

»Aber eine neue Kollegin im Team«, entgegnete Rosa. »Also, stoßen wir an! Auf die Grabung! Und auf Lollo!«

»Auf die Grabung!«, riefen die einen. »Auf Lollo!«, die anderen. Ein ziemliches Durcheinander.

*»Alla tua salute«*, prostete Professore Pappalardo mir zu, »auf dein Wohl.« Der Spumante schien ihm zu schmecken, denn er leerte den Becher in einem Zug. Eine Zeit lang herrschte mittägliche Stille, in der nur die Zikaden sirrten.

»Ich bin Tom aus Liverpool«, stellte sich schließlich der junge Mann links von mir vor, dessen Klappstuhl aufgrund seiner Körperfülle bedenklich ächzte.

»Ich Lucia aus Neapel, 4. Semester.«

»Raffaele«, sagte ein langer dünner Typ mit kreischend bunter Batikhose und verfilzter Haarpracht, »aber nenn mich Raffa!«

»Meine Name ist Rico, und ich stamme aus der Normandie«, offenbarte ein recht geschniegelter junger Mann, den man eher hinter einem Bankschalter vermutet hätte. »Ich forsche über römische Privatbäder.«

»Badeanlagen, ein allseits beliebtes Thema«, entwischte es mir.

»Entschuldige?«

»Nichts.«

Insgesamt waren wir zu acht, Professore Pappalardo, Alessandro sowie sechs Studierende, einschließlich Rosa und mir. Wir kamen aus ganz Europa, ein faszinierendes Grüppchen.

Schon wenige Schlucke Spumante beflügelten mich, hinter meiner Stirn prickelte es, ich empfand ein tiefes Gefühl des Friedens mit mir und der Welt.

»Ich bin Lollo«, rief ich mit halb vollem Mund in die Runde, »und ich liebe Pompeji!!!«

Rosa, Raffa und Lucia applaudierten amüsiert, Rico lächelte höflich, an Alessandro sah ich vorbei.

Dann fingen sie an zu erzählen, auf Italienisch, manchmal, zur Verdeutlichung, auf Englisch. Sie sprachen darüber, was vor meiner Ankunft in der Grabung geschehen war, was die Vergangenheit preisgegeben, was sie für sich behalten hatte. Zunächst gestalteten sich diese Berichte etwas verhalten und geordnet. Später aufgeregter, unkoordinierter. Es war nicht einfach, dem mehrstimmigen, oft unzusammenhängenden Geplapper zu folgen, seiner Mischung aus Heute und Einst, Diesseits und Drüben.

Ich reimte mir zusammen, dass bereits im März diesen Jahres unter der Aufsicht von Professore Pappalardo und Alessandro, der zeitweise nach Pompeji gereist war, Geländebagger die moderne Vegetation abgetragen und den gröbsten Schutt beseitigt hatten. Hin und wieder waren die Arbeiten ins Stocken geraten, aufgrund von schlechtem Wetter, unklarer Genehmigungslage, Streiks. Ab Ende Mai stießen nach und nach die Hilfskräfte hinzu, Freiwillige wie ich, die nichts für ihre Mühe bekamen als das Glück der Begegnung mit einer versunkenen Welt. Gemeinsam grub man, siebte, dokumentierte.

Sein Instinkt hatte Professore Pappalardo nicht getrogen, erste Erfolge stellten sich ein. Neben den üblichen Tonscherben, Möbelfragmenten und Gebrauchsgegenständen, Bodenmosaiken und Wandmalereien förderte das Team in einem ehemaligen Wirtschaftsraum eine Bronzekassette zutage. Darin: Wachstafeln sowie verkohlte Bündel, offensichtlich Papyri.

Wie aufregend, wenn das mir passiert wäre! Papyri, in Herculaneum, ja, in Pompeji war das etwas völlig Neues. Professore Pappalardo rief Experten hinzu. Unter viel Tamtam und entsprechenden Vorsichtsmaßnahmen wurden die wertvollen Stücke nach Neapel gebracht, wo sie konserviert und entschlüsselt werden sollten. Die Ergebnisse standen aus, man erwartete sie mit Spannung.

»Wisst ihr noch, wie wir nach diesen vielen öden Tagen plötzlich auf einen Widerstand stießen?, fragte Lucia. »Wir glaubten schon nicht mehr, hier etwas anderes zu finden als Scherben.«

»*Ihr* seid darauf gestoßen«, warf Rosa ein. »Ich selbst habe wirklich nichts gefunden als Scherben.«

»Das ist doch nicht wichtig!« In Lucias braunen Augen spiegelte sich ihr Enthusiasmus. »Der Erfolg gehört uns allen.«

»Das meine ich auch«, brummte Professore Pappalardo, während er sich erneut nachschenkte.

»Wisst ihr noch, wie wir im Triklinium das Fresko freigelegt haben, das die Verwandlung der Daphne zeigt?« Tom blinzelte melancholisch.

»Daphne?«, fragte ich schüchtern, »die aus den *Metamorphosen* von Ovid?« Niemand antwortete, zu sehr waren sie mit sich selbst und ihren Erinnerungen beschäftigt.

Dieses wiederholte ›Wisst ihr noch?‹ schloss mich aus, ungewollt, und war Teil jener Vergangenheit, nach der so eifrig gegraben wurde. Hatte ich das Entscheidende verpasst? Was sollte ich überhaupt hier? Ausgerechnet Alessandro entkräftete meine Bedenken.

»Diese Grabung ist fantastisch«, warf er in die Runde, »schon bisher hat sie viel mehr erbracht als viele andere in Pompeji. Was uns jetzt noch fehlt, sind genauere Hinweise auf die Identität der Bewohner des Hauses. Am besten menschliche Überreste. Ich setze auf das Peristyl. Dort werden wir etwas finden, ich spüre es. Wir müssen nur dranbleiben. Wie heißt es so schön? *Per aspera ad astra.*«

*Streber!*

Professore Pappalardo beobachtete gebannt, wie die Bläschen in seinem Spumante aufstiegen.

»Auf rauen Bahnen zu den Sternen, da hast du nicht unrecht! Ein Skelettfund wäre die Abrundung.« Er streckte sich ächzend. »Aber vielleicht sind wir schon klüger, wenn sie die Schriftstücke in Neapel untersucht haben.«

Einen Moment lang war seine Ungeduld förmlich greifbar, und sie übertrug sich auf mich. Mein Herz ging schneller.

»Wie im Fall von Caecilius Iucundus?«, fragte ich. Die Identität des antiken Bankiers – das hatte Rosa erwähnt – war anhand von Quittungstafeln entschlüsselt worden, die man im oberen Stock seines Hauses gefunden hatte. Luftdicht verschlossen haben sie in einem hölzernen Kasten den Vesuvausbruch überdauert.

Professore Pappalardo nickte mir anerkennend zu.

»Deine fachlichen Kenntnisse versöhnen mich mit deiner Unpünktlichkeit.« In einer beinahe freundschaftlichen Geste berührte er flüchtig meinen Oberarm. Rosa zwinkerte mir zu.

*»Secchiona!«*, zischte Alessandro verächtlich. Ich schlug das Wort erst später nach. Es bedeutete »Streberin«.

Das Mittagessen zog sich lange hin. Stechmücken umschwirrten uns und hinterließen kleine Stiche an unseren Armen, die unsagbar jucken würden, die Zikaden sangen ihr Lied, über dem Areal lag ein Duft von Kräutern und Pinien. Italien wie aus dem Bilderbuch, dachte ich. Träumerisch glitt ich in eine Art Sekundenschlaf hinab, aus dem mich ein Händeklatschen riss.

*»Avanti!«*, befahl Professore Pappalardo. »Wir machen weiter.« Er erhob sich und verschwand mit Alessandro im Durchgang zum hinteren Teil des Hauses. Rosa marschierte in ihr Cubiculum, und auch die anderen nahmen die ihnen zugeteilten Arbeiten auf. Wie der Mechanismus eines Uhrwerks griff alles ineinander.

Ich selbst verbrachte den Rest des Tages als Vermessungsgehilfin. Anhand des Theodoliten bestimmte Rico verschiedene Entfernungen: von Türstock zu Türstock, von der Mitte des Atriums zu den Seiten, von hier nach dort, von dort nach überall. Ich hatte das Prisma zu halten, auf das der Laserstrahl des Geräts gerichtet wurde, und sprang damit quer durch die Grabung. Einmal erhaschte ich einen Blick auf das hinten rechts an das Atrium angrenzende Triklinium, das einstige Speisezimmer, und dessen Wanddekoration. Teile davon waren zerstört, die Farben leuchteten jedoch überraschend frisch und kräftig. Wo war sie, die scheue Nymphe Daphne?

»Jetzt bitte hier hinüber«, kommandierte Rico. Am liebsten hätte ich allerdings wie Daphne Wurzeln geschlagen. Nach drei Stunden Vermessen war ich k. o., stolperte mehr, als ich lief, von einem befohlenen Punkt zum nächsten.

»Es ist mühsam«, sagte mein Kommilitone, der mir die Müdigkeit anmerkte, »aber es gehört dazu.«

»Ja, *per aspera ad astra*, alles klar.«

Als ich mich an diesem Abend über Annas Schwelle schleppte, fühlte ich mich um Jahre gealtert. Sehr gegensätzliche Männerbekanntschaften, eine neue Kameradin, ein alter Quälgeist. Dazu eine rauschhafte Kompletterneuerung meiner Garderobe, der Kick des Spumante, das Aroma von Vesuvtomaten. Wissenschaftliche Erläuterungen, Grabungsweisheiten, Vermessungen. Und Lapilli, viele Lapilli.

*»Buonasera«*, begrüßte mich Anna. »Schon da?«

»Schon? Es ist fast sieben Uhr.«

»Die Archäologen, die früher hier gewohnt haben, kamen manchmal erst nachts.«

»Das hatte dann wohl nicht unbedingt wissenschaftliche Gründe«, bemerkte ich.

Anna lächelte. »Wahrscheinlich. Falls du Hunger hast, auf dem Herd steht ein Topf mit Pasta. Bedien dich selbst, ich habe zu tun, aber ich leiste dir Gesellschaft.«

Auf einem der Tische neben der Bar hatte meine Wirtin

eine elektrische Nähmaschine aufgebaut, unter deren Nadel sie schnurrend eine weiße Stoffbahn hindurchzog.

»Was wird das?«, fragte ich zerstreut, innerlich bereits bei den Nudeln.

»Ein Kostüm.«

»Fettuccine, lecker«, rief ich entzückt, als ich in den Topf spähte. Das üppige Mittagessen in der Grabung hatte ich längst verdaut, meinem Appetit tat es keinen Abbruch.

»Bavette«, korrigierte Anna.

»Auch gut. Was für ein Kostüm?« Kauend setzte ich mich an den Nebentisch und lugte neugierig auf das undefinierbare Stoffgebilde.

»Das Gewand einer römischen Göttin.« Sie griff unter den Tisch und präsentierte ein perfekt plissiertes Gewebe. »Für das Antikenfest in der Grabung am 24. August.«

»Etwa zum Jahrestag des Ausbruchs? So was gibt es?«

»Ja, seit Neustem. Studenten, Einheimische und Leute vom Touristenverein haben eine Initiative gegründet. Sie heißt ›*Pompei viva*‹, ›Lebendiges Pompeji‹.«

Für sehr abwegig hielt ich das nicht, Reenactment war auch in Deutschland groß in Mode. Ich hatte mich nie sonderlich dafür interessiert, staunte aber über die Leute, die zum Beispiel die Steinzeit nachstellten und dabei wochenlang in archaischer Kargheit hausten. »Erlebnisarchäologie« sozusagen. Annas Nähmaschine schnurrte.

»In der Toskana feiern sie schon lange etruskische Feste, jetzt feiern wir hier mal ein pompejanisches. Und nichts ist dazu so geeignet wie der Jahrestag des großen Untergangs!«

Mir fiel etwas ein.

»Die Forschung diskutiert gerade heftig, ob der Vesuv überhaupt am 24. August ausgebrochen ist. Wissenschaftlich gesehen ist das Ganze also ...«

»Wissenschaftler sind sich nie einig«, unterbrach mich Anna. »Das ist ihr Beruf.« Schelmisch blinzelte sie zu mir herüber. »Schmeckt's?«

*»Fantastico!«*

*»Bene.«* Eine Weile hing jede von uns ihren eigenen Gedanken nach. Schließlich erhob sich meine Gastgeberin und betrachtete ihr Werk im Stehen.

»Nicht schlecht. Für heute bin ich fertig. Wenn du auch eins brauchst, gerne. Was möchtest du sein? Göttin, Nymphe, antike Patronin? Oder Sklavin?«

Beinahe hätte ich mich am letzten Bissen der pikanten Pasta verschluckt.

»Ich? Vielen Dank, bei so was mache ich nicht mit. Bestimmt nicht.«

Gleichmütig kontrollierte Anna den Faltenwurf des Gewandes. »Wir werden sehen.«

Ich erhob mich ebenfalls und brachte meinen Teller zur Spüle.

»Bin ich müde!«

Anna maß mich mit Kennerblick.

»Athena vielleicht?«, überlegte sie, »die Göttin der Weisheit? Nein, zu streng. Etwas Lieblicheres – eine Nymphe, ja, eine Nymphe wäre das Richtige.«

Es schien fast, als habe sie meine Anwesenheit vergessen, und ich ging meinerseits nicht weiter darauf ein.

*»Buonanotte«*, sagte ich leise. Zur Antwort ertönte erneut das Schnurren der Nähmaschine.

In meinem Zimmer, schon in die Laken gekuschelt, der Geist ermattet, der Bauch bavettegefüllt, fischte ich die *Metamorphosen*-Ausgabe vom Nachttisch und begann zu blättern. Ich suchte nach der Nymphe Daphne, doch ehe ich die Stelle fand, fielen mir die Augen zu.

*Dieser Weg wird kein leichter sein*, schwirrte mir ausgerechnet ein deutsches Lied im Kopf herum, während das Buch auf meine Brust sank. *Dieser Weg wird steinig und schwer*. Steinig, das traf es im wahrsten Sinne des Wortes: Lapilli. Lapilli? Lapilli! Geschenkt würde ich nichts bekommen. Nicht von Glauco Pappalardo, nicht von meinen neuen Weggefährten, nicht vom antiken Pompeji. Am wenigsten von Alessandro. Auf rauen Bahnen zu den Sternen. Aber immerhin: zu den Sternen. Die irgendwo über mir wachten, vielleicht verborgen von Wolken, vielleicht klar sichtbar am Firmament, auf jeden Fall hell und strahlend. Und fern.

Die Circumvesuviana sang ihr vertrautes Lied, ratternd wiegte sie mich in den Schlaf.

# VII

*Variatio delectat*
*Abwechslung macht Freude*

Dass Abwechslung Freude macht, gehört zu den wichtigen Erkenntnissen der antiken Redekunst. Ursprünglich war damit gemeint, dass der Vortragende dem Zuhörer keinen monotonen Singsang zumuten sollte. Später wurde daraus eine Basisformel im Kampf gegen jede Form von ödem Gleichmaß. Dein Job missfällt dir: *variatio delectat*. Die Politik hat versagt: *variatio delectat*. Dein Partner bringt es nicht mehr: *variatio delectat*.

Wie sehr ich selbst während künftiger Arbeitstage unter glutheißer pompejanischer Sonne Abwechslung herbeisehnen, wie sehr die immergleichen Handgriffe und Abläufe verfluchen würde, konnte ich zu diesem Zeitpunkt noch nicht ahnen.

Am zweiten Morgen jedenfalls war ich pünktlich. So pünktlich, dass ich mich zunächst mutterseelenallein in den Ruinen wiederfand. Rosa hatte mir am Vorabend einen Ausweis besorgt, mit dem ich die Eingangskontrollen anstandslos passierte. Man erkannte mich dort ohnehin nicht wieder.

Schmeichelnde Kühle umfing mich. In einer Stille und Schweigsamkeit, die der Tatsache spotteten, dass dies hier einmal eine der belebtesten Städte der Antike gewesen war, marschierte ich zum Grabungsareal. Ein paar einsame Kustoden waren unterwegs zu ihren Wachposten, sonst begegnete mir niemand.

Ich duckte mich unter der Absperrung hindurch, betrat das Mauergeviert – und wusste nicht, was anfangen. Archäologisch konnte ich allein nichts ausrichten.

Ein kurzes Telefonat mit Stoffel? Dank moderner Technik wäre das auch in antiker Umgebung kein Problem, aber was hatten wir uns überhaupt zu sagen? Vielleicht Folgendes:

*»Hi Lollo, wie spät ist es?«*
*»Früh. Ich habe an dich gedacht.«*
*»Und? Vermisst du mich?«*
*»Vermisst du mich?«*
*»Uahhhh.«*
*»Was?«*
*»Und wie geht's Mr. Macho?«*

Exakt das Gespräch, das ich gerade nicht brauchte, von daher verzichtete ich darauf und schlenderte stattdessen durch die Mauerreste. Im Triklinium blieb ich stehen.

Zweifelsohne, die Frau auf dem Fresko musste Daphne sein, mit etwas beschädigtem, schmerzerfülltem Gesicht blickte sie auf mich herab. Lichtes Grün knospte um ihre Finger, Zweige sprossen aus ihren Armen, den Schultern, dem Hals. Wie schön sie war, wie sonderbar!

In meinem Rucksack wühlte ich nach Ovid. Ich war am Vorabend über dem Buch eingeschlafen und hatte es vorhin eingepackt. Wer wusste schon, wann man sich langweilte? Jetzt, zum Beispiel.

Diesmal fand ich die Passage sofort. Apollo und Daphne, eines der besten verhinderten Liebespaare der Weltliteratur: die scheue Nymphe und der übermütige Gott, der sich mit Amor anlegt und ihn als schlechten Bogenschützen verspottet. Ausgerechnet Amor, den Herrn über die Liebespfeile! Der Gegenbeweis folgt auf dem Fuß – zwei Pfeile schwirren durch die Luft. Ein goldener trifft Apollo, einer aus Blei die Nymphe. Ersterer erweckt Begehren, der zweite bewirkt das Gegenteil. Kurz gesagt: Er will, sie nicht. Oder im Ovid-O-Ton: »Stracks ist einer verliebt, und den Liebenden meidet die andre.«

Von draußen drangen Geräusche herein.

»*Smamma!* Hau ab!« Ein Kustode verscheuchte einen der vielen Straßenhunde, die wild in der Grabung lebten und die Touristen anbettelten.

»Sie sind die Pest!«, hatte Rosa gesagt. »Aber manchmal füttere ich sie aus Mitleid. Schließlich können sie nichts für die

Ungerechtigkeit der Welt, und angenehmer als manche Männer sind sie allemal.«

Vielleicht hätte auch Daphne so gedacht. Weil liebestolle Männer von jeher unbelehrbar waren, kann Apollo nämlich nicht von ihr lassen. Er setzt ihr nach, über Stock und Stein, durch Wald und Kluft. Sie flieht, vergebens, sucht erschöpft nach einem Ausweg und erkennt: Die Schönheit ist schuld! Drum, so fleht sie, möge ihre reizende Gestalt in eine weniger reizende verwandelt werden! – Und ihr Wunsch wird erfüllt: Der Nymphe erstarren die Glieder, ihre Füße schlagen Wurzeln, das im Wind wogende Haar wird zu wisperndem Laub, die Arme zu schlanken Ästen. Verzweifelt wirft der erhitzte Gott sich auf sein Objekt der Begierde, umfasst und herzt es inniglich. Doch er umarmt und herzt einen Baum, einen Lorbeerbaum.

Genauso einen, wie er in achtfacher Ausführung vor »Danas Alloro« stand. Um diese Uhrzeit musste Mama ebenfalls ihr Tagwerk beginnen. Mama, die nicht wusste, dass ihre Tochter, umgeben von antiken Trümmern, in dem geklauten Ovid schmökerte.

»Du bist schon da?« Seitlich von mir tauchte Rosas Haarschopf auf.

»Ich habe was gutzumachen.«

»Wegen gestern?« Rosa winkte ab. »Das hat der Pappalardo längst vergessen.«

»Da wäre ich mir nicht sicher«, entgegnete ich. »Ich wollte den Erwartungen an meine deutsche Herkunft genügen und pünktlich sein.«

»Na schön, nur wirst du damit heute nicht viel Erfolg haben, der Professor besucht einen Kollegen in Neapel und kommt erst morgen wieder.«

Ich fühlte mich um zwei Stunden meiner Nachtruhe betrogen, doch ich trug es mit Würde. Rosa drängte sich an mir vorbei, um eine Plastikplane aufzuheben, die von einem Geröllstapel in der Ecke gerutscht war.

»Was liest du da?«, fragte sie nebenher. Ich zeigte es ihr. Sie pfiff anerkennend durch die Zähne.

»Schwere Kost, am frühen Morgen!«

»Schwere Kost? Ich mag das wirklich, es ist so … erhaben.«

Meine Kameradin musterte zweifelnd das abgegriffene Buch.

»Ich bin mehr fürs Praktische. Mit Latein habe ich mich schon in der Schule schwergetan. Und Gefühle sind wohl nur in Büchern großartig.«

»Wenn du meinst.« Vertraulich neigte ich mich zu ihr. »Das hast du mit Alessandro Magno gemeinsam, Ovid, der Dichter der Liebe ist nicht so seins.« Auf Rosas Antlitz legte sich ein Schleier der Verklärung.

»Tatsächlich?« Und sofort etwas ernüchtert: »Der kommt heute auch nicht.«

»Ach nein?« Zu dumm, im Geiste hatte ich schon meine Krallen ausgefahren.

»Leider. Er hat einen Nebenjob bei der Grabungsverwaltung.«

»Ach? Braucht er etwa Geld?«

»Das glaube ich kaum. Wenn ich richtig verstanden habe, gehörte das zu den Bedingungen dafür, dass Professore Pappalardo hier überhaupt graben durfte.«

Nun war ich baff.

»Wie hängt das denn zusammen?« Rosa zuckte die Achseln und blinzelte mir hilflos entgegen.

»Italien«, sagte sie, als ob damit alles hinreichend erklärt wäre. Dann verdunkelte sich ihre Miene.

»Seine Eltern sollen eine Luxusvilla an den Hängen des Vesuvs besitzen, mit Pool, Böden aus Carrara-Marmor und mehreren Dienstmädchen. Deswegen wird er mich nie beachten.«

»Wegen irgendwelcher Dienstmädchen?«, fragte ich irritiert. »*Das* bringt noch nicht mal er fertig.«

»Natürlich nicht, sondern weil er reich ist, gebildet, weltgewandt, und ich …«

»Bitte keine Minderwertigkeitsfantasien am frühen Morgen, davon kriege ich Migräne.«

»Im Ernst, ich muss für mein Studium in einer zweitklassigen, völlig chaotischen Pizzeria jobben.«

»Na und? Ich jobbe manchmal im Laden meiner Mutter, dagegen ist selbst jede fünftklassige Pizzeria ein Nobelrestaurant.«

Als die anderen Studenten eintrudelten, machten wir uns an die Arbeit. Zunächst holten wir gemeinsam eine Schubkarre und Werkzeug aus dem provisorischen Magazin, das Professore Pappalardo einige Hundert Meter weiter hinab an der Via del Vesuvio hatte errichten lassen. Es handelte sich um nicht viel mehr als einen vergitterten Bretterverschlag, aber er war abschließbar und im Gegensatz zu unserem Grabungsgelände nicht für andere zugänglich. Deswegen lagerte dort alles von unverzichtbarem Nutzen.

»Müssen wir weitermessen?« Rico verneinte. »Das Wichtigste haben wir erledigt, du kannst Rosa helfen.« Kein Herumspringen mehr von A nach B also, dafür schippten wir und schüttelten die Lapilli durch ein grobes Sieb, um sie von Staubresten und anderen Sedimenten zu befreien.

»Willkommen in meinem Cubiculum«, sagte Rosa. »Klein und unbedeutend. In einer Grabung herrschen klare Hierarchien, die wichtigen Leute betätigen sich im Peristyl.« Sie machte ein Gesicht, als habe sie in eine Sorrentiner Zitrone gebissen. »Vielleicht finden wir ja noch ein paar Scherben.«

Ich sah mich um in dem Geviert. Es roch nach der Feuchtigkeit alten Mauerwerks.

»Was für ein Raum das wohl war?«

Übermütig drehte sich Rosa einmal um die eigene Achse.

»Das Schlafgemach der Tochter des Hauses vielleicht oder das eines hübschen Jünglings? Wer weiß.«

»Ganz schön eng und unkomfortabel.«

»Denkst *du*! Auch wenn es im Moment nicht mehr danach aussieht – einen solchen Schuppen konnten sich damals die wenigsten leisten. Das hier war eine Domus in bester Lage. Schau dir das restaurierte Haus schräg gegenüber auf der anderen Straßenseite an, dann weißt du Bescheid.«

Die andere Straßenseite zierte ein Prachtbau mit elegantem Säulengarten und opulenten Wandmalereien. Er wurde *Casa degli Amorini Dorati* genannt, weil man dort Intarsienscheiben mit vergoldeten Putten entdeckt hatte. Die allerdings befanden sich nicht mehr vor Ort, sondern in irgendeinem Museum. Oder man hatte sie gestohlen. Wer wusste das schon genau im antiken Pompeji?

»Wirklich schwer vorstellbar«, sagte ich und widmete mich dem nächsten Schwung Lapilli, in der Hoffnung, dass wir ihm etwas über die Vergangenheit dieses Gebäudes entlocken würden. In größeren Mengen waren die Steinchen schwer.

»Was für ein Staub!«

Nach circa einer Stunde hätte ich die typische Statistin in einem Mittelalterfilm abgeben können – verlottert und schmutzig im Gesicht. Außerdem tat mir der Rücken weh. Wie ich das Ganze drei Monate lang durchhalten sollte, war mir ein Rätsel. Schnaufend wischte ich mir den Schweiß von der Stirn.

»Nicht so hastig«, sagte Rosa. »Es gibt keinen Preis für Schnelligkeit, ein bisschen Zeit haben wir schon. Trink einen Schluck Wasser, sonst fällst du noch um. Willst du einen Keks?«

Sie reichte mir eine Tüte Cantuccini, die härter waren als die Lapilli.

»Was macht Professore Pappalardo eigentlich in Neapel?«, fragte ich neugierig. Rosa war mit Kauen beschäftigt, weswegen sie nicht sofort antworten konnte.

»Er wird bei Maurizio Sorrano sein, wegen der Schriftrollen, die sie hinten im Haus gefunden haben. Scheinbar nicht einfach zu entziffern. Genaueres weiß ich nicht, da müsstest du Sandro fragen.«

»Lieber nicht.«

Grabend, siebend, schwatzend verbrachten wir den Tag.

Rosa zeigte mir vieles, unter anderem betrachteten wir nochmals gemeinsam die Fresken im Triklinium.

»Das da ist Medea, die mit dem Drachenwagen in den Himmel flieht, rechts daneben siehst du Apoll und Daphne. Professore Pappalardo meint, das schlecht erhaltene Fresko ganz links zeigt Pyramus und Thisbe.«

Pyramus und Thisbe waren wie Romeo und Julia – nur eben antik.

»Alles Motive aus Ovids *Metamorphosen*«, bemerkte ich nachdenklich.

»Stimmt, aber das ist sicher Zufall«, erwiderte Rosa. »In der Antike machten diese Sagen die Runde wie heute irgendwelche Bestseller. Ovid hat sich an den Motiven mit vollen Händen bedient.«

»Man wird doch noch träumen dürfen«, sagte ich leise.

»Träumen darfst du nachts«, entgegnete Rosa trocken. »Da drüben warten ungefähr zehn Kubikmeter Erde. Nein, zwanzig. Lass uns weitermachen.«

Es fiel mir schwer, mich von den Wandgemälden zu lösen. Das Gesicht der Daphne brachte mich ins Grübeln. Es rührte etwas in mir an, als hätte ich es schon einmal gesehen, aber ich wusste nicht, wo.

»Moment noch«, sagte ich. »Das letzte Fresko, rechts neben Apoll und Daphne, darüber hast du gar nichts gesagt.«

»Ich dachte, das erklärt sich von selbst. Wald, ein Teich, darüber gebeugt ein Jüngling. Na?«

»Narziss«, entfuhr es mir prompt, »der sich in sein eigenes Spiegelbild verliebt.«

»Exakt.«

»Sehr schön! War wenigstens unser lieber Alessandro an der Entdeckung beteiligt?«

»Ja … Nein. Ich weiß nicht mehr genau, warum?«

»Weil der selbstverliebte Narziss doch gewissermaßen sein Alter Ego ist.« Rosa zog eine Grimasse.

»Hör auf, so schlecht von ihm zu reden«, fauchte sie unvermittelt. »Ich kann ihn gut leiden.«

»Du bist in ihn verknallt«, neckte ich, worauf sie eine Handvoll Lapilli nach mir warf, die sich in meinem vom Dreck steifen Lockenwust verfingen.

Kurz darauf waren wir wieder konzentriert bei der Arbeit. Trotz aller Mühen fanden wir … nichts. Kein noch so kleines Fragment, keine Scherbe.

»Irgendwie bringst du mir Pech«, beschwerte sich Rosa.

»Sorry, keine Absicht«, entschuldigte ich mich.

»Man könnte echt meinen, hier hätte nie jemand gelebt.« Schwungvoll landete eine weitere Schippe Lapilli in meinem Sieb.

»Vielleicht stand dieses Zimmer leer?«, mutmaßte ich.

Sieb leicht schütteln, Erdreich mit den Fingern durchkämmen, weiter schütteln, Reste in die Schubkarre kippen. Im stumpfen Gleichmaß der Bewegungen wurde alles eins. Ich überließ mich meinen Gedanken. Sie glitten von Apoll zu Stoffel, von Mama zu Daphne, schließlich zu Narziss und Alessandro. Dazu hagelte es Lapilli.

»Für heute sind wir fertig«, durchbrach Rosa meine Fantastereien. »Es ist Freitag, ich muss los, die Pizzeria wartet.«

»Wie spät ist es?«

»Fast sechs.«

Aus dem Augenwinkel nahm ich wahr, wie Lucia und Raffa sich küssten und dann Händchen haltend davonspazierten. Ein schönes Paar. Tom verabschiedete sich brummend, Rico mit einem Schulterklopfen.

»Nächste Woche vermessen wir weiter!«

Sein französischer Akzent klang drollig, was die Aussichten auf eine Fortsetzung der Plackerei nicht verbesserte.

»Ich muss wirklich«, sagte Rosa. »Du findest ja selber raus.« Ich sah sie nur noch von hinten.

Erst als alle verschwunden waren, registrierte ich, dass

niemand die Werkzeuge ins Magazin gebracht hatte. Also blieb das wohl an mir hängen. Eine Strafarbeit, während der ich übelst vor mich hin schimpfte – es hörte ja keiner mehr –, während der mir aber auch einfiel, woher ich das Gesicht der Daphne zu kennen glaubte.

Im Westen Pompejis, an der Stadtmauer nahe der *Porta Marina*, lag die sogenannte *Villa Imperiale*, ein hochherrschaftliches Gebäude von einst enormen Ausmaßen. Im oberen, wohl schon in der Antike zerstörten Bereich präsentierte heute ein Museum auf quadratisch angeordneten Leinwänden eine 3-D-Vesuvausbruch-Show, Straßengeräusche, Donnergrollen und Schreckensschreie inklusive. Ich jedoch suchte nach etwas anderem.

Über komplizierte Treppenkonstruktionen aus Stahl stieg ich hinab ins Untergeschoss, wo einige alte Räume erhalten waren. An einer der Wände musste sich ein berühmtes und in Büchern oft abgebildetes Fresko befinden. In meiner von Professor Hilarius gelobten Seminararbeit hatte ich darüber geschrieben, jetzt wollte ich es sehen und fand es schnell.

Das Wandbild erzählte die Geschichte von Daedalus und Ikarus, die, gefangen im Labyrinth des Minotaurus auf Kreta, nach einem Ausweg suchten. Was tun? Nach kluger Überlegung erschuf Daedalus zwei Flügelpaare.

»Sei vorsichtig!«, ermahnte er den Sohn, als sie sich damit in die Lüfte erhoben. »Die Konstruktion ist anfällig.«

Vergeblich. Anfangs noch schüchtern, packte Ikarus bald der Übermut, höher und höher stieg er empor bis zur Sonne. Deren Wärme schmolz das Wachs, das die Flügel zusammenhielt, sie brachen, der Jüngling stürzte ins Meer und starb.

Auf diese tragische Szene blickte eine grazile Nymphe im grünen Gewand. Das myrtenbekränzte Haupt schräg über die entblößte Schulter geneigt, auf den rechten Arm gestützt, sah sie von einem Felsvorsprung hinab aufs Meer.

»Was ist geschehen?«, schien sie zu fragen.

Obgleich nur eine Nebenfigur, nahm sie mich völlig gefangen. Das Gewand in kunstvollem Faltenwurf, der von weißen Fibeln gehaltene Schleier über der Brust, erschien sie mir wie eine dem Himmel entsandte Botin. Und: ihre gerade Nase, die hohe Stirn, der winzige sinnliche Mund – ganz die Daphne aus unserem Triklinium. Zufall, Absicht oder der Scherz eines Malers, der in verschiedenen Gebäuden beschäftigt gewesen war? Konnte man das erforschen?

»Und hier, meine Herren, sehen Sie abschließend das Prunkstück der Villa, den Oecus. Es handelte sich um einen Repräsentationsraum, in dem man Gäste empfing …«

Ich fuhr herum. Der Raum füllte sich mit Männern, ganz eindeutig der Lehrertrupp aus dem Flugzeug. An seiner Spitze: Alessandro. Zielstrebig bewegte er sich auf die gegenüberliegende Nordwand zu, um deren Gemälde und Verzierungen zu erläutern. Er sah mich nicht. Im lärmenden Pulk hätte ich mich unbemerkt davonstehlen können, aber ich stand wie angewurzelt da, die Nymphe, den fliegenden Daedalus und den toten Ikarus im Rücken.

»Schee die Führung, ned wahr?«, tuschelte einer der Besucher zum anderen.

»Ha ja, aber a glois bissle lang.«

Das also war die Nebentätigkeit des großen Alessandro? Ehe der mir auch nur *a glois bissle* hätte leidtun können, drehte er sich um und kam auf mich zu.

»… ist an der Südwand der Sturz des Ikarus abgebildet, seitlich daneben eine Nymphe, die ihn betrauert.« Ich geriet in seinen Fokus. »Nicht die im Vordergrund natürlich«, sagte er, lässig auf mich weisend. »Diese Dame sieht ja recht fröhlich aus.«

Die Lehrer lachten. Ich kniff die Lippen zusammen.

»Salatkopf«, raunte mir Alessandro zu. »Geh zur Seite, ich habe hier zu tun.«

»Ich auch«, zischte ich zurück und blieb, wo ich war. »Toller Nebenjob, übrigens.«

»Genau. Er bildet – in jeder Hinsicht.«

Damit wandte er sich wieder seiner Reisegruppe zu, um deren eigenartige Fragen zu beantworten. War Goethe hier? Hat es ihm gefallen? Warum ist dieser Raum so dunkel? Warum sind die Motive der Wandmalerei so trist? Hätte man nicht etwas Positiveres …? Alessandro nahm es erstaunlich gelassen. Widerwillig zollte ich ihm Achtung, was man mir wahrscheinlich anmerkte. Nachdem sich ein Großteil der Touristen verabschiedet hatte, schlenderte er nämlich erneut zu mir herüber.

»Beeindruckt?«, fragte er selbstzufrieden.

»Kein Stück«, log ich.

»Soso. Was treibst du überhaupt hier?«

»Studien«, bemerkte ich vage und gaffte auf die Nymphe.

»Gib dir keine Mühe, du siehst ihr nicht ähnlich. Besonders die Frisur …«

»Was hast du ständig mit meinen Haaren?«

»Gar nichts, Lollo rosso, ich finde sie entzückend. Und wo wir nach einem harten Arbeitstag schon einmal so nett beieinanderstehen, könnten wir doch eigentlich noch ein Gläschen Rotwein trinken.«

»Rotwein, wir beide?«

»Weißwein geht auch. Es gibt da eine Bar nicht weit vom Haupteingang …«

»Kenne ich.«

»Gut!« Er kontrollierte sein Handy. »Meine Zeit ist freilich knapp bemessen, per Zufall hätte ich gerade jetzt ein Stündchen frei.«

»Aber ich nicht.«

»Schade, zu sehr hätten mich die Ergebnisse deiner … Studien interessiert.«

»Pah, dass ich nicht lache!«, konterte ich wütend.

»Italien bekommt dir, du entwickelst ungeahnte Leidenschaftlichkeit.«

»*Stronzo* – Arschloch!«

»Genau das meine ich!« Er klatschte in die Hände. Seltsam hohl warfen die Wände des hohen Raums das Echo zurück.

»Möge der Vesuv dich verschlingen!«

»Ich denke, er wird nicht ausgerechnet heute ausbrechen, und falls doch, verschlingt er uns beide. Aber ich möchte nicht länger stören. Beste Erkenntnisse wünsche ich! Vielleicht erscheint dir Ovid, er soll hier manchmal spuken.«

Hocherhobenen Hauptes stolzierte er davon, und es verschaffte mir tiefste Befriedigung, ihm im Rücken die Zunge herauszustrecken.

Den Abend verbrachte ich weder bei Rot- noch bei Weißwein, sondern ganz unromantisch im Bett. Natürlich nicht, ohne vorher in den Genuss von Annas Kochkünsten gekommen zu sein. Diesmal gab es *Scaloppine al limone*, zartes Kalbfleisch in Zitronensoße. Zum Nachtisch bekam ich hausgemachtes Tiramisù und dazu die Einladung zu einem Familienfest. »Morgen Abend feiern wir den Namenstag einer Nichte«, sagte Anna. »Oder den Geburtstag eines Cousins zweiten Grades? Genau kann ich mich nicht erinnern. Es gibt ein Menü, Wein, Grappa. Und sicher ein paar gute Geschichten.«

»Klingt verlockend, aber störe ich euch auch nicht?«, erkundigte ich mich zurückhaltend.

Anna schien sehr erstaunt über diese Frage.

»Stören? Im Gegenteil, Gäste sind immer willkommen. Außerdem … wenn jemand Fremdes dabei ist, werden sie sich zur Abwechslung vielleicht benehmen. Und Abwechslung macht Freude!«

In Erinnerung an die endlosen Lapilli-Siebereien an diesem Tag konnte ich ihr da nicht widersprechen.

# VIII

*De gustibus non est disputandum*
*Über Geschmack lässt sich nicht streiten*

Wie gebannt starrte ich auf die kunstvoll arrangierten Zitronen aus der Region. *Ovali di Sorrento* nannte man sie: kleine, knubbelige Gebilde mit dicker Schale und verhältnismäßig wenig Fruchtfleisch, das jedoch – Rosa hatte es mir beschrieben – von einem unvergleichlichen Aroma war. »Probier es selbst«, hatte sie gesagt, »und du wirst für den Rest deines Lebens nichts anderes mehr wollen.«

Irgendwie amüsierte mich das. Woher nahm sie diese Gewissheit? Waren Geschmäcker nicht sehr verschieden? Auch Anna behauptete ganz vehement, dass es keinen schöneren Flecken Erde gab als Pompeji und dass man nirgendwo bessere Pasta kochte.

Gefrühstückt hatte ich an diesem Morgen in der Bar, denn bei Anna war es zugegangen wie in einem Taubenschlag. Ungefähr acht Frauen, die meisten schwarz- oder grauhaarig, alle gelockt und gut frisiert, flatterten seit Sonnenaufgang mit Töpfen und Pfannen durchs Haus, es klapperte und schepperte, dass dagegen selbst das Rattern der Circumvesuviana einer Meditation gleichkam.

Ausschlafen? Fehlanzeige.

Konnte ich helfen? Auf keinen Fall.

Somit hatte ich zunächst in der Bar bei Cappuccino, trockenem Hörnchen und Orangensaft die kruden Theorien zweier deutscher Landsleute am Nebentisch verfolgt.

»Trinkgeld ist unnötig, das bekommt sowieso die Mafia.« Verschwörerisch sah man sich um.

»Meinst du?«

»Klar. Die zahlen hier Schutzgeld, alle! Das weiß man doch!«

Betretenes Schweigen, genüssliches Latte-macchiato-Schlürfen.

»Ja, sicher. Man sollte dieses Land meiden. Wenn es nur nicht so schön wäre.«

Tiefes Seufzen. »O ja!« Und ein Fingerschnipp in Richtung des vorüberhetzenden Kellners.

»Einen Campari bitte. Nein zwei!«

Um halb zehn.

Ich beschloss, etwas bummeln zu gehen. Samstags waren die Marktstände an der Straße vor der Grabung noch dichter gestellt, sie wirkten üppiger, die Ware bunter. Das Gelb der Zitronen strahlte mit ihrer Verkäuferin um die Wette.

*»Ovali di Sorrento?«*, fragte sie in singendem Tonfall, als mein Handy klingelte. Während ich ranging, streckte ich spontan Daumen, Zeige- und Mittelfinger in die Höhe.

*»Tre!«*

»Lollo, ich bin's, was machst du?«, erkundigte sich Stoffel am anderen Ende der Leitung.

»Einkaufen.«

»Schon wieder?« Von meinem Ferramenta-Exzess hatte ich ihm am Vorabend zerknirscht im Halbschlaf berichtet.

»Nicht so. Normal.« Nebenbei fiel mir ein, dass ich für meine Verabredung wohl irgendein Gastgeschenk benötigen würde, Zitronen wären wohl nicht ganz passend.

»Normal, also«, wiederholte Stoffel. Weiter sagte er nichts.

Die Verkäuferin warf Zitrone um Zitrone in eine große Plastiktüte. Ich stutzte.

»Und sonst?«, fragte ich Stoffel.

»Nichts«, antwortete er.

Offenbar konnte man sich nicht vorstellen, dass jemand läppische drei Zitronen haben wollte, denn in der Tüte, die man mir über den Tresen reichte, befanden sich mindestens drei Kilo.

»Na dann«, bellte ich fahrig ins Telefon.

Überrumpelt nahm ich die Ware entgegen und erntete ein

müdes Kopfschütteln für meinen angebotenen Zehn-Euro-Schein. Nicht genug?

»Lollo?«

Ich schob fünf Euro nach, Wechselgeld erhielt ich nicht. Was für ein Wucher! Säuerlich verabschiedete ich mich und trat zur Seite.

»Jaja, sag du was, du bist extrem wortkarg.«

»Findest du?« Er schien nachzudenken. »Ich glaube nicht, dass ich noch in die Südstaaten fliege. Was soll ich dort ganz allein?«

Das wusste ich auch nicht.

»Vielleicht helfe ich deiner Mutter im Laden.«

Mir glitt beinahe das Smartphone aus der Hand. Mama und Stoffel? Eine unheilvolle Allianz. Schon hörte ich sie gemeinsam lamentieren. Er wegen Reykjavík, sie wegen »Danas Alloro«, beide wegen mir. Und wegen Pompeji.

»Im Ernst?«

»Warum nicht? Du bist nicht da, und sonst gibt es wenig zu tun.«

»Dein Studium?«, fragte ich tonlos.

»Das ... ja ...«, antwortete er ausweichend. »Mal sehen.«

Ich unterbrach die Verbindung und wählte umgehend Mamas Nummer.

»Du hast Stoffel als Aushilfe angestellt?«, ging ich direkt in die Vollen, was meine Mutter nicht beeindruckte.

»Guten Morgen, Carlotta, schön, von dir zu hören.«

»Warum tust du das?« Auf der anderen Seite wurde umständlich mit irgendetwas hantiert.

»Mama?«

Es knackte und krachte.

»Ganz einfach. Weil du ihn versetzt hast und ich dringend jemanden brauche. ›Zwei Fliegen mit einer Klappe schlagen‹ nennt man das wohl.«

Ich ignorierte den vorwurfsvollen Unterton.

»Aha. Aber findest du wirklich, dass Stoffel der Richtige für diesen Job ...?«

Mama unterbrach mich.

»Frag ihn doch selbst, er steht neben mir. Ich reiche dich weiter, warte!«

»Nein danke!«

Ich beendete auch dieses Gespräch, kam mir saublöd vor und fragte mich, was um alles in der Welt ich mit drei Kilo Zitronen anfangen sollte. Aus irgendwelchen Gründen stieg in mir zeitgleich ein Bild von Natale empor, der sich so aufmerksam um mich gekümmert hatte. Sogar eingeladen hatte er mich! Durfte ich Stoffel verübeln, dass er kein leidenschaftlicher Italiener war? War Natale leidenschaftlich?

Ich setzte mich wieder in Bewegung und schlenderte ziellos umher, bis zufällig ein etwas abseits geparkter Lieferwagen meine Aufmerksamkeit weckte, vor dem man auf einem wackeligen Tapeziertisch Ware feilbot. Das brachte mich auf andere Gedanken, denn es löste wenigstens ein Problem.

Den übrigen Tag half ich doch bei Anna aus, deren Damen sich zum Teil verabschiedet hatten. Gefeiert werden sollte im Wohnbereich des ersten Stocks, der eigens dafür hergerichtet werden musste. Wir rückten Möbel, sortierten Besteck, falteten Servietten, polierten Gläser. Ab und an tätschelte jemand meine Wange oder gab mir schwer verständliche Anweisungen, denen ich nachkam, so gut ich konnte. Aus den Vorbereitungen zu schließen umfasste »La Famiglia« halb Italien.

Mir blieb gerade noch Zeit, meine Lockenpracht zu zähmen und eine saubere Bluse überzuziehen, dann trafen auch schon die ersten Gäste ein. Und der Allererste von ihnen war: Alessandro.

»Du?«, fragte ich ungläubig.

Er nickte.

»Oh oh, Lollo rosso, du machst ein Gesicht, als sei dir eine antike Statue erschienen.«

In etwa so kam es mir vor.

»Warum …?«

»Hälst du es für einen Zufall, dass ich dir ausgerechnet dieses Zimmer vermittelt habe? Ich gehöre quasi zur Familie. Annas Tochter ist eine enge Freundin meiner Mutter. Schade, dass beide heute Abend nicht hier sein können. Meine Eltern sind längere Zeit verreist und Annas Tochter, ach, zu kompliziert.«

»Aber …«

»Ich wollte es dir gestern bei einem Glas Rotwein erzählen, also sag nicht, ich sei schuld.«

Von solchen Vorwürfen war ich weit entfernt, denn ich konnte gar nichts sagen, meine Kiefer blockierten. Ich wusste nur, dass ich eine Exit-Strategie benötigte. Bauchschmerzen, Übelkeit, Migräne, Totalverlust meines Erinnerungsvermögens? Dieser Mensch ärgerte mich oder stellte mich bloß, wo immer er mir begegnete. Was, wenn er es nun vor Annas versammelter Verwandtschaft tat, schlimmstenfalls auf Neapolitanisch? Den verzweifelten Griff an meine Schläfen musste ich nicht einmal simulieren.

»Entschuldige, mir ist ganz flau.« Ich hatte an dem Tag wenig zu mir genommen. Abgesehen vom Frühstück und ein paar Naschereien in der Küche, gar nichts. Alessandro griff mich am Arm.

»Los, da rüber«, befahl er sanft. »Setz dich. Ja, gut so. Ein Glas Wasser?«

Ich nahm es entgegen und trank.

»Salatkopf, angesichts der Situation möchte ich dir einen Vorschlag machen.« Seine braunen Augen ruhten auf mir, nicht unangenehm, mehr fragend. Zum ersten Mal, seit ich ihn kannte, vermittelte er mir ein Gefühl von Wärme, und ich bekam eine Ahnung davon, was Rosa, Pina oder die Frau vom Flughafen an ihm schätzten.

»Ja?«, fragte ich zögerlich, in Erwartung der Keule, die jederzeit folgen konnte.

»Lass uns Waffenstillstand schließen«, sagte er, »wenigstens vorübergehend.«

»Dann hör auf, mich Salatkopf zu nennen.«

»Gut, Lollo ro…«

»So auch nicht.«

Er biss sich auf die Zunge.

»Einverstanden.«

Zu meinem Erstaunen ging er nicht weg, sondern blieb bei mir sitzen und stellte mir die Familie vor. Das war nicht weiter schwierig, denn fast alle Neuankömmlinge defilierten mit einem *»ciao Ale«* oder *»ciao Sandro«* an uns vorüber. Manche umarmten ihn oder gaben Küsschen. Keine Frage, er war beliebt.

»Hier ist Tante Rita. Nicht wirklich meine Tante, ich nennen sie nur so: Zia Rita. Ihre *Penne arrabbiate* sind weithin berühmt. Und das ist Zio Antonio, Annas jüngerer Bruder, der ältere, Zio Gennaro, steht dort drüben. Gegen ihn darfst du nicht beim Boccia antreten, du kannst nicht gewinnen.«

Ich nickte gehorsam und bemühte mich, mir alles und jeden zu merken. Nie eine Partie Boccia gegen Zio Gennaro, so viel wusste ich jetzt!

»Peppino, Annas Älterer, und Gino, ihr Jüngster. Ihre Tochter Annarita wird wie gesagt leider nicht kommen. Sie lebt in Monza. Ciao Elena! Elena ist die Enkelin der Exfrau des Bruders … lassen wir das, wir sind gemeinsam zur Schule gegangen. Sie hat inzwischen drei Kinder, Matteo, Marta und Gioia. Und wie ich sehe, ist Nummer vier unterwegs.«

»Nummer vier und fünf«, sagte Elena und strich sich lachend über ihren mächtigen Bauch. »Diesmal werden es Zwillinge.«

»Sieh an, Giovanni!«, ging es weiter. »Maria – Lidia – Teresa – Francesca – Carlo – Franco – Paolo – Daniela. Daniela ist Malerin. Sie hat für uns schon Grabungsskizzen angefertigt. Die besten, die wir je hatten.«

»Du übertreibst«, wiegelte die so Gepriesene ab, grinste aber trotzdem übers ganze Gesicht.

Die Vorspeisen wurden serviert. Tomate und Mozzarella mit Basilikum, eingelegte Auberginen, gebratene Pilze, dazu

Spießchen mit dünnen Salamischeiben, Pestobrötchen und Brötchen mit Trüffelbutter, kleine Schalen Minestrone und Tintenfischsalat. Die Antipasti glänzten verführerisch, die Augen der Gäste gierig. Es gab »Ohs« und »Ahs« und viel ungestümes Gestikulieren.

Zio Antonio hob sein Glas. Oder war es doch Franco? Oder Paolo?

»*Cin cin*«, brüllte er in die Runde. »Auf Donna Anna!«

»Auf Donna Anna«, brüllte die Feiergesellschaft zurück. Gläser klangen, eines ging zu Bruch.

»Warum eigentlich dieses ›Donna Anna‹?«, fragte ich Alessandro.

»Hat sie es dir nicht erzählt?«

»Nein.«

Alessandro spießte einige Pilze auf die Gabel, führte sie zum Mund und kaute, wobei sein ebenmäßiges Gesicht Wohlgefallen ausdrückte. Er nahm einen Schluck Rotwein.

»Anna liebt die Oper. Mehr als das. Sie hat eine Gesangsausbildung absolviert. Nicht einfach, nach dem Krieg, aber sie war sehr begabt, und ihre Eltern unterstützten es, weil sie damit Geld verdienen konnte. Mit der Rolle der Donna Anna aus Mozarts *Don Giovanni* feierte sie große Erfolge. Sie sang sie in Neapel, Piacenza, Bologna, schließlich in München, wo sie sozusagen hängen blieb.«

»Deswegen spricht sie so gut Deutsch.«

»Ja. Sie liebte einen Deutschen und bekam mit ihm zwei Kinder.«

»Einen Deutschen? Aber sie trägt doch einen italienischen Nachnamen.«

»Die beiden waren nicht verheiratet oder, besser gesagt, er schon. Mit einer, sagen wir, *gesellschaftlich passenderen* Person.«

»Und dann?«

»Genau weiß ich es nicht, es wird nicht viel darüber gesprochen. Das Ganze war natürlich ein Skandal. Anna wurde zuerst von der Familie verstoßen, später wieder aufgenommen, als sie sich mit ihrem Liebhaber entzweite. Sie kehrte nach Pompeji zurück, er schrieb ihr flehende Briefe, die sie bald unbeantwortet ließ. Sie hatte sich entschieden, das ist ihre Art.«

»Bewundernswert.«

»Wie man es nimmt. Irgendwann kamen keine Briefe mehr, sondern ein Umschlag mit einer Todesanzeige. Dazu flüchtig hingeworfene Zeilen in fremder Schrift, die, soweit ich weiß, keiner aus der Familie je zu lesen bekommen hat. Anna soll sich eingeschlossen und für eine Woche mit niemandem ein Wort gewechselt haben, ehe sie zur Tagesordnung überging.«

»Klingt wie ein Kinofilm.«

»Mehr wie eine Oper, oder? Letztlich heiratete sie einen Italiener, sang noch ein paar Jahre, dann zog sie sich zurück.«

»Und ihr Ehemann?«

»Starb früh. Frustriert durch das Idealbild eines anderen, das er nie erreichen konnte.« Er hielt inne. »Das ist meine Interpretation.«

Ich wusste nicht, was ich dazu sagen sollte.

»Ein bewegtes Leben«, brachte ich schließlich hervor.

»Zweifelsohne.«

»Anna wirkt gar nicht unglücklich.«

»Ich glaube, das ist sie auch nicht.«

Nachdenklich blickte er aus dem Fenster. Bei seinem Anblick im Halbprofil kam mir ein Mosaik in den Sinn, das man einst in Pompeji gefunden hatte. Es zeigte Alexander den Großen, wahrscheinlich in der Schlacht bei Issos, stolz zu Pferde mit fliegendem Haar. Drei-drei-drei, bei Issos Keilerei.

»Woran denkst du?«, fragte Alessandro, dem mein Gesichtsausdruck nicht entgangen war.

»An Alexander den Großen«, sagte ich ehrlich.

Er erwiderte nichts.

»He, ihr zwei, euer Gerede versteht hier niemand!«

So vertieft waren wir in unser Gespräch gewesen, dass wir alles um uns herum vergessen hatten.

An unserem Tisch saß Elena, die abwechselnd damit beschäftigt war, ihre drei umhertollenden Kinder zu bändigen und die beiden in ihrem Bauch strampelnden zu besänftigen, außerdem Annas Bruder Gennaro und seine Frau Concetta, die der hilfsbereiten Signora vom Flughafen glich. Heiter umherschwatzend verzehrte sie Unmengen Antipasti. Ihr Mann blieb wortkarg, vielleicht plante er die nächste Partie Boccia. Wer von all den Verwandten bei Anna im Haus wohnte, wusste ich gar nicht genau. Da mein Zimmer im Souterrain lag und ich fast immer in der Grabung war, bekam ich davon wenig mit.

Der Abend verlief harmonisch. Alessandro gab den Kavalier. Er übersetzte, wenn ich etwas nicht verstand, half geduldig, wenn mir ein Wort auf Italienisch nicht einfiel – und er ließ keine einzige blöde Bemerkung fallen. Ich ertappte mich bei dem Gedanken, ob ich am Ende seinen Zwillingsbruder vor mir hatte.

»Ale, Lollo, probiert die Zucchini«, rief Concetta und reichte uns die Platte. »Ihr passt übrigens sehr gut zusammen.«

Ich wurde rot wie eine Vesuvtomate.

»Woher willst du das wissen?«, fragte Alessandro amüsiert. »Du verstehst doch gar kein Deutsch.« Inbrünstig trommelte Concetta mit ihrer rechten Hand auf die Brust.

»So etwas spürt man.«

Das war ziemlich genau der Moment, in dem das Gezeter losging.

»Daniela«, brüllte Anna aus der Küche herüber. »Wo sind die Zitronen?«

Als nächster Gang waren eben jene *Scaloppine al limone* vorgesehen, die ich vor Kurzem genossen hatte. In der Küche harrten sie ihrer Vollendung. Eigentlich.

»Woher soll ich das wissen?«, rief Daniela zurück.

Anna erschien im Türrahmen. Ihre Stirn war schweißnass.

»Du wolltest sie doch mitbringen.«

»Ich?«

»Nein«, mischte sich Concetta ein, »das war ich. *Ich* sollte sie mitbringen. Und ich habe es vergessen. Tut mir leid.«

Anna feuerte eine Schimpftirade auf Neapolitanisch ab, die Alessandro mit einem koketten Zungenschnalzen quittierte.

»Dann mach die Scaloppine halt ohne Zitrone«, schlug er vor.

Das ging gegen Annas Ehre.

»Sandro, mein Lieber, ich rate dir, grab du Pompeji aus, vom Kochen verstehst du nichts.«

Er hob beschwichtigend die Hände.

»Über Geschmack lässt sich nicht streiten, aber ich mag sie auch mit Weißwein.«

»Was braucht sie?«, fragte ich ihn. »Zitronen?«

»So sieht's aus, ja«, sagte er.

»Kein Problem!« Ich sprang auf, wirbelte treppab in mein Zimmer, wo ich mir die unselige Plastiktüte vom Morgen und – das hätte ich beinahe vergessen – den Rucksack mit meinem Gastgeschenk krallte.

»Hier bitte, drei Kilo Zitronen für die Scaloppine!«, schnaufte ich atemlos, »und drei Meter Stoff zum Nähen.« Wie eine Magierin zog ich eine Bahn meergrün schillernder Rohseide aus dem Rucksack, die quer durch den Raum flutete. Ich hatte sie am Vormittag aus dem Gewühl auf dem Tapeziertisch vor dem Lieferwagen zutage gefördert und zu einem faireren Preis erstanden als die *ovali*.

Ein paar Frauen applaudierten.

Anna wusste nicht, worüber sie sich zuerst und mehr freuen sollte. Über die schmerzlich vermissten Zitronen oder über den Stoff.

Sie hielt ihn vor ihre Brust, dann vor meine.

»Er wird dir hervorragend stehen.«

»Nicht mir«, wehrte ich ab. »Dir!«

»Kommt Zeit, kommt Rat. Und danke.« Küsschen links, Küsschen rechts, das unvermeidliche Kneifen in meine Wange, darauf verschwand sie in der Küche, und wir tafelten weiter.

»Du machst unsere Donna Anna richtig glücklich«, sagte Alessandro. »Alle kommen und lassen sich von ihr bewirten, an sie denkt niemand. Du schon.«

»Ist doch selbstverständlich«, murmelte ich vor mich hin.

»Nein«, erwiderte er, »ist es nicht. Du bist die Frau des Abends. Schon wegen der Zitronen. Aber sag: Wofür hattest du so viele Zitronen gekauft?«

»Intuition.«

Die Scaloppine wurden aufgetischt, und obwohl ich Rosas Enthusiasmus bezüglich der überaus sauren *ovali* nicht uneingeschränkt teilen konnte, genoss ich das Essen sehr. Es folgten verschiedene Pastasorten, gegrillter Schwertfisch und ein Nachspeisenbuffet, das jeden Sternepatissier neidisch gestimmt hätte.

Am Ende musste weder über Geschmack noch um das Essen gestritten werden, denn alle wurden satt.

Der Wein von den Hängen des Vesuvs floss üppig, keiner der Gäste blieb abstinent, nicht einmal die schwangere Elena.

Als sich nach Mitternacht die ersten Gäste verabschiedeten, verglichen Alessandro und ich gerade das italienische und das deutsche Denkmalschutzgesetz. Im Ergebnis: kompliziert.

Anna brachte zwei Gläser und eine Flasche Limoncello, was unserem Gespräch eine neue Richtung gab. Alessandros Sorge, den Ansprüchen der Wissenschaft nicht zu genügen, brach sich ebenso Bahn wie die meine, überhaupt irgendeinem Anspruch zu genügen. Mama, »Danas Alloro«, Stoffel und Capri ritten auf Limoncelloschwaden durch mein Hirn.

»Ich habe dich für naiv und oberflächlich gehalten«, gestand Alessandro schließlich betüdelt.

»Ich dich für narzisstisch.«

»Oh«, machte er.

*In Limoncello veritas.*

Irgendwann erhob ich mich schwerfällig.

»Ich glaube, wir haben genug gefeiert.«

»Ja, schade.«

Alessandro schüttete dem Zitronenlikör einen letzten Amaro hinterher.

»*Buonanotte*, Salat… *Signorina*«, sagte er sanft.

»Du kannst mich wieder Salatkopf nennen«, gab ich zurück. »Es fing schon an, mir zu fehlen.«

Er musterte mich interessiert.

»Eigentlich finde ich Lollo rosso ganz großartig! Rotbraun wie die Ziegel von Pompeji, kraus wie duftendes Frauenhaar und bitter …«

»… wie die Liebe, ich weiß. Gute Nacht.«

Mit größter Umsicht peilte ich die Treppe an. Bloß nicht im letzten Moment blamieren! Langsam, ganz langsam stieg ich hinab. Und ich hätte schwören können, dass Alessandro mir nachblickte. Wie Apoll der Daphne. Oder wie Narziss sich selbst.

# IX

*Carpe diem*
*Genieße den Tag*

»Ach wirklich? Wie erstaunlich!«

In der Grabung herrschte Aufregung. Das niederländische Team ein paar Straßen weiter hatte bei Restaurationsarbeiten ein Graffito entdeckt. *Carpe diem*, besagte es. Die berühmten Dichterworte von Horaz führten bei uns zu hitzigen Diskussionen: War es denkbar, dass ein antiker Römer sie sich an seine Zimmerwand hatte malen lassen? Oder handelte es sich um eine Laune aus neuerer Zeit? Das Gebäude, in dem die Niederländer arbeiteten, hatte man schon vor einigen Jahren ausgegraben, aber nicht näher erforscht.

»Heutzutage pinseln sich Leute zur Geburt ihrer Kinder Sprüche an die Wand, wie ›Wenn aus Liebe Leben wird‹, warum sollten sie sich damals nicht dazu ermahnt haben, den Tag zu genießen?«, meinte Rosa.

Gut ausgeschlafen und bestens gelaunt strahlte sie in die Runde.

Anders Professore Pappalardo. Er war mit wenig neuen Erkenntnissen aus Neapel zurückgekehrt; in knappen Worten hatte er uns wissen lassen, dass die Schriftrollen nicht besonders gut erhalten seien und man Genaueres nicht sagen könne. Gegebenenfalls niemals.

Jetzt begutachtete er die Wand der Niederländer.

Alessandro hatte mich an diesem Morgen mit einem Kopfnicken begrüßt, sich ansonsten jedoch an Rosa und die anderen gehalten.

War ihm der Samstagabend peinlich? Hatte er ihn verdrängt oder unsere Gespräche komplett vergessen? Zumindest ersparte er mir einen dummen Spruch, als ich über meine eigenen Füße stolperte.

»Er wirkt fahrig und übermüdet«, sagte Rosa. »Wie wohl sein Wochenende war?«

»Wild.«

Rosa sah mich fragend an.

»Seine Wochenenden sind immer wild«, wich ich aus, »in Freiburg ist das allgemein bekannt.«

»Ach was?! Apropos Wochenende. Natale lässt fragen, ob du uns am nächsten Sonntag besuchen kommst.«

»Klar, das wäre toll.«

»Also abgemacht«, entgegnete Rosa, »um 11:00 Uhr bei uns!«

»Natale ist wirklich nett«, sagte ich, weil ich das Gefühl hatte, noch etwas hinzufügen zu müssen.

»Sicher«, erwiderte Rosa. »Natale ist wirklich nett. Deswegen ist er auch Single.«

Die Grabungswoche verlief unspektakulär. Ich schippte und siebte, inzwischen in meinem eigenen, mir zugeteilten Cubiculum, das zweite an der rechten Seite des Atriums. Da ich alleine war, kam ich langsam voran. Aber nicht nur deswegen, ich wollte alles richtig machen. Akribisch siebte ich den feinen Staub, die an der Seite herunterfallenden, gröberen Lapilli durchwühlte ich sorgsam mit den Händen. Einmal fand ich den Henkel eines Tongefäßes, den das übrige Team mit einem müden Lächeln quittierte. Kurz überlegte ich, ihn als Souvenir einzustecken, dann legte ich ihn zu den Artefakten.

Professore Pappalardo, der das niederländische Graffito inzwischen als nicht-antik identifiziert hatte, widmete sich seinen Aufzeichnungen und telefonierte sporadisch mit Neapel. Einmal sah er dabei amüsiert zu mir herüber, doch vielleicht war das nur eine Ausgeburt der Sommerhitze. Rosa musste sich mehrfach abmelden, da in der Pizzeria jede Hand gebraucht wurde. Der Professor akzeptierte dies stirnrunzelnd.

Zwischendurch gab Alessandro mir Anweisungen oder erklärte, wie ein bestimmter Handgriff ausgeführt wurde. Er suchte weder meine Nähe, noch ging er mir aus dem Weg. Vielmehr verhielt er sich mir gegenüber derart neutral, dass es wehtat. Lieber wäre mir gewesen, er hätte mich geärgert, meine wissenschaftliche Qualifikation in Zweifel gezogen oder wenigstens irgendetwas, das nicht ganz so gleichgültig war.

Sei vernünftig, rief ich mich zur Ordnung und hätte mich dabei um ein Haar selbst »Salatkopf« genannt. *Es geht um Alessandro Magno, den eitlen Pfau, den Narziss, der dich bis vor Kurzem sekündlich zur Weißglut gebracht hat. Nur, weil er einen Abend lang nett zu dir war, musst du dich nicht in die Schar seiner Verehrerinnen einreihen. Denn, sei ehrlich, du verhältst dich gerade exakt wie sie.*

Zur Ablenkung telefonierte ich mit Stoffel, der mir enthusiastisch von einer gemeinsam mit Mama durchgeführten Ladeninventur berichtete. Alles habe perfekt geklappt, die Bilanzen stimmten auch. Befriedigend sei das gewesen und befreiend, im Gegensatz zum öden Jurastudium. Und so *sinnstiftend*. Angesichts des Tands, den meine Mutter feilbot, war das ein seltsames Wort. Von einer Reise in die Südstaaten jedenfalls war keine Rede mehr.

Gegen Ende der Woche – einige der anderen Helfer waren unterwegs, um Material zu besorgen, Rosa beglückte hungrige Pizzeria-Gäste und der Professor die Grabungsverwaltung – beobachtete ich, wie Alessandro ins Triklinium ging und nicht wiederauftauchte.

Ich überwand meine Scheu und schlich ihm nach. In sich gekehrt stand er da, eine Hand grübelnd am Kinn. Er betrachtete die Verwandlung der Daphne.

»Ihr Gesicht sieht aus wie das der Nymphe in der Villa Imperiale«, sagte ich.

Alessandro drehte sich nicht um.

»Das habe ich mir auch schon gedacht, aber ich bringe es nicht zusammen. Die mythologischen Bilder in der *Imperiale* sind später dritter Stil. Das hier muss danach entstanden sein, nicht sehr lange vor dem Untergang der Stadt. Andererseits sieht man, dass die Fresken zum Teil korrigiert wurden, vielleicht infolge eines Erdbebens.«

Sechzehn Jahre vor dem großen Vesuvausbruch im Jahr 79 nach Christus hatte es in Pompeji ein schweres Beben gegeben, danach immer wieder viele schwächere Erdstöße, welche die Stadt stark beschädigten. Man bemühte sich um den Wiederaufbau, aber selbst am Tag der finalen Katastrophe waren die Arbeiten noch nicht abgeschlossen gewesen. Möglicherweise hatten auch in diesem Haus solche Reparaturen stattgefunden.

»Da zum Beispiel schimmert etwas anderes hindurch«, sagte Alessandro. Er tat einen Schritt nach vorne, ich rückte nach, etwas dichter an ihn heran, als vielleicht notwendig gewesen wäre, sodass der Duft seines herben Rasierwassers meine Nase kitzelte.

»Der Arm einer anderen Figur?«, fuhr er fort. »Es mag sein, dass der Kopf der Daphne zu einer neueren Schicht gehört, obwohl er ja etwas beschädigt ist. Ich bin auf dem Gebiet kein Experte und kann es nicht beurteilen.«

»Vielleicht kann Professore Pappalardo helfen?«

»Der ist momentan mit anderem beschäftigt.«

»Die Schriftrollen?«

»Und Dokumentationen, ja.«

Unschlüssig durchkämmte er mit den kräftigen Händen seine staubigen Locken. Sein Atem streifte mich flüchtig, als er sich abwandte. Instinktiv wollte ich ihn aufhalten und bekam einen Zipfel des karierten Hemdes zu fassen, das ihm lässig aus der Hose hing.

»Warte!«

»Ja?«

»Was ist los? Du verhältst dich so komisch.«

Erstmals in dieser Woche sah er mir direkt in die Augen. Wie Rosa schon vor Tagen festgestellt hatte, wirkte er nervös und müde.

»Komisch, ich? Inwiefern?«

Beschämt glotzte ich auf meine Schuhspitzen.

»Du bist unterkühlt. Und du nennst mich nicht mal mehr Salatkopf.« Bei den letzten Worten blieb mir fast die Stimme weg.

Er bedachte mich mit einem Lächeln. Weniger breit und provokativ als sonst, aber immerhin.

»Wenn das dein Problem sein sollte, entspann dich, Salaaaatkopf. Ich bin überarbeitet und stehe unter Druck. Pappalardo kommt nicht weiter, und das Peristyl gibt uns auch keine Antwort.«

»Ich hätte einen Henkel beizutragen.«

Alessandros linkes Augenlid begann zu zucken, was recht ulkig aussah.

»Ein Henkel wird uns leider nicht retten. Wir brauchen greifbare Ergebnisse, irgendetwas Neues, am besten eine kleine Sensation für die Presse.«

»Oh.«

»Tja, die Archäologie will finanziert sein, deswegen muss man sie verkaufen können. Eine englische Forscherin zum Beispiel hat neulich Fiorellis Abdrücke mit dem Computertomografen durchleuchtet.«

Der bedeutende Pompeji-Forscher Giuseppe Fiorelli hatte seinerzeit Hohlräume, die nach der Verwesung von verschütteten Menschen in der obersten Schicht aus gepresster Asche entstanden waren, mit Gips ausgießen lassen. So erschuf er Silhouetten von schauriger Faszination.

»Und was kam raus?«

»Nichts Großartiges, aber es stand in der Zeitung.«

Ich nahm mir vor, die Lapilli noch gewissenhafter zu durchforsten. Alessandro indessen fasste sich und kehrte beinahe zu seiner alten Form zurück.

»Keine Panik, Salatkopf, was soll schon passieren? Wir haben ja jetzt dich, die pompejanische Lara Croft. Du wirst den verborgenen Schatz heben und uns zu ewigem Ruhm verhelfen.«

Perplex öffnete ich den Mund, um etwas zu sagen, und schloss ihn wieder. Hatte ich es nicht selbst so gewollt?

»Und eins verspreche ich dir. Wenn ich da hinten endlich etwas finde, egal was, wird gefeiert. Mit Champagner und Lollo rosso.«

»O. k.«, stammelte ich betreten, »super, danke.« Er hörte es nicht mehr, denn er war mit fliegendem Haar im ehemaligen Gärtchen des Hauses verschwunden.

Natale und Rosa empfingen mich herzlich. Der Weg war leicht zu finden gewesen – zehn Haltestellen mit der Circumvesuviana in Richtung Sorrent, danach sechs Minuten zu Fuß. Die kleine Wohnung lag in einem von außen wenig gepflegten, baufälligen Palazzo, doch sie war sehr gemütlich. Zwei Zimmer, Küche, Bad, aus denen die beiden das Beste gemacht hatten. Hier einen Riss gekittet, da einen Fensterladen repariert, anständiges Küchenmobiliar angeschafft.

»Rosa wird mit uns essen«, erklärte Natale, »danach muss sie …«

»… in die Pizzeria«, ergänzte ich wie selbstverständlich; mein Italienisch hatte in den letzten Wochen deutliche Fortschritte gemacht.

»So ist es.«

»Am Sonntagnachmittag? Hart.«

»Ja, leider, sie hatten dort wohl einen Wasserrohrbruch und müssen den Laden erst wieder trockenlegen.«

»Chaotisch wie immer!«

»Wenigstens können sie kochen.«

Das konnte auch Natale. Es gab Pasta mista mit Speck, Zwiebeln und Blumenkohl, ein rustikales, in der Region sehr beliebtes Gericht. Dazu einen roten Perlwein, der wahrscheinlich unter der Ladentheke gehandelt wurde und in jedem Fall für gute Stimmung sorgte. Selbst bei Rosa, die am Anfang noch geseufzt hatte, dass sie ihre ersehnte Sonntagsruhe dem ökonomischen Wohlergehen der unglückseligen Pizzeria opfern musste.

»Mach dir nichts draus«, tröstete ich, »unser Alessandro Magno darf heute ebenfalls buckeln.«

Tatsächlich hatte der, ehe er tags zuvor die Grabung verließ, den Kopf in mein Cubiculum gesteckt, gähnend und schicksalsergeben. »Am Wochenende kommen die Reisegruppen im Stundentakt.«

»Alessandro Magno?«, fragte Natale. »Wer ist *das* denn?«

»Ein echter Held«, witzelte ich, eine nähere Erklärung überließ ich Rosa.

»Hast du gestern noch was gefunden?«, erkundigte die sich stattdessen.

»Nein, nichts«, erwiderte ich düster.

»Das war zu erwarten«, seufzte sie. »Warum sollte es dir besser gehen als mir? Archäologie kann sehr frustrierend sein!«

»Ich finde sie faszinierend«, versetzte Natale.

»Du weißt nicht, was du da sagst«, entgegneten wir im Duett.

Nach Wein, Pasta, Panna cotta sowie einem Espresso machte sich Rosa zu Fuß auf den Weg, Natale und ich fuhren mit der Circumvesuviana nach Sorrent.

Zunächst stürzten wir uns ins Gewühl der engen Gassen.

Wenn Italien das Land war, wo die Zitronen blühten, war Sorrent die Stadt, in der sie einen erschlugen. Von Ladenaushängern grinsten sie herab, prangten auf Halstüchern, Tellern, Krügen, Kacheln. Es gab sie als Seife, Pasta, Tee, Gewürzsalz. Von Kühlschrankmagneten, Haarspangen und Tischdeckenbeschwerern ganz zu schweigen. Man konnte ihnen nicht entkommen, nirgendwo. Meine drei auf dem Markt erstandenen Kilo waren ein Lufthauch gegen diese Tonnenware. Die Farbe von Sorrent war gelb.

»Willst du ein bisschen shoppen?«, fragte Natale.

Dieses Wort war für mich mit einer – gewissen – Negativität behaftet.

»Lieber ans Meer.«

»Gut.«

Also ließen wir die Einkaufsstraßen hinter uns, die schmalen überlaufenen Gassen, die Geschäftigkeit, den Lärm.

Hinter einer langen Eisenbrüstung eröffneten sich uns Himmel und Meer. Zur Rechten an der Bucht der Vesuv, unter uns in felsiger Tiefe einer der beiden Häfen der Stadt, mit zwei Molen, auf denen sich Touristen rekelten, in dunstiger Ferne Capri. »Scheiß Capri«, dachte ich instinktiv.

»Das dort unten ist die *Marina piccola*«, sagte Natale. »Man nennt sie klein, obwohl sie weit größer ist als die *Marina grande* weiter drüben. Italienische Logik.«

Ich schwieg.

Neben uns am Geländer reihten sich andere Sonntagsgäste. Eine andächtige, nur von gelegentlichem Kindergelächter durchbrochene Stille lag über dem Ort. Tief sog ich die würzige Sommerluft ein und fragte mich, warum sie nicht nach Zitronen schmeckte.

»Wie schön das ist!«

Wären wir die Hauptdarsteller einer Italien-Schmonzette des deutschen Fernsehens gewesen, hätte Natale nun sagen müssen: »Nicht so schön wie du.«

Er aber sagte: »Ich finde, wir sollten baden gehen.«

Und das taten wir.

Auf verwinkelten, von Wäscheleinen überspannten Treppen stiegen wir hinab zur *Marina grande*. Eine alte Signora beugte sich aus dem Fenster und rief etwas ins dunkle Viereck der geöffneten Balkontür ihrer Nachbarin.

Zur Antwort erhielt sie ein kehliges: *»Ehi?!«*

Durch einen steinernen Bogen gelangten wir zur Strandpromenade, die einer Filmkulisse glich: ineinandergeduckte, vielfarbige Würfel mit grünen Fensterläden und angeschmutzten Fassaden. Mehrere Restaurants, dazwischen eine Kirche.

»In dieser Osteria war mal ein deutscher Sternekoch zu Gast«, verkündete Natale stolz. »Er soll dabei noch etwas gelernt haben!«

Ich musste feststellen, dass der Strand wenig einladend aussah. Den winzigen, für die Öffentlichkeit freigegebenen Abschnitt säumten Algen, auf dem Wasser schaukelte eine Ölspur.

Handtuch lag neben Handtuch, selbst die Sonnenschirme berührten einander.

»Keine Sorge, hier bleiben wir nicht«, sagte Natale und schob mich voran. »Komm mit!«

Er führte mich bis zum Ende der Strandlinie, im dichten Schatten an der Rückseite eines großen Hotels vorbei, bis zu einem schmalen Durchlass, hinter dem es steil bergauf ging. Er war mit einer Kette gesichert.

»Dorthin, da geht es weiter«, erklärte mein Begleiter und stieg zwanglos darüber hinweg.

»Aber das ist verboten!«

»Die Machenschaften der Camorra sind auch verboten«, bemerkte Natale unbeeindruckt, »hält sich jemand dran?«

»Das kann man doch nicht vergleichen.«

»Ich bade hier seit meiner Kindheit und lasse mich nicht vertreiben. *Avanti!*«

Was blieb mir übrig?

Wir erklommen einen durch dichtes Gebüsch führenden Trampelpfad, zu dessen rechter Seite das Meer rauschte. Höher und höher ging es hinauf, dann wieder hinab.

»Vorsicht«, warnte Natale und nahm meine Hand. »Der Weg ist nicht befestigt.«

»Ach, sag bloß!«, schnaubte ich. »Ganz grundlos werden sie ihn nicht abgesperrt haben.«

»Wart's ab«, entgegnete er sanft. Unsere ineinander verschränkten Hände wurden in der Hitze unangenehm schwitzig. Ich wagte jedoch nicht loszulassen. In der Erwartung harmloser Stadt- und Strandvergnügungen hatte ich wieder zu meinen Espadrilles gegriffen, die mir auf dem rutschigen Untergrund keinen Halt gaben.

»Ist es noch weit?«

»Nein, wir sind da.«

Der Pfad endete, das Gebüsch lichtete sich, und wir standen am Rand eines vom Meerwasser umspülten Felsplateaus. Genauer gesagt befanden wir uns vor einer Ansammlung trefflich arrangierter Felsbrocken, die Naturgewalten vor Urzeiten an diese Stelle geworfen haben mochten. Oder die Götter.

Die verschmutzte Küste der *Marina grande* mitsamt ihren Ölstreifen verlor sich spielzeuggleich in der Ferne.

Natale ließ meine Hand los.

Ich blickte umher. Außer uns hatten zwei Liebespaare den Weg hierhergefunden, die in weitem Abstand voneinander lagerten.

»Wie schön das ist!«, sagte ich zum zweiten Mal an diesem Tag, und zum zweiten Mal hatte Natale keine romantische Antwort parat. Vielmehr wühlte er hektisch in seiner Leinentasche.

»Mist, ich habe meine Badehose vergessen!«

»Und jetzt?«, fragte ich.

»Na, was schon?«, gab er zurück, indem er sich aus den Klamotten schälte. Mit halb hochgezogenem T-Shirt kraxelte er über die Felsen bis hin zur Kante, an die das Wasser wie an einen Beckenrand schwappte. Dort entledigte er sich Jeans und Unterhose – kurz blitzte mir ein wohlgeformter Männerpo entgegen – und warf sich nackt, wie Gott ihn schuf, in die schäumenden Fluten.

»Komm rein, es ist herrlich«, rief er mir zu, ehe er untertauchte. Ich blieb zurück, verdattert, durchgeschwitzt. Diese Art von Freizügigkeit hätte ich Natale gar nicht zugetraut. Das heißt, eigentlich konnte ich nicht wissen, was ihm zuzutrauen war. Wie hätte Alessandro sich in dieser Situation verhalten? Oder Stoffel?

Ich schüttelte den Gedanken zusammen mit meinem Sommerkleid ab und sprang Natale mutig hinterher.

Das Wasser war kühl und so klar, dass ich mehr zu sehen bekam, als mir lieb war. Ich selbst trug einen hübschen, rot gepunkteten Bikini im Retro-Stil. Weit unter uns schimmerte der Grund.

»Wie tief ist das?«, prustete ich.

»Fünf Meter? Vielleicht sechs?«, sagte Natale. »Ist das nicht egal, wenn man schwimmen kann?«

Ich paddelte vor mich hin, meine Locken wogten wie Tang auf der Wasseroberfläche. Natale kam ein bisschen näher. Sein wirres nasses Haar reflektierte die Strahlen der Sonne, und seine Augen spielten ein seltsames Spiel mit mir. Waren sie braun? Oder grün?

»*Tutto bene?*«, fragte er.

»Brrr, ist das salzig«, wich ich aus.

»Du sollst es ja auch nicht trinken, *bella sirenetta.*«

Dass er mich »Meerjungfrau« nannte, fand ich wenig treffend. Das Wasser war nie mein Element gewesen. Bereits als Kind hatte ich den Sandkasten, in dem ich meine ersten Grabungen durchführte, dem Planschbecken vorgezogen. Dennoch empfand ich heute, in den schäumenden Wassern des Golfs von Sorrent eine neue Freiheit. Als würde mir der Staub ganz Pompejis von der Seele gewaschen. Darum drehte ich mich auf den Rücken und tat ein paar tapfere Züge Richtung offenes Meer.

Nach dem Bad ließen wir uns auf einem Felsen von der Sonne trocknen, ich im Bikini, Natale ein Frotteehandtuch um die Taille. Auf die Ellenbogen gestützt, lehnte er sich mit halb geschlossenen Augen zurück. Offenbar ein Wohlfühlzustand, denn er gähnte zufrieden.

»Und wie gefällt dir der Grabungsjob?«, fragte er schläfrig.

»Mal so, mal so«, erwiderte ich gleichmütig.

»Ist es das, was du erwartet hast?«

»Ich habe nichts erwartet, jedenfalls nichts Bestimmtes. Aber ein Unterschied ist es schon. Vorher kannte ich die Archäologie nur aus dem Hörsaal. Oder aus der Bibliothek.«

Scheu blickte ich zu ihm hinüber. Große Nasen hatte ich von jeher etwas obszön gefunden, ihm verlieh die seine eine gewisse Imposanz. Ähnlich wie Stoffel war er zugleich sehr schmal gebaut. Ich überlegte, ob mir das gefiel.

Natale setzte sich auf.

»Du gehörst zu den Menschen, die Bücher lieben, nicht wahr.« Es war eine Feststellung, keine Frage.

»Ja.«

»Wieso studierst du ausgerechnet Archäologie?«

Ich dachte nach. Eine Antwort darauf fiel mir nicht leicht.

»Ich glaube«, sagte ich schließlich, »ich wollte schon immer den Dingen auf den Grund gehen. Mein Vater schwört, dass ich das von ihm habe. Er ist Rechtsmediziner und seziert Leichen.«

»Wie grausig.«

»Gewohnheitssache. Meint Papa«, fügte ich hinzu. »Mich interessieren die Bruchstücke des Fernen, Fremden, die es zu entschlüsseln gilt. Professore Pappalardo hat mir erklärt, dass manchmal eine einzige Scherbe ausreicht, um ein ganzes Gebäude zu datieren. Die entscheidende, die Superscherbe sozusagen, die den Durchbruch bringt.«

Über Natales Gesicht huschte ein Schatten, als hätte ich etwas Unangenehmes gesagt. Darum sprach ich schnell weiter.

»Dumm bloß, dass ich diese Superscherbe noch nicht gefunden habe. Genau genommen habe ich außer einem Henkel überhaupt nichts gefunden.«

»Einen Henkel, immerhin! Vielleicht gehörte er zu einem Becher, aus dem vor zweitausend Jahren jemand getrunken hat.«

»Mag sein, als Ausgräberin bin ich trotzdem eine Null.«

»Dasselbe behauptet Rosa auch von sich. Ich glaube, ihr habt zu wenig Geduld. Oder falsche Vorstellungen. Ich beneide euch.«

»Warum denn?«

»Ich würde gerne Archäologie studieren.«

»Was hindert dich daran?«, fragte ich überrascht.

»Mein Vater. Er baut Brücken in ganz Italien. Brücken hält er für das Wichtigste auf der Welt – im ganz wörtlichen, nicht im übertragenen Sinn.«

»Und deshalb arbeitest du in der Ferramenta?«

»Deshalb studiere ich in Neapel Ingenieurswissenschaften. In der Ferramenta jobbe ich als Aushilfe. Im Sommer und an den Wochenenden.«

»Wie Rosa in der Pizzeria.«

»So ungefähr, ich will unabhängig sein. Möglicherweise ergibt sich irgendwann die Gelegenheit für einen Wechsel.«

»Verstehe ich nicht. Es ist dein Leben und deine Entscheidung, was du daraus machst!«

Mama mochte antike Mauern misstrauisch beäugen – in meine Berufswahl hätte sie sich nie eingemischt. Papa sowieso nicht. Hauptsache, ich war zufrieden.

»Wenn es so einfach wäre.« Natale seufzte. »Mein Vater hat seine kleine Firma über Jahrzehnte aufgebaut und dafür auf vieles verzichtet. Ich soll sein Nachfolger werden.«

»Puh.«

»Manchmal komme ich mir vor wie Ikarus, der an den fremdartigen Konstruktionen seines Vaters zugrunde geht.«

»Der Vergleich hinkt. Ikarus packte der Hochmut, deswegen stürzte er ins Meer.«

»Wie dem auch sei. Ich möchte Papà nicht enttäuschen. Mamma ist tot, ich bin das einzige Kind, er hat nur noch mich.« Dieses traurige Eingeständnis spottete der Idylle des Postkarten-Nachmittags.

»Das tut mir sehr leid«, sagte ich hilflos. Flüchtig streichelte Natale die Außenseite meines Oberschenkels und wechselte jäh das Thema.

»Du jedenfalls solltest dein Praktikum in vollen Zügen genießen. Was für eine Chance! Stell dir vor, eines Tages machst du den großen Fund! Denk an Schliemann und Troja! Alle hielten ihn für verrückt, doch er folgte seinem Instinkt. Und er behielt recht.« Natales Augen funkelten.

»O ja, das stimmt!« Seine Begeisterung steckte mich an. »Ich brauche mehr Selbstbewusstsein. Jetzt, wo ich meinen eigenen Grabungsbereich habe, werde ich durchstarten. Dass da bisher nur ein Henkel war, muss nichts heißen.«

»Na also, das ist die richtige Einstellung!«

»Vielleicht«, geriet ich ins Träumen, »finde ich bald eine Statue. Und Skelette. Oder noch besser: Schriftrollen! Die verschollene *Medea* von Ovid!«

Natale kicherte.

»Das wäre wahrhaft eine Sensation!«

Bei besagter *Medea* handelte es sich um ein in der Antike sehr bekanntes und beliebtes Theaterstück, von dem lediglich zwei Fragmente überliefert waren. Zwei »Fragmente« bedeutete in dem Fall: zwei Sätze.

»Du weißt Bescheid?«, fragte ich verdutzt.

»Sicher, ich liebe Ovid. Besonders die *Metamorphosen*.«

»Ernsthaft?«

»Ich habe in der Schule gut aufgepasst und bei der Arbeit ausreichend Zeit zu lesen, wenn keine Kunden da sind. Was ist daran so seltsam?«

»Nichts, es ist einfach ein netter Zufall, Augenblick!« Ich zog den Rucksack mit meinen Badesachen zu mir heran. Neben Bürste und Sonnencreme befand sich darin noch immer Mamas Ovid. Sorgfältig extra verpackt in eine Plastiktüte, damit er keinen Schaden nahm.

»Pass bitte auf, es ist sehr alt.«

Darauf hätte ich nicht hinweisen müssen, Natale behandelte das Buch wie ein rohes Ei.

»Eine schöne Ausgabe, zweisprachig.«

»In Frakturschrift«, sagte ich entschuldigend. »Meine Eltern müssen es antiquarisch erworben haben.«

Natale blätterte.

»Es gibt sogar eine Widmung«, ergänzte ich. »Allerdings ist unklar, von wem sie stammt und was sie bedeutet.«

Natale blätterte weiter.

»Das Einzige«, bemerkte er verschmitzt, »was mich an diesem wundervollen Werk stört, ist, dass darin irgendwie nichts gut ausgeht ... Was ist das?« Im hinteren Teil des Bandes hatte sich zwischen zwei Seiten etwas verkeilt oder verklebt.

Es war ein Foto. Nicht in Schwarz-Weiß, aber leicht verwackelt, mit einem Kameramodell geschossen, das es heute vermutlich nicht mehr zu kaufen gab. Das Bild zeigte eine Frau in ihren frühen Dreißigern, hübsch zurechtgemacht in einem gepunkteten Sommerkleid, braun gelockt, schlank und entrückt lächelnd vor irgendwelchen antiken Überresten unter azurblauem Himmel. *Kitschig*.

»Wer mag das sein?«, fragte Natale.

»Meine Mutter«, antwortete ich ohne zu zögern.

Ich erkannte sie sofort, weil ich in unserem Familienalbum andere Bilder von ihr in jüngeren Jahren gesehen hatte. Vor der Hochzeit mit meinem Vater, danach, mit mir als Kleinkind. Mamas jugendlich-heiteres Abbild strafte ihr heutiges, strengeres Ich Lügen. Auf der Fotografie, die Natale in der Hand hielt, wirkte sie wie eine Fälschung ihrer selbst.

»Du siehst ihr ähnlich.«

»Die Locken, ich weiß.«

Bedächtig wiegte er den Kopf. »Nein, es ist mehr, wie sie da steht, ziemlich ungezwungen und ... frei.«

»Der Enthusiasmus meiner Mutter für den Süden hält sich in Grenzen. Wo das Bild wohl aufgenommen ist? Man könnte fast denken, in dieser Gegend.«

»Das da«, lachte Natale, »kennt jedes italienische Schulkind, das ist die Villa Jovis auf Capri.«

»Ca-pri?«

»Sicher. Dreißig Kilometer Luftlinie entfernt, sehr romantisch und stets eine Reise wert. Wir können mal hinfahren, wenn du magst.«

»Capri«, wiederholte ich blöde. »Mama war auf Capri.«

»Nicht unwahrscheinlich«, erläuterte Natale galant, »heute schippern täglich Tausende rüber. Ein beliebtes Ausflugsziel war es schon immer.«

»Wie spät ist es eigentlich?«, unterbrach ich seinen Gedankengang. Über unserem Wortwechsel hatte ich die Zeit vergessen, die Sonne neigte sich, die Schatten wurden länger.

»Gegen fünf, denke ich.« Vom Sitzen auf dem felsigen Untergrund tat mir das Steißbein weh. Ich wollte mich aufrappeln. »Ich muss gehen.«

»Warum? Hast du noch was vor?«

»Nein.«

»Dann mach es dir gemütlich, Lollo. Du weißt ja, was der römische Dichter Horaz gesagt hat.«

»Carpe diem«, zitierte ich gehorsam. »Genieße den Tag.«

»Und vertraue möglichst wenig auf den folgenden! Genau. Ich habe meine Badehose vergessen, etwas anderes vergesse ich nie.«

Aus seinem Leinenbeutel förderte er zwei hübsche kegelförmige Fläschchen leuchtend roten Inhalts zutage. Campari.

»*Cin cin*, Lollo, ich mag dich.«

»Prost, Natale, ich dich auch.«

Und so blieben wir sitzen, bis die Sonne sank. Die rote Sonne im Meer bei Capri. Carpe diem.

# X

*Festina lente*
*Eile mit Weile*

Eile mit Weile. Der Lebensgrundsatz des römischen Kaisers Augustus schien auch Annas Wahlspruch zu sein. Zumindest solange ihr keine Zitronen fehlten.

»Mein Leben dauert nun schon so lange«, sagte sie einmal, »es hat keinen Sinn, jetzt noch in Hektik zu verfallen.«

Wenn ich abends von der Grabung kam, ließ sie die Verwandtschaft Verwandtschaft sein, setzte sie sich auf ihren Stammplatz an das Tischchen vor meinem Zimmer, mit Nähmaschine oder ohne, und leistete mir Gesellschaft. Später servierte sie uns Köstlichkeiten, deren Rezepte einen kulinarischen Almanach hätten füllen können. *Spaghetti alle vongole, Penne arrabbiate, Pesce spada con patatine*. Allein Pizza machte Anna nie, weil das mangels Holzofen ihrer Meinung nach nicht möglich war. Neapolitanische Ehre und so. Dafür bot sie *dolci* auf, die meine Figur komplett ruiniert hätten, wäre das Ausgraben nicht derart kräftezehrend gewesen.

An diesem Donnerstagabend genoss ich ein üppiges Risotto mit Zucchiniblüten, als Stoffel sich meldete.

»Hallo Lollo!«, schrie er ins Telefon. »Ich habe Neuigkeiten.«

»Sprich leiser! Ich kann dich perfekt verstehen.«

»Sorry, bin etwas aufgeregt. Mir kam heute eine Idee.«

»Ah, sag schon!«, murmelte ich in der leisen Ahnung, dass nichts Gutes folgen würde.

Beiläufig hatte ich Rosa von Stoffel erzählt und dabei wenig Interesse geweckt. Ein abwesender Freund war für sie überhaupt kein Freund. Der stille Vorwurf schien sich telepathisch auf Stoffel zu übertragen, denn offenbar beschloss er, mehr Präsenz zu zeigen.

»Ich verzichte auf die USA. Stattdessen – werde – ich – dich – besuchen – kommen«, posaunte er mir ins Ohr. Mit einem Überschwang, als habe er gerade die Relativitätstheorie widerlegt.

»Aha.«

In seiner Begeisterung merkte mein Gesprächspartner am anderen Ende der Leitung nicht, dass ich ziemlich verhalten reagierte, und hob zu detaillierten Ausführungen darüber an, was alles gemeinsam in Pompeji und Umgebung zu erkunden war – den Vesuv würden wir besuchen, Oplontis, Herculaneum, Capri, die Amalfiküste, Paestum, er habe sich informiert, so schlecht sei Italien gar nicht, alles gut zu erreichen, und gab es da nicht noch den Ätna, nein, der befand sich auf Sizilien, also den Ätna wohl eher nicht …

Während er mich mit Namen und Sehenswürdigkeiten überschüttete, dachte ich darüber nach, ob ich Mama auf das Capri-Bild ansprechen sollte. Ich war neugierig, immerhin hatte sich Capri als Ursache meiner Sturzgeburt zu einer Familienlegende entwickelt. Lohnte es sich, diesen Zauber zu zerstören? Außerdem hätte ich meinen spontan begangenen Ovid-Raub gestehen müssen. Unklar, ob ich damit etwas lostrat, und wenn ja, was? Vermutlich handelte es sich einfach um ein altes Buch, von denen es im Regal meiner Eltern sehr viele gab. Dazu ein längst vergessenes Urlaubsbild. Lieber nicht fragen – oder in einem günstigen Moment.

»… würde ich von daher für Anfang August einen Flug buchen«, resümierte Stoffel.

»Wessen Idee war das Ganze?«, fragte ich irritiert. »Deine oder die von Mama?«

Mein Freund reagierte mit Unverständnis.

»Ist bei einer guten Sache nicht völlig egal, wer darauf gekommen ist?«

»Und Mama? Solltest du sie nicht vertreten, während sie mit Papa – wo gleich noch mal – wandern geht?«

»In der Steiermark. Sie sagt, sie werde das schon organisieren, zur Not schließt sie den Laden für die paar Wochen. Sie meint, unser Glück hätte Vorrang.«

»Plötzlich!« Dann wurde mir die Tragweite seiner Worte bewusst. »Wie lange sagtest du, wolltest du bleiben?«

»Ich dachte an drei bis vier Wochen?! Zeit habe ich genug, und du wärst nicht mehr so einsam.«

*Einsam, ich?*

»Dir ist klar, dass ich hier Verpflichtungen habe?«, entgegnete ich matt. »Von frühmorgens um neun bis abends um sechs bin ich in der Grabung.«

Kurzes Zögern.

»Danach? Und an den Wochenenden?«

»Bin ich fertig, zu nichts zu gebrauchen.« *Komm, Lollo, du übertreibst!* Zwischen Freiburg und Pompeji kehrte Stille ein.

»Freust du dich gar nicht?«, fragte Stoffel schließlich und klang dabei wie ein kleiner Junge, dem man gesagt hatte, dass das Christkind eine Erfindung seiner Eltern ist.

*Wenn ich ehrlich bin, freue ich mich nicht.*

Nur warum? Stoffel war lieb, lustig, vertraut. Wir verstanden uns gut. Aber er war eben kein Teil von Pompeji. Pompeji musste und wollte ich alleine erobern. So viel Neues gab es zu entdecken, das am Telefon schwer erklärbar war, so viel zu lernen. Eine fremde Sprache, eine andere Lebensart, die archäologischen Details. Das Altgewohnte bei mir zu haben wäre mir wie ein Rückschritt erschienen.

»Natürlich würde ich mich freuen«, sagte ich. »Es ist eben ein bisschen – kompliziert.«

Stoffel schwieg.

»Lass mich noch mal darüber nachdenken«, bat ich. »Ich muss überlegen, wie sich das regeln lässt.« Durch meinen Kopf kreiste Natale, der gerne Archäologe gewesen wäre, und Alessandro, der Archäologe war. Der eine liebte Ovid, der andere nicht. Der eine liebte mich, der andere … Blödsinn!

»Vielleicht sollten wir …«, setzte ich erneut an, aber die Leitung war tot. Beim Rückruf antwortete die Mailbox.

Impulsiv schob ich den Risotto-Teller beiseite und barg mein Gesicht in den Händen. Ich hatte keinen Appetit mehr.

Nutze den Tag, hämmerte es in meinen Schläfen. *Doch bedenke: Eile mit Weile.*

Als mir die Tränen in die Augen traten, spürte ich, wie eine Hand über meine Schulter strich. Anna.

»Dein Freund?«, fragte sie mitfühlend.

»Mein Exfreund«, sagte ich, »wahrscheinlich.«

Sanft streichelte Anna mir über den Kopf.

»Rom ist nicht an einem Tag erbaut worden, und es braucht mehr als einen Tag, um es wieder einzureißen«, versuchte sie mich aufzumuntern. Ich spürte meine Selbstbeherrschung zerfließen wie Limoneneis.

»Wir sind hier nicht in Rom«, schluchzte ich. »Wir sind in Pompe–he–he–ji«.

Anna setzte sich neben mich.

»Du hast den Faden verloren, ohne den nichts zusammenhält«, sagte sie, »wie beim Nähen.«

»Ich kann nicht nähen«, wandte ich ein.

»Du weißt nicht, wo du hingehörst – das wollte ich sagen.«

»Männer!« In dieses eine Wort legte ich all meinen Frust.

»Ich kenne die Liebe auf vielerlei Weise«, sagte Anna. »Ich habe sie stürmisch erlebt, dramatisch, verzweifelt, sogar pragmatisch. Am besten geht es mir, seitdem ich allein bin.«

Ich wusste nicht, ob mich das tröstete.

»Männer«, wiederholte ich darum, »der erste ist weit weg, der zweite kann mich nicht leiden, und der dritte – bei dem weiß ich nicht mal, ob er überhaupt der dritte ist.«

Anna stand die Verblüffung ins Gesicht geschrieben.

»Drei gleichzeitig sind ziemlich viele! Die Sache mit Alessandro wundert mich nicht. Er ist überaus attraktiv. Wenn ich jünger wäre …«

»Was sagst du da?«

»Es war neulich nicht zu übersehen, dass ihr euch mögt.«

Hatte ich mich so wenig im Griff gehabt? Und hatte sie

überhaupt recht? Mochten wir uns? Innerlich verfluchte ich Wein und Limoncello, äußerlich war mir noch mehr zum Heulen zumute.

»Nebenbei bemerkt«, fügte Anna hinzu, »ist dein Kostüm für das Fest fast fertig. Es wird dir gefallen. Ihm ebenfalls.«

»Du solltest doch nicht … Ich werde nicht … will nicht.«

»Abwarten! Liebeskummer legt sich, Tränen trocknen, dann sieht man wieder klarer.«

»Ich nicht!«

»Auch du.«

Von Traurigkeit, Selbstmitleid und Müdigkeit überwältigt, stürzte ich mich in Annas Arme. Geborgen an ihrem Busen weinte ich noch ein bisschen und dachte dabei zurück an den vergangenen Nachmittag.

Gegen zwei Uhr war Natale in der Grabung erschienen. Ächzend zog er den Handwagen mit den Waren hinter sich her, die wir in der Ferramenta bestellt hatten. Zusätzliche Planen, zwei neue Spaten, feine Pinsel zum Freilegen kleinerer Artefakte und weiteren Kleinkram. Unübersehbar herrschte bei uns ein ziemlicher Verschleiß an Werkzeug.

»*Salve!*«

»Ah, du bist's, lange nicht gesehen.«

Natale begrüßte Professore Pappalardo ebenso wenig enthusiastisch wie der ihn.

»Ein halbes Jahr nicht, ja, heute war es unumgänglich, das Zeug konnte niemand anderer schleppen.«

»Schön. Wie geht's?« Auf die offenbar rhetorische Frage folgte eine knappe Anweisung. »Du kannst da hinten ausladen. Wir kümmern uns später darum.«

Etwas unschlüssig tat Natale wie geheißen.

»Läuft ganz gut hier, nicht?«, stellte er fest.

»Wie willst gerade du das wissen?«, brummte der Professor zurück. »Bist du Archäologe?«

»Nein, natürlich nicht …«

»Dann lass die Kommentare und kümmere dich um deine Ferramenta.«

Natale tat mir leid, darum ging ich auf ihn zu, gab ihm ein Küsschen auf die Wange und sagte, dass es schön sei, ihn zu sehen. Er und Professore Pappalardo erröteten in faszinierender Gleichzeitigkeit.

»Oh, Lollo«, stotterte Natale. »Was machen die *Metamorphosen*?«

»Stauben vor sich hin«, antwortete ich wahrheitsgemäß, denn seit dem letzten Wochenende hatte ich sie nicht mehr hervorgeholt.

Mit einem seltsamen Augenaufschlag in meine Richtung und einem abschätzigen »Ovid! Der und Ovid, ha!« widmete sich Professore Pappalardo wieder seinen Dokumentationen. Dafür trat Alessandro heran.

»Sieh an, unser Salatkopf hat schon italienische Freundschaften geschlossen. Und was für welche! Darf man gratulieren?«

Kein Zweifel, er war wieder der Alte. Ich versuchte, es zu ignorieren.

»Was hat er denn gegen dich?«, raunte ich Natale zu.

»Welchen von beiden meinst du?«, erkundigte der sich ironisch.

»Pappalardo.«

Natale ging in die Knie und machte sich an seinem Handwagen zu schaffen.

»Längere Geschichte, musst du nicht kennen.«

»Doch, würde sie gerne«, stichelte Alessandro, der uns belauscht hatte. »Lollo interessiert sich für jedwede Geschichte, besonders für komplizierte antike Liebesbeziehungen …«

Ich warf ihm einen vernichtenden Blick zu.

»… mit den modernen hat sie's nämlich nicht so.« Wenn er jetzt etwas Abfälliges über Stoffel sagte, würde ich ihn erwürgen.

Natale, der den Luftdruck eines der Vorderräder überprüfte, sprang mit einem Satz hoch.

»Lass sie in Ruhe«, blaffte er Alessandro an, dessen edle Gesichtszüge sich zu einer Fratze verzogen.

»Uh, Mister Ferramenta, ganz Kavalier.«

Natale musste sich beherrschen.

»Mach mal langsam, du Superarchäologe«, zischte er. »Wir beide haben uns vielleicht zweimal gesehen, ich kenne dich gar nicht. Was genau willst du?«

»Immer nur das Beste für unseren zarten Lollo rosso.«

»Lollo rosso?«

Alessandro wies auf meine vom Schmutz steifen Locken, die ihrem wenig liebevollen Kosenamen heute alle Ehre machten.

»Sehr witzig.«

»Echten Humor kapiert nicht jeder«, erwiderte Alessandro.

»Findest du es etwa schön, so genannt zu werden?«, fragte mich Natale überrascht.

Ich enthielt mich jeden Kommentars.

»Ich weiß, sie liebt es«, antwortete Alessandro an meiner Stelle. »Sie kann es nur nicht zeigen.«

*»Coglione!«*, beschimpfte ihn Natale.

»Ich möchte nicht darauf wetten, wer von uns beiden hier das Arschloch ist.«

Der lauter werdende Wortwechsel lenkte Professore Pappalardo von seiner Arbeit ab. Eine Weile beobachtete er die Szene aus dem Hintergrund, nun mischte er sich ein.

»Ich fürchte, euch allen bekommt die Sonne nicht. – Du …«, sagte er zu Alessandro, »kümmerst dich jetzt wieder um das Peristyl! Du …«, damit war ich gemeint, »um dein Cubiculum. Und du …«, bekam zuletzt noch einmal Natale sein Fett weg, »hältst meine Leute nicht vom Arbeiten ab. Ausgrabungen verursachen Kosten, deswegen benötigen sie Organisation, eine strenge Hand und vor allem Disziplin!«

Alessandro schmollte, war aber klug genug, nichts weiter zu sagen, Natale trollte sich mit seinem Handwagen davon.

»Und? Hast du inzwischen was gefunden?«, flüsterte er mir im Vorübergehen zu.

»Nein, nichts«, sagte ich, »gar nichts. Es ist deprimierend.«
Und damit meinte ich nicht allein den Erfolg meiner Grabungsarbeiten.

Am nächsten Tag gab es eine Entdeckung. Nicht wie erwartet im Peristyl, sondern im Hortus, dem kleinen Garten, den es ehemals umfriedet hatte. Es war gegen vier Uhr, die Schwere der Mittagshitze hatte sich in vorfeierabendliche Gelassenheit gewandelt, als Alessandro rief: »Leute, ich glaube, da ist etwas!«

»Sein Optimismus kennt keine Grenzen«, sagte ich gähnend. »Das hat er schon zigmal angekündigt, und nie hat es gestimmt.«

»Möglicherweise stimmt es diesmal, ich würde es ihm gönnen«, entgegnete Rosa.

In den letzten Tagen hatte sie mich manchmal kritisch taxiert, wenn Alessandro mich freundlicher behandelte oder mir etwas erklärte. Seit dem gestrigen Vorfall musste sie in dieser Hinsicht beruhigt sein.

»Lass uns schauen, was los ist!«, schlug ich vor. Jede Gelegenheit, dem faden Cubiculum den Rücken zu kehren, schien mir willkommen.

Die anderen waren bereits in den Überresten des Tablinums, eines offen gestalteten ehemaligen Repräsentationsraums, versammelt, der zugleich als Durchlass in den Hortus diente. Tom lehnte an einem Mauerstück, Lucia an Raffa, der ihr seinen Arm um die Taille legte, Rico hatte sich neben Alessandro in dem halb abgetragenen Hügel aus Asche, Erdreich und Lapilli niedergelassen, den nun auch der Professor schwerfällig erklomm.

»Dort oben in der Ascheschicht ist ein Hohlraum, ganz eindeutig«, bedeutete Alessandro, auf eine unspektakuläre Öffnung weisend.

Diese befand sich fast direkt unterhalb der Mauerkante, die einmal den Abschluss der Säulen an der Stirnseite des Peristyls gebildet haben mochte. Richtig erkennen ließ sich das nicht, da Letzteres bisher nur rudimentär freigelegt war. Konnten dort oben unter der zusammengepressten Vulkanasche menschliche Überreste liegen?

Professore Pappalardo kniete nieder und begutachtete die nicht viel mehr als korkengroße Öffnung.

»Es wird noch mehr kosten«, sagte er, indem er sich stöhnend wieder aufrichtete, »und sie werden uns Steine in den Weg legen.«

»Als ob es hier nicht schon genug Steine gäbe«, knurrte ich.

»Heißt das, wir lassen ihn ausgießen?«, fragte Alessandro. Wir lauschten gespannt. Die Anfertigung eines Abgusses wäre ein Ereignis. Ungeachtet dessen, was dabei herauskam.

»Wir werden Experten hinzuziehen«, entschied der Grabungsleiter. »Sie sollen den Hohlraum mit einer Sonde ausleuchten, dann sehen wir weiter.«

Im 19. Jahrhundert hatte Giuseppe Fiorelli seine Abgüsse aus Gips gefertigt, in den letzten beiden Jahrzehnten wurde dafür bisweilen transparentes Kunstharz benutzt, mit dem Vorteil, dass man am Ende auch das Innenleben – Knochen, Schmuckstücke oder andere Überreste – untersuchen konnte. Die Methode war kompliziert und nicht ganz billig.

Alessandros Gesicht leuchtete vor Entdeckerstolz.

»Wie großartig!«, rief er zu uns herunter, »selbst wenn die Dokumente in Neapel nichts erbringen, werden wir bald wissen, wer zum Zeitpunkt des Ausbruchs in dieser Domus lebte.«

Beziehungsweise, wer dort gestorben ist, korrigierte ich in Gedanken. Zudem sagten Skelette an sich nichts über die Identität der Person aus, zu der sie gehört hatten. Nichts darüber, wie sie geheißen, wen sie geliebt, was geglaubt, was gefürchtet hatte. Da war sie wieder, die unerbittliche Grenze, die sich uns Archäologen entgegenstellte.

Professore Pappalardo schien ähnlich zu denken. »Ich hoffe weiter auf Neapel.«

Es half nichts, wir mussten Geduld haben. Darum verzog

ich mich in mein Cubiculum, wo noch zwei Häufchen Lapilli meiner Durchsicht harrten. Inzwischen setzte ich mir Etappenziele, um in der monotonen Arbeit einen Rhythmus zu finden. Nachdem ich eine Stunde gesiebt hatte, hörte ich den Professor im Atrium mit seinen Papieren hantieren.

»Genug gearbeitet«, rief er schließlich in die Runde. »Wenn ihr wollt, könnt ihr gehen! Es ist Freitag, sicher habt ihr etwas anderes vor!«

Nein, dachte ich beklommen, ich nicht. Für den Sonntag hatte mich Natale in Rosas Pizzeria eingeladen, doch eventuell würde daraus nichts werden, weil sein Vater ihn brauchte. Ich tröstete mich mit der Aussicht auf Annas Geschichten.

Während die anderen, allen voran meine stets in Zeitnot befindliche Freundin Rosa, Professore Pappalardos Aufforderung ohne Umschweife Folge leisteten, fegte ich lustlos den Staub zusammen. Da schob sich Alessandros Kopf durch die Türöffnung des Cubiculums.

»Und jetzt zu uns beiden, Salatkopf!«

»Du?«, fragte ich erstaunt. »Ich dachte, du sitzt längst bei einem Glas Rotwein und feierst deinen Triumph.«

»Das wäre etwas verfrüht«, erwiderte Alessandro nüchtern, »aber eine Vergnügung könnten wir uns angesichts dieses kleinen Erfolges schon gönnen. Bist du dabei?«

Unschlüssig ließ ich ein paar Lapilli durch meine Finger rieseln. Bei Alessandro wusste man nie, wie ein solches Angebot zu bewerten war.

»Keine Angst, ich will dir bloß etwas zeigen.« Und als ich weiter mit meinen Steinchen spielte: »Mensch, Lollo, du musst mal raus da! Kennst du überhaupt den Rest der Grabung?«

»Einigermaßen«, antwortete ich vage. De facto war ich lediglich zweimal ohne Sinn und Ziel umhergeschweift. Meistens fühlte ich mich abends zu müde, um einen klaren Gedanken zu fassen.

»Dann komm!« Er reichte mir seine Hand, die ich zaudernd ergriff, und zog mich empor. »Auf geht's!«

So marschierten wir durch die Ruinen, wobei mich Alessandro – ich habe es gezählt – viermal »Salatkopf« und zweimal »Lollo rosso« nannte, bis wir die Porta Nocera im Süden erreichten.

»Als Erstes schenke ich dir eine unvergleichliche Aussicht.«

Wir erklommen einen Mauerwall, von dem aus sich ein weites Panorama erschloss. Er hatte nicht übertrieben. Zu unseren Füßen erstreckten sich die Grabung, die antik gepflasterten Straßen, die weitläufigen Mauerreste, dazwischen Flecken aus Vegetation, die sich ihr Terrain zurückeroberten. Dahinter erhob sich der Vesuv. In den letzten Wochen hatte ich ihn so oft zu Gesicht bekommen, dass ich darüber nicht mehr nachdachte, von hier aus erlebte ich ihn jedoch besonders herrschaftlich und nahe. Der Tag war sehr klar, und ohne besänftigenden Dunst wirkte die markante Silhouette seltsam bedrohlich. *Ich bin nicht so lieblich, wie ich aussehe*, schien der Vulkan zu sagen.

»Da kriegt man fast ein bisschen Angst, oder nicht?«, meinte Alessandro.

»In manchen Momenten«, sagte ich, in die Betrachtung der Landschaft vertieft, »bekommt man schon das Gefühl, dass die Idylle trügerisch ist.«

»Mit gutem Grund. Nicht umsonst zählt der Vesuv zu den am besten überwachten Vulkanen der Welt.«

Ich versuchte mir vorzustellen, wie aus dem malerischen Kegel eine Rauchfontäne emporschoss und wie es anfing, Bimssteine zu regnen.

»Der Vesuv ist tückisch«, fuhr Alessandro fort, »in seiner Geschichte gab es zahlreiche harmlosere Ausbrüche mit ein wenig Qualm und Lava. Aber alle zigtausend Jahre macht er Ernst.«

»Zum Beispiel 79 nach Christus.«

»Exakt. Dann entfesselt er unbändige Kräfte und explodiert.«

»Wie eine Sektflasche, die man zu lange geschüttelt hat.«

»In etwa so, ja.«

»Krass.«

»Plinius der Jüngere war live dabei und hat das Ganze erstmals in einem Brief an Tacitus beschrieben. Deswegen nennen die Geologen solche Ausbrüche heute plinianische Eruption. Was ich dir als Expertin für explosive Angelegenheiten sicher nicht erklären muss.«

Alessandro griff sich in die Hosentasche und hielt mir einen Korken unter die Nase.

»Warum trägst du einen Sektkorken mit dir herum?«, fragte ich baff.

»Erinnerungswert.«

»Ist das etwa *der* Korken?«

»Sicher. Wie du heute gesehen hast, bringt er mir Glück!« Er steckte ihn wieder ein. »Pompeji dagegen war damals weniger gesegnet. Wäre der Wind wie üblich vom Meer gekommen …«

»… hätte es eine andere Stadt getroffen.«

»Genau, irgendjemanden trifft es immer.«

*Gruselig.*

Mein Begleiter schien zu erraten, was in mir vorging.

»Siehst du, jetzt ist dir richtig bange«, bemerkte er nicht ohne eine Spur von Genugtuung.

Inzwischen hatten wir den Aussichtspunkt verlassen, eine angenehme Sommerbrise umfing uns. Alessandro blickte prüfend zum Vesuv. »Die nächsten Monate wird er schon stillhalten. Und falls nicht … werden wir in ein paar Tausend Jahren eben enden wie die da.«

Er wies auf eine Plexiglasscheibe, hinter der gut ein Dutzend Abdrücke von Opfern des Vulkanausbruchs ausgestellt waren, im Todeskampf erstarrte Figuren aus Gips. Eine von ihnen kauerte halb aufgerichtet auf dem rechten Unterarm und sah fragend zu den anderen hinab. Die lagen wie schlafend, zwei von ihnen drängten sich dicht aneinander, ein Kind barg bäuchlings hingestreckt das Haupt in der Armbeuge. Eine ganze Familie, erst ausgelöscht, dann konserviert auf ewig.

»So endet das Leben«, orakelte Alessandro, »und die Liebe.«

In meiner Fantasie hörte ich die Schreie der Sterbenden, das Trommeln der herabregnenden Bimssteine auf den Dächern, spürte die Hitze des wütenden Vulkans.

»Die Liebe endet nicht«, sagte ich, »nie.« Und ehe er mir darauf in abwertender Weise hätte antworten können, fügte ich hinzu: »Hattest du mir nicht eine hübsche Vergnügung versprochen? Das hier ist ziemlich desolat.«

»Nicht abzustreiten, es ist das Pompeji der Toten«, entgegnete Alessandro. »Jetzt zeige ich dir das der Lebenden.«

Er führte mich zu ehemals luxuriösen Thermenanlagen – echte Wellness-Tempel der Antike – und zu den Schenken, in denen sich die Pompejaner dem Suff ergeben oder ihr Vermögen verspielt hatten. Ich sah überbordende Malereien mit mythologischen Motiven und begegnete den von Rosa an meinem ersten Tag erwähnten Gelegenheitskritzeleien. Manche waren verblasst, bei anderen wusste man nur noch aus Büchern, dass sie existiert hatten. Mein Begleiter kannte sie alle, die deftigsten trug er mir vor:

*Ich habe die Wirtin gevögelt*
*Jucundus bumst schlecht*
*Libanis bläst für zwei Asse*
*Tschüss, Maulficker*

»Pompeji«, erklärte Alessandro, »war eine sinnliche Stadt. Man aß, trank, schwelgte in Geselligkeit, Liebe, Lust. Natürlich betrieb man Politik und Geschäfte, vor allem aber genoss man das Dasein. Schau mal nach unten!«

Ich leistete der Aufforderung Folge, konnte jedoch nichts erkennen.

»Direkt zu deinen Füßen auf dem Pflasterstein!«

Meine Augen stellten scharf.

»Ist das ein erigierter Pimmel?«

»Ein Phallus. Damals ein Symbol für Fruchtbarkeit und Glück. Und möglicherweise ein heimlicher Wegweiser zur letzten Station unserer Besichtigung. Dem Höhepunkt.«

An der Kreuzung zweier Nebenstraßen stand ein restauriertes zweistöckiges Gebäude. Es musste schon spät sein, denn normalerweise drängelte sich davor eine Schlange Touristen.

»Das Lupanar«, sagte ich.

»Das bekannteste Bordell der Stadt und noch heute bei den Besuchern sehr beliebt, weil nichts sensationeller ist als das Echo vergangener Begierden. Warst du schon drin?«

Ich verneinte, es war mir zu mühsam gewesen, mich während der Besucherzeit anzustellen. Alessandro deutete auf den niedrigen Eingang.

»Bitte, nach dir!«

Das Innere ähnelte in keiner Weise dem plüschigen Interieur heutiger Bordelle. Selbst meiner Fantasie gelang es nicht, irgendeine Verbindung herzustellen. Fünf karge Zellen von wenigen Quadratmetern zu beiden Seiten eines dunklen Ganges, unbequem, schmuddelig. Über den Türstöcken obszöne Fresken von Männern und Frauen in eindeutiger Pose. Sie überraschten mich nicht, denn pikante Szenerien schienen eine pompejanische Spezialität zu sein.

»Man nimmt an, dass die Prostituierten auf diese Weise ihre speziellen Fähigkeiten anpriesen«, erläuterte Alessandro bereitwillig. »Oder schlicht die wartenden Freier heißmachen wollten. Eine Art antiker *Playboy* sozusagen.«

Ich betrat die erste Zelle rechts. Außer einer winzigen gemauerten Liege befand sich darin nichts. Wie klein die Menschen damals gewesen sein mussten.

»Das hier war also der lokale Tempel der Lust?«, fragte ich. »Deprimierend.«

Alessandro, der mir gefolgt war, schüttelte den Kopf. »Das hier war ein stark frequentiertes Straßenbordell für die Liebe im Zehn-Minuten-Takt.« Er deutete auf windschiefe Einkerbungen am Rand der Liege. »Die meisten Männer zogen wohl nicht mal ihre Schuhe aus. Unromantisch, ich weiß.«

Mir lag die Frage nach den Einkerbungen in seinem eigenen Bettpfosten auf der Zunge, ich verkniff sie mir. Wer fragte, bekam Antworten.

»Manchmal träume ich davon, in der Vergangenheit zu leben, aber angesichts dieser Kulisse, na ja.«

»Alles eine Frage des Blickwinkels«, entgegnete Alessandro. »Nicht jeder ging hier ein und aus. Ebenso wie heute gab es in der Antike reiche Menschen und arme Hunde.«

Er tat einen Schritt auf mich zu, was in dem engen Raum sehr gewagt war; instinktiv wich ich zurück und fand mich rittlings auf dem steinernen Lotterbett wieder. Alessandro quetschte sich neben mich, verunsichert rutschte ich zur Seite.

»Apropos Antike, sag, Lollo, als was kommst du zum Fest am 24. August?«

»Als gar nichts«, entgegnete ich prompt, »für einen solchen Blödsinn gebe ich mich nicht her. Außerdem habe ich an dem Tag Geburtstag.«

»Ein Grund mehr, standesgemäß zu feiern. Komm, sag schon: Göttin, noble Römerin oder Hetäre?«

»Eine Prostituierte, ich? Du spinnst wohl.«

»Eine gesellschaftlich anerkannte, antike Luxus-Escort-Dame«, berichtigte er mich. »Das ist etwas völlig anderes. Alle werden da sein. Lucia, Raffa, Rosa, Tom, Rico …«

»Meinetwegen, ich bleibe daheim und puste meine Kerzen aus. Notfalls alleine.«

»Ausgesprochen schade. Dabei hat Anna dein Kostüm fast fertig, sie wollte mir nur nicht sagen, was es ist.«

»Wunderbar. Ich hatte ihr klar gesagt, dass ich nicht mitmache; sie schneidert mir ein Kostüm, und zur Krönung erzählt sie es dir weiter. Mama hat recht. Ganz Italien steckt unter einer Decke.«

»Na und? Darunter ist es wenigstens schön mollig warm.«

»Und es muffelt!«

Alessandro griff sich ans Herz, um mir zu signalisieren, wie schwer ich ihn mit dieser Aussage getroffen hatte.

Dann rückte er an mich heran. »Übrigens stimme ich dir zu. Die Liebe endet nicht. Besonders ihre weniger angenehmen Folgen können sehr nachhaltig sein.«

Was sollte ich darauf erwidern? Meine Erfahrungen erschöpften sich überwiegend in der Lektüre von Büchern.

*»So viel Muscheln am Strand, so viel Schmerzen sind in der Liebe«*, zitierte mein Gegenüber mit rauer Stimme.

Dieser Vers meines Lieblingsdichters verursachte mir ein flaues Gefühl. Ich war so abweisend zu Stoffel gewesen, er hatte es missverstanden. Und jetzt wollte er nichts mehr von mir wissen.

»Sagtest du nicht, dass du Ovid doof findest?«

»Ich gestehe: Die Verse seiner *Liebeskunst* mag ich recht gern. *Cede repugnanti!* Du erinnerst dich?«

Er war mir jetzt ganz nahe. Ich spürte seinen Atem auf meinem Gesicht, und seine Augen, dunkelbraun wie die fruchtbare Erde an den Hängen des Vesuvs, ruhten in den meinen.

»Wie könnte ich diesen denkwürdigen Tag vergessen?«

Alessandro gab sich den Anschein von Zerknirschtheit.

»Meine Übersetzung war falsch. ›Der Klügere gibt nach‹ trifft es nicht wirklich.«

»Sondern?«

»Gibt der sich Sträubenden nach …«, sagte er leise.

»Ah ja?«

»… so gehst du als Sieger von dannen.«

»Weise Worte.«

»Und, wirst du dich sträuben?«, fragte er mit einem Blick, abgründig wie ein vulkanischer Krater.

»Eile mit Weile«, antwortete ich spröde, wobei ich beide Handflächen auf seine Brust legte. Die Muskeln unter seinem abgewetzten Grabungs-T-Shirt waren angespannt.

Ales–san–dro Mag–no, pochte mein Herz. Es stand kurz vor einer plinianischen Eruption.

Ich schloss die Augenlider, rückte meinerseits etwas näher, wartete gebannt, und auf einmal … glaubte ich tatsächlich die

Lippen des großen Alexander auf den meinen zu spüren. Er küsste mich mit so viel Gefühl und Leidenschaft, wie kein Mann je geküsst, wie kein Dichter es je besungen hatte, nicht einmal Ovid. Wir schwebten empor zu sphärischen Höhen, vergaßen die Zeit und die Welt um uns herum. Alessandro gestand, dass alle Ablehnung, alle Ruppigkeit nichts als Unsicherheit gewesen sei, dass keine seiner Verehrerinnen es jemals mit mir würde aufnehmen können. Er schwor, dass Korkenzieherlocken seine Seele beflügelten und Lollo rosso seinen Magen, dass …

… nein, das tat er nicht, aber er hätte beinahe, wenn nicht von der Tür her …

»*Ehi*, was macht ihr hier? Die Grabung ist geschlossen.« Vor uns stand ein Kustode, der seine Abendrunde drehte.

»Ah, Dottor Mantegna«, sagte er, als er Alessandro erkannte: *»Scusi.«*

Ich zog meine Hände zurück, der Zauber verflog.

»Schon gut«, brummte Alessandro und erhob sich, wie ich meinte, nicht ohne Bedauern. »Ich muss ohnehin zur Verwaltung. Ciao Lollo.«

»Ciao Alessandro … Magno.«

Und so endete die Liebe eben doch. Jedenfalls für diesen Tag.

# XI

*Nomen est omen*
*Der Name ist Programm*

Das darauffolgende Wochenende verlief anders, als ich mir vorgestellt hatte. Zwar wurde ich tatsächlich in Rosas Pizzeria eingeladen, jedoch nicht von Natale, sondern von Rosa selbst. Freitag gegen 23 Uhr rief sie mich an, derart aufgelöst, dass ich schon glaubte, Alessandro Magno habe ihr ebenfalls eine zweideutige Szene gemacht.

»Lollo, ich brauche deine Hilfe, wir packen das hier nicht mehr.«

»Wer ist *wir*?«

»Ich und die Leute vom Restaurant. Der Koch ist mit der Kellnerin durchgebrannt.«

»Ernsthaft? Ich dachte, so was passiert nur in Filmen.«

»Hier auch. Und für morgen Abend sind achtzig Personen angekündigt. Geburtstagsfeier.«

»Dumm, aber wie kann ich dir da helfen?«

»Du musst kommen! Lucia hat sich schon bereit erklärt, aber das reicht nicht.«

»Wie wär's mit Absagen?«

»Zu kurzfristig. Lollo, bitte.«

»O nein, Rosa, ich eigne mich nicht dafür.«

Am nächsten Morgen packte ich meine Strandtasche: Nachthemd, saubere weiße Bluse zum Bedienen. Und meine Aufbissschiene, ohne die ich nie über Nacht das Haus verließ. Natale hatte um drei Uhr nachts per WhatsApp-Nachricht abgesagt. Sein Vater habe ihn nach Neapel bestellt. Eine neue Brücke sei in Planung, die Bürokratie entsetzlich.

Das Restaurant, in dem Rosa arbeitete, nannte sich *Vesuvio*

*Tre*. Und man konnte sagen: Sein Name war Programm.

Alles dort verlief ungeordnet, spontan, explosiv, eruptiv. Geführt wurde der Laden von einem schwulen Pärchen. Angeblich waren die beiden gastronomieerfahren, wovon man jedoch wenig merkte. Der eine, Massimo, tat gar nichts, außer auf seiner Gitarre melancholische Weisen zu klimpern, der andere, Angelo, gab Anweisungen, die ich nicht verstand. Was nicht an meinen Sprachkenntnissen lag, denn beide Inhaber waren in Deutschland aufgewachsen und beherrschten meine Muttersprache akzentfrei. Deutsche Italiener sozusagen, die sich zur Rückkehr in die Heimat ihrer Eltern entschieden hatten.

»Warum eigentlich Vesuvio *drei*«, fragte ich Rosa in einer der wenigen stillen Minuten des Abends.

»Weil es in Deutschland wohl schon zwei andere Vesuvios gegeben hat«, wisperte sie mir zu. »Eins ist pleitegegangen ...«

»Wundert mich nicht.«

»... das andere führt die Ex von Angelo.«

»Die Ex? Ich dachte, er sei schwul?«

Rosa reagierte mit einer hilflosen Geste.

»*Boh*, was weiß ich, vielleicht hat er das erst später erkannt.«

Eigentlich konnte man sich bei Angelo schwer vorstellen, dass er überhaupt je etwas erkannt hatte.

Während Lucia in der Küche ganze Arbeit leistete, führte ich als Kellnerin eine unfreiwillige Stegreifkomödie auf. Kein Gast an diesem Abend bekam, was er bestellt hatte, und wenn mir doch mal ein Zufallstreffer gelang, passierte garantiert ein anderes Missgeschick. Erstaunlicherweise gefiel den Gästen meine *Commedia dell'arte* ähnlich gut wie dem chaotischen Angelo.

»Wenn es mit der Archäologie nichts wird«, offerierte er mir gegen zwei Uhr nachts, als die letzten Gäste gingen, »kannst du jederzeit bei uns anfangen. Wie Rosa. Hier wird jede Hand gebraucht.«

Ich beschränkte mich auf ein breites Grinsen. »Lollo, ist es nicht extrem beruhigend, beruflich nicht mehr ganz so festgelegt zu sein?«, lallte Rosa, die sich kräftig am Spirituosenregal bedient hatte.

»Ob das hier eine echte Alternative ist? Andererseits: Einem Vesuvausbruch kommt es schon recht nahe.«

Zum Abschied schenkte uns Angelo zwei labbrige Holzofen-Pizzen, die Rosa und ich am nächsten Tag zum Frühstück vertilgten. Übernächtigt gammelten wir durch den Tag. Erst als ich in den abgewetzten Polstern der Circumvesuviana hing, fiel mir ein, dass ich meine Aufbissschiene auf der Konsole in Rosas Badezimmer vergessen hatte.

Am Montagmorgen gab es für mich ein abruptes Erwachen. Um Punkt acht Uhr nämlich entfesselte sich an der Bar vor meiner Zimmertür ein Wortgefecht.

»Donna Anna!«

»Du?«

*»Buongiorno!«*

»Ob es ein guter Tag wird, wenn er mit deiner Anwesenheit beginnt, werden wir noch sehen.«

»Entschuldige, ich will es kurz machen …«

»Nie lässt du dich hier blicken, und jetzt ausgerechnet heute.«

»Gerade hast du gesagt, dass ein Tag, der mit mir beginnt, voraussichtlich kein guter wird.«

»Völlig richtig. Aber vorbeischauen können hättest du trotzdem!«

»Hä?«

»Ich meine, das macht man doch so.«

»Diese Art von gesellschaftlichem Zwang habe ich nie verstanden.«

»Wie konnte ich das vergessen. Empathie zählt nicht zu deinen Stärken. Da kommst du ausgerechnet heute, wo ich unglaublich beschäftigt bin.«

»Tut mir leid, was machst du denn?«

»Was ich mache? Willst du mir etwa unterstellen, dass ich faul bin? Ist es das, was du sagen willst?«

»Nein, wie käme ich dazu? Du sagtest, du seist beschäftigt, und ich wollte Interesse daran bekunden, was du tust.«

»Interesse an mir? Du?«

»Sicher!«

»Ach, lassen wir das!«

»Auch gut! Ich komme eigentlich wegen …«

»Siehst du, das ist es, was ich meine, nichts als Heuchelei, Ausflüchte und Verständnislosigkeit! Genau wie bei Annarita!«

Stille.

Ich hatte mich im Bett aufgesetzt. Kein Zweifel, die beiden, die da auf so eigenartige Weise miteinander stritten, waren Anna und Professore Pappalardo.

»Spiel nicht den Heiligen«, zankte Anna weiter. »Sie ist weg! Wegen dir!«

»Ich werde deine Meinung nicht ändern können, möchte aber darauf hinweisen, dass sie das anders sieht. Erst vor zwei Tagen haben wir telefoniert. Es geht ihr bestens.«

*»Bugiardo!«*, fluchte Anna, »Lügner!«

»Was man nicht hören will … ich bin ohnehin nicht deswegen zu dir kommen, sondern wegen Signorina van Veen.«

Mit einem Satz sprang ich aus dem Bett. *Wegen mir?* Professore Pappalardo war wegen mir da?

»Wer bitte ist Signorina van Veen?«, hörte ich Anna irritiert fragen. Natürlich, meinen Nachnamen hatte ich ihr nie genannt.

»Carlotta oder Lollo, wie du willst!«

Ich hielt den Atem an, gespannt, was passieren würde, da flog die Tür auf. Anna stand da wie eine Operndiva kurz vor der großen Arie.

»Ah, Lollo, du bist wach, gut, man verlangt nach dir.«

In meiner Verblüffung spazierte ich direkt im ultrakurzen Schlafshirt aus dem Zimmer. Professore Pappalardo sah pikiert zur Seite.

»Ich schlage vor, dass du dir zunächst etwas anziehst. Es ist eilig, doch so viel Zeit haben wir!«

Während ich meine Grabungsmontur anlegte, wurde der Professor draußen verhört.

»Eilig?«, fragte Anna. »Was hast du mit ihr vor?«

»Nichts Schlimmes, sei unbesorgt!«

»*Attenzione!* Ich sage dir, das ist ein anständiges Mädchen!«

»Und ich sage dir, dass ich daran ebenso wenig zweifle, wie es etwas zur Sache tut. Mach mir lieber einen Espresso! Mit viel Zucker!«

»Das würde dir so passen, du Macho! Mach ihn dir selbst.«

»Kein Problem!«

Kurz darauf drang das heimelige Brummen der Siebträgermaschine an mein Ohr.

Haare kämmen? Das würde dauern. Besser in aller Offenheit meinem Spitznamen huldigen. Salatkopf! – *Nomen est omen.*

Als ich an der Bar erschien, schob Anna mir wortlos einen Espresso und ein Nutellabrötchen hin.

»Ohne Frühstück werfe ich dich ihm nicht zum Fraß vor.«

»Ich bin keineswegs hungrig«, murmelte Professore Pappalardo.

»Worum geht es eigentlich?«, fragte ich kauend.

»Hilarius hat dich hergeschickt, damit du etwas lernst, und er soll mir nicht vorwerfen können, dass ich meine Pflicht vernachlässigt hätte.«

»Tun Sie nicht, alles bestens!«

»Was meine Pflicht ist, entscheide ich.«

»Er könnte Deutscher sein«, knurrte Anna.

»Wir fahren nach Neapel«, erklärte Pappalardo. »Mein Kollege Maurizio Sorrano vom Archäologischen Museum hat seine Expertise abgeschlossen. Und ich glaube, es ist etwas dabei, das dir gefallen wird.«

Die Atmosphäre während der Fahrt war angespannt. Professore Pappalardo schien es wirklich eilig zu haben, denn er gebärdete sich wie ein Berserker, ging hart in die Kurven, bremste kurz vor knapp, wechselte den Gang erst, wenn es absolut nötig war. Dazu schwieg er, wie einst die ihrer Stimme beraubte Nymphe Echo. Manchmal, wenn er dachte, ich merke es nicht, warf er mir einen kurzen, prüfenden Seitenblick zu. Ein seltsamer Mensch. Hochintelligent und eigensinnig, an einem Tag von großmütiger Herzlichkeit, am nächsten in sich versponnen und abweisend.

»Haben deine Eltern beruflich mit Archäologie zu tun?«, hatte er einmal während der Mittagspause gefragt.

»Mein Vater ist Rechtsmediziner, meine Mutter …« Weiter war ich nicht gekommen, alles, was außerhalb des Wühlens in der Menschheitsgeschichte lag, schien unserem Grabungsleiter unbedeutend.

Auf der Autobahn entspannte der Professor ein wenig.

»Ich bin mit ihrer Tochter verheiratet«, sagte er unvermutet. »Seit zwei Jahren gehen wir getrennte Wege. Dass Annarita damals in den Norden zog, hat Anna mir nie verziehen. Sie gibt mir die Schuld.«

»Und hat sie recht?«, fragte ich vorlaut.

»Nein.«

Darauf herrschte erneut Stille.

Ein paar Kilometer weiter setzte ich nochmals an: »Man hat das Gefühl, in diesem Land hängt alles zusammen. Sie sind der Schwiegersohn von Anna, Alessandro ist Ihr Assistent und seine Mutter die Freundin Ihrer Frau. Eine große Familie sozusagen.«

Professore Pappalardo ließ ein kehliges Lachen vernehmen.

»Wie wunderbar harmonisch diese Familie ist, hast du heute Morgen ja erlebt.«

»Familie ist Familie«, sagte ich überzeugt. »Warum haben Sie eigentlich gerade Alessandro Mantegna zum Assistenten gewählt?«

»Weil er ein hervorragender Wissenschaftler ist und weil er wieder nach Italien wollte.«

»Er will hierbleiben?«

Ich hatte nie daran gezweifelt, dass Alessandro in Pompeji

seine Arbeit tat und dann nach Freiburg zurückkehrte, ja in gewisser Weise hatte ich ihn für ebenso deutsch gehalten wie mich selbst.

»Was denkst du denn? Italiener träumen ausnahmslos von ihrer Heimat, italienische Archäologen sowieso. Bei euch gibt es doch nicht viel zu holen.«

»Waren Sie schon da?«

»Nein, Hilarius ist immer zu mir gekommen. Und er wird wissen, warum!«

An weiterem Gedankenaustausch schien er nicht interessiert, denn er stierte konzentriert auf die Fahrbahn und begann, vor sich hin zu summen.

Also gab ich die Konversation auf und sah meinerseits zum Fenster hinaus. Wir passierten die Stadtgrenze. Je weiter wir kamen, desto dichter drängten sich die Häuser, desto belebter wurden die Straßen, durch die Lüftung waberte der typische Großstadtgeruch. Abgase, Essensausdünstungen, wechselnd im Minutentakt. Überall waren Menschen. Allein hätte ich im komplexen Straßennetz Neapels längst die Orientierung verloren. Auf dem Beifahrersitz ergab ich mich dem angenehm einlullenden Geräusch des Motors, ließ Menschen und Dinge an mir vorübergleiten, bis plötzlich ...

War das dort nicht Natale gewesen, vor dem Zeitungskiosk, in Gesellschaft eines ungepflegten Kerls? Konnte es bei der Größe von Neapel einen solchen Zufall geben?

»Ist dir schlecht?«, erkundigte sich Professore Pappalardo. »Kann vorkommen bei diesem Geruckel. Halte durch, gleich haben wir es geschafft.«

Bisher war ihm mein Befinden herzlich egal gewesen.

»Nein, nein, ich meinte, jemanden erkannt zu haben.«

»Du hast eine ziemlich ausgeprägte Fantasie!« Geschickt peilte er eine winzige Parklücke an. »Für Archäologinnen ist das allerdings nicht unbedingt von Nachteil«, ergänzte er verschmitzt. »Jedenfalls bis zu einem gewissen Grad.« Damit zog er die Handbremse an.

Maurizio Sorrano, Experte für die Entschlüsselung und Konservierung von Schriftrollen, mochte fünfundfünfzig Jahre zählen oder fünfundsiebzig, schwer einzuschätzen, auf jeden Fall war er circa hundertsechzig Zentimeter groß, klapperdürr und graumeliert. Das heißt, er wäre graumeliert gewesen, hätte er noch Haare besessen, denn bis auf dünne Flusen an den Seiten und im Nacken hatte er eine Glatze. Seine dunkelbraunen Äuglein lagen in tiefen Höhlen, was vermuten ließ, dass er seinen Forschungen zu jeder Uhrzeit nachging. Alles in allem wirkte er wie ein Nachtschattengewächs, das das Sonnenlicht nur vom Hörensagen kannte.

Er begrüßte mich mit den Worten:

»Ah, und Sie sind also Lollia!«

»Lollo«, berichtigte ich. »Lollo van Veen.«

Professore Pappalardo zeigte ein wissendes Grinsen, Maurizio Sorrano fuhr unbeirrt fort: »Willkommen! Ich habe gehört, Sie sind aus Deutschland. Wie gefällt es Ihnen bei uns?«

*»Bene, grazie, molto bene«*, stopselte ich ob so viel unverhoffter Freundlichkeit zusammen.

Der Wissenschaftler warf den Kopf in den Nacken – es ließ ihn nicht größer werden – und führte uns durch verschlungene Gänge in ein klimatisiertes, düsteres Kabuff, das jedem Anklang von *dolce vita* eine harsche Absage erteilte.

»Schließt die Tür, schnell, die Temperatur muss erhalten bleiben. Nicht sonderlich gemütlich hier, ich weiß, aber an diesem Ort müssen Annehmlichkeiten zurückstehen, hier wird alles getan für den Erhalt wertvoller Kulturgüter.«

Die Art und Weise, wie er das Wort »Kulturgüter« aussprach, ließ mich vermuten, dass er seit mindestens fünf Jahren keinen Sex gehabt hatte. Und doch strahlte er in diesem Umfeld eine besondere Autorität aus.

»Komm her, Lollia«, forderte er gebieterisch, und ich verkniff mir, ihn zu korrigieren. »Komm und lerne deine antike Namensschwester kennen.«

»Namensschwester?«

»Gut, fast«, donnerte Professore Pappalardo aus dem Hintergrund, »ein hübsches Gedankenspiel, immerhin, und einer der Gründe, warum ich dich heute dabeihaben wollte. Außerdem habe ich das Gefühl, dass du dramatische Geschichten magst, und das hier könnte eine sein.«

Maurizio Sorrano holte zunächst einen Stahlbehälter herbei, in dem einige brüchige Wachstafeln ruhten. Mit Handschuhen nahm er eine von ihnen heraus.

»Da ich mich mit diesem Typ Fundstück nicht gut auskenne, habe ich einen Kollegen zurate gezogen.«

»Und?«

»Meine Annahmen haben sich bestätigt. Diese Wachstafeln sind so etwas wie die Auftragsbücher eines Ziegelherstellers namens Quintus Lollius Probus. Wie es aussieht, hatte er keine kleine Manufaktur, sondern eine veritable Fabrik und erfüllte Großaufträge für die öffentliche Hand. Zum Beispiel belieferte er die zur Zeit des Vesuvausbruchs im Bau befindlichen Zentralthermen mit seinen Ziegeln. Darüber hinaus scheint er am Isis-Tempel und anderen Bauprojekten beteiligt gewesen zu sein.«

»Lollius?«, mischte ich mich ein, »der von der Wahlinschrift?«

»Ich wusste, dass deine Fantasie uns nicht im Stich lassen würde«, sagte Professore Pappalardo. »Nur bitte keine voreiligen Schlüsse! Andererseits: Wenn man sich die Inschrift genauer ansieht ... dieser Lollius verspricht, dass er sich im Fall seiner Wahl für den Straßenbau und die Errichtung öffentlicher Gebäude sowie Heiligtümer einsetzen wird. Eventuell sind die beiden wirklich identisch, und jemand wollte hier zwei Fliegen mit einer Klappe schlagen. Geld verdienen und politisch aufsteigen. Denkbar wäre das. Und was die Ziegel angeht, das klingt logisch. In den Mauern der Zentralthermen ist derselbe Typ vertreten wie in denen des Isis-Tempels.«

Der Professor hatte sich als junger Forscher mit einer Arbeit über das antike Ziegelmauerwerk einen Namen gemacht, darum war diesem Urteil wohl zu trauen. Mich interessierte jedoch etwas anderes.

»Was ist mit meiner angeblichen Namensschwester?«, fragte ich neugierig. »Steht sie auch auf den Wachstafeln?«

»Nein«, sagte Maurizio Sorrano, »sie nicht.«

Professore Pappalardo merkte auf.

»Ja, richtig, lass hören, was die Schriftrollen ergeben haben.«

Der Experte setzte eine grüblerische Miene auf.

»Von den vier Schriftrollen waren drei bis auf einige Worte unlesbar. Wir haben alles versucht. Durchleuchten und Rekonstruktion per Röntgenstrahlung, vorsichtiges Entfalten, erfolglos. Sie sind zu schlecht erhalten und verkohlt. Die vierte ist ein kleines Wunder. Als habe das Schicksal persönlich entschieden, ihren Inhalt an die Nachwelt zu übermitteln.«

»Mein Gott, Sorrano, du bist Wissenschaftler, reiß dich zusammen!«

»Auch Wissenschaftler haben Gefühle!«, gab sich der Forscher verletzt.

»Bei unseren Untersuchungen müssen wir neutral bleiben.«

Maurizio Sorrano räusperte sich.

»Natürlich. Es handelt sich um einen Brief, den der Besitzer des Hauses, besagter Lollius, an seine Tochter geschrieben hat.«

»Ah, Lollo … Lollia«, rief ich.

»Ich wusste, du würdest es mögen!« Professore Pappalardo schien sehr zufrieden.

»Lollia Paulina, um es genau zu sagen«, fuhr Maurizio Sorrano fort, »die Töchter erhielten neben dem Namen des Vaters einen individuellen Vornamen, mit dem sie jedoch selten angesprochen wurden. Von daher: Lollia, ja!«

»Und weiter?«, fragte Professore Pappalardo.

»Der Schreiber erwähnt eine bestehende Verlobung und eine in Kürze geplante, vermutlich von ihm selbst angebahnte Eheschließung. Der Name des Bräutigams war nicht zu entziffern. Da von dessen reichen Ländereien, speziell von einem kampanischen Weingut, die Rede ist, kann man davon ausgehen, dass es sich um eine vorteilhafte Partie handelte. Ein Arrangement, das die Tochter vielleicht mit gemischten Gefühlen sah. Weil der Mann viel älter war oder nicht gerade liebenswert, schwer zu sagen.«

»Warum denkst du dann überhaupt darüber nach?«, wandte Pappalardo missmutig ein. »Es scheint mir kaum ratsam, die Psychologie antiker Römerinnen zu erforschen.«

Maurizio Sorrano brachte ihn mit einer überraschend energischen Geste zum Schweigen.

»Das ist keine Psychologie, sondern ein logischer Schluss. Am unteren Ende des Papyrus habe ich nämlich etwas Ungewöhnliches gefunden. Eine kurze Bemerkung, nicht mehr als drei Worte, verfasst in einer anderen Handschrift. ›*Pater, tibi oboedio*‹. ›Vater, ich gehorche dir‹. Im Sinne von: Vater, ich werde meine Pflicht tun.«

»In der Tat ungewöhnlich, dass sie das anmerkt, ja«, räumte Professore Pappalardo ein. »In einem Brief. Für wen? Für sich selbst? Dass Töchter ihren Vätern bedingungslos gehorchten, war in der Antike allerdings üblich.«

»Ausdruck großer Freude sind diese Worte dennoch nicht. Zumal Lollius weiter oben im Text ein ›Unglück‹ erwähnt, das die Familie getroffen habe und das – so habe ich es verstanden – durch die Eheschließung relativiert werden könne. Möglicherweise ging das Geld aus den Großaufträgen zögerlich ein. Die Zahlungsmoral war seinerzeit nicht unbedingt besser als heute. Oder es bestanden aus einem anderen Grund Schulden. Wenn Lollius nicht aus einer reichen Familie stammte, kann er sich schlicht übernommen haben. Das Erdbeben im Jahr 62 hat manchen Geschäftsmann zusätzlich schwer getroffen.«

Professore Pappalardo kratzte sich am Kinn und schritt gemächlich auf und ab.

»Spekulationen, ich weiß«, ergänzte Maurizio Sorrano. »Du bist der Archäologe, kennst die Fakten vor Ort. Du musst deine eigenen Rückschlüsse ziehen. Leider konnte ich das, was ich für eine Art Datumsangabe am Fuß des Briefes halte, nicht entziffern. Da müssen wir dranbleiben.«

Ich sah genauer hin; tatsächlich gab es knapp über den von der Tochter hingekritzelten Worten ein paar schwer definierbare Flecken. Konnte das ein Datum sein?

Ansonsten hielt ich mich zurück. Stumm blickte ich vom einen zum anderen und begann, in der klimatisierten Kammer zu frösteln. Professore Pappalardo war ans Fenster getreten und blickte in den azurblauen Sommerhimmel.

»Alles nicht dumm, Sorrano«, resümierte er, »ich muss es sacken lassen und nachdenken.«

Ich gestehe, dass ich ihm dazu wenig Gelegenheit gab. Wir bedankten und verabschiedeten uns. Sobald wir wieder im Auto saßen, ließ ich meinen Fragen freien Lauf.

Eine erzwungene Hochzeit, wie aufregend. Der Kampf mit den eigenen Gefühlen, die Resignation in ein trauriges Los! Ob eine unglückliche Liebesgeschichte dahintersteckte? Was mochte Lollia gedacht, was gefühlt haben? Und: Wie sah sie aus? War sie beim Ausbruch des Vesuvs jämmerlich umgekommen? Hatte der Vulkan sie gar von einem freudlosen Dasein erlöst?

Professore Pappalardo blieb lange ungerührt, dann machte er ein Geräusch wie ein angestochener Reifen.

»*Sssshhhhhh.* Für Lollias Vater kann ich bloß hoffen, dass das gute alte *Nomen est omen* in dem Fall nicht gilt, dein Name also nicht Programm für all deine Namensschwestern ist.«

Ich war verwirrt.

»Was wollen Sie damit sagen?«

Abrupt bogen wir scharf rechts ab, was mich und meine Gedanken hart durchschüttelte, mir aber nicht mehr Klarheit verschaffte. Das tat der Professor höchstpersönlich: »Ich will damit sagen, dass Lollia hoffentlich nicht so viel geredet hat wie du.«

# XII

*Amantes amentes*
*Die spinnen, die Liebenden*

Sosehr mich der Professor für meine überbordenden Plappereien gescholten haben mochte, so wenig konnte ich mich in Gedanken von Lollia lösen. Ein bisschen stellte ich sie mir vor wie die grün gekleidete Nymphe in der *Villa Imperiale* oder die Daphne auf unserem Fresko, die ihr so ähnlich sah. Ätherisch, elfengleich, fast durchsichtig. Tapfer und stets mit einem traurigen Zug um den Mund.

*Lollia*. Vielleicht hatte sie einen jungen Römer geliebt, leidenschaftlich, den die Familie als Ehemann nicht akzeptieren konnte, weil er zu arm war, von zu niederem gesellschaftlichen Stand? Vielleicht hatte sie verzweifelt versucht, ihren Vater umzustimmen, ihm ihre Gefühle geschildert, geweint, gefleht. Vielleicht hatte sie überlegt, mit dem Geliebten zu fliehen. Nein, das wohl nicht, dagegen sprachen ihre Worte: *Pater ego tibi oboedio. Vater, ich werde dir gehorchen.*

Hielt sie sie fest, um sich selbst von ihrer Richtigkeit zu überzeugen? Gefunden worden war der Brief in einer *Ala* – einem Nebenraum, der für alles Mögliche benutzt wurde. Warum hatte sie ein solch persönliches Schriftstück dortgelassen und es nicht mit in ihr Cubiculum genommen? Welches der Zimmer mochte überhaupt Lollia gehört haben? Zufällig das, in dem ich gerade grub?

Zurzeit kam ich recht langsam voran, weil ich zwischendurch Rico beim Vermessen assistierte oder gemeinsam mit einem der anderen das Mittagessen besorgte.

Dass Professore Pappalardo mich nach Neapel mitgenommen hatte, war eine Auszeichnung – und alle gönnten sie mir. Sogar Alessandro, der mir neben »Salatkopf« und »Lollo rosso«

nun einen dritten Spitznamen andichtete: »Lollia«. Ich behielt für mich, dass mir das sogar ein wenig gefiel. Abgesehen davon verhielt er sich mir gegenüber weiterhin neutral. Den Beinahe-Kuss im Lupanar schwiegen wir tot, ich dachte an ihn wie an einen Traum.

Für unsere halb ausgegrabene Villa dagegen gab es Neuigkeiten: Von jeher hatte man die Häuser in Pompeji nach Artefakten benannt, die in ihnen gefunden worden waren, oder – so sich der Name desselben ermitteln ließ – nach ihrem einstigen Eigentümer. Unser Haus wäre in die Forschung wohl als *Casa di Lollius* eingegangen, hätte es in einem anderen Stadtteil nicht bereits eine *Casa di Lollius Synhodus* gegeben.

»Für mich ist das hier die *Casa di Lollia*!«, bemerkte ich daher selbstbewusst.

Professore Pappalardo gefiel die Idee. »*Casa di Lollia*«, sagte er. »Warum nicht?«

Seit dem Ausflug nach Neapel waren drei Tage vergangen. Stoffel hatte sich nicht mehr gemeldet, ich ebenso wenig. Ich konnte mich nicht dazu durchringen. Bei Anna war nach dem Zusammentreffen mit Professore Pappalardo die gesamte Männerwelt in Ungnade gefallen. »Alles Verbrecher«, schnaubte sie und bestärkte mich darin, Stoffel schmoren zu lassen. Ich war mir nicht sicher, ob er tatsächlich schmorte oder nicht doch von meiner Mutter, von der ich ebenfalls nichts hörte, getröstet wurde.

Papa schickte gelegentlich eine SMS, meistens, wenn er etwas suchte oder um sich über das Essen zu beschweren. Dachte ich an ihn, verspürte ich für kurze Momente Heimweh, ein Ziehen im Bauch, einen bittersüßen Schmerz, wie in meiner Kindheit, als er das Bein meines Lieblingsteddys verarztet hatte. Er, nicht Mama.

Für Sentimentalitäten blieb wenig Raum. Die Tage waren angefüllt mit dem Gleichmaß des Grabens, dem Austausch mit den Kommilitonen, der Erweiterung meines archäologischen Wissens. Nach wie vor forderte es Konzentration, mich auf Italienisch zu verständigen, manchmal war es außerdem so heiß, dass man ganz wirr im Kopf wurde. Ein paarmal wollte ich Rosa daran erinnern, mir meine Aufbissschiene wiederzugeben, aber ich vergaß es. Und das, obwohl ich mich sonst mit unverbrüchlicher Härte in die Benutzung dieses Teils fügte. Es musste an Italien liegen.

Dieser Mittwoch brachte Abwechslung.

»Hey Leute«, verschaffte sich Alessandro in der Pause Gehör, »am Samstag seid ihr alle eingeladen! Ich gebe eine Party. Im Haus meiner Eltern, Punkt acht geht es los!«

»Super«, rief Lucia. »Was feiern wir?«

»Nichts Besonderes! Außer«, er warf mir einen verschmitzten Seitenblick zu, »dass der Vesuv schön stillhält und uns noch nicht verschlungen hat.«

»Dein Wort in Gottes Ohr«, kommentierte Tom nüchtern.

»Obwohl es für uns Pompeji-Forscher ein würdiger Tod wäre«, meinte Raffa.

»Ich sterbe lieber alt und grau in meinem Bett«, gab Rico zu verstehen.

»Sie sind natürlich auch willkommen, Professore«, sagte Alessandro.

»Besten Dank. Das überlasse ich euch jungen Leuten. Ich habe im Leben schon so viel gefeiert, mein Maß ist voll.«

»Wir bringen eine Kiste Weißwein mit«, verkündete Raffa, »von unserem letzten Gelage sind noch Flaschen übrig.«

Lucia kicherte. »Wenige.«

»Sehr wenige«, bestätigte Rico.

In dieser Weise plauderten alle erregt durcheinander, beratschlagten, schmiedeten Pläne. Plötzlich schlug sich Rosa mit der flachen Hand gegen die Stirn.

»Das *Vesuvio*«, rief sie aufgeregt. »Hoffentlich bekomme ich am Samstagabend frei.«

»Musst du«, sagte ich, »letztes Wochenende haben wir ihnen den Arsch gerettet, dafür müssen sie dankbar sein.«

Ein Sommerfest mit den Freunden! Ich war entzückt. Bis auch mir etwas einfiel.

»Mist, ich kann ja selber nicht! Natale hat mich eingeladen, als Wiedergutmachung. Das kann ich nicht absagen.«

Alessandro blinzelte zu mir herüber. Sein Gesichtsausdruck war schwer zu deuten.

»Ein Date mit Mr. Ferramenta?«, fragte er. »Meinetwegen kannst du ihn mitbringen.«

»Au ja«, erwiderte ich finster. »Er brennt bestimmt darauf, wo ihr beide euch so wunderbar versteht.«

»Kein Humor, unsere Lollia.«

»Quatsch«, fauchte ich, »allein, von dramatischen Hahnenkämpfen bekomme ich Depressionen.«

»Ehrlich? Ich wette, dein Kavalier sieht das lockerer als du!«

»Er ist nicht mein Kavalier.«

»Ärgere dich nicht, Lollo«, raunte mir Rosa von der Seite zu. »Ich werde mit Natale sprechen.«

»Da wirst du dich schwertun, fürchte ich.«

»Nein, glaub mir, er wird mitkommen. Dafür sorge ich.«

Alessandros Eltern besaßen ein Haus in Posillipo, einem der nobelsten Stadtteile Neapels. Ich kannte ihn von Bildern. Auf einem Hügel gelegen, bot das Viertel ein fantastisches Panorama – im Vordergrund das Meer und ein kleiner Hafen, dahinter die reizvoll geschwungene, nach beiden Seiten auslaufende Silhouette des Vesuvs. *Dolce Vesuvio*. Ich fühlte mich weit entrückt und doch allem sehr nahe. Dichter hatten diesen Ort verehrt und besungen, zu seinen Füßen ruhte einer der größten unter ihnen: Dort, so sagte man, befand sich das Grab Vergils.

Zu viert hatten wir uns in Natales Volvo gequetscht: Natale und ich vorne, Rosa und Lucia auf dem Rücksitz. Wenn Natale sich uns ungern angeschlossen haben sollte, merkte man es ihm nicht an.

»Wie war's eigentlich in Neapel?«, fragte ich.

»Anstrengend. Seit dem Einsturz der Brücke in Genua hat mein Vater ständig Probleme mit der Abnahme durch die Behörden. Es nervt ihn, und ich darf mich kümmern.«

»Klingt stressig.«

»Dein Babbo und wir«, meldete sich Lucia von hinten. »Wir arbeiten quasi Hand in Hand. Er konstruiert, wir analysieren später, was übrig bleibt.«

»Sehr viel später«, kommentierte Rosa gut gelaunt.

»Und abgesehen von Behördenkram, was hast du in Neapel sonst so gemacht?«, fragte ich Natale.

»Äh … nichts«, antwortete er zögerlich. »Erzähl mal, haben sich deine Mühen gelohnt, hast du inzwischen etwas gefunden?«

»Nein.«

Wir hatten die Höhe des Hügels erreicht, die mehrstöckigen, würfelförmigen Wohnhäuser mit ihren sie umschlingenden Balkongalerien hinter uns gelassen. Hier oben wirkte die Luft klarer, die Sicht freier.

*»Numero 20«*, las Natale im Vorüberfahren, »ich glaube, wir sind da.« Er legte den Rückwärtsgang ein.

Der Anblick der Villa Mantegna raubte uns den Atem. Die hinter einem kunstvoll verzierten, schmiedeeisernen Gatter verborgene Fassade präsentierte sich so, wie ich mir in meiner Fantasie die *Casa di Lollia* vorgestellt hatte, bevor sie verschüttet wurde. Solide gebaut und doch raffiniert, klassisch schlicht und barock verschnörkelt: Das Gebäude vereinte mehrere Ideale in sich, eine Kreuzung aus antiker Filmkulisse und einem Märchenschloss der Brüder Grimm.

Die Türe allerdings öffnete uns weder Schneewittchen noch Dornröschen, sondern die Schöne vom Flughafen.

*»Ciao«*, begrüßte sie uns liebenswürdig, »ihr seid die Freunde von Ale, nicht wahr?«

*Nein, wir sind von der Mafia. Blöde Frage.*

*»Oh, ciao«*, sagte Natale sichtlich beeindruckt. Hätte er einen Hut getragen, er hätte ihn gezogen.

»Hi«, echote Rosa lahm und puffte mich in die Seite. »Wer ist das denn?«

»Keine Ahnung«, log ich. Mein Herz indessen rutschte in den Magen, wo es entsetzlichen Aufruhr verursachte.

»Ihr seid die Ersten. Kommt rein.«

Wir folgten der bezaubernden Signorina in eine von Nippes überladene Eingangshalle, die in ein mit dorischen Säulen gestaltetes Atrium überging.

»Legt ab und folgt mir. Ale wird gleich da sein, ihr könnt schon einen Aperitif nehmen, wenn ihr wollt.«

Wiegenden Schritts ging sie voran, elegant wie ein Model auf dem Laufsteg. Wir gelangten auf eine mondäne Terrasse. Die Aussicht von dort übertraf die Fassade, die Säulen und möglicherweise sogar die Schöne selbst.

Schau mich gut an, Lollo, wiederholte der Vesuv mir seine schon einmal ausgesprochene Warnung. *Brav und freundlich sehe ich aus, heimtückisch und falsch bin ich in Wahrheit. Nicht anders als ihr Menschen.*

Zur Rechten der Terrasse lag ein Garten, in dem das übermütige Blau eines Pools blitzte. Am liebsten wäre ich hineingesprungen und für den Rest des Abends untergetaucht.

»Campari, Aperol Spritz, Hugo?«, fragte die Schöne. »Bitte bedient euch.« Am rechten Rand der Terrasse lockte ein übervoll beladener Servierwagen. Während die anderen sofort darauf zustürmten, hielt ich weiter stumme Zwiesprache mit dem Vesuv.

»Du magst lieber Weißwein, oder?«, fragte von hinten eine sympathische Stimme. »Darf ich dir ein Glas anbieten?«

Ich nickte. »Woher weißt du das?«

»Ale hat mir erzählt, dass du Weißwein trinkst, falls man dir nicht gerade Cocktails aufnötigt. Und dass du mit Sekt auf Kriegsfuß stehst.«

»Das ist in etwa korrekt«, stammelte ich.

Da stand ich nun, Auge in Auge mit dem Vesuv einerseits und mit Alessandros Zauber-Freundin andererseits, die, schwarz gelockt und ebenmäßig wie er, über meine Vorlieben bestens informiert war. Gleich würde sie mich ›Salatkopf‹ nennen. Wobei dieser Spottname ihr selbst nicht weniger gut zu Gesicht gestanden hätte, denn ihr krauses Haar bauschte sich imposant.

»*Ciao*, ich bin Valentina«, flötete sie.

»Lollo«, sagte ich steif.

»Ich weiß. Er hat dich oft erwähnt.«

»Ach …«

»Die Sache am Flughafen war mir peinlich. Ich habe darauf gedrängt, dass er dich mitnimmt. Manchmal ist er einfach … unerträglich.« Ihre betroffene Miene bezeugte selbst Wochen danach, dass sie den Vorfall bedauerte.

»Manchmal, ja«, seufzte ich. »Er kann mich einfach nicht leiden.«

Mein Gegenüber verströmte milde Gelassenheit.

»Im Gegenteil, ich denke, er hat dich sehr gerne.«

Der müde Trost einer liebenden Frau? Sie verschwand kurz und kehrte mit einem Weinglas zurück.

»Das ist ein 2015er *Lacryma Christi* von den Hängen des Vesuvs, Zitrusfrüchte und Pfirsich in der Hauptnote, leichter Wacholder im Abgang.«

Eitelkeit und Hochmut in der Hauptnote, Arroganz im Abgang, dachte ich und nahm einen kräftigen Schluck.

»Prächtig«, sagte ich. »Ihr habt wohl einen exquisiten Weinkeller! Überhaupt: toller Schuppen.«

»Findest du? Für meinen Geschmack alles etwas überladen, irgendwie … *too much*.«

Unverhohlenes Schwiegereltern-in-spe-Bashing, das nannte ich Selbstbewusstsein.

»Dieser Ausblick!«, sagte ich schwärmerisch.

Ich erhob das Glas in Richtung Vesuv.

»Prost, mein Guter«, sagte ich, »und bitte nicht ausbrechen!«

Valentina lachte.

»Du hast recht, der Ausblick ist unvergleichlich, bereits die alten Römer schätzten ihn sehr.«

»Wen wundert's«, murmelte ich, einen Stachel des Neids im Herzen. Wer an diesem Ort geboren war und hier leben durfte, den hatten die Götter in ungerechter Weise bevorzugt.

»Ist dir nicht gut?«, fragte Valentina. »Du bist ein bisschen grün um die Nase.«

Grün? Fehlte noch, dass ich im Angesicht dieser perfekt modellierten antiken Statue zu Shrek mutierte. Ich atmete tief durch. »Nein danke, es geht mir gut.«

Valentina reagierte nicht darauf, denn etwas anderes erregte ihre Aufmerksamkeit.

»Da ist er ja endlich! Eineinhalb Stunden hat er im Bad gebraucht, der eitle Pfau! Ale, deine Gäste sind längst da!«

Erst jetzt nahm ich wahr, dass wir inzwischen Gesellschaft bekommen hatten. Die Terrasse füllte sich zusehends mit ausgelassen schwatzenden jungen Leuten. Durch sie hindurch bahnte sich Alessandro, nach links und rechts grüßend, seinen Weg auf uns zu.

»Valentina, Lollo«, rief er vergnügt. »Habt ihr einander schon vorgestellt?!« Frisch geduscht, gekämmt und von Wohlgeruch umwogt, verbreitete er eine Aura, um die ihn selbst Achill, Hektor oder Aeneas beneidet hätten.

»Sie mag das Haus«, sagte Valentina.

Ich wartete darauf, dass Alessandro sie küsste, aber er tat es nicht. Stattdessen umarmte er mich für einen kurzen Moment, in dem mir sein Rasierwasser die Sinne raubte. Moschus glaubte ich darin zu erkennen, Sandelholz und etwas sehr Herbes, eine dunkle, geheimnisvolle Note des Orients.

»Das Haus mögen viele«, sagte Alessandro. »Valentina und ich finden es etwas ...«

*»... too much!«*, vervollständigte ich.

»Wir sind uns da sehr einig.«

Er ließ seinen Blick über das Meer schweifen. Die Sonne war am Untergehen und malte Schlieren in allen Rottönen dieser Erde auf das Wasser, von terrakottafarben bis Zinnoberrot.

»Babbo war eine Zeit lang Stürmer bei der SSC Napoli und hat nicht schlecht verdient. Nachdem er alle denkbaren Sportwagen gekauft hatte, wusste er nicht mehr recht, wohin mit dem Geld. Mamma durchaus, und das ist das Ergebnis.«

»Ich verstehe sehr gut, dass du dein Leben den Hinterlassenschaften der alten Römer widmest«, sagte Valentina, »die hatten wenigstens Stil.«

»Erklär das mal Mamma und Babbo. Momentan sitzen sie in einem Ferienressort auf den Seychellen und spielen Golf.«

Die beiden blinzelten sich vertraulich zu. Ich überlegte gerade, ob mich diese Situation deprimierte, als wie aus dem Nichts Rosa herantrat. In ihrem transparenten, bodenlangen Sommerkleid, das wenig verhüllte und vieles preisgab, sah sie bezaubernd aus. Das lange Haar hatte sie zu einer komplizierten Frisur hochgesteckt, die sie größer wirken ließ und sehr elegant.

»Darf ich ihn euch entführen?«, fragte sie. Ohne eine Antwort abzuwarten, hakte sie Alessandro unter und zog ihn fort.

»Pass gut auf unsere Lollia auf«, rief er über die Schulter zurück. Valentina verdrehte die Augen.

»So ist er. Im Herzen ein echter neapolitanischer Macho. Na ja, ich bin's gewöhnt. Und du, lass dich nicht ärgern.«

»Und nicht über mich lästern, *sorrellina*, ich kenne dich!«, setzte Alessandro aus einiger Entfernung nach.

*»Sorrellina?«*, fragte ich entgeistert. »Du bist seine Schwester?«

»Sicher, wer sonst? Hat er dir das etwa nicht erzählt? Typisch! Durch die Gegend chauffieren darf ich ihn, einkaufen, seine Partys vorbereiten. Und er erwähnt mich nicht mal.« Ihre dunklen Augen blitzten wie die einer antiken Rachegöttin. »Oh, da kommt Elisa, seit Ewigkeiten habe ich sie nicht gesehen. Du entschuldigst mich, Lollo? Ich bin gleich wieder da, ja?«

Nicht ungern ließ ich sie ziehen. Im Grunde war ich froh über ein bisschen Ruhe. Mit meinem Weißwein schlenderte ich an der Balkonbrüstung entlang nach links bis ins Eck, wo die Schatten sich verdichteten. Es war dunkel geworden, am Horizont verschmolzen Himmel und Meer. Wenige Sterne blitzten am Firmament, die Bootslampen auf dem Wasser schienen ihnen zu antworten, ein intimer, mysteriöser Dialog. Die Nacht war lau, doch immer wieder überzog ein sanfter Schauder meine Haut, als wollte der Windgott Zephyr mich höchstselbst liebkosen.

»Ah, da bist du, ich habe dich gesucht.«

Ich wandte mich um, die Terrassenbrüstung im Rücken. Vor mir stand Natale. »Was machst du hier?«

»Ich genieße den Abend und Zephyrs Zärtlichkeiten.«

»Zephyr, soso!« In seinen grünbraunen Augen tanzte der Spott, dann wurde er ernst.

»Ich musste mich etwas zu dieser Party überwinden.«

»Nett, dass du es getan hast«, sagte ich.

»Blieb mir eine Wahl? Schließlich weiß man nicht, was dieser Unmensch dir antut.«

»Der ist, wie er ist«, bemerkte ich betont gleichgültig.

»Rosa findet ihn toll.«

»Ja, hat sie gesagt.«

»Manchmal verstehe ich euch Frauen nicht.«

»Kommt vor. Was ist das eigentlich zwischen dir und Professore Pappalardo? Und sag nicht, es sei eine zu lange Geschichte. Dies ist ein Abend für lange Geschichten.«

Natale zögerte kurz. Ich dagegen war entschlossen, es herauszufinden – und neugierig.

»Also?«

»Ehrlicherweise ist das Ganze keine Sache zwischen mir und ihm, sondern zwischen ihm und meinem Vater. Ich unterliege sozusagen der Sippenhaft.«

»Mafia?«, fragte ich ironisch. »Nein, in dieser Gegend nennt sich das wohl Camorra.«

»Blödsinn. Glauco Pappalardo ist mein Onkel, der Bruder meines Vaters.« Damit hatte ich nicht gerechnet.

»Die kampanischen Verwandtschaftsverhältnisse übersteigen langsam meine Vorstellungskraft.«

»Zio Glauco und ich, wir kennen uns kaum, und wenn wir uns zufällig über den Weg laufen … Du hast es ja erlebt.«

»Was ist passiert?«

Natale stützte sich mit den Unterarmen auf die Brüstung und beugte sich leicht nach vorne.

»Ich kann nur wiedergeben, was man mir erzählt hat. Meine Mutter ist gestorben, da war ich gerade fünf Jahre alt. Eine Krankheit, die sie dahingerafft haben muss wie ein Sandsturm.«

»Krebs?«

»Nein, ein afrikanischer Virus, mit dem sie sich bei einer Ausgrabung infizierte.«

»Deine Mutter war Archäologin?«

»Das nicht, aber sie liebte alte Kulturen, und möglicherweise suchte sie das Abenteuer. Mein Vater hat sich seit damals nicht groß verändert, er verfolgte seine Geschäfte, ackerte von früh bis spät. Mamma fühlte sich einsam, darum begleitete sie mitunter ihren Schwager, organisierte seine Projekte, assistierte ihm.«

»Und du?«

»Ich kam vorübergehend zu den Großeltern. Es soll mir gut gefallen haben. Ich war zufrieden, ebenso wie mein Onkel, der jede helfende Hand dankbar annahm. Damals gruben sie im nordafrikanischen Thugga.«

»Hatten die beiden ein Verhältnis?«, fragte ich.

»Papà ist davon überzeugt, Zio Glauco streitet es ab. Ich fürchte, die Wahrheit wird im Dunkel numidischer Gräber verbleiben. Jedenfalls wurde Mamma krank, bekam Fieber, Schüttelfrost. Sie dachte, es würde von selbst abklingen, zwang sich zum Weitermachen. Als man sie endlich zum Arzt brachte, konnte der nichts mehr tun. Papà sah sie nicht lebend wieder, was er seinem Bruder nie verzieh. Seitdem reden die beiden nicht miteinander. Totale Funkstille. Und ich dazwischen.«

»Aber war dein Vater nicht mitschuldig an der Situation? Ich meine, wenn er sich so verhalten hat, wie du sagst …«

Natale faltete die Hände.

»So sind wir wohl, wir Menschen«, meinte er nachdenklich, »niemand will sich für das eigene Unglück verantwortlich fühlen, es ist einfacher, die Schuld woanders zu suchen. Zudem ist mein Onkel von Natur aus eigen. Er verachtet die Geschäftstüchtigkeit meines Vaters; dass jemand sein Leben auf die Konstruktion von Autobahnbrücken verschwendet, empfindet er als würdelos. Für ihn gab und gibt es nichts anderes als alte Kulturen.«

»Zu deren Erforschung er sich durchaus moderner Methoden bedient, bisweilen sogar eines Autos.«

»Wem sagst du das!«

»Seltsam. Du wärst gern Archäologe, und Professore Pappalardo ist einer. Der beste, den ich kenne. Könntet ihr euch nicht versöhnen?«

»Schwierig.«

Fröhliches Kreischen zerriss die Stille der Nacht. Es drang aus dem Garten zu uns herüber. Ich zupfte Natale am Ärmel.

»Lass uns sehen, was da los ist!«

»Was soll schon sein?«, fragte der desinteressiert. »Die üblichen Partyspiele. Nächtliches Baden im Pool. Nackt oder bekleidet, je nach Alkoholpegel.«

»Trotzdem will ich sehen, was da vor sich geht«, insistierte ich und lief davon.

Der Pool bot ein merkwürdiges Bild. An seinem Rand saß Alessandro, die Beine samt Hose im Wasser.

»Und was machst *du* da?«, fragte er.

»... und du da?«, tönte es von unten.

Ich trat etwas zur Seite und erkannte, dass Alessandro mit jemandem sprach.

Angeleuchtet vom bläulichen Strahl der Unterwasserbeleuchtung paddelte Rosa, der Stoff ihres Kleides wallte um sie wie der Leib einer Meduse.

»Willst du nicht rauskommen?«, fragte Alessandro, neben sich auf den Fliesen ein halb leer getrunkenes Glas Amaro.

»Rauskommen?« Rosa vollführte spritzend eine anmutige Rückwärtsrolle, ganz Flimmern und Flirren aus wassergetränktem Gewebe.

»Liebe muss einem den Verstand rauben«, sagte Natale, der mir gefolgt war.

»Definitiv.«

Beim Auftauchen stieß Rosa sich vom Boden ab, schwang sich empor wie ein Delfin, bekam Alessandros rechte Hand zu fassen und riss ihn mit sich zurück ins Becken.

*Halb zog sie ihn, halb sank er hin.* Obwohl dieser Vers nicht von Ovid stammte, sondern von Goethe, fand ich ihn sehr passend.

Im Wasser warf sich Rosa auf Alessandro und verpasste ihm einen linkischen Kuss; um selbst nicht unterzugehen, umfing er sie prustend. Ein paar andere angeheiterte Gäste, darunter Lucia und Raffa, taten es den beiden nach und sprangen in den Pool.

»Verrückt«, sagte Natale.

Ich wandte mich ab.

»Entschuldige bitte, ich habe Kopfschmerzen und muss aufs Klo.«

Ohne weiteren Kommentar verschwand ich im Haus, wo ich orientierungslos in jedes Zimmer des Erdgeschosses spähte, bis ich die Küche fand. Sie war atmosphärisch eingerichtet, im mediterranen Stil, in ihrer Mitte thronte ein wuchtiger Tisch aus Olivenholz. Die Familie Mantegna schien sich nicht eben häufig daran zum Essen einzufinden, denn er trug keinerlei Gebrauchsspuren. Ich suchte den Kühlschrank, öffnete ihn indiskret und ergriff die erstbeste Weißweinflasche. *Lacryma Christi.* Umso besser. Der Korkenzieher lag auf der Anrichte, ein Glas war verzichtbar. Ich sank auf die Sitzbank am Tisch, führte die Flasche zum Mund und beschloss, mich nicht mehr zu erheben, bis ich entweder zu Stein erstarrt war oder ein Gott mich erlöste.

Und genau das geschah. Eine halbe Flasche später erschien der Meeresgott Neptun persönlich. Seine moderne Ausgabe, ohne Dreizack und Delfin-Eskorte, dafür pitschnass, tropfend, mit kariertem Handtuch um den Hals.

»Die schöne Nymphe, so ganz alleine!«

»Von wegen!« Grinsend erhob ich die Flasche. »Ich befinde mich in bester Gesellschaft.«

»*Lacryma Christi*, ein edler Tropfen.«

»Gibt es bei euch literweise.«

Neptun Alessandro trat näher.

»Es heißt, der Teufel habe ein Stück vom Paradies geraubt, um den Golf von Neapel zu erschaffen. Die Tränen, die Jesus Christus aus Kummer über diesen Verlust weinte, benetzten die Erde rund um den Vesuv und machten sie fruchtbar. Die aus ihr wachsenden Reben erbrachten einen göttlichen Wein, den man schließlich *Lacryma Christi*, Träne des Herrn, nannte. Darf ich?«

Ich schob ihm die Flasche hin, er nahm einen tiefen Zug.

»Dieser Wein schenkt Vergessen und heilt Liebesschmerz.«

»Kann ich nicht bestätigen.«

»Schade.«

Er sah mich nicht an wie ein begossener Pudel, er war ein begossener Pudel. Als er Anstalten machte, sich mir gegenüber niederzulassen, wirbelte ein ungleiches Paar durch die Tür.

Rosa triefnass, Natale genervt.

»Dauernd läufst du davon«, beschwerte er sich.

»Hast du deine Meerjungfrau nicht trockengelegt?«, fragte ich Alessandro schnippisch.

»O Mann«, seufzte der, »wo wird das enden?«

Rosa hatte davon klare Vorstellungen. Resolut durchmaß sie den Raum und zog dabei ihren Mitbewohner hinter sich her. »Geh zu ihr und benimm dich wie ein Mann«, zischte sie ihm zu.

Die derangierte Sirene selbst warf sich neben Alessandro auf die Bank und die Arme um seinen Hals. Mir schenkte sie einen hintergründigen Blick.

Der treue Natale nahm pflichtschuldig neben mir Platz und schmiegte linkisch seine Wange an die meine.

»Lollo, ich mag dich, ich mag dich wirklich. Sehr«, flüsterte er mir ins Ohr. Er war eindeutig der Nüchternste von uns. Und der Ehrlichste.

»Bringst du mir am Montag meine Aufbissschiene mit?«, hörte ich mich plötzlich fragen. »Sie liegt bei euch im Badezimmer.«

»Was?«

»Natale ...«, setzte ich an und verlor den Faden.

Mit einem Schlag wurde mir bewusst, dass die tückische Nixe mir gegenüber ein perfides Spiel spielte. Mit List und Alkohol verfolgte sie ein charmantes Ziel: Alessandro für sie, Natale für mich, und alles lief nach Plan.

Ich wollte nur noch nach Hause zu Anna. Meinetwegen würde ich sogar das peinliche Kostüm anprobieren.

Alessandro hatte nicht wenig getrunken, sein Blick dagegen war klar, und er fixierte mich. Lautlos formten seine Lippen ein Wort: »Sa–lat–kopf!«

Oder bildete ich mir das ein?

Jesu hochprozentige Tränen verursachten bösen Schwindel. Zugleich dämpften sie den kuriosen Irrsinn der Lage.

Da saßen wir vier, in der Umklammerung von eigenartig einseitigen Wahlverwandtschaften, aus denen kein Entkommen war.

Mich erfasste ein unsichtbarer Strudel, ich ließ mich sinken – und küssen. Von Natale. Alessandro sah es und knabberte mechanisch am Ohr von Rosa, die wohlig aufstöhnte.

»Was für ein Abend!«

»O ja!«

»Wir sollten uns umziehen«, murmelte Alessandro.

»Mir ist nicht kalt, im Gegenteil.« Rosa schüttelte das nasse Haar, dass es nur so spritzte. Ein Tropfen landete auf meiner Nase.

»Iiiihhh!« Im Gegensatz zu unsrer quicklebendigen Sirene fühlte ich mich tief drinnen festgefroren und abwesend. Erst das Vibrieren des Handys in der Gesäßtasche meiner Jeans riss mich aus der Lethargie. Ich entledigte mich Natales Arm, nestelte das Telefon hervor und rief die soeben eingetroffene Nachricht auf. Sie kam von Stoffel.

*Hi Lollo. Es mag verrückt sein, aber ich habe heute ein Flugticket gebucht, morgen um 12 Uhr lande ich in Neapel.*

# XIII

*Dum spiro spero*
*Die Hoffnung stirbt zuletzt*

Ich wusste nicht genau, wie ich heimgekommen war. Dunkel schwante mir, dass eine fesche griechische Statue namens Valentina etwas damit zu tun gehabt haben könnte. Eine ziemlich wütende Statue, die irgendwann die Küche geentert, ihren Bruder von der Bank gezogen und ihm eine Ohrfeige verpasst hatte. Um seine Gäste solle er sich kümmern, jetzt sofort. Mehr erinnerte ich nicht und konnte nur hoffen, dass ich mich selbst nicht blamiert hatte. Bekanntermaßen stirbt die Hoffnung zuletzt, wie schon der Redner Cicero sinngemäß sagte. *Solange ich atme, hoffe ich*. Und dass ich noch atmete, war nicht zu bestreiten.

*»Posilippo bedeutet ›schmerzstillend‹«*, zog es wie von fern durch meinen Sinn, *»der Ort, an dem das Herz zur Ruhe kommt.«* Wer hatte mir das erklärt? Alessandro, ehe er sich in die Arme von Rosa stürzte, Natale, als er mich küsste, Valentina auf der Autofahrt? Oder handelte es sich um eine Nachgeburt des *Lacryma Christi*? Ich brachte es nicht zusammen.

Mit pochendem Schädel hing ich am Rand meines Bettes. Vorsichtig wälzte ich mich herum. Gott sei Dank, ich war allein. Valentina, Alessandro, Rosa, Natale – eine imaginäre Abwärtsbewegung, bei der mir zunehmend unwohler wurde, bis ich den Tiefpunkt erreichte: Stoffel.

Ob er ernst machte und heute hier auftauchte? Im elektronischen Adressbuch suchte ich die Nummer, ließ es klingeln, Mailbox. Ich tippte eine SMS, sie ging nicht durch. Entweder war er noch nicht wach, oder er hatte sein Handy ausgeschaltet, damit ich nicht protestieren konnte.

Vermutlich wieder eine Idee von Mama. Mama und Stoffel,

das perfekte Dream-Team, das »Danas Alloro« zu einem Weltimperium ausbauen würde. »Think big«, pflegte Stoffel zu sagen.

Wie gut, dass heute Sonntag war, Grabungspause, und ich weder Rosa noch Alessandro begegnen musste. Hatte sie ihn verführt? Und Natale mich? Mein Instinkt sagte Nein, mein Herz pochte in wilden arhythmischen Schlägen. Zu viel schwerer Wein, zu viele unverdauliche Geschichten. Ich ließ mich zurück in die Kissen sinken und dämmerte weg.

Als ich erwachte, war die Mittagsstunde vorüber. In meinem Schädel hatte sich der Kater gelegt, in meinem Herzen zog er weiter unruhige Runden. Wieder wählte ich die Nummer von Stoffel, wieder antwortete die Mailbox.

Ich musste dringend mit jemandem reden.

»Anna«, rief ich. »Anna, wo bist du?«

An der Barzeile vor meinem Zimmer herrschte gähnende Leere. Dafür saß an einem der Tischchen davor eine Bekannte von Annas Fest: Alessandros Schulkameradin, die schwangere Elena.

»*Ciao*«, sagte ich. »Wo ist Anna?«

»Nicht hier«, stammelte die junge Frau, und ich sah, dass sie weinte. Am liebsten hätte ich mich dazugesetzt und es ihr gleichgetan.

»Was hast du?«, fragte ich stattdessen.

»Es ist furchtbar, ich ertrage es nicht«, wimmerte sie und massierte ihren mächtigen Bauch.

»Ja, sag, was ist geschehen?«

»Mein Mann hat mich verlassen!«

In dieser Familie war wirklich ständig etwas los!

»Bist du sicher?«, fragte ich.

»Todsicher«, schluchzte sie. »Anna soll mit ihm reden.«

»Und du meinst, das hilft?«

Elena nickte heftig. »Bisher hat es immer geholfen.«

*Bisher? Arme Anna.*

»Und du weißt nicht, wo sie sein könnte?«

»Irgendwo in der Grabung, nehme ich an. Wegen der Vorbereitungen für den 24. August.«

Ich lief zurück in mein Zimmer, um meinen Rucksack zu holen. *Bloß nicht zu viel nachdenken!*

»Wo willst du hin?«, schniefte Elena, als ich wieder nach draußen trat.

»In die Grabung, Anna suchen. Kommst du mit?«

Kopfschütteln.

»So?« Sie zeigte auf ihr verheultes Gesicht und ihre geschwollenen Füße. »Nein, ich warte hier.«

Ich schulterte den Rucksack, sperrte mein Zimmer ab und machte mich auf den Weg.

»Schau auf jeden Fall ins *Teatro grande*«, rief Elena mir nach. »Da könnten sie sein!«

Eine Stunde später saß ich auf dem Boden des Trikliniums im Haus meiner antiken Schwester Lollia. Im Rücken die Bruchsteinmauer, vor mir das prachtvolle Panorama der Fresken. Fast wie eine Fototapete. Nein, besser.

Im großen Theater war niemand gewesen außer die üblichen Touristen, ebenso wenig im kleinen, und überall, wo ich sonst gesucht hatte. Ich war etwas durch die Grabung gestreunt und schließlich zu unserer verlassenen Ruine gelangt. Unterwegs wechselte ich ein paar Worte mit einem Kustoden, den ich kannte.

»Arbeiten am Sonntag!«, rief er mir nach, da er mich unter der Absperrung verschwinden sah, »aber Signorina!«

Ich ignorierte es. Ich wollte ja nicht arbeiten, ich musste nachdenken. Ruinen schienen mir nicht der schlechteste Ort dafür zu sein, denn ich fühlte mich gerade selbst ziemlich baufällig. Meine emotionale Bilanz war deprimierend.

Erstens: Natale – sensibel, klug, verlässlich. Keine schlechte Wahl, hätte nicht mein Herz ihm eine Absage erteilt. Der geraubte Kuss am Vorabend hatte mich durchgeschüttelt wie ein viel zu bitterer Amaro nach dem Essen.

Zweitens: Stoffel – vertraut, weit entfernt, Status unklar. Und beseelt von einer Idee, die mir im Moment ähnlich in den Kram passte wie ein Ausbruch des Vesuvs.

Drittens: Jemand, den ich gedanklich lieber weit wegschob. Alessandro – antiker Feldherr, Neptun, Lupanar-Experte, Verführer, Verhängnis.

Zerstreut kramte ich im Rucksack nach meiner Wasserflasche. Dabei fiel mein Blick auf Mamas Buch. Nach Erhabenheit und Weh antiker Literatur stand mir am allerwenigsten der Sinn.

»Immer hast du behauptet, die Menschen so gut zu verstehen«, schimpfte ich den Dichter aus. »Was hast du mir jetzt zu sagen? ... Nichts.«

Natürlich war ich ungerecht. Nicht nur zu Ovid. Ich fischte die Fotografie meiner Mutter zwischen den Seiten hervor. Sie kam mir gerade recht. »Und du? Von wegen: Scheiß Capri! Wie du da vor der Villa Jovis stehst, siehst du verdammt glücklich aus! Und was ist davon geblieben? Dinkelsuppe, die Steiermark, Winke-Trumps? War es das, was du vom Leben erwartet hast, damals, in deinem gepunkteten Sommerkleid?«

Mamas Jugendbildnis fuhr fort, steril freundlich zu lächeln, während ihr gegenwärtiges Ich wahrscheinlich Koffer packte, das Glätteisen suchte und Papa herumkommandierte. Rasch schob ich das Foto zurück ins Buch und kontrollierte mein Smartphone. Keine Nachricht von Stoffel, keine von Natale, keine von Mama. Nicht einmal Rosa vermeldete einen etwaigen Triumph.

Du solltest heimgehen, vielleicht ist Anna zurück, dachte ich und blieb sitzen.

Von oben herab drang das Geräusch eines Flügelpaars, gefolgt von verhaltenem Gurren. Ich streckte den Kopf in den Nacken. Auf der Abbruchkante über mir ließ sich eine aschfarbene Taube nieder. Sofort flatterte eine zweite heran. Da saßen sie über mir, wie Geister der Vergangenheit. Was, wenn sie sich umdrehten, den Hintern vorreckten und mich vollkackten?

Was, wenn sie auf die gegenüberliegende Seite flogen und die Fresken verschmutzten?

»Guckuruguh«, machte es.

Tauben mochten biblische Friedensvögel sein, Hoffnungs- oder Liebesvögel, ich konnte sie nicht ausstehen. Ich fand sie unromantisch, und am wenigsten behagte mir ihr fies fordernder Ruf.

»Guckuruguuuuh!«

Ich war im Begriff, aufzuspringen, um das ungebetene Liebespaar zu verscheuchen, als die Erde bebte. Oder war es mein Kreislauf, der mir dies vorgaukelte? Schnell griff ich zur Wasserflasche, um einen Schluck zu trinken; sie rutschte mir aus der Hand.

»Was ist das?«, rief ich und versuchte, mich an der Mauer entlang aufzurichten, vergeblich. Die Welt unter mir entwand sich, schien mich zugleich anzuziehen und abzustoßen. Ein Gefühl wie Gummi; mich ergriff eine nie gekannte Panik.

Okay, ich hatte gestern zu viel getrunken, doch war ich heute Mittag längst wieder nüchtern gewesen. Körperlich, wenngleich nicht seelisch wiederhergestellt.

Ich rührte mich nicht und schloss die Lider. Da vernahm ich erneut einen Flügelschlag, offenbar hatten sich die Tauben in die Luft geschwungen, wieder ruckelte die Erde, ein zorniges Knirschen in der Mauer hinter mir oder über mir, ich konnte es nicht ausmachen, riss die Augen auf, sah etwas auf mich zukommen, ein dumpfer Schmerz über der Schläfe, ein letzter Gedanke, der mir entglitt …

Apoll und Orpheus standen vor mir, mit ihrer Leier im Arm.

»Wir kommen dich besuchen.«

»Bitte nicht, mein Kopf tut so weh.«

In ihrer Weisheit nickten die beiden. »Nichts soll dich stören.«

»Ich danke euch.«

Ovids Helden setzten sich zu mir und bewachten meinen Schlaf.

»Etwas Seltsames ist um die Liebe«, sagte die Nymphe Daphne und strich mit den weißen Fingern über das zarte Gewebe ihres grünen Kleids. »Der sie erzwingen will, muss ihr entsagen, wer vor ihr flieht, dem läuft sie nach.«

»Dem läuft sie nach«, bekräftigte die Nymphe Echo.

Wir fassten uns bei den Händen und tanzten um einen Lorbeerbaum, um einen Teich, durch einen Olivenhain.

Da trat mir Alexander der Große entgegen. »Dich habe ich erwartet, solange ich lebe, nur dich, lass uns Hochzeit feiern.« Er bekränzte mich mit Myrte und bot mir die Lippen zum Kuss. Ich sank in seine Arme und dann hinab, tiefer und tiefer in den süßen, weichen Schlund des Vergessens. Flüchtig tauchte ich empor, für Sekunden, Minuten, drängte ans Licht, hörte Töne, Schluchzen, Piepen, Geklapper. Allein, die Finsternis war stärker, und sie tat nicht weh, sie schenkte mir Trost. Sie war eins und unendlich.

»Lollo, wach auf!« Ein unangenehmes Zerren an meinem Arm, »Lollo!«

Ich stöhnte. »Sie lebt!«

»Natürlich lebt sie. Machen Sie kein solches Drama!«

»Und was, wenn sie doch nicht aufwacht, nicht richtig, meine ich?«

»Eine Gehirnerschütterung ist kein Koma. Sie braucht lediglich Ruhe.«

Die Stimmen verständigten sich auf Englisch, beide mit Akzent. Eine war mir unbekannt, die andere gehörte zu … *Stoffel*!

Mit viel Mühe hob ich mein linkes Augenlid einen Millimeter, um es gleich wieder sinken zu lassen. Tatsächlich, da saß mein Ex-oder-vielleicht-doch-nicht-Exfreund und diskutierte über mich hinweg mit einem Mann im weißen Kittel – wahrscheinlich einem Arzt. Soweit ich erkannte, lag ich in einem winzigen Zimmer.

Wie war ich hierhergekommen?

Immerhin befand ich mich nicht in der Unterwelt, sondern weilte weiterhin in irdischen Gefilden.

»Wann kann ich mit ihr sprechen?«, fragte Stoffel.

»Wenn sie aufwacht, logischerweise«, antwortete die andere Stimme mit genervtem Unterton.

»Wie lange muss sie hierbleiben?«

Das wiederum interessierte mich ebenfalls, und ich hob zur Probe das andere Augenlid.

»Schwer zu sagen. Einige Tage, vielleicht eine Woche zur Beobachtung.«

»So lange? Wir haben ein volles Programm.«

Ich ließ auch dieses Augenlid sinken.

»Immer die Ruhe, junger Mann. Erst halten Sie Ihre Liebste für tot, dann wollen Sie sie gleich mitnehmen.«

*Liebste! Puh!*

Im Grunde fühlte ich mich nicht sehr schlecht. Gerädert, das schon, müde, zum Umfallen, aber ich lag ja bereits.

»Ich glaube, Sie sollten gehen«, sagte der Arzt. »Sie wird noch einige Zeit schlafen, und ich bin sicher, dass morgen …« Die Stimme verklang in einem eigenartigen Fade-out.

Mit geschlossenen Augen versuchte ich zu erraten, was im Zimmer geschah. War noch jemand da, war ich allein? Konzentriert lauschte ich vor mich hin, angestrengt, so sehr, dass ich darüber wieder einschlief.

»Da bist du. Endlich«, begrüßte mich Stoffel ungefähr achtzehn Stunden später. Mein Schlaf war diesmal tief und traumlos gewesen, es ging mir besser.

»Du?«, tat ich überrascht und setzte mich ruckartig auf, was mir nicht bekam. Mich durchfuhr ein Schmerz, als würde mein Hirn direkt an der Schädeldecke reiben. Stoffel drückte mich sacht zurück.

»Du musst liegen bleiben! Du hast eine schwere Gehirnerschütterung.«

»Ah.«

»Dir ist ein Mauerstück auf den Kopf gekracht.«

»Ich erinnere mich nicht.«

»Scheinbar warst du gestern in der Grabung. Am frühen Nachmittag gab es ein kleines Erdbeben, da muss sich ein Stein gelöst haben.«

»Wo bin ich?«

»Im Krankenhaus von Scafati. Ein Grabungsangestellter hat dich gefunden und die Rettung verständigt.« *Der Kustode, Gott sei Dank.*

»Seit wann bist du da?«

»Gestern Mittag gelandet! Habe ganz schön blöd geschaut, als du mich nicht abholen kamst.«

»Ich war verhindert«, seufzte ich müde.

»Macht nichts. Du hast mir gefehlt.«

Er drückte meinen Arm und berichtete aufgekratzt, wie herzlich Anna ihn aufgenommen, wie sie ihm auf seine Bitte hin mein Zimmer aufgeschlossen hatte, damit er es sich gemütlich machen konnte. Und wie dann die Nachricht von meinem Unfall eingetroffen war.

Zu meiner Linken schwang die Tür auf.

»*Ciao* Lollo!«, sagte Natale. Das heißt, ich nahm an, dass es sich um Natale handelte, denn sein Gesicht verschwand beinahe hinter einem riesigen Blumenstrauß. Rote Rosen. Wie es aussah, hatte sich mein Unglück herumgesprochen.

»Wer ist *er* jetzt wieder?«, fragte Stoffel gedehnt.

»Natale, ein guter Freund.«

»Alles klar. Deswegen ein solcher Strauß!«

»Stoffel, ich bin krank!«

Natale trat näher, überreichte mir die Rosen und erkundigte sich ganz beiläufig – auf Italienisch natürlich –, wer Stoffel sei.

»Sag ihm, er soll Deutsch reden. Oder wenigstens Englisch«, forderte der gereizt. Natale wartete auf eine Antwort.

»Das ist mein Bruder«, hätte ich gerne gesagt, doch selbst im Tran meines erschütterten Gehirns ahnte ich, dass dies wenig sinnvoll wäre. »Das ist«, stammelte ich, »… irgendwie … ist das mein Freund.«

»Irgendwie, aha«, entgegnete Natale und ließ instinktiv die Rosen auf die Bettdecke fallen, wo sie mich in den Handrücken stachen.

»Aua!«

»*Scusa*! Ich bin etwas verwundert!«

*Wenn du in mich hineinschauen könntest, wärst du noch verwunderter*. Gerne hätte ich zum Beispiel gewusst, was sich am letzten Samstagabend nach Mitternacht zugetragen hatte.

»Was sagt er?«, fragte Stoffel. »Sag ihm, dass wir allein sein wollen.«

»Dieser Mensch scheint wenig sympathisch«, meinte Natale. »Sag ihm, dass er dich nicht verdient hat.«

So ging es hin und her, »sag ihm dies«, »sag ihm das«. Ich wurde wütend. Zugleich erkannte ich meine Ungerechtigkeit. Stoffel hatte sich ungeschickt verhalten, aber er war wegen mir von weit her angereist, Natale mochte mich gern und wollte mir eine Freude bereiten. Die Verantwortung für dieses Chaos trug ich selbst, und ich selbst musste es wieder ordnen. Bloß wie?

»Bitte, hört auf«, zog ich mich aus der Affäre. »Mein Kopf dröhnt, und mir ist schlecht.«

»Die Gehirnerschütterung!«, rief Stoffel und schenkte mir einen derart fürsorglichen Blick, dass mein Herz einen kleinen Satz tat. Ich dachte an die Szene im Aufzug und an den missglückten Song, den er einmal für mich geschrieben hatte.

*»Bene«*, verkündete Natale mit Leichenbittermiene. »Ich fürchte, ich bin hier nicht erwünscht. Melde dich, wenn du etwas brauchst!«

»Natale …«

Ohne ein weiteres Wort verließ er das Zimmer.

Stoffel trat unentschlossen von einem Bein aufs andere, sammelte die Rosen zusammen, suchte ein Gefäß, in das er sie stellen konnte, setzte sich auf meine Bettkante, stand wieder auf.

»Vielleicht magst du etwas schlafen?«, schlug er vor.

Ich nickte.

»Dann gehe ich also?« Es war eine Frage, keine Feststellung.

»Bleib noch ein bisschen«, bat ich in einem plötzlichen Anflug von Einsamkeit. Und er blieb. Wir plauderten von früher, von unseren Plänen und Träumen. Am Ende verabschiedete er sich mit einem Kuss.

Er war schon zur Tür hinaus, da streckte er den Kopf erneut zu mir herein. »Ach, Lollo, übrigens: Deine Eltern haben ihren Urlaub abgesagt, übermorgen sind sie da!«

In den darauffolgenden Tagen gab es bei mir ein Kommen und Gehen, um das mich selbst der für seine Defilees berühmt gewordene Sonnenkönig Louis XIV beneidet hätte.

Zunächst erschien Rosa mit Lucia.

»Woher wisst ihr eigentlich alle, was geschehen ist?«, fragte ich perplex.

»Der Mann, der dich gefunden hat, kannte deine Wirtin. Die hat Professore Pappalardo davon in Kenntnis gesetzt, der hat es uns weitergesagt«, erklärte Rosa.

Ich kam nicht umhin, mir Annas Widerwillen bei diesem Gespräch vorzustellen, und war gerührt. Meine beiden Kolleginnen berichteten wortreich von dem, was ich in der Zwischenzeit verpasst hatte. Ein Experte war angereist, um den von Alessandro angegrabenen Hohlraum zu untersuchen, zu säubern und – für den Fall, dass es sich als vielversprechend erwies – auszugießen. Eine aufregende Angelegenheit, denn noch war unklar, was sich daraus ergeben würde. Ein solcher Hohlraum konnte sich auch lediglich als Luftblase in der Gesteinsschicht erweisen. Hoffentlich hatten wir Glück.

»Es ist das Beste, was ich bisher in der Grabung erlebt habe«, bekundete Lucia fröhlich.

»Extrem packend«, bestätigte Rosa, »mit einem Mal ist man der Vergangenheit ganz nahe!«

Ich wartete auf einen Gruß von Alessandro, auf etwas, das er mir ausrichten ließ, eine Nachfrage nach meinem Befinden. Nichts.

»Angelo lässt dich grüßen«, sagte Rosa stattdessen, »und das ganze Team des *Vesuvio*. Mit deinem Auftritt neulich hast du Eindruck geschunden. Der Chef bedauert deinen Unfall sehr und meint, er habe immer gewusst, dass der Vulkan ein ganz übler Geselle sei, von dem man sich besser fernhält.«

»Der Vesuv hat mir doch gar nichts getan!«

»Egal.«

Ich beobachtete Rosa sehr genau, versuchte, jede ihrer Gesten zu deuten. Mir fiel nichts auf, außer, dass sie ungewöhnlich ausgeglichen wirkte. Im Geiste sah ich an ihrem Finger einen Verlobungsring blitzen und stellte mir einen überglücklichen Alessandro vor, der seinen Hochzeitsanzug aussuchte.

»Du hast schreckliche Augenringe«, sagte Lucia. »Ist es schlimm mit deiner Gehirnerschütterung?«

»Ich bin nur traurig, dass mir in der Grabung so viel entgeht.«

»Keine Sorge, wir halten dich auf dem Laufenden, wir alle.«

Und sie sollten Wort halten.

Abgelöst wurden die beiden von Raffa und Tom, danach erschien Rico, der mich treuherzig wissen ließ, dass ich ihm beim Vermessen fehle.

Sogar Anna und Professore Pappalardo schauten kurz vorbei, glücklicherweise nicht gleichzeitig. Den Professor plagte ein schlechtes Gewissen, als sei er für sämtliche Erdstöße und bröckelnden Mauern Pompejis zuständig. Ich musste ihm versprechen, seinem deutschen Kollegen nichts von dem Vorfall zu erzählen: »Er hält mich sonst für unzuverlässig.«

Anna beugte sich nahe zu mir, legte ihre Wange an die meine und flüsterte: »Am 24. August musst du wieder gesund sein! Und wenn du heimkommst, probieren wir endlich dein Kostüm, es ist fertig.«

Ich war zu schwach für einen Protest.

»Haben sich Elena und ihr Ehemann wieder vertragen?«, fragte ich zaghaft.

»Ach, hatten die gestritten?« Anna schien durchaus erstaunt. »Ich werde mich mal erkundigen. Übrigens«, sie musterte mich eindringlich, »ich denke, ich werde deinen Besuch ein klein wenig beschäftigen. Du musst dich ausruhen, und bei uns im Vorbereitungsteam wird jede Hilfe benötigt. Einverstanden?«

Schelmisch rieb sie die Handflächen aneinander. Ich schenkte ihr ein schiefes Lächeln.

*»Grazie.«* Der bloße Gedanke an Stoffels telefonisch angekündigtes Besichtigungsprogramm versetzte mein Gehirn in weitere Erschütterungen.

»Gut.«

Ein verständnisvolles Gurren, eine Liebkosung, und ich fand mich, wie stets bei Anna, ein wenig getröstet.

Dann trafen Mama und Papa ein. Erstere kompensierte ihre Aufregung damit, dass sie ins Zimmer marschierte wie ein Feldwebel in die Schlacht. Sogleich übernahm sie das Regiment, arrangierte, sortierte, ordnete. Nervte.

»Hallo Mama«, fiel ich mit der Tür ins Haus. »Ich habe ein Buch von dir geklaut. Falls du es wiederhaben willst, es steckt in meinem Rucksack.«

Mama hielt inne wie unsichtbar abgebremst und gaffte mich an; in einer Mischung aus Mitleid und Fassungslosigkeit, die so komisch wirkte, dass ich kichern musste.

»Ein Buch?«, fragte sie. »Du bist knapp dem Tode entronnen und sprichst von einem Buch?«

»Noch lebe ich, und dieses Buch …«

Mamas Miene erhellte sich.

»Schon gut«, unterbrach sie mich. »Du hast einen Schlag auf den Kopf bekommen, darum geht bei dir wohl im Moment einiges … durcheinander. Tut es sehr weh?«

»Ein bisschen.«

»Du brauchst eine Tablette. Oder besser: eine Infusion. Ob die das wohl auf die Reihe bekommen?« Damit war sie verschwunden. Papa und ich blieben allein zurück.

Ich ergriff seine Hand. »Schön, dass du da bist. Tut mir leid, dass ich dir die Steiermark verdorben habe. Und Mama erst, wo sie Italien nicht leiden kann.«

»I wo«, sagte Papa, »ich war nie besonders fürs Wandern. Öko-Fanatismus, du weißt ja, was ich davon halte. Und deiner Mutter tut es gut, mal was anderes zu erleben.«

»Sie und Stoffel sind in letzter Zeit recht dicke Freunde geworden, was?«

»Du musst ihr das nachsehen. Nachdem du geboren warst, wollte sie gerne noch einen Sohn.«

»Das hat sie mir nie gesagt.«

»Vermutlich wollte sie dich nicht kränken.«

»Ich hätte es schön gefunden, einen Bruder zu haben.«

»Sie hat es verwunden. Und ich war mit meiner Tochter vom ersten Tag an rundum zufrieden.«

»Willst du eine Praline?« Ich wies auf die Schublade meines Nachttischs. »Nougat aus Perugia, von meinen Freunden.«

Mein Vater machte sich sofort an dem Schränkchen zu schaffen.

»Schnell, bevor Mama zurückkommt.«

Genüsslich schob er sich eine Praline in den Mund.

»Wie läuft es auf der Arbeit?«

»Gut, danke, nichts Außergewöhnliches. Das heißt, vor Kurzem musste ich einen Mann obduzieren, dessen Ehefrau man des Mordes verdächtigte. Sie jedoch behauptete steif und fest, eine Marmorstatue habe ihn erschlagen. Keiner hat ihr geglaubt.«

»Und du?«

»Ich ja. Es war eindeutig die Statue, nicht sie!«

Er lachte, und ich war mir nicht sicher, ob er mich auf den Arm nahm.

»Den Unterschied merkt man?«

»Natürlich, das ist mein Job.«

Entspannt lehnte ich mich zurück. Dann musste ich an etwas denken.

»Sag, Papa. Wo wohnt ihr eigentlich, wie lange wollt ihr bleiben, und was werdet ihr hier machen?«

»Gleich drei Fragen auf einmal, ganz meine Tochter!«

»Und die Antwort?«

»Im Hotel. Knapp drei Wochen. Verschiedenes. Deine Mutter möchte unbedingt nach Capri.«

»Sieh einer an! Ausgerechnet.«

»Nicht wahr? Es geschehen Zeichen und Wunder.«

»Die Hoffnung stirbt zuletzt.«

»Mag sein. Den Vesuv jedenfalls findet sie umwerfend. Und die Kochkünste deiner Wirtin. Sie hat uns gestern Abend eingeladen.«

*Alle Achtung, Anna legte sich ganz schön ins Zeug.*

»Mir hat es auch geschmeckt«, sagte Papa.

Ich hatte den Eindruck, dass er nicht abgeneigt gewesen wäre, die kampanische Küche nach Freiburg zu importieren und der heimischen Vollwertkost auf ewig zu entsagen.

Als Mama wiederkehrte, ohne Infusion und Tablette, weil die Ärzte meinten, ich sei durch ihre Medikation schon hinreichend zugedröhnt, war meine Pralinenschachtel leer, Papa glücklich und ich … tiefenentspannt.

Grundsätzlich konnte ich mich also über mangelnde Gesellschaft nicht beklagen. Dennoch musste ich mir mehrfach in Erinnerung rufen, dass man hoffen durfte, solange man lebte.

Einer nämlich war nicht gekommen, nicht für fünf Minuten: Alessandro.

# XIV

*Nosce te ipsum*
*Erkenne dich selbst*

*Erkenne dich selbst*, forderte schon im antiken Griechenland eine Inschrift die Besucher des Apollon-Tempels zu Delphi auf. Ob es etwas bewirkte, ist rückblickend schwer zu sagen. Zu ergründen, wer man tief im Innersten ist, gehört zu den großen Lebensaufgaben, vielleicht ist es sogar die schwierigste unter ihnen.

Ich erkannte im Moment alles Mögliche, am wenigsten mich selbst. Mit dem von Anna genähten Kostüm bekleidet, das mich umrauschte wie eine Meereswoge, drehte ich mich vor einem Bodenspiegel im Wohnzimmer der Familie. Erst vor zwei Tagen war ich aus dem Krankenhaus entlassen worden und hatte die meiste Zeit mit Kopfschmerzen im Bett verbracht.

»*Fantastico*«, rief Anna, »noch besser, als ich gedacht hätte!« Sie hatte aus dem grün schillernden Stoff, den ich ihr anlässlich der Feier geschenkt hatte, eine weit fließende Tunika gezaubert. Raffiniert gerafft, ließ sie eine Schulter halb frei, die nur ein übergeknöpfter hauchzarter Schleier bedeckte.

»Fehlt noch der Myrtenkranz! Und die Haare müssen geflochten und hochgesteckt werden.«

»Übertreib es bitte nicht!«

»Sieht sie nicht bezaubernd aus?«, fragte Anna in die Tiefen des Raumes hinter uns, wo Stoffel auf einem Sofa lümmelte.

»O ja!«, stammelte er, »fürwahr göttlich!«

Ich drehte mich erneut, sah mich an. Dachte ich mir Kranz und Frisur hinzu, war ich ein fast perfektes Abbild der Nymphe in der *Villa Imperiale*.

»Als was wirst du dich verkleiden?«, wollte ich von Stoffel wissen.

Anna hatte Wort gehalten und ihn während meines Krankenhausaufenthalts ins Vorbereitungskomitee eingeführt. Seine Kreativität war willkommen, und wenn mein Freund wollte, konnte er sehr offen sein. Innerhalb kürzester Frist hatte er sich passable Italienischkenntnisse angeeignet. Brocken, die er munter durch den Raum warf, wobei er sich nicht um Grammatik- oder Aussprachefehler scherte. Der Rest lief auf Englisch. Anna mochte ihn, das war deutlich zu spüren, und es hätte keinen Grund gegeben, ihn nicht zu mögen.

»Ich habe mich für Orpheus entschieden«, eröffnete er mit einer Selbstverständlichkeit, als könne es gar nicht anders sein.

Orpheus ausgerechnet, der begabteste Sänger von allen, von dem es hieß, dass er Menschen, Götter, Tiere, Pflanzen, selbst Steine musikalisch zu betören vermochte.

»*Think big*«, sagte ich.

»Das Kostüm ist eine echte Herausforderung«, gluckste Anna, »aber ich bin dran.«

Orpheus, so dichtet Ovid, hatte die ihm frisch angetraute Eurydike durch den Biss einer Natter verloren. Nicht willens, sich diesem Schicksal zu beugen, stieg er hinab ins Jenseits, wo er in die Saiten seiner Leier schlug.

»Die Gattin von euch Göttern der Unterwelt zurückzubitten bin ich gekommen«, sang er. »Denn Amor lässt mich nicht ruhen noch rasten.« Sich seiner Kunst aufs Höchste bedienend, klagte er, flehte. Und gebannt lauschten Götter und Schatten.

Sein Wunsch wurde gewährt, doch eine Bedingung davor gesetzt: sich nicht nach der Gattin umzusehen, bis sie das heimische Gestade erreichten. So geschah es. Tapfer beschritt das neu vereinte Paar die finsteren Pfade, unerschrocken wandelte es nach oben, ans Licht. Am Rand der irdischen Welt, der Rettung nahe, fühlte sich der Sänger von Zweifeln geplagt. Besorgt, die Liebste könne zurückbleiben, wandte er sich um. Da wurde wahr, was ihn bedrängte: Dem Willen der zürnenden Götter gehorchend starb Eurydike ein zweites Mal und war dem Gatten für immer verloren.

»Wir sind fertig«, riss mich Anna aus den Gedanken, »euch bleibt genügend Zeit, etwas zu unternehmen. An diesem Festtag solltet ihr das unbedingt tun!«

Es war der 15. August, Ferragosto. Für die katholische Kirche Mariä Himmelfahrt, für die Italiener einer der beliebtesten Feiertage des Jahres. Ein Tag der Familie, der Freundschaft, um den herum man seinen Urlaub plante, zugleich der Höhepunkt der Feriensaison.

»Wo sollen wir denn hin?«, fragte ich genervt. »Die Strände sind überfüllt, die Straßen verstopft und alle Lokale restlos ausgebucht.«

»Das stimmt«, sagte Anna und dachte nach. »Ihr könntet den Vesuv besuchen«, schlug sie vor. »Außer hartgesottenen Touristen will da heute sicher keiner hin. Warst du mal oben?«

»Nein, und ich bin mir nicht sicher, ob dies der richtige Zeitpunkt …«

»Ist doch perfekt«, mischte sich Stoffel ein. »Ich habe mich erkundigt. Wir fahren mit dem Bus durch den Nationalpark nach oben, alles andere ist sowieso verboten, und laufen das letzte Stück zum Gipfel. Soll nicht weit sein, wir haben eine bombastische Aussicht auf die Bucht von Neapel, und wir könnten ein Picknick mitnehmen. Würdest du uns ein Picknick vorbereiten, Anna?«

»Natürlich, gerne, eine tolle Idee! Lollo, das wird dir guttun.«

*Warum wissen die anderen immer so genau, was mir guttut?*

Meine Wirtin verschwand sogleich in der Küche, wo sie den Kühlschrank plünderte.

»Habt ihr irgendwelche Wünsche?«, rief sie zu uns herüber.

»Etwas Nahrhaftes und nicht zu wenig! Höhenluft macht hungrig!«, rief Stoffel zurück.

»Der Vesuv ist nicht gerade der Himalaja«, bremste ich, aber Anna stand schon mit guten Neuigkeiten auf der Schwelle.

*»Pomodori, mozzarella, olive, prosciutto«*, zählte sie auf, »das gibt wunderbare *panini*. Soll ich euch noch rasch eine *frittata* zubereiten, ein Omelette?«

»Klar, immer her damit«, sagte Stoffel, dem das Wasser offenbar schon im Munde zusammenlief.

»Ohne eine Flasche Wein wird es nicht gehen und nicht ohne …« Anna war in ihrem Element.

»Das Ganze sollte tragbar bleiben«, grinste Stoffel, »ich bin nicht Herkules.«

Während die beiden scherzten, tauschte ich das Nymphen-Kostüm gegen Shorts und T-Shirt. Seltsamerweise musste ich mir eingestehen, dass ich der Verkleidung nicht mehr ganz so abgeneigt war. Immerhin fühlte ich mich durch sie der Antike näher. Und Lollia.

»Was möchtest du zum Picknick haben, mein Schatz?«, fragte Stoffel.

»Spaghetti mit Tomatensoße!«, antwortete ich sarkastisch.

»Lollo, sei nicht albern.«

»Es ist mir egal, ehrlich. Bei Anna ist alles lecker. Würdet ihr mich bitte entschuldigen? Ich möchte mich für eine halbe Stunde ausruhen.«

»Was hat sie wohl?«, hörte ich Stoffel fragen. Annas Reaktion lag bereits außerhalb meiner Hörweite.

Der Unglücksstein hatte ganze Arbeit geleistet. Selbst nach gut zwei Wochen pochte sporadisch mein Kopf, manchmal wurde mir übel. Schwer zu sagen, ob das allein auf den Unfall zurückging oder ob mir zusätzlich die Psyche einen Streich spielte. In den vergangenen Tagen waren Stoffel und ich einander wieder nähergekommen, kuschelten, redeten, liebten uns. Mich störte nicht, dass er da war, im Gegenteil, ich war froh, jemanden zu haben, solange ich nicht in die Grabung konnte. Dass ich dort fehlen musste, quälte mich. Zwar meldeten sich Rosa oder Lucia regelmäßig, aber es war nicht dasselbe.

Alessandro indessen rückte in weite Ferne, ungreifbar wie der Horizont auf einem jener Gemälde, in denen alles im Dunst verschwimmt. Was immer er empfinden und tun mochte, ich war kein Teil davon.

»Ist er nicht wunderschön?«, fragte ich.

Der Autobus schaukelte über die Landstraße, modern und klimatisiert. Tickets zu bekommen war kein Problem gewesen. Anna hat recht behalten, an Ferragosto wollten wenige auf den Vesuv. Außer uns tummelten sich zwei englische Ehepaare, eine Handvoll Franzosen und Deutsche in den Sitzreihen. Vielleicht auch vereinzelte Italiener, doch sie gaben sich nicht zu erkennen.

»Na ja, ein Berg eben«, sagte Stoffel nüchtern, während er den Kopf an meine Schulter lehnte.

»Nicht irgendein Berg«, wandte ich ein, »der Vesuv!«

Nach eineinhalb Monaten in seiner Sphäre empfand ich den Vulkan nicht als landschaftliche Erhebung, sondern als Persönlichkeit, die man achtete und respektierte. Ein genialer und zugleich wankelmütiger Freund, bei dem man nie wusste, was er als Nächstes tun würde.

Jetzt grüßte er uns. Oben erdfarben und kahl, am Fuß im satten Grün der Macchia-Sträucher, gesprenkelt vom Gelb des Ginstergebüschs. Links der aktive Schlot, ein glatter brauner Kegel, rechts davon die Bruchkante des alten Vulkans, der im Jahr 79 nach Christus so viel Unheil angerichtet hatte.

»Man mag kaum glauben, dass er einmal Tod und Verwüstung gebracht hat«, sagte ich mehr zu mir selbst.

»Vor zweitausend Jahren«, entgegnete Stoffel leichthin, wobei er das *zweitausend* betonte.

»Es ist nur eine Frage der Zeit, wann es wieder passiert.«

»Glaubst du das wirklich?«

»Nicht ich, die Geologen.« Stoffel küsste meinen Hals.

»Das wird sicher hochgespielt, kennt man ja.«

»Stimmt nicht, dazu gibt es Untersuchungen«, sagte ich.

»Von irgendwelchen irren Wissenschaftlern, klar.«

»Stoffel!«

»Lollo, lass uns nicht streiten.«

War es eine angeborene Eigenschaft von uns Menschen, das Schreckliche wegzuschieben, sich vorzumachen, dass es nicht existierte? Hatten schon Noah und seine Gefährten gedacht, so etwas wie die Sintflut könne ihnen nicht passieren? Anderen ja, nicht ihnen. War man nicht stets fest überzeugt, dass es die anderen traf, und entsetzt, wenn man eines Besseren belehrt wurde?

»Gut, er ist imposant«, lenkte Stoffel ein.

»Er ist genial«, korrigierte ich.

In der Antike waren die Bewohner der Gegend tatsächlich ahnungslos gewesen. Verglichen zu heute präsentierte der Mons Vesuvius sich als harmloser Hügel. Gewaltige Ausbrüche in der Vorzeit hatten ihn bis auf die Kraterbasis herabschrumpfen lassen, Vegetation hatte seine Hänge überzogen. Weingärten und fruchtbare Felder verwöhnten die Menschen, die in seinem Umkreis lebten. Selbst an die Erdbeben, die dem Ausbruch lange Jahre vorangingen und sich kurz davor verdichteten, war man gewohnt. Plinius hatte sie einst als kampanische Normalität bezeichnet. Kein Grund zur Furcht, zum Zweifel. Nur wenige Gelehrte ahnten die Wahrheit. Als es schließlich krachte, am frühen Nachmittag jenes Schicksalstags, reagierten die Menschen verblüfft, desorientiert, ungläubig. Erst spät begriffen sie und rannten panisch um ihr Leben.

In der Moderne hätte man es besser wissen können. Doch man vertraute der Technik, die scheinbar alles vorhersah, und versank in der überirdischen Schönheit der Landschaft, im festen Glauben, dass nichts Schlimmes geschehen würde, nicht heute, nicht morgen, nie.

»Woran denkst du?«, fragte Stoffel.

»An das Fest am 24. August«, schwindelte ich.

»Freust du dich darauf?«

»Ich weiß nicht recht, was mich erwartet.«

Anders als ich war mein Freund aufgrund seiner Nebentätigkeit bestens informiert.

»Reichlich zu essen, antike Getränke, Geselligkeit und … Musik!«

»Wer spielt?«

»Lass dich überraschen.«

»Nicht etwa du?«

Stoffel setzte eine geheimnisvolle Miene auf, augenscheinlich wollte er dazu nichts sagen.

»Und du willst echt als Orpheus kommen?«

»Was spricht dagegen? Wenn man sich schon einbringt, dann richtig, oder?«

»Macht dir das Ganze denn Spaß?«

»Sagen wir so: Es ist ziemlich verrückt, aber die Leute sind sympathisch und mögen mich.«

»Wie viele gehören eigentlich zu diesem Komitee?«

»An die zwanzig, manche kümmern sich mehr, andere weniger. Dein Supermacho war neulich übrigens auch da.« Mein Herz tat einen Extraschlag.

»Wer, Alessandro?«

»Genau der. Er will irgendeinen Wein besorgen.«

*»Lacryma Christi.«*

»Kann sein. Offenbar wusste er Bescheid, denn sehr verwundert war er nicht, mich zu sehen. Wir haben uns zivilisiert die Hände geschüttelt.«

»Hat er mir etwas ausrichten lassen?«

»Nein, wieso? Sollte er?«

»Natürlich nicht.«

Es traf sich gut, dass wir soeben den Fuß des Berges erreichten und den Eingang zum Nationalpark passierten. Von da an ging es langsam in engen Serpentinen höher und höher hinauf, und ich konnte mir einreden, dass dies der Grund für die in mir aufsteigende Übelkeit war.

»Hast du Freundschaften geschlossen?«, presste ich hervor.

»Wäre etwas viel verlangt in so kurzer Zeit, nicht? Ich habe mich arrangiert, falls du das meinst. Keine Sorge, du kannst ab Montag wieder graben gehen.«

»Wie kommst du darauf, dass ich …?«

»Ich bin nicht blöd. Seit deinem Unfall sind fast zwei Wochen vergangen, es geht dir einigermaßen, und du gierst danach, weiterzumachen. Letztlich bist du ja deswegen hier.«

»Sorry, wenn du dir deine Zeit hier anders vorgestellt hast.«

»Nicht schlimm, es ist eine Erfahrung.«

Stoffels ausgeklügeltes gemeinsames Sightseeing war logischerweise ins Wasser gefallen. In der ersten Woche nach dem Unfall hatte ich strenge Bettruhe einhalten müssen, seitdem kämpfte ich mich mühevoll zur alten Form zurück. Zwei Schritte vor, einen zurück.

Mein Freund hatte zunächst am Krankenhausbett ausgeharrt und alle zehn Minuten eine unerträgliche Tasse Fencheltee herbeigeschleppt. Bis Anna ihn verplante. Komiteesitzungen, Haushaltsassistenz, Basis-Einweisungen ins *dolce vita*. Außerdem legte sie ihm dar, wo in der Umgebung man wie hinkam. Mit dem Ergebnis, dass Stoffel die Grabungen in Pompeji, Herculaneum und Oplontis besucht, Sorrent und Paestum besichtigt sowie in Neapel die angeblich ursprünglichste Pizza Margherita der Welt genossen hatte. De facto kannte er die Region inzwischen besser als ich selbst.

Immer weiter schraubte sich der Autobus den Berg hinauf, durch dichte südländische Vegetation, der Fahrer sang im Wechsel italienische und englische Erläuterungen ins Mikrofon. Mir war weiterhin unwohl. Entlang der geraden Strecken unterdrückte ich die Übelkeit, um in den Kurven umso heftiger von ihr heimgesucht zu werden.

»Gestern habe ich in der Grabung zufällig deine Freundin Rosa getroffen«, bemerkte Stoffel beiläufig. Die beiden kannten sich flüchtig aus dem Krankenhaus.

»Schön, was hat sie gesagt?«

»Irgendwas mit dem Vesuv, sie war ziemlich in Eile.«

»Das *Vesuvio*. Eine Pizzeria, in der sie aushilft.«

»Jedenfalls hat sie mich trotzdem kurz mit in eure Ruine genommen und mir dein Zimmer gezeigt. Etwas baufällig!«, sagte er lachend.

Der Gedanke an mein Cubiculum erfüllte mich mit Sehnsucht. »Sag bloß, sie haben es endgültig freigelegt«, erkundigte ich mich eifersüchtig.

»Nein, Rosa meint, alles sei so, wie du es verlassen hast. Abgesehen davon hatten sie wohl anderes zu tun. Der hintere Bereich war abgeriegelt, da ging es sehr geschäftig zu.«

»Wie weit sind sie mit den Abdrücken? Kann man schon sagen, ob …«

Die nächste Serpentine brachte mich zum Schweigen.

»Keine Ahnung, ich bin dann gegangen. Musste mich an dem Tag um eine Genehmigung für das Fest kümmern. Wahnsinnig gut organisiert sind die nämlich nicht.«

Mit voller Konzentration versuchte ich, die in den Rachen aufsteigende Galle zu besänftigen.

»Mal ganz ehrlich, Lollo«, wechselte Stoffel das Thema, »dein Archäologinnen-Job wirkt auf mich ziemlich … freudlos. Ich meine, in dieser Kammer voll mit Geröll wirst du nie etwas finden.«

»Vielen Dank für deinen Zuspruch«, entgegnete ich würgend.

»Nimm's mir nicht übel, ist so ein Gefühl. Könntest du nicht hinten im Gebäude bei den anderen mitmachen? Scheint vielversprechender zu sein.«

Dieser Kommentar ärgerte mich vor allem deswegen, weil er nicht unberechtigt war.

»Was soll's! Manche Schicksale spielen sich eben in Nebenräumen ab!«

Wir erreichten die Baumgrenze und kurvten nun durch mit spärlichen Grasbüscheln versetzte Erdschollen.

Stoffel hatte seinen unsentimentalen Tag.

»Wenn du mich fragst, hätte ich keine Lust, so penibel die Vergangenheit zu durchforsten.«

»Ich frage dich aber nicht!«

»Nein, im Ernst, was gibt dir das?«

Das Geschick meines Freundes für missratene Konversationen war phänomenal. Er merkte nicht, dass wir neben der Baumgrenze auch meine persönliche Schmerzgrenze passierten.

»Was das alles kostet!«, fuhr er gnadenlos fort. »Und was bringt es ein?«

»Kultur!«, hielt ich dagegen.

»Kultur, richtig! Toll! Ich meinte mehr den finanziellen Aspekt. Neulich hat deine Mutter mir vorgerechnet, welch großartigen Beitrag *Danas Alloro* zum Freiburger Geschäftsleben leistet.«

»Mamas Krimskrams?«

Die letzte böse Haarnadelkurve zog einen Strich unter diese Diskussion, die ich im wahrsten Sinne des Wortes zum Kotzen fand. Ich vermochte das fiese Kitzeln im Rachen nicht länger zu beherrschen, mein Magen stülpte sich, und eruptiv spie ich seinen gelbbraun gebröckelten Inhalt ans Tageslicht bzw. – da ich Shorts trug – auf meine nackten Oberschenkel. Sogleich breitete sich in unserem Bereich des Busses ein säuerlicher Geruch aus.

»Scheiß Vesuv«, fauchte ich los, ungeachtet der Tatsache, dass ich dies zehn Kurven weiter unten noch ganz anders gesehen hatte.

*»Oh, shit!«* war alles, was Stoffel dazu einfiel.

Die Engländerin schräg vor uns reichte geistesgegenwärtig ein Papiertaschentuch nach hinten. Meiner Verzweiflung gewahr, schob sie die restliche Packung nach.

Stoffel wischte ungelenk auf meinem Oberschenkel herum. »Lass das«, jammerte ich und schlug seine Hand weg. »Ihr könnt mich alle mal! So was von!«

»Beruhige dich!«

»Das war's! Mit dem nächsten Bus geht es zurück nach Pompeji.«

»Beruhige dich«, wiederholte er.

Als er eine Wasserflasche aufschraubte, um mich bei der Säuberungsaktion zu unterstützen, kamen wir ruckartig auf dem Parkplatz unterhalb des Gipfels zum Stehen. Über das Erbrochene ergoss sich ein Schwall Mineralwasser, Typ fein perlend.

Die Mitreisenden stiegen aus. Auch Stoffel erhob sich, ich rührte mich nicht.

»Ich gehe nirgendwo mehr hin!«

Von vorne kam der Busfahrer, ein heiterer Neapolitaner um die sechzig, fröhlich eine Sprühflasche schwenkend auf uns zu.

»ACE-Superplus«, verkündete er stolz, besprenkelte den Sitz und mich, die ich noch draufsaß, gleich mit.

»Signorina, das ist Beste, was Sie in Region kriegen«, erläuterte er in gebrochenem Deutsch. »Passiert immer Deutsche«, fügte er hinzu. »Keine gute Magen ihr, nix gewohnt!«

»Lass uns abhauen«, wisperte mir Stoffel ins Ohr. Das erste Mal auf diesem seltsamen Trip war ich seiner Meinung.

Draußen reinigten wir mich notdürftig und machten uns, eingehüllt in den ätzenden Duft des Reinigungsmittels, auf den Weg zum Gipfel. Bepackt mit Rucksack und Picknickkorb schritt Stoffel stramm voran, ich fiel zurück.

*Wenn du dich jetzt umdrehst, verschwinde ich im Hades, bei den Göttern der Unterwelt. Ganz wie Eurydike. Dann kannst du, lieber Orpheus, schauen, wie du mich wiederkriegst.*

Stoffel jedoch drehte sich nicht um, nicht ein einziges Mal, bis er den Kraterrand erreicht hatte.

»Nicht sehr gastlich hier«, empfing er mich vorwurfsvoll. Am Gipfel war alles rau und zerklüftet. Jenseits des Holzgeländers, das ihn umfriedete, fiel der Krater jäh ab wie ein Höllenschlund. Darin die Götter der Unterwelt zu vermuten schien nicht weit hergeholt. An einigen Stellen kräuselten sich Schwefelwölkchen empor. Sogenannte Fumarolen, ein Zeichen für anhaltende vulkanische Aktivitäten. Bei ihrem Anblick wurde selbst mein vorher so großmäuliger Freund nachdenklich.

»Alles völlig harmlos«, kommentierte ich ironisch. »Wo wollen wir picknicken, direkt im Dampfkessel oder etwas abseits?«

Stoffel bat rasch einen der anderen Vesuvbesucher, ein Foto von uns zu knipsen. Lässig lehnte ich mich an den Holzzaun und achtete darauf, dass eine besonders reizende Fumarole im Hintergrund mit aufs Bild kam.

Fürs Picknick fanden wir einen idyllischen Platz etwas unterhalb des Schlotes. Von ihm aus sah man weit übers Meer.

»Da drüben ist Capri«, sagte ich. Mama und Papa waren kurz nach meiner Entlassung aus dem Krankenhaus dorthin gereist und wollten bis mindestens Anfang nächster Woche bleiben. Dass ich bisher nichts von ihnen gehört hatte, nahm ich als gutes Zeichen.

Stoffel entfaltete eine karierte Decke und packte den Picknickkorb aus.

»Setz dich!«, forderte er mich auf. »Geht es dir besser? Ein bisschen blass bist du noch! Hast du Hunger? Das ist für dich!«

Unversehens legte er mir einen zylinderförmigen Thermobehälter in den Schoß.

»Von Anna, mach auf!«

Ich tat wie geheißen, und ein unwiderstehlicher Duft nach Tomaten und Basilikum stieg empor. Mein Magen sandte ein wohliges Knurren.

»Auf Annas Küche ist eben Verlass!«, freute sich Stoffel.

»Was ist das denn?«, fragte ich, schwer von Begriff.

»Na, Spaghetti mit Tomatensoße! Hattest du dir doch gewünscht!«

»Tatsache!«

Neben ihrem kulinarischen Talent besaß Anna einen feinen – und leckeren – Sinn für Humor: Sie hatte mich beim Wort genommen.

Mein Missgeschick im Bus verdrängend griff ich zur Gabel. Die Nudeln aus der relativ engen Öffnung des Thermobehälters zu bugsieren erwies sich als kompliziert, nicht lange und mein T-Shirt zierten dekorative Flecken. Stoffel kramte amüsiert im Picknickkorb.

»Hier nimm, ein Glas Rotwein«, empfahl er, »passt optisch exzellent dazu.«

Eine Weile aßen wir schweigend mit Blick auf das wolkenumsegelte, sich ins Unendliche erstreckende Panorama des Meeres.

»Ich habe viel nachgedacht«, verkündete Stoffel nach einiger Zeit salbungsvoll.

»Worüber?« Abwesend starrte ich auf die Linie, in der das sattere Blau des Meeres in den pastellfarbenen Himmel überging. Sacht ruhte Capri auf dem Wasser wie eine schlafende Frau. Ameisenklein stellte ich mir darauf meine Eltern vor.

»Darüber, was werden soll. Ganz grundsätzlich.«

Mehr als ein unterkühltes »Wow« brachte ich als Erwiderung nicht zustande. *Grundsätzlich* habe ich von jeher für eine schwierige Vokabel gehalten.

Obgleich es nicht die beste aller möglichen Optionen war, bediente ich mich am Rotwein. Leichter, billiger Spumante, den ich durch Anna lieben gelernt hatte. Sie gönnte sich regelmäßig ein Gläschen davon, manchmal schon zum Frühstück. *Lebenselixier* nannte sie das.

»Das Jurastudium macht mir keinen Spaß mehr«, sagte Stoffel, »seit Längerem nicht.«

»Eigentlich noch nie«, entgegnete ich nüchtern. »Das ist nichts Neues.«

Ich wusste, was gleich folgen würde: eine blumige Schilderung seiner musikalischen Vorlieben, seines Talents und einiger undurchführbarer Projekte. So war er immer gewesen, und nicht selten hatte er mich mit seinem Enthusiasmus gepackt.

»Das Musikmachen bedeutet mir sehr viel«, hob er an. »Ich kann dabei ich selbst sein. Aber«, fügte er hinzu, »ich habe erkannt, dass meine Begabung nicht ausreicht.«

Ich verschluckte mich am Rotwein.

»Wie?«

Den unvermeidlichen Hustenanfall besänftigte mein Freund mit Rückenklopfen.

»Irgendwann muss man erwachsen werden, oder?«, erklärte er, als ich mich beruhigt hatte. Stumm nickte ich in mein Glas.

»Die Arbeit im Laden deiner Mutter hat mir richtig Spaß gemacht. Verlässlicher Rhythmus, klare Aufgabenverteilung,

Dinge, die zu erledigen waren. Da habe ich erkannt, dass solide Grundlagen wichtig sind.«

»Solide Grundlagen? Ich würde nicht beschwören, dass Mamas Laden überhaupt Gewinn abwirft! Ich denke, Papa finanziert das ihr zuliebe.«

»So meine ich das nicht. Es geht darum, dass man sich ein Ziel setzen muss, ein vernünftiges, das man erreichen kann.«

»Und das wäre?«

»Ab dem nächsten Semester werde ich statt Jura Betriebswirtschaft studieren.«

Vom Regen in die Traufe, dachte ich. Oder, wie man hierzulande zu sagen pflegte: *dalla padella alla brace*, von der Pfanne in die Glut. Nicht ohne Hintersinn, mit dem Vesuv im Nacken.

»Mit einer guten Qualifikation«, spann Stoffel den Faden weiter, »werde ich für eine große Firma arbeiten können. Ein Bekannter fängt demnächst bei einer Unternehmensberatung an. Die zahlen achtzigtausend Euro brutto Einstiegsgehalt!«

»Das hat er dir direkt so erzählt?«

»Natürlich, ist ja nichts dabei.«

»Mir war nicht bekannt, dass dir Geld so wichtig ist.« Unschlüssig wiegte Stoffel den Kopf hin und her.

»Letztlich kann man die Augen nicht davor verschließen, dass Finanzen eine gewisse Bedeutung zukommt«, meinte er vage.

»Ach, deshalb findest du meinen Grabungsjob so *freudlos*? Weil sich damit kein Geld verdienen lässt?«

»Ich habe nicht gesagt, dass du aufhören sollst …«

»Wie gnädig!«

»… ich mache mir lediglich meine Gedanken.«

»Prima.«

»Alternativ könnte ich eine Selbstständigkeit anstreben, je nachdem.«

»Je nach was?«

»Je nachdem, wie es mit uns weitergeht, welche Entscheidungen wir treffen.«

Welche Entscheidungen *du* triffst! dachte ich ärgerlich.

»In Bezug auf die Familienplanung zum Beispiel böte eine Festanstellung mehr Sicherheit.«

Mir blieb die Spucke weg.

»Fa–mi–li–en–pla–nung?«

»Ich werde bald sechsundzwanzig!«

Könnte der Vesuv nicht doch ausbrechen? Jetzt gleich? Und Stoffels Zukunftspläne unwiderruflich unter sich begraben, meinetwegen uns beide dazu?

»Super Idee! Ich stehe am Herd, koche Gulasch, halte unser Reihenhaus sauber, putze den Kindern den Hintern ab. Du brauchst ihnen nur noch Gute Nacht sagen und bequem die Füße auf den Couchtisch legen.«

»Warum reagierst du so aggressiv? Ich plane eben verantwortungsvoll in die Zukunft.«

»Ganz grundsätzlich, schon klar.«

Stoffel demonstrierte geradezu vorbildliche Einigkeit mit sich und der Welt. Daran, dass er – zumindest vorübergehend – sich selbst gefunden hatte, konnte kein Zweifel sein.

Und ich? Was wollte ich?

Archäologie studieren, dachte ich, eine kleine Entdeckung machen. *Jung sein, das Leben genießen, ohne Verpflichtungen. Und ohne Verantwortung.*

Hämisch winkte Capri von Ferne herüber. *Mal eine andere Perspektive*, was?, schien es mir zuzurufen. *Da sitzt du nun, auf deinem genialen Vesuv, und dein noch viel genialerer Stoffel zeigt dir, wo der Hammer hängt.* Ich stellte den leeren Thermobehälter zur Seite, seufzend stützte ich das Kinn in beide Hände.

»Habe ich dich am falschen Fuß erwischt?«, fragte Stoffel.

»Nein, wie könntest du?«

»Und worüber denkst du so angestrengt nach?«

»Über den letzten größeren Vesuvausbruch vor circa zweitausend Jahren. Der finanziell betrachtet leider ein ziemliches Desaster war. Und ich freue mich auf die nächste wunderbare Woche mit dir.« *Meinem Chauvi-Freund.*

»Ich hab es gut gemeint«, sagte Stoffel betrübt. »Du hast alles falsch verstanden.«

»Ach, wirklich?«

»Deine Mutter meint, Frauen wünschen sich eine Perspektive.«

»Warum heiratest du dann nicht Mama?«

»Lollo!« Ich sah auf die Uhr.

»In einer halben Stunde fährt der letzte Bus! Wir sollten ihn erwischen. Eine Nacht auf dem Vesuv stelle ich mir ungemütlich vor.«

Lag es an Annas prickelndem »Lebenselixier«, an der vorbildlichen Pasta, an meinen mich ablenkenden erbosten Gedanken? Auf der Rückfahrt gab mein Magen selige Ruhe. Still sah ich zum Fenster hinaus, ließ Pinien, Laubbäume und Ginster vorübergleiten wie alte Freunde. Mir war, als hätte diese malerische, zugleich abweisend karge Landschaft einen Teil von mir aufgesogen, der mich widerspiegelte und zu mir sprach.

Glaub an deine Träume, raunte er mir zu. *Lass dich nicht beeinflussen von dem, was andere denken, wollen oder von dir erwarten*. Leichter gesagt als getan – nicht ungern hätte ich das Orakel von Delphi dazu befragt.

Neben mir hielt Stoffel seinen Kopf mit geschlossenen Augen an die Nackenstütze gepresst. Er schien zu schlafen.

Ein Trugschluss, wie sich bald herausstellte, denn unvermutet straffte sich sein Körper, und er wandte sich mir zu. Auf das, was folgte, war ich nicht vorbereitet.

»Du, Lollo«, bemerkte er scheinbar unbeteiligt. »Ich finde es ja gut, dass du ohne das komische Ding ins Bett gehst, ich persönlich lege auch keinerlei Wert darauf. Nur hast du selbst früher immer so ein Gewese darum gemacht, deswegen frage ich mich seit Tagen: Wo ist eigentlich deine Aufbissschiene?«

# XV

*Pecunia non olet*
*Geld stinkt nicht*

Die Erkenntnis, dass Geld nicht stinkt, hatte bereits Vespasian, jener Kaiser, der das Römische Reich bis in den Juni des Schicksalsjahrs 79 hinein regierte. Um den Staatshaushalt aufzubessern, erhob er eine Abgabe auf die Benutzung öffentlicher Toiletten, die sogenannte Latrinensteuer. Beschwerden hinsichtlich der »schmutzigen« Herkunft des Geldes blieben nicht aus. Ihnen hielt der Imperator selbstbewusst entgegen: »Und findest du, dass es stinkt? Nein? Na bitte!« Kreativität in Sachen Geldbeschaffung hat sich also von jeher ausgezahlt.

Professore Pappalardo hätte das derzeit vermutlich unterschrieben. Er, der die Geschäftstüchtigkeit seines Bruders verachtete, musste erkennen, dass archäologischer Idealismus ohne das nötige Kleingeld nicht weiterhalf. Das Erste, was man mir berichtete, als ich an jenem Montag zurück in die ziemlich verwaiste Grabung kam, war, dass unser Leiter verreist sei. Zudem fehlten Alessandro, Rosa und Rico.

»Wo sind denn alle?«, fragte ich überrascht.

»Alessandro bringt seine Schwester zum Flughafen«, sagte Raffa. »Rico musste wegen einer Familienangelegenheit nach Hause fahren, ob er überhaupt wiederkommt steht, in den Sternen.«

»Rosa hat verschlafen!«, rief Lucia.

»Und Pappalardo?«

»Ist unterwegs, um mögliche Privatinvestoren zu finden. Reiche Leute, die auf Archäologie abfahren. Er hat sich verkalkuliert, alles kostet mehr als gedacht, und mit den üblichen Anträgen würde es zu lange dauern. Bis dahin wären die da hinten« – er wies flüchtig in Richtung Hortus – »aufgrund der

Einflüsse von Temperatur und Witterung ein zweites Mal gestorben.«

In meiner Abwesenheit hatte das Ausgießen des Hohlraumes Faszinierendes zutage gefördert: Halb freigelegt im fest gepressten Geröll ruhte ein merkwürdiges Paar. Vor zweitausend Jahren mussten die beiden kopfüber hingestürzt sein, denn die herauspräparierten Schädel blickten schräg zu Boden. Unter den nach vorne gestreckten Gliedmaßen hatte man das Erdreich abgetragen und sie mit kleinen Holzkeilen abgestützt, damit sie nicht zerbrachen. Der Rest der Körper war noch begraben, am anderen Ende ragte lediglich ein Fuß hervor: Tom arbeitete gerade an seiner Freilegung.

Beim Herantreten erkannte ich, dass einer der Kiefer weit aufgerissen war, in einem stummen, längst verklungenen Schrei. In ihm waren alle Zähne erhalten: das schaurige Zeugnis eines dramatischen, zu neuem Leben erweckten Todeskampfes.

Lollia, dachte ich.

»Aufregend, nicht?«, fragte Lucia. »Du hättest beim Ausgießen dabei sein sollen! Während der Voruntersuchungen hat die Sonde gestreikt. Da extra ein Experte gekommen war und wir nicht länger warten wollten, sind wir auf volles Risiko gegangen. Hätten wir Pech gehabt, wäre lediglich ein gestaltloser Block herausgekommen.«

»Selten habe ich Pappalardo so schwitzen sehen«, meinte Raffa.

»Aber Fortuna zeigte sich gnädig«, sagte Lucia, »und unter dem Schutt lagen wirklich menschliche Überreste. Der Experte denkt, weiter unten, möglicherweise auch im Peristyl oder in einem der momentan verschütteten hinteren Cubicula, wird sich noch mehr finden.«

»Mein Cubiculum war gähnend leer!«

»Es ist schwer zu sagen«, erläuterte Raffa, »wann die Dächer nachgaben und in welchen Teil des Hauses die Bewohner geflüchtet sind. Die hier haben wohl am längsten überlebt, sie versuchten, sich über die im Hortus aufgetürmten Gesteinsmassen in Sicherheit zu bringen.«

»Vergebens.«

»Gewissermaßen haben sie es weit geschafft, weiter als die meisten anderen, die nicht sofort geflohen sind.«

»Wie sind sie gestorben?«

»Wahrscheinlich durch einen der pyroklastischen Ströme in den frühen Morgenstunden nach dem Tag des Ausbruchs.«

Was ich vorab über die Katastrophe am Vesuv gelesen hatte, fand ich in gleichem Maße spannend, unheimlich und grausam. Vom Mittag bis in den nächsten Morgen hinein hat der Vulkan getobt. Tonnen an Gesteinsmaterial gingen auf die Stadt nieder und verschütteten Menschen, deren Skelette man später fand. Dann brach die Eruptionssäule zusammen und setzte Turbowolken aus Gas und Vulkanpartikeln frei, die mit irren Temperaturen alles erstickten, was ihnen in den Weg kam. Wer zu dem Zeitpunkt noch lebte, den erstickten Schlamm und Asche, die sich so fest um die toten Körper pressten, dass deren Umrisse als Hohlräume in den oberen Gesteinsschichten erhalten geblieben sind.

Wenn ich daran dachte, fröstelte mich trotz der Hitze. Und es übermannte mich eine Woge des Mitleids.

»Wie grauenvoll!«

»Ein solcher Vulkanausbruch war schon vor zweitausend Jahren kein Vergnügen«, erklärte Raffa sachlich.

Ich tauchte geistig ein in die letzten Momente des vor mir liegenden traurigen Paares. Was war ihr Gedanke gewesen, ehe sie verschüttet wurden, wie sehr hatten sie gelitten? Leblos starrten die beiden Schädel auf die unter ihnen angehäuften Lapilli. Stumme Zeugen, die keine Auskunft gaben.

»Nach Meinung des Experten handelt es sich um einen Mann und eine Frau«, sagte Lucia.

»Wer von den beiden ist die Frau?«, fragte ich neugierig.

»Das Skelett mit dem aufgerissenen Kiefer. Hast du gesehen, dass das Gebiss vollständig erhalten ist? Sie muss jung gewesen sein. Am vorletzten Finger der linken Hand haben wir einen Bronzering gefunden. Er war auf das oberste Fingerglied gerutscht.«

»Ein Ehering?«

»Unklar.«

Erneut kam ich nicht umhin, mich zu fragen, ob ich vor den Überresten der unglücklichen Lollia stand. Die heiraten musste, weil ihr Vater es wollte. *Pater, tibi oboedio.* Wer war der Mann an ihrer Seite? Besagter Vater, der Ehemann, ein Sklave? Nein, dachte ich, eine Römerin von Stand wäre niemals mit einem Sklaven geflohen. Andererseits: Hatte das Inferno des Untergangs nicht jeden gesellschaftlichen Unterschied ausgelöscht, war es nicht für jeden Einzelnen darum gegangen, das nackte Leben zu retten?

Je länger ich das Paar betrachtete, umso plastischer sah ich sein Ende vor mir, umso mehr fiel mir aber auch auf, dass etwas nicht ins Bild passte.

»Irgendwie habe ich mir so einen Abdruck anders vorgestellt. Robust und vor allem durchsichtig. Man sieht die Knochen nur am Rand, wo die Masse dünner ist, weiter innen nicht.«

»Diese Exemplare bestehen aus Wachs«, sagte Raffa, »der Abguss aus Kunstharz wird erst später in einem komplizierten Verfahren erstellt. Dafür brauchen wir noch mal den Experten und vor allem Pappalardo.«

»Damit es aber überhaupt so weit kommen kann, müssten wir uns langsam wieder an die Arbeit machen!« Lucia nahm die Sache pragmatisch.

»Ich helfe gerne«, bot ich an.

»Tut mir leid«, erwiderte Raffa mit einem Anflug von schlechtem Gewissen. »Der Professor hat gesagt, du sollst da weitermachen, wo du aufgehört hast. Es ist ihm sehr wichtig, alle Räume gleichermaßen sachgerecht zu behandeln, damit nichts übersehen wird. Wenn Rosa kommt, soll sie dir helfen.« Ich musste an das denken, was ich zu Stoffel auf dem Vesuv gesagt hatte.

»Es ist wirklich wahr«, rief ich trotzig, »manche Schicksale spielen sich in Nebenräumen ab! Wären die Dächer nicht zerstört worden, hätte ich in dem verdammten Cubiculum längst vergessen, wie die Sonne aussieht.«

Raffa musste grinsen.

»Zieh nicht so ein Gesicht, Lollo. Schau, wie wir uns abplagen, beneidenswert ist das nicht.«

»Ihr habt leicht reden«, fluchte ich, indem ich mit Kelle, Eimer, Schaufel und Sieb an meinen Bestimmungsort stapfte.

Das Cubiculum empfing mich freundschaftlich. Obwohl ich seit zwei Wochen nicht darin gewesen war, kam mir jeder Mauerstein, jede Fuge, selbst das Gemisch aus Lapilli, gepresstem Schlamm und Staub auf dem Boden bekannt vor.

Lustlos schaufelnd schimpfte ich vor mich hin.

In meine zunehmend schlechte Laune platzte Rosa mit verschiedensten Entschuldigungen auf den Lippen, warum sie zu spät dran war. Ihren Ausführungen zufolge musste sich Jupiter, die gesamte Region Kampanien, mindestens jedoch der italienische Verkehr einhellig gegen sie verschworen haben.

»Bei mir brauchst du dich nicht entschuldigen!«, zischte ich.

»Bei wem denn?«, fragte Rosa erstaunt.

»Was weiß ich, bei den anderen, bei Pappalardo. Oder bei Alessandro«, fügte ich doppeldeutig hinzu.

»Pappalardo und Alessandro sind doch gar nicht da«, entgegnete Rosa. »Apropos: Wo ist Ale eigentlich?«

»Na, wenn *du* es nicht weißt!«

»Warum gerade ich?«

Geräuschvoll ließ ich die Schaufel fallen und musterte Rosa. Lange. So lange, bis es ihr unangenehm wurde. Für meine Begriffe wirkte sie dabei ehrlich verwirrt.

»Eine Gehirnerschütterung scheint sehr folgenreich zu sein«, versetzte sie besorgt. »Du verhältst dich etwas komisch. Fortan bin ich übrigens wieder hier eingeteilt, ich werde dir helfen.«

»Meinem Gehirn geht es bestens und dir offensichtlich auch, also, was soll's, rücken wir dem Geröll zu Leibe. Ein menschliches Skelett werden wir in diesem Kabuff nicht mehr finden, aber vielleicht das eines Hundes. Oder das eines Meerschweinchens? Meerschweinchen halte ich für völlig unterschätzt!«

Rosa grübelte.

»Ob es die vor zweitausend Jahren in Pompeji gegeben haben mag?«

»Bald werden wir es wissen!« Ächzend schippte ich los. »Ich – will – jetzt – etwas – finden!« Bei jedem Wort haute ich den Spaten in die Lapilli.

»Ob das so funktionieren wird?« zweifelte Rosa. »Gut, ich siebe.« Eine Zeit lang arbeiteten wir schweigend Hand in Hand. Bis meine Partnerin sich schnaufend in eine Ecke plumpsen ließ.

»Mann, ist das heiß! Ich kann nicht mehr.«

»War schon schlimmer!« Ich schaufelte tapfer weiter. »Oder hattest du eine lange Nacht?«

»Was für eine Frage, natürlich hatte ich die. Das *Vesuvio* ist gnadenlos.«

»Nicht eher Alessandro?«, entgegnete ich schnippisch.

Rosa gähnte. »Was hat Alessandro damit zu tun?«

»Oh, nichts. *Du* kommst zu spät, *er* bringt angeblich seine Schwester zum Flughafen. Zufall?«

Rosa in ihrer Ecke prustete los.

»Mehr Zufall geht gar nicht! Sie bringen sich immer gegenseitig zum Flughafen. Soweit ich weiß, wollte Valentina zu den Eltern auf die …«

»Seychellen«, ergänzte ich wie aus der Pistole geschossen.

»Genau das. Ich weiß also weder, wo unser Alessandro Magno ist, noch, wann er wiederkommt.«

»Klingt beinahe ironisch.«

»Ernüchtert trifft es besser.«

»Ach was? Du wirktest extrem verknallt, und auf dem Fest in Posillipo vor zwei Wochen sah es ganz so aus, als beruhe das auf Gegenseitigkeit … zumindest ein bisschen.«

»Vor zwei Wochen, du sagst es.«

Ich ließ meine Schaufel fallen und setzte mich zu Rosa in die Lapilli.

»Das musst du mir näher erklären.«

Meine Freundin warf in einer komischen Geste der Verzweiflung die Hände in die Luft.

»Kennst du das nicht? Man schwärmt für einen Mann, glaubt, dass er unerreichbar sei, hebt ihn auf ein Podest. Aus irgendeinem Grund kommt man ihm näher als gedacht und – zack – aus der Zauber. Wie im Märchen mit dem Küssen des Frosches, bloß umgekehrt.«

Meine Gedanken schweiften von Stoffel zu Natale und zurück.

»Nein«, sagte ich, »offen gestanden kenne ich das nicht.«

Rosa schnalzte mit der Zunge.

»Du bist eben eine Deutsche. Vernünftig aus Prinzip. Jedenfalls kann der große Alessandro nicht küssen, es mangelt ihm an Leidenschaft, Charme, Esprit, nenn es, wie du willst, und ich kann jetzt ansatzweise verstehen, warum du ihn nicht magst.«

»Äh.«

»Wenn ich daran denke, dass ich zwischendurch eifersüchtig war, weil er dir mehr Aufmerksamkeit geschenkt hat. Ich könnte mich ohrfeigen.«

»Das würde doch etwas weit gehen«, bemerkte ich milde.

»Als ob du das nötig gehabt hättest, bei so einem netten Freund!«

»Wie bitte?«

»Stoffel ist großartig!« Sie sprach das »st« italienisch aus, was recht niedlich klang. »Ein echter deutscher Gentleman. Zuvorkommend, witzig, intelligent.«

»Kinderlieb«, ergänzte ich Rosas rosa Liste.

»Das auch? *Dio mio!* Er könnte hier bei uns an jedem Finger zehn haben. Der moderne italienische Mann will frei sein und ungebunden.«

»Wie Alessandro?!«

»In etwa so.«

Wir tauschten einen wissenden Blick, dann machten wir weiter.

Das Cubiculum war inzwischen weitgehend ausgeräumt. Lediglich an der hinteren Wand häufte sich noch Erdreich, dem Rosa weiter zu Leibe rückte, und an den Seiten stand die Feinarbeit aus. Wie ich es gelernt hatte, griff ich dafür zu Kelle und Pinsel.

»Kannst du dir im Grunde sparen, dieser Raum ist toter als tot. Da findet sich nichts mehr.«

»Das würde ich so nicht sagen!«, erklang eine Stimme von der Türöffnung her. Rosa und ich fuhren herum.

»Natale!«

»Sorry, ich wollte euch nicht erschrecken. War gerade in der Gegend und dachte, ich schau mal vorbei.«

Während meiner Zeit im Krankenhaus hatten wir nichts als belanglose Textnachrichten ausgetauscht. Wenn Natale wegen der Szene mit Stoffel verschnupft war, überspielte er es blendend. Er strahlte, fragte, ob ich vollständig genesen sei, und zeigte sich sehr an unserer Arbeit interessiert.

»Seid ihr mit diesem Raum bald fertig? Was kommt als Nächstes?«

»Was wohl? Dasselbe in Grün«, antwortete ich steif. »Geh einfach eine Türöffnung weiter, dann siehst du es mit eigenen Augen.«

Natale kam dieser Aufforderung nicht nach.

»Mein Instinkt sagt mir, dass das letzte Wort über dieses, wie sagt ihr noch mal, ›Cubiculum‹ noch nicht gesprochen ist.« Er deutete auf den Erdhaufen an der Stirnseite des Raumes, »und ich bin bekannt für meine unfehlbare Intuition.«

»Natale, hast du was getrunken?«, fragte Rosa, die sich wieder hingekniet hatte. Ich tat es ihr gleich.

»Mineralwasser«, entgegnete Natale, »*frizzante*, mit netten, kleinen Bläschen.« Belustigt inspizierte er mein Werkzeug.

»Du bist eine Künstlerin, fehlt nur die Palette!«

Ich war dabei, das untere Drittel der linken Mauer zu säubern, und hörte nicht genau hin. Zumal mich etwas anderes beschäftigte.

»Was könnte das sein?«

Ganz unten, nicht weit über dem Boden, meinte ich Farbspuren zu erkennen. Sachte setzte ich einen stumpfen Spatel an, um kleinere Verkrustungen schonend zu beseitigen.

»Rosa, kommst du mal? Da ist was!«

»Habe ich es nicht gesagt?«, brüstete sich Natale, »und, wer weiß …« Als ich mich kurz umwandte, sah ich ihn träumerisch zu Rosas Geröllhaufen schielen. »Allerdings hätte ich mehr auf den da getippt.«

Mit dem Pinsel reinigte ich das soeben freigelegte Mauerstück.

»Ein Frauenkopf!«, sagte ich. »Mit geflochtenem Haar.«

»Eventuell die Reste eines Wandfrieses?«, fragte Rosa.

»An dieser Stelle? Soweit unten? Und sonst?« Akribisch überprüften wir die übrige Mauer nach etwaigen Überresten von Malerei. Nichts.

»Kann sein, dass alles andere verwittert ist«, meinte Rosa.

»Schwer vorstellbar.«

Natale gesellte sich zu uns.

»Ein bedeutender Fund?«, erkundigte er sich in einer explosiven Mischung aus Hoffnung, Sensationsgier und Ahnungslosigkeit.

»Kaum«, sagte ich nüchtern. »Das ist eine Art Vignettenzeichnung an ungewohnter Stelle, mehr nicht. Wir müssen sie Professore Pappalardo zeigen!«

»Ob der momentan überhaupt den Nerv dafür hat?«, zweifelte Rosa.

»Wir werden sehen.«

»Ich hatte mehr Begeisterung erwartet!«, mischte sich Natale ein. »Ewig habt ihr euch beschwert, dass ihr nichts findet, und jetzt seid ihr wieder nicht zufrieden.«

»Natale«, schnaubte Rosa. »Es kommt nicht nur darauf an, *dass* man etwas findet, sondern auch *was*.«

»Jeder hat mal klein angefangen!«

Die Bemerkung übergehend klebte Rosa förmlich an der kleinen antiken Zeichnung, in der Hoffnung, daran etwas Außergewöhnliches zu entdecken.

Ich kontrollierte heimlich die Uhrzeit. Kurz vor zwei, denkbar schlecht, denn für zwei Uhr hatte sich Stoffel angekündigt. Er sollte mir etwas zu essen bringen, denn schon vor meinem Ausfall waren die gemeinsamen Mahlzeiten des Grabungsteams seltener geworden, und mich überfiel mittags ein Bärenhunger. Aber ich hatte kein Interesse daran, dass Stoffel auftauchte, während Natale großspurige Reden schwang.

»Lollo, ehe ich es vergesse! Der Grund, weshalb ich ursprünglich gekommen bin. Du hast es vor zwei Wochen erwähnt, dann ist das mit deinem Unfall passiert, und ich bin darüber hinweggekommen. In unserer Wohnung lag etwas, das dir gehört.«

Feierlich überreichte er mir die semitransparente Dose mit meinem Gebissschoner.

Auf Stoffels Frage nach meiner Aufbissschiene hatte ich wahrheitsgetreu geantwortet: dass ich im *Vesuvio* ausgeholfen, bei Rosa übernachtet und sie dort vergessen hatte. Und dass meine italienische Freundin zu zerstreut war, sie mir wiederzugeben.

Prüfend wog ich die Dose in meiner Hand, als hinter Natale Stoffels Haarschopf auftauchte.

Ein Schlagzeuger mit einem solchen Timing wäre binnen kürzester Zeit zum Megastar geworden.

»Sieh einer an«, sagte Stoffel auf Englisch. »Er also ist Rosa.«

»Ich kann das erklären …«

»Da bin ich mal gespannt!«

»Was habt ihr?«, fragte Rosa, sich widerwillig von der Vignettenzeichnung lösend. »*Ciao* Stoffel!« Sie betrachtete ihn mit Wohlgefallen. Er ließ ihren Gruß unerwidert und ging stattdessen auf mich los.

»Die Archäologie tut dir nicht gut! Zu viel Fantasie, zu viele unglaubliche Geschichten. Dass du sie allerdings auch mir auftischen würdest, hätte ich nicht gedacht.« Auf seiner Stirn bildete sich eine Zornesfalte. Nie hatte ich ihn so temperamentvoll erlebt.

Rosa sah mich fragend an.

»Natale hat mir endlich die Aufbissschiene zurückgegeben, die ich bei dir liegen gelassen hatte.«

»O nein, tut mir leid, dass ich das ständig verbummelt habe. Ich bin ein Schussel.«

»Gebt euch keine Mühe mit dem Theater«, ging Stoffel dazwischen. »Ihr steckt alle unter einer Decke.«

»Auf gar keinen Fall!«, wehrte sich Rosa. »Natale ist mein Mitbewohner.«

»Klar! Eine Mitbewohnerin wie dich hätte ich auch gerne.«

»Darüber könnten wir reden!«

»Rosa«, warnte ich. »Das macht es nicht besser.«

Stoffels Miene schwankte zwischen Ungläubigkeit, Wut und Verzweiflung. Langsam, in Zeitlupe fast, sah er von einem zum anderen.

»Wisst ihr was!«, meinte er schließlich. »Ihr könnt mich mal, und zwar *tutti quanti*!« Er machte auf dem Absatz kehrt, um zu verschwinden, als er noch einmal innehielt.

»Ach, Lollo, hier hast du dein Brötchen, und falls es dich interessieren sollte: Anna lässt ausrichten, Abendessen gibt es um sieben.«

Anna empfing uns mit einer riesigen Portion *Gnocchi alla Sorrentina*. Bei dem einfachen, typisch kampanischen Gericht wurden die Kartoffelnocken zuerst in würziger Tomatensoße geschwenkt, dann mit Parmesan und Mozzarella überbacken. Letzterer zog beim Essen lange Fäden, was ich besonders liebte.

An diesem Abend vermochte mich selbst das nicht aufzuheitern, die Stimmung bei Tisch war gedrückt. Stoffel bedankte sich höflich für die leckere Mahlzeit, um sie lustlos kauend zu vertilgen. Hin und wieder musterte er mich skeptisch, ansonsten verhielt er sich wortkarg. Schließlich verabschiedete er sich unter dem Vorwand, Kopfschmerzen zu haben, ins Bett.

»Habt ihr gestritten?«, fragte Anna.

»Nicht direkt.«

»Und indirekt?«

»Wir sind nicht einer Meinung, was die Zukunft anbelangt, und es gab ein Missverständnis.«

Anna trug die Auflaufform zur Spüle.

»Magst du Nachtisch?«

Schon im Ablehnen begriffen, überlegte ich es mir anders, weil ich dachte, es könne nicht schaden, wenigstens zu wissen, was man verpasst.

»Was gibt es?«

*»Torta della Nonna.«*

»Her damit!«

Der Mürbeteigkuchen mit Zitronencreme mundete mir ebenso wie das Hauptgericht, und ich sah nicht ein, weshalb mir Stoffels miese Laune den Appetit verderben sollte.

Ich vertilgte ein riesiges Stück, verlangte ein zweites.

»Gut so!«, sagte Anna anerkennend. »Ich schätze Frauen, denen Beziehungszwist nicht auf den Magen schlägt.«

Ganz Mamma, schlich sie sich gleich darauf jedoch an die Tür unseres Zimmers und öffnete sie vorsichtig einen Spalt.

»Er schläft!«

Ich führte die letzte Gabel zum Mund.

»Kann ich das Rezept haben?«

Anna nickte freudig, trat wieder an den Tisch und kramte aus ihrer Schürzentasche ein fabrikneues Smartphone hervor.

»Das Ding hat mir meine Tochter geschenkt, damit wir in Kontakt bleiben können.«

»Kompliment, sie hat sich nicht lumpen lassen. Das ist die neuste Generation.«

»Ich könnte dir das Rezept per WhatsApp schicken.«

»Super, danke!«

Unkontrolliert malträtierte Anna das Touchpad.

»Viel zu viele Funktionen, die ich nicht verstehe, aber dieses WhatsApp finde ich praktisch, man kann damit auch Bilder …« Es klickte.

Lachend zeigte mir Anna eine verschwommene Aufnahme zerzauster Locken, darunter meine zurzeit etwas pickelige Stirn.

»Bitte lösch das!«

»Ich muss mich noch daran gewöhnen; sobald man irgendwohin tippt, passiert etwas.«

»Das ist der Sinn der Sache«, sagte ich.

»Stoffels Kontaktdaten habe ich übrigens auch eingespeichert. Wegen des Fests, du weißt schon.« Sie legte das Handy beiseite und wurde nachdenklich.

»Ich glaube, das Problem bei ihm und dir ist nicht nur die Zukunft.«

»Wir sind sehr unterschiedlich«, antwortete ich ausweichend. Anna war wieder aufgestanden, um das Geschirr zu spülen. Bei den wenigen Tellern tat sie das von Hand.

»Dein Leben war sicher nicht einfach. Wie kommt es, dass du so ausgeglichen bist?«, fragte ich.

»Mädchen, ich bin jenseits der achtzig, worüber soll ich mich aufregen?«

»Trotzdem. Warst du nie unglücklich? So richtig, meine ich.«

»Ich? Und ob! Jahrelang. Und nochmals Jahre habe ich gebraucht, das Ganze zu verwinden. Verlorene Zeit, wenn du mich fragst.«

»Jahre!«, echote ich entsetzt.

»Gräme dich nicht, das waren andere Zeiten. Als Frau hatte man kaum Alternativen. Aufgrund meines Berufs führte ich damals bereits ein vergleichsweise lockeres Leben. Dennoch habe ich meine Situation nicht gewählt.«

»Alessandro hat erwähnt, dass du als Sängerin längere Zeit in Deutschland aufgetreten bist.«

»An kleineren Theatern, meist in Nebenrollen. Bis zu Mozarts ›Donna Anna‹ habe ich es immerhin geschafft.« Noch ein halbes Jahrhundert später zauberte der Gedanke daran Stolz auf ihr runzeliges Gesicht.

»Warte, ich will dir etwas zeigen.«

Sie trocknete sich die Hände ab, verschwand die Treppe hinauf in ihre Privaträume und kehrte mit einer kleinen Holzschatulle zurück. Eine ähnliche hatte ich als Kind für meine liebevoll gehegten Habseligkeiten besessen. Einen Moment lang betrachtete Anna das Kleinod schweigend, dann öffnete sie den Deckel und entnahm eine Schwarz-Weiß-Fotografie.

»Das war Ludwig in seinen besten Jahren! Ludwig, wie der bayerische Märchenkönig, der Neuschwanstein errichten ließ.«

»Oje, dieser Spinner!«, rutschte es mir heraus, womit ich mir einen tadelnden Blick einfing.

Das Foto zeigte einen Mann um die vierzig, mit blondem Haar, der sich sehr aufrecht hielt. Seine Züge waren eher weich, jedoch nicht unattraktiv. Durch seine schiere Körpergröße und den eleganten Anzug strahlte er etwas Beschützendes aus.

»Er kam häufig in die Oper. Wenn wir uns am Ende verbeugten, habe ich ihn in der ersten Reihe gesehen. Die Mädchen vom Ballett fanden ihn *stramm*, unsere Primadonna nannte ihn *fade*. Sie war sehr schön und gefragt. Ich mochte sie nicht sonderlich, aber wenn man so will, verdanke ich ihr meine ersten Erfolge. Denn eines Abends durfte ich für sie einspringen.«

»Als Mozarts ›Donna Anna‹?«

»So ist es. Jedenfalls wurde Ludwig auf mich aufmerksam. Unter den Herren galt es als schick, für junge Künstlerinnen zu schwärmen und ihnen Blumen zu schicken.«

»Blumen? Wie romantisch!«

»Orchideen, damals eine Seltenheit. Meine Mamma hatte sich immer eine gewünscht. Mir wurden sie nun einmal die Woche in die Garderobe gebracht, stets mit einem liebenswürdigen Billet.«

»Was stand drauf?«

»Das Übliche: *Küss die Hand. Meine Verehrung*. Solch altmodischer Kram.«

»Reizend. Und weiter?«

»Er erwartete mich am Bühnenausgang, führte mich zum Essen aus, den Rest kannst du dir denken.« In diesen Worten schwang ein zärtliches Echo von Annas vergangener Jugend. Ich erinnerte mich an ein weiteres Detail aus Alessandros Erzählung.

»Wusstest du, dass er verheiratet war?«

»Nein. Überhaupt war er zuerst nur verlobt. Er bat mich um Geduld, machte Versprechungen. Er würde das regeln. Als Annarita geboren wurde, habe ich ihm noch geglaubt, bei Peppino nicht mehr. Er gab mir Geld, doch war es nicht das, was ich wollte. Ich wollte ihn. Und ich fühlte mich fremd, mir fehlten meine Heimat und meine Familie. Mit zwei unehelichen Kindern konnte ich nicht am Theater bleiben. Ich musste eine Entscheidung treffen.«

»Du bist zurück nach Italien gegangen.«

»Zunächst versuchte, ich Ludwig zu überzeugen. Er war verzweifelt, dann zornig, zuletzt ließ er sich verleugnen. Als schließlich mein Engagement nicht verlängert wurde, blieb mir keine Wahl.«

»Deine Familie hat dich wieder aufgenommen, du hast einen neuen Mann kennengelernt und mit ihm ein drittes Kind bekommen.«

»Gino, ja. Das ist die Kurzfassung eines niederschmetternden Jahrzehnts«, sagte Anna bitter.

»Und Ludwig?«

»Er war der richtige Mann zur falschen Zeit. Oder auch nicht.« Nachdenklich blickte sie auf die Fotografie in ihrer Hand. »Wäre er der Richtige gewesen, hätte es wohl keine falsche Zeit gegeben. Gesellschaftliches Ansehen war ihm wichtiger als ich, selbst als seine Kinder. Es heißt, dass Geld nicht stinkt, für mich hat es einen schrecklichen Geruch. Nach den unzähligen schmutzigen Händen, durch die es gewandert ist: nach Verrat, Korruption, Geilheit. Aber Ludwig hat seinen Preis gezahlt.«

»Und ihr habt nie mehr etwas voneinander gehört?«

»Am Anfang schickte er mir Briefe, ein paarmal habe ich geantwortet, wütend, danach hat es sich verloren.«

Sie legte das Foto beiseite und kramte in der Schatulle, aus der sie einen vergilbten Umschlag zog.

»Seine Frau hat ihn mir geschrieben, kurz nach seinem Tod. Woran er starb, weiß ich nicht, es muss sehr schnell gegangen sein. Und ausgerechnet sie schrieb mir, die mich am meisten hassen musste. Kannst du die Handschrift lesen?«

»Schlecht.«

»Versuch es!«

Es handelte sich um wenige Zeilen. Um jene, die laut Alessandro nie jemand zu Gesicht bekommen hatte?

Ich nahm den Brief.

*Liebe Anna,*
*nachdem einige Zeit vergangen ist, weiß ich wenigstens eins: Das Schicksal lässt sich nicht betrügen. Man kann sich belügen und andere, am Ende steht die Wahrheit. Und die Wahrheit ist, dass er dich all die Jahre nicht vergessen konnte. Er hat nie von dir gesprochen, vergessen hat er dich nicht. Anlass dieses Briefes ist sein Vermächtnis, nimm es für deine Kinder!*

»Was für ein Vermächtnis war das?«, fragte ich neugierig.

»Geld. Testamentarisch hatte er mir eine beträchtliche Summe zugedacht, bei dem Brief lag ein Scheck über einen Teil davon.«

»Und was ist damit geschehen?«

Anna tat den Brief und das Foto zurück in die Schatulle und klappte resolut den Deckel zu.

»Ich weiß es nicht«, sagte sie. »Ich habe ihn nie eingelöst.«

»Geld stinkt nicht«, warf ich ein.

»Wie ich sagte: Manchmal eben schon.«

# XVI

*Manus manum lavat*
*Eine Hand wäscht die andere*

Wenn die alten Römer den Göttern ein Opfer darbrachten, taten sie dies nicht ohne Hintergedanken. *Do ut des*, so ihre Maxime: Ich gebe, damit du gibst. Oder anders gesagt: Eine Hand wäscht die andere. Ein Handel auf Gegenseitigkeit sozusagen. Allerdings scherten sich die Himmlischen nicht immer um die Opfergaben der Menschen, nicht selten ließen sie deren dringendste Wünsche unerfüllt.

Um meine Probleme zu lösen, hätte es des ganzen Olymps bedurft, darum verzichtete ich von vorneherein auf Bestechungsversuche. Mit einem Gott bekam ich es trotzdem zu tun.

»Sieh mal, was ich dir aus Capri mitgebracht habe!«, verkündete Mama, als sie und Papa einen Abend später bei Anna einfielen. »Ist er nicht reizend?« Sie knallte eine grobschlächtige Statue aus Kunstmarmor vor mich auf den Tisch.

»Das ist Neptun, der Gott des Meeres, mit Dreizack und Delfinen. Er wird dir Glück bringen.«

Ich bezweifelte das, denn der blassgraue Typ war unfassbar hässlich.

»Die auf Capri müssen es wissen, sie leben von und mit dem Meer«, meinte Anna begütigend. Ohne mit der Wimper zu zucken, improvisierte sie *Linguine alla marinara* herbei, weil Mama die so gerne mochte. Ich selbst mied Meeresfrüchte – die Tentakel der Tintenfische verursachten mir Ekel. Dazu Kapern und Sardellenfilets, salziger als Meerwasser, brrr. Mama hingegen genoss ihr Leibgericht.

»So authentisch und ehrlich«, schwärmte sie. Gleiches sagte sie über Capri, seine urtümlichen Häuser, die steil ansteigenden Gässchen, den Fischhafen, den Markt. Und das Hotel!

Familiär, sauber, pittoresk – eine echte Sensation. Kein negatives Wort, von wegen »Scheiß Capri«.

»Alles schön«, brummte Papa, »bis auf die vielen Touristen.«

»Habt ihr die Villa Jovis besucht?«, fragte ich scheinheilig.

»Natürlich«, sagte Papa, »sehr antik. Wenn eben die Touristen nicht gewesen wären.«

»Mensch, Wilhelm, was beschwerst du dich«, warf Mama ein. »Wir waren doch selber welche!« Allzu viel konnte das Bild in der Ovid-Ausgabe nicht bedeuten, wenn sie sich nicht einmal daran erinnerte.

»Immerhin leistet unsere Tochter einen wertvollen Beitrag zur Erforschung italienischer Kulturgüter«, sagte Papa und lachte. »Das wirft ein gutes Licht auch auf uns.« Er prostete mir zu.

»O ja«, meinte ich zynisch, »mein Beitrag ist unverzichtbar. Wenn es so weitergeht, werde ich demnächst zur Archäologin des Jahres gekürt.«

»Darauf lasst uns trinken«, schlug Papa vor.

»Auf Carlotta Schliemann!«, witzelte Mama.

»Fiorelli, wenn schon«, korrigierte ich. »Das mit Schliemann war Troja.«

Bei all dem Gefrotzel fiel Stoffels Schweigsamkeit gar nicht auf. Höflich hatte er sich nach der Reise meiner Eltern erkundigt, mit starrer Miene eine klobige Sirene, ebenfalls aus Kunstmarmor, in Empfang genommen, seitdem hielt er sich im Hintergrund. Wir stritten nicht, von Versöhnung konnte jedoch ebenso wenig die Rede sein. Mehr von einer Art Waffenstillstand. Nochmals hatte ich den Wahrheitsgehalt meiner Aufbissschienengeschichte beteuert, dafür Rosa als Zeugin beschworen, den Erzengel Gabriel und sogar Zeus. So neutral freundlich Stoffel darauf reagierte, so deutlich spürte ich, dass er mir nicht glaubte.

»Irgendwas ist im Busch«, sagte er. »Und es wird rauskommen. Es kommt immer raus.«

Kurzzeitig sprach er davon, abreisen zu wollen, allein – seine

Rolle im Komitee hinderte ihn daran. Und Anna, die ihn ebenso freudig als Schwiegersohn begrüßt hätte wie meine Mutter. Sie kochte für ihn, wusch ihm die Wäsche, lobte seine Wohlerzogenheit. Mir blieb die Ehre des schlechten Gewissens, dieses Prachtexemplar von Freund nicht zu verdienen.

»Lollo?« Papa sah mich fragend an.

»Entschuldigung, ich war abgelenkt, was hattest du gesagt?«

»Morgen möchte ich die Grabung besuchen, dürfte ich dann einen Blick in eure Domus werfen?«

»Wenn es sein muss«, erwiderte ich gedehnt, »sehr spannend ist es nicht.« Ich malte mir aus, wie er enttäuscht mein Cubiculum musterte.

»Oh, ich glaube doch, diese Abgüsse interessieren mich. Zweitausend Jahre alte Tote! Schließlich bin ich Rechtsmediziner und damit stets dem Ableben auf der Spur.«

»Und Mama?«

»Ich bleibe im Hotel und lege mich in die Sonne. Capri hat meinen Bedarf an antiken Trümmern für die nächsten Jahre gestillt.«

Ich hätte entgegnen können, dass solches Gerede mich verletzte und ich von meiner Mutter mehr Interesse an meinem Studienfach erwartet hätte. Ich ließ es bleiben. Dafür versenkte ich den Kunstmarmor-Neptun noch in derselben Nacht im Spülkasten des Klos. Das passte zu ihm, sollte er von dort aus sein Amt als Herrscher über Wassersgewalten ausüben!

Der Tag, an dem Papa in die Grabung kam, war zugleich der, an dem ich Alessandro nach mehr als zwei Wochen erstmals wiedersah. Tatsächlich hatte er nicht nur Valentina zum Flughafen begleitet, sondern außerdem die Gelegenheit ergriffen, sich im Museum von Neapel mit Maurizio Sorrano zu treffen und die in der Villa gefundenen Schriftstücke persönlich zu begutachten. Weil ihn diese extrem fesselten, hatte er seinen Aufenthalt verlängert. Das jedenfalls hörte ich ihn im Atrium den anderen berichten, während ich im üblichen Cubiculum vor mich hin schuftete. Ich unterbrach mein Tun und lauschte. Erwähnte er mich, erkundigte er sich nach mir? *Nein*. Erst etwas später lugte er zu mir herein.

»Ah, Salatkopf, wieder gesundet und tapfer bei der Arbeit?«

»Selbstredend«, entgegnete ich unterkühlt, »die zahllosen guten Wünsche haben ihre Wirkung nicht verfehlt.«

»Das kann ich mir denken! Pikant, dass ein minimaler Erdstoß in Verbindung mit einem unscheinbaren Ziegelstein eine internationale Notlage auszulösen vermag! Der brave Freund eilt aus der Ferne herbei. Selbst Mama und Papa sind angereist, alle versammeln sich ums Krankenlager der Ohnmächtigen. Wenn das nicht dramatisch ist. *Brava*.«

»Warum so zynisch?«, fragte ich. »Mir ging es richtig mies! Wenigstens eine SMS hättest du schicken können!«

Alessandro zog die Nase kraus.

»Bei dem überbordenden Strom an Mitgefühl hatte ich nicht den Eindruck, dass ausgerechnet meines unverzichtbar gewesen wäre.«

Sollte es zwischen uns beiden jemals eine Annäherung oder ein gewisses Einverständnis gegeben haben, waren diese dahin. Alles auf Anfang. Ich hatte das Gefühl, mich im Kreis zu bewegen, in jeder Hinsicht, für den Bruchteil einer Sekunde wollte ich die Kelle hinschmeißen, ein Flugticket buchen und allem Lebewohl sagen. Tschüss Grabung, *addio Italia*, *ciao Vesuvio*!

Bist du bei Trost?, regte sich umgehend innerer Widerstand. *Der Blödmann bringt dich nicht von deinem Lebenstraum ab, selbst wenn der sich auf eine unscheinbare Kammer begrenzt.*

»Gut«, sagte ich darum knapp. »Das ist deine Sache.«

Man merkte Alessandro an, dass ihn mein Stimmungsumschwung verunsicherte. Er tat einen Schritt nach vorne und zwei zurück.

»Ich sehe«, meinte er schließlich versöhnlich, »hier wird wichtige Grundlagenforschung geleistet.«

»O ja, durchaus, da alle mich so fabelhaft unterstützen, werde ich in Kürze berühmt sein. Vorgestern haben wir sogar etwas gefunden.« Ich deutete auf den Frauenkopf. »Nichts Bedeutendes, versteht sich.«

Alessandro beugte sich hinunter und vergaß seine Arroganz. »Aber ungewöhnlich.«

»Als hätte jemand das Gesicht der Daphne aus dem Triklinium noch einmal an diese Stelle kopiert«, sagte ich leichthin. »Und damit die Nymphe aus der *Villa Imperiale* gewissermaßen verdreifacht.«

»Mmh. Das soll Professore Pappalardo beurteilen, ich werde jetzt an anderer Stelle gebraucht.«

»An wichtigerer«, zischte ich.

»Archäologisch gesehen«, erwiderte Alessandro nüchtern, »ist alles gleich wichtig. Das geringste Detail kann Aufschluss über das Ganze geben.«

»Theoretisch«, murmelte ich und zwinkerte dem Mauergesichtchen zu. Ich hatte es richtig liebgewonnen.

Papas Auftreten besänftigte meinen Ärger. Professore Pappalardo, der ebenfalls wieder zur Stelle war, begrüßte ihn herzlich.

»Wilhelm van Veen«, stellte sich mein Vater vor. »Als Rechtsmediziner interessieren mich besonders ihre Skelettfunde. Die fraglichen Personen sind ja ganz offensichtlich eines nicht ganz natürlichen Todes gestorben.« Er konnte sich ein Lachen nicht verkneifen, denn natürlich war ein Vulkanausbruch nicht mit einem heimtückischen Mord vergleichbar.

»*Piacere*, Pappalardo, sehr erfreut.« Ein Wissenschaftler und Landsmann seines guten Freundes Hilarius sei ihm stets willkommen, mühte er sich auf Englisch ab. »Noch wissen wir nicht, wie es hier weitergeht. Im Moment bin ich mit Finanzierungsmaßnahmen beschäftigt. Die Studenten arbeiten ohnehin unentgeltlich, doch allein die Vorbereitung der Grabung hat Unsummen verschlungen: Schaufelbagger, schweres Gerät, Personalkosten und so weiter und so fort.«

»Heute muss alles profitabel sein oder wenigstens der Zukunft dienen. Die Vergangenheit ist mehr lästiges Beiwerk.«

»Sie sagen es. Erfreulicherweise habe ich unlängst in Neapel einen alten Bekannten getroffen, der mir einen Gefallen schuldet. Ein Politiker, der sich die Kultur ins nächste Wahlprogramm geschrieben hat. Macht sich ja trotzdem nicht schlecht. Beizeiten werde ich mit ihm sprechen, eine Hand wäscht die andere.«

Mein normalerweise unbestechlicher Papa nickte gerade dazu, als ich herbeisprang, um ihn zu begrüßen.

»Tochter! Und womit beschäftigst du dich?«

»Nicht so wichtig«, beeilte ich mich zu versichern. »Geh nach hinten durch, da findest du, weswegen du gekommen bist.«

Der Hortus bot ein beeindruckendes Bild. Geduldig hatten Raffa, Lucia und Tom die beiden ineinander verschränkten, wächsernen Körper rundherum freigelegt. Auch unter ihnen waren die Erdmaterialien abgetragen und stattdessen Holzkeile zum Abstützen eingefügt worden, sodass sie zehn Zentimeter über dem Boden zu schweben schienen. Nun erkannte man die Silhouetten deutlicher, konnte sich das Drama vor zweitausend Jahren noch eindringlicher ausmalen. Alessandro war dabei, die Szene fotografisch festzuhalten. Seine Kamera klickte, während er sich zentimeterweise um die Toten herumtastete.

»Zu wissenschaftlichen Zwecken muss mein Assistent alles minutiös dokumentieren«, erklärte Professore Pappalardo, »dann werden wir versuchen, die beiden getrennt voneinander abzutransportieren. Ansonsten würden die Abgüsse brechen.«

Papa lauschte fasziniert.

»Wir haben das fragwürdige Glück, dass die Opfer sich zwar wohl im Tode aneinanderdrängten, aber durch die sich herabwälzende Asche wieder ein Stück auseinandergedrückt wurden. Eng verbunden sind lediglich die rechte Hand des weiblichen und die linke Hand des anderen Skeletts, das wir für ein männliches halten. Können Sie als Forensiker etwas dazu sagen?«

Mein Vater kramte in der Hosentasche nach seiner Brille (ein

Wunder, dass er sie sofort fand) und setzte sie sich auf die Nase.

»Darf ich?«

»Gerne!« Was folgte, hätte ich mir in meinen kühnsten Fantasien nicht ausdenken können. Papa – ganz in seinem Element – und Professore Pappalardo – noch mehr in seinem Element – begannen, in höchst seltsamem Englisch zu debattieren, zu bestimmen, zu widerlegen. Papa untersuchte das, was von den Skeletten im Wachs sichtbar war, und stellte fest, dass es sich bei dem zweiten um einen Mann jugendlichen Alters handelte. *Mit an Sicherheit grenzender Wahrscheinlichkeit*, wie er sagte. Als Argumente führte er Gebiss und Handwurzelknochen ins Feld, die weit genug aus dem Wachs herausragten. Somit lagen vor uns ganz sicher nicht Vater und Tochter. Im Anschluss überlegte man, wie die ineinandergewundenen Hände zu trennen seien. Papa kramte erneut, diesmal in seiner Jutetasche: Er zückte ein Skalpell und ein, zwei andere Instrumente, deren Namen ich nicht kannte.

»Habe ich immer bei mir, für Notfall-Ortstermine«, ließ er uns wissen, »medizinischer Edelstahl und sehr fein, damit könnten wir es wagen.«

Die Umstehenden reagierten baff, selbst Alessandro konnte eine gewisse Hochachtung nicht verbergen. Das gefiel mir. Ich hatte Papa nie bei der Arbeit beobachten können. Aus naheliegenden Gründen fand er es unpassend, dass ich ihn als Kind begleitete, wie meine Freundinnen dies bei ihren Vätern manchmal taten. Im Laufe der Zeit waren für mich andere Dinge in den Vordergrund gerückt, den Beruf meines Vaters betrachtete ich als Normalität. Er sezierte Leichen, manchmal trug er damit zur Aufklärung von Verbrechen bei. Punkt.

Hier hatte sich kein Verbrechen ereignet, diese armen Menschen waren Opfer einer Naturgewalt geworden, deren Auswirkungen man sich nicht weniger grausam vorstellen muss als die der Atombombenabwürfe in Hiroshima oder Nagasaki. Der Untergang einer Zivilisation, einer Welt, die es so nie wieder geben sollte.

Papa machte sich sehr langsam, sehr konzentriert mit dem Skalpell an den ineinandergeklammerten Händen zu schaffen. Wir übrigen standen erwartungsvoll um ihn herum.

»Ich glaube, es funktioniert«, rief mein Vater nach einer gefühlten Ewigkeit. »Mr. Pappalardo, kommen Sie, helfen Sie mir, bitte!« Der Professor gehorchte wie von unsichtbaren Fäden gezogen. Danach geschah alles fast automatisch. Alessandro assistierte vor Ort, Raffa brachte gemeinsam mit Tom die aus dem Magazin benötigten Materialien herbei. Lucia, Rosa und ich verharrten gebannt. Niemand schickte uns weg. Es konnte lehrreich sein, in jedem Fall war es derart faszinierend, dass ich die Hitze vergaß, den Ärger der letzten Tage und meinen Kummer.

Dann war es vollbracht.

Die für zweitausend Jahre verbundenen Hände zweier Menschen lösten sich auseinander, gleichsam die Annullierung eines durch ein eigenwilliges Schicksal besiegelten Pakts.

»Geschafft.« Ehrfurchtsvoll senkte Papa das Haupt. Er hatte sich das angewöhnt – für jeden abgeschlossenen Fall eine Schweigeminute des Respekts. Um nicht zu vergessen, dass es um Menschen ging, um einst beseelte Körper.

Instinktiv taten wir anderen es ihm nach.

»*Grazie*, Mr. van Veen«, sagte Professore Pappalardo schließlich.

»Wilhelm«, erwiderte Papa. Eine hohe Auszeichnung, denn mein Vater bot niemandem leichtfertig das Du an.

»Glauco.« Huldvoll nahm Professore Pappalardo die Gunstbezeugung entgegen, und beide schüttelten sich die Hände.

Der restliche Tag war dem Transport der Abgüsse gewidmet. Alles ging unter Geächze, Gestöhne und mit furchtsamen Zwischenrufen vor sich, dass im letzten Moment etwas schieflaufen könnte. Auf einer provisorisch zusammengelöteten Bahre schafften wir die wertvolle Fracht ins notdürftig freigeräumte Depot, das als Werkstatt dienen sollte. Uns begleiteten eifrige Kustoden, die sogar den Direktor der pompejanischen Ausgrabungsstätten herbeiriefen. Von dessen salbungsvoller Spontanrede verstand ich immerhin so viel, dass er den herausragenden Fund begrüßte und dass es ihm leidtat, das ehrenwerte Vorhaben finanziell nicht entsprechend unterstützen zu können.

»Siehst du, Lollia«, flüsterte mir Alessandro zwischen zwei Handgriffen zu. »Dein Ruhm als Archäologin ist greifbarer, als du dachtest. Das hier wird Aufmerksamkeit erregen, und du warst dabei!«

»Irgendwie«, erwiderte ich kurz angebunden.

»Wart's ab«, setzte er etwas ernster nach, »irgendwann wirst du ihn erleben, den großen archäologischen Moment, in dem Gegenwart und Vergangenheit ineinandergleiten und du begreifst, was geschehen ist. Er kommt immer, dieser Moment, und er kommt immer unerwartet.«

Als wir uns gemeinsam auf den Heimweg machten, betrachtete ich meinen Vater mit neuen Augen, fand ihn nicht mehr behäbig und vergesslich, sondern professionell, zielgerichtet, lebendig. Ein Held der Wissenschaft!

»So umwerfend habe ich mir das Ganze gar nicht vorgestellt«, sagte er fröhlich. »Glauco Pappalardo ist ein sehr kluger, bedächtiger Mann und sein Assistent nicht weniger.«

»Alessandro?«

»O ja, der weiß, was er will, und er ist außerdem recht gut aussehend, findest du nicht?«

Hätte mir jemand gesagt, dass man zu Ehren des Jahrestags einer der größten Tragödien der Menschheit ein solches Theater veranstalten konnte, ich hätte ihm einen Vogel gezeigt.

Die sogenannte *festa antica* zog magische Kreise. Man erwartete mehrere Hundert Gäste, die Presse hatte zugesagt, am Fernsehen war man dran. Einen Festvortrag sollte es geben, ein Bankett mit antiken Speisen, dazu Musik und Tanz für jeden Geschmack. Und um Mitternacht das obligatorische Feuerwerk.

Anna nähte, plante und organisierte seit Wochen, Stoffel

ebenfalls. Das heißt, er nähte zwar nicht, von Planung und Organisation dagegen zeigte er sich derart in Anspruch genommen, dass ich ihn kaum noch zu Gesicht bekam. Auf diese Weise entging ihm der Anruf von Natale um die Mittagszeit vor dem großen Tag. Ich befand mich gerade mit Anna inmitten der letzten, wie sie versicherte, wirklich allerletzten Kostümanprobe, als das Handy schrillte.

Natale kam direkt zur Sache.

»Ciao Lollo, ich bin's. Ich brauche deine Hilfe, Rosa hat dir den Schlüssel gegeben?«

Anna piekte mich mit einer Stecknadel.

»Aua! Welchen Schlüssel?«

»Den für euer Magazin«, sagte Natale.

»Ach den!« Ich hatte ihn komplett vergessen. Er existierte in mehreren Ausführungen, Rosa hatte mir ihr Exemplar vor zwei Wochen anvertraut. Weil ich zuverlässiger und vor allem abends länger in der Grabung anwesend war als sie selbst, die so häufig im *Vesuvio* aushelfen musste. Eine durchaus kluge Entscheidung angesichts der Tatsache, dass auch unser Grabungsleiter zusehends Fehlzeiten aufwies. Nach der Bergung der Abdrücke hatte Professore Pappalardo sich erneut für den Rest der Woche entschuldigen lassen, wobei Alessandro sich geheimnisvoll gab.

»Und wofür brauchst du den Schlüssel an einem Sonntag?«

»Zio Glauco hat für morgen ein paar Sachen bestellt. Ich muss sie heute anliefern, denn am Freitag habe ich es nicht mehr geschafft.«

»Morgen ist das Fest, da wird keiner von uns arbeiten!«

»Dann braucht er das Zeug halt am Dienstag. Bitte, Lollo, wenn alles nicht rechtzeitig da ist, wird er wieder sauer. Könnten wir uns in einer halben Stunde vor Ort treffen? Es dauert nicht lange.«

»Kann dir niemand anderes aufsperren?«

»Nein, ich habe es eilig, mein Vater erwartet mich am Nachmittag, bitte.«

»Na gut, falls ich die Anprobe überlebe. Anna, sei vorsichtig.«

»Ja, ja, *ecco*, wunderbar! Lass dich anschauen!«

Meine Schneiderin hatte ganze Arbeit geleistet. Der grün schillernde Stoff brachte das Haselnussbraun meiner Augen vorteilhaft zur Geltung, selbst mein störrisches Haar war so gebändigt, dass es wie ein natürlicher Schmuck wirkte.

»Dann hätten wir das, du kannst dich umziehen«, konstatierte sie zufrieden, »auf mich wartet der nächste Programmpunkt.«

»Der wäre?«

»Die Zubereitung von *Mostacei*, von antiken Mostbrötchen, die …«

»… bestimmt lecker schmecken werden.«

Als ich, wieder in meiner Alltagskluft, die Via del Vesuvio entlanggehetzt kam, erwartete Natale mich bereits. Mit seinem Handwagen, auf den er einige Kisten geladen hatte, stand er vor dem Magazin.

»Und was ist da jetzt wieder drin?«, rief ich anstelle einer Begrüßung.

»Lollo, *buongiorno*! Kunstharz für eure Abdrücke – extra aus Ferrara bestellt. Außerdem Abdeckplanen, Gips, Silikon und Feilen. In zwei Tagen schicken sie eine weitere Lieferung.«

Gemeinsam schleppten wir die Kisten in den Verschlag.

»Eigentlich Wahnsinn, das Ganze«, bemerkte ich ächzend, »ein solcher Aufwand für zwei Menschen, die vor zweitausend Jahren gestorben sind, die man nicht kennt und nie mehr kennenlernen kann.«

»Seltsame Reaktion«, sagte Natale. »Ich finde die Idee überwältigend.«

»Vergiss es, mir wird gerade alles zu viel.« Insgeheim ärgerte ich mich darüber, ähnlich daherzureden wie Stoffel auf dem Vesuv.

Natale setzte die ergebenste Miene auf, zu der er fähig war.

»Darf ich sie sehen?«, fragte er. »Neulich hat es ja nicht geklappt.«

Das stimmte. Nachdem Stoffel eingeschnappt verschwunden war, hatte Natale ebenfalls das Weite gesucht. Nun zog es ihn in Richtung *Casa di Lollia*, schon wollte er auf und davon.

»Sie sind nicht mehr dort, wir haben sie am letzten Mittwoch in die Werkstatt transportiert, wo der Harzabdruck erstellt werden soll. Dafür habe ich keinen Schlüssel.«

»Was? Wie schade!« Natale vermochte seine Enttäuschung nicht zu verbergen. »Darf ich dann wenigstens deinen Fund noch einmal sehen? Hast du die Malerei inzwischen gesäubert?«

»Ich habe es zumindest versucht.«

»Bitte.«

»Musstest du nicht zu deinem Vater?«

»Erst um halb drei, das schaffen wir.«

»Okay, gut.« Was hätte ich tun sollen? Ich war nicht gerade nett zu ihm gewesen, und er demonstrierte echtes Interesse. Natale blickte sich suchend um.

»Hattest du nicht eine Schaufel mit abgenutztem rotem Griff? Wo ist die denn?«

Ich zuckte die Achseln.

»Vielleicht habe ich sie in der Grabung vergessen. Klauen wird die schon keiner, und heute brauche ich sie ja nicht.«

»Mmh.«

»Auf, lass uns gehen.«

Ich hatte Anna versprochen, ihr am Nachmittag zu helfen, darum drängte ich zur Eile.

Verlassen lag die Ruine im Mittagslicht. Eidechsen dösten auf den warmen Mauern, die Zikaden zirpten.

»Da ist sie ja!«, rief Natale. Tatsächlich lehnte meine Schaufel an der Wand.

»Schau lieber dort unten«, sagte ich und deutete auf die Malerei. »Sie ähnelt sehr einem anderen Gesicht, das Teil des Freskos im Speisezimmer ist, komm mit.«

Bereitwillig folgte er mir ins Triklinium.

»Sie gleichen sich in der Tat. Derselbe Maler?«

»Ziemlich sicher, aber warum einmal im Fresko und einmal in der Nähe des Bodens? Wo sonst niemand eine solche Malerei anbringen würde? Außerdem gibt es ein ähnliches Frauenantlitz auf einem weiteren bekannten Wandbild in Pompeji.«

»Klingt verworren. Eine Illusion der Mittagshitze?«

»Das nicht. Nur eben nicht leicht zu erklären.«

»Dazu fällt mir nichts ein. Meine Intuition sagt mir …«

»Hör auf mit dem esoterischen Blödsinn. Die Archäologie ist eine exakte Wissenschaft!«

»Würde ich nicht beschwören.«

Natale trottete zurück in das Cubiculum, in dem der Lapillihaufen an der Wand inzwischen sichtlich abgenommen hatte. Rosa war fleißig gewesen.

»Pass auf, dass du nirgendwo anstößt«, warnte ich, »alles könnte wertvoll sein.«

»Und dieser Haufen dort?«, fragte Natale.

»Wird Stück für Stück abgetragen und durchgesiebt. Bald können wir uns dem nächsten Raum widmen.«

»Wir könnten doch auch jetzt mal ein bisschen graben?«, meinte er, indem er die Schaufel packte und durch die Luft schwang.

Ich tippte mir an die Stirn. »Spinnst du? Wegen deiner Intuition etwa?«

Natale wiegte bedeutsam den Kopf.

»Soll das witzig sein?«

Genervt nahm ich ihm die Schaufel ab und warf sie quer durch das Cubiculum. Ihr Aufschlag erzeugte ein dumpfes *Klong*. Noch immer in Rage wegen der unliebsamen Sonntagsstörung, deren Urheber nun zusätzlich einen derartigen Unfug trieb, ging ich hin, hob das Arbeitsgerät wieder auf und rammte es einmal fest in die Ansammlung von Lapilli.

Ich stieß auf etwas Hartes.

Mit einem Seitenblick auf Natale begann ich zu schippen.

Der Haufen war vielleicht noch einen halben Meter hoch, an manchen Stellen weniger.

»Es kann nicht sein, dass ausgerechnet da etwas ist. Abgesehen von der Malerei war der ganze Raum völlig leer. Wertlos.«

»Bis jetzt.«

Nach kurzer Zeit wühlte ich mit den Händen weiter. Falls dort wirklich etwas in der Erde verborgen war, hätte ich es mit dem Blatt der Schaufel beschädigen können.

»Jetzt könntest du mit anpacken«, rief ich Natale zu. »Du träumst doch von einer Karriere als Archäologe.«

Mein Begleiter ließ sich nicht lange bitten. Wie gierige Hunde auf der Suche nach einem Knochen scharrten wir in den Lapilli herum. Bis wir … bis wir schließlich den verkrusteten Deckel eines kassettenähnlichen Gefäßes freilegten.

Ich hielt inne und überlegte.

»Wir müssen aufhören, uns fehlen die passenden Werkzeuge, und ich weiß nicht, was ich genau machen soll. Besser, wir warten bis Dienstag. Ich werde den Fund Professore Pappalardo zeigen, der soll über das Vorgehen entscheiden.«

»Nicht dein Ernst«, rief Natale entsetzt. »Das hier könnte extrem wichtig sein!«

»Deshalb ja! Es gibt konservatorische Prinzipien. Wenn wir weiter wahllos daran rumhantieren, richten wir am Ende Schaden an. Abgesehen davon, dass das Ganze dokumentiert werden muss.«

Natales nach unten sinkende Mundwinkel machten kein Hehl daraus, dass er gerne Zeuge einer bahnbrechenden Entdeckung der klassischen Archäologie geworden wäre.

»Und wenn jemand das Ding während unserer Abwesenheit klaut?«, wandte er ein.

»Unwahrscheinlich. Dieser Erdhaufen ist quasi antik, wer sollte wissen, dass wir zufällig heute etwas darin gefunden haben?«

»Wie du meinst …«

Ich dachte noch einmal nach und wurde unsicher.

»Möglicherweise hast du recht, ich sollte jemanden anrufen. Ob ich Professore Pappalardo erreiche?«

Natale fasste mich am Arm.

»Lieber nicht. Dein Vorschlag ist gut.«

»Am besten, wir schütten es provisorisch wieder zu«, sagte ich und tat eine kräftige Schippe, als mein Kreislauf rebellierte. »Warte kurz!« Taumelnd ließ ich mich neben dem Fundort der Kassette in die Lapilli sinken.

Sofort sprang Natale herbei.

»Was hast du? Die Gehirnerschütterung?«

»Eher die Hitze, es geht schon wieder. Ich muss gestehen, dass ich deine Intuition unterschätzt habe.«

»Nicht wahr?« Energiegeladen half er mir beim Aufstehen.

»Ich fürchte, ich schulde dir was«, sagte ich.

»Könnte sein«, bestätigte Natale. »Machen wir es doch so: Ich habe dir zu einem Fund verholfen, dafür schenkst du mir morgen auf dem Fest den ersten Tanz.«

»Eine Hand wäscht die andere, wie?«, fragte ich erschöpft und behielt für mich, dass ich nichts so sehr hasste wie Tanzen.

# XVII

*Deus ex machina*
*Unverhofft kommt oft*

Die antiken Tragödiendichter waren recht pragmatisch: Schien handlungsmäßig alles komplett verfahren, ließen sie mit viel Getöse eine Gottheit aus einer fiktiven Erdspalte auftauchen oder vom Himmel herabsteigen, die dann den menschlichen Konflikt mit überirdischer Macht schlichtete. In Anspielung auf die gut geölte Theaterapparatur dahinter sprach man dann von einem »Deus ex machina«, einem »Gott aus der Maschine«. Weil auf die Götter kein rechter Verlass mehr ist, übersetzt man die Wendung heute etwas freier: Unverhofft kommt oft.

Unverhofft wie mein eigentümlicher Sonntagmittagsfund, von dem ich Anna enthusiastisch berichtete.

»Erwarte dir nicht zu viel. Für mich kommt das alles ein bisschen plötzlich. Wenn es sich so verhält, wie du erzählst, müsste dieser Natale der geborene Archäologe sein, mit einem untrüglichen Gespür für Sensationelles.«

»Mag sein, dass er das ist: ein Naturtalent.«

»Pah, es gibt viel weniger Naturtalente als gemeinhin angenommen!«

»Das war Zufall, sicher, dennoch halte ich ihn wirklich für begabt. Ihn erfüllt diese unbezwingbare Leidenschaft. Ähnlich wie Alessandro.«

»Im Gegensatz zu Alessandro karrt er aber am Sonntagnachmittag für einen exzentrischen Professor Utensilien durch die Gegend, anstatt selbst Archäologie zu studieren und sich an Ausgrabungen zu beteiligen.«

»Das hat seine Gründe, er kann nicht anders.«

»Man kann immer anders.«

»Manchmal nicht«, insistierte ich.

»Habe ich was verpasst? Du verteidigst ihn in einer Weise – man könnte fast denken, du wärst in ihn verknallt.«

»Keineswegs«, wehrte ich ab. »Ich versetze mich nur in seine Lage.«

Anna verstand vieles, das offenbar nicht, darum sagte ich vorerst nichts weiter dazu. Gemeinsam werkelten wir in der Familienküche. Der Großteil des Festessens – moderne italienische Speisen – würde ein Catering-Service liefern, lediglich das kleinere Buffet mit einer Auswahl antiker Delikatessen bestückten das Komitee und seine Helfer.

»Was genau ist das eigentlich für ein Zeug, das du da produzierst?« Misstrauisch schielte ich auf einen Tontopf, den Anna vom Dachboden geholt hatte.

»Garum. Die Standardwürzsoße der Antike.« Sie begann, an der Paketschnur zu nesteln, mit der das Gefäß fest umwickelt war.

»Damals«, erklärte sie, »gewann man sie aus Fisch, den man in riesigen Becken in Salzlake einlegte und der Sonne aussetzte. Das Gemisch fing an zu gären, wobei es derart unerträglich zum Himmel stank, dass die Herstellung außerhalb der Städte stattfinden musste.«

»Sehr appetitlich, und weiter?«

»Man hat die Fischmasse ausgepresst, gesiebt und gefiltert. Die bernsteinfarbene Flüssigkeit, die übrig blieb, nannte man Garum, und sie war heiß begehrt.«

»Pfui Teufel.«

»Kommt auf die Perspektive an. In Pompeji haben sie das Haus eines Fabrikanten ausgegraben, der sich damit eine goldene Nase verdiente.«

»In Pompeji haben sie sehr viel ausgegraben«, warf ich ein, »sogar jahrtausendealte Brote, auf denen man noch den Stempel des Bäckers erkennt.«

»Gut, die würde ich persönlich auch nicht mehr essen.«

Anna hob den Deckel, und ich hielt instinktiv den Atem an. Es roch fischig-vergoren.

»Möchtest du Natale nicht kennenlernen?«, fragte ich zu meiner eigenen Ablenkung. »Immerhin ist er der Neffe deines Noch-Schwiegersohns.«

»Und damit kein bisschen mit mir verwandt«, entgegnete Anna gleichgültig.

»Ich glaube, du würdest ihn mögen. Abgesehen davon finde ich es sehr schade, dass du dich mit Professore Pappalardo nicht verträgst. Er und deine Tochter sind sich ja einig, und im Grunde habt ihr vieles gemeinsam.«

»Zum Beispiel?«

»Lebenserfahrung, die Weisheit der Jahre, die Liebe zu Kampanien und dem Vesuv.«

»In welcher Schnulze hast du das gelesen? Doch hoffentlich nicht bei Ovid?«

»Und ihr seid beide entsetzlich stur!«, fügte ich impulsiv hinzu, wobei mir um ein Haar das Einmachglas entglitt, das mir Anna in die Hand gedrückt hatte, um die aus der Fischmasse tretende Flüssigkeit hineinzufiltern.

Natürlich gestalteten sich ihre Produktionsmethoden weniger antik. Statt eines offenen Bottichs mit Salzlake hatte sie den Tontopf benutzt, darin abwechselnd grobes Meersalz und Anchovis geschichtet, dann alles mit einem Leinentuch bedeckt, durch eine Schnur fest versiegelt und drei Monate bei ungefähr vierzig Grad auf dem Dachboden gelagert. Drei Monate! Der Gedanke, dass dieser ekelhafte Fisch schon länger in der Salzlake weilte als ich in Pompeji, machte mich sentimental. Und unaufmerksam.

»Pass auf, wenn wir das verschütten, stinkt mir das ganze Haus. Das kriege ich nie wieder raus.« Anna passierte das Garum aus dem auf der Tischkante gestürzten Topf durch ein feines Sieb in eben das Glas, das ich festhalten sollte.

»Ob das den Leuten schmecken wird?«, zweifelte ich. »Warum habt ihr nicht einfach eine der asiatischen Fischsoßen besorgt, die es überall zu kaufen gibt?«

Anna bedachte mich mit einem strafenden Blick.

»Asiatische Fischsoßen, Pappalardo, Sensationsfunde, dass ich nicht lache! Kümmere du dich lieber um deinen Stoffel, meinetwegen noch um Alessandro oder dein Kostüm, und halte vor allem das Glas still!«

Angesichts der Aufregung um das Fest geriet mein Geburtstag zur Nebensache. In den frühen Morgenstunden des nächsten Tages weckte mich Stoffel mit einem flüchtigen Kuss und überreichte mir ein Päckchen. Er bat mich, es in Ruhe zu öffnen, während er mit dem Komitee die letzten Vorbereitungen traf. Schnell wurde klar, weshalb: Es enthielt einen Winke-Trump sowie einen Zitronenzestenreißer, beides aus dem Laden meiner Mutter. Dazu eine Karte, die in geschwungenen Lettern forderte: *Wenn dir das Leben Zitronen gibt, mach Limoncello draus.*

Wie einfallsreich!

»Ich dachte, du hast ein Herz für Imperatoren«, würde Stoffel später zu seiner Verteidigung vorbringen, »und ich dachte, du liebst saure Früchtchen!«

Anna schenkte mir zu meinem Nymphenkostüm einen Schleier aus transparentem grünem Organza.

»Er passt perfekt zur Tunika«, sagte sie. »Nachts wird es selbst im Hochsommer kühl, außerdem kannst du ihn später zu anderen festlichen Anlässen tragen.«

*Wenn du nicht mehr hier bist*, klang in diesen Worten unterschwellig mit.

Ich neigte ihr meine Wange entgegen, damit sie hineinkneifen konnte, und spürte den Hauch von frühem Abschied, der in dieser vertrauten Geste lag. Meine Wehmut erstickte ich in einer festen Umarmung. Schließlich lag noch eine beachtliche Zeitspanne vor mir, in der ich Pompeji hinreichend genießen konnte.

»Danke«, sagte ich sehr ernst. »Ich werde dein Geschenk in Ehren halten.« Anna verscheuchte ihrerseits die Melancholie, indem sie sich dem antiken Birnenauflauf zuwandte, den sie für das Buffet als Nachtisch vorgesehen hatte.

»Warum habe ich mir das angetan?«, fluchte sie. »Er will nicht glücken, die Leute werden Blähungen davon bekommen.« Schwungvoll warf sie eine halbe Handvoll Kümmel in die Form, um dem vorzubeugen.

Mit Mama und Papa traf ich mich zum Mittagessen in just jenem Hotel, dessen azurblauer Swimmingpool mich am Tag meiner Ankunft bezaubert hatte.

War das wirklich schon sechs Wochen her?

Die Zeit schien wie von Götterhand entschwunden.

Zu dritt saßen wir auf einer rund um den Pool erhöht angelegten Galerie, von der aus man hinab auf den unberührten Wasserspiegel sah. Um diese Uhrzeit mochte niemand baden.

»Wider Erwarten habe ich ausgesprochenes Glück mit meinen Buchungen«, sagte Mama.

»Möglicherweise, weil Italien doch nicht so schlecht ist?«, bemerkte ich lässig.

»Alles Gute zum Geburtstag, Carlotta.«

In dem kleinen Päckchen, das sie mir über den Tisch schob, verbarg sich ein Porzellan-Aschenbecher mit der Aufschrift *I love Capri.*

»Ich bin Nichtraucherin!«

Meine Mutter runzelte die Stirn.

»Christopher gönnt sich ab und an eine Zigarette. Schade übrigens, dass er dich nicht begleiten konnte.« Erst jetzt nahm ich das vierte Gedeck wahr, das verwaist neben dem meinen lag.

»Besorgst du mir schon die Aussteuer?«, fragte ich mürrisch. Mamas Stoffel-Getue ließ mich meinen schamlosen Ovid-Raub als ausgleichende Gerechtigkeit empfinden.

»Alles Liebe, Tochter«, meldete sich nun Papa zu Wort. »Auch ich hab eine Kleinigkeit für dich.«

Das war ziemlich untertrieben. In einem Online-Antiquariat hatte er für mich das Buch *Pompeji in Leben und Kunst* des berühmten deutschen Archäologen August Mau ersteigert. Eine Originalausgabe aus dem Jahr 1900 mit handschriftlichen

Anmerkungen eines bekannten Gelehrten. Selbst Professor Hilarius würde mich darum beneiden, und ich nahm mir vor, sie ihm bald nach meiner Rückkehr zu zeigen.

»Danke, Papa, wie hast du erraten, dass ich gerade dieses Buch unbedingt haben wollte?«

»Ich kenne dich!«, entgegnete mein Vater schlicht.

August Mau und Annas Schleier trösteten mich über die anderen Geschenke hinweg: unter dem Strich eine nicht üble Ausbeute für einen 23. Geburtstag.

Das Restaurant indessen tischte so hemmungslos auf, dass ich schon nach den Antipasti – Mozzarella, gebratene Auberginen, Paprika, Zucchini, Salsicce und Provolone – Magendrücken verspürte.

»Dinkelsuppe scheint in Italien unbekannt«, flüsterte mir Papa zwischen dem ersten und dem zweiten Gang zu, und auch wenn dies nicht stimmte, bereitete ihm die Vorstellung unverkennbar eine diebische Freude.

Den Auftakt des großen Abends begleitete eine Aura von Unwirklichkeit. Als würde man aus dem Alltag über einen geheimnisvollen Pfad direkt in einen Hollywood-Kostümfilm hinübergleiten. Oder in einen historischen Roman. Von allen Seiten strömten Menschen auf die Grabung zu, die Schauplatz eines nie da gewesenen Spektakels sein würde. Manche waren verkleidet wie ich, manche im Festtagsgewand, andere in Jeans und T-Shirt. Es herrschte ausdrücklich kein Kostümzwang, doch die meisten Gäste hatten sich optisch auf die ein oder andere Weise in die Antike versetzt. Es wunderte mich, wie viele Menschen sich für eine solche Maskerade begeisterten. Ich begegnete Göttinnen, Nymphen, noblen Römerinnen, Hetären, Senatoren, Gladiatoren, Legionären, Sklaven. War ich mir auf den ersten Metern in meiner wallenden Tunika, mit dem mystischen Schleier und dem Myrtenkranz im hochgesteckten Haar, noch seltsam vorgekommen, verschafften mir die hie und da von Pfiffen begleiteten bewundernden Blicke eine ungekannte

Leichtfüßigkeit. Ich fühlte mich wie eine Wandlerin zwischen den Welten, in Gesellschaft von Gleichgesinnten. Für kurze, süße Momente verschmolzen die Gegenwart und eine lang zurückliegende Vergangenheit.

Ich hatte mich allein auf den Weg gemacht: Stoffel war als Komiteemitglied eingespannt, Anna nicht rechtzeitig fertig geworden. Sie hatte mir lediglich den Birnenauflauf übergeben, den ich in einer Tonform unter dem Arm trug. Das Garum war gestern abgeholt worden. Ich kam zum Eingang der Grabung, wo mir eine zerbrechlich zarte Nymphe Eurydike entgegenflog: Rosa.

»*Auguri* Lollo«, rief sie. »Alles, alles Gute zum Geburtstag. Wie hübsch du bist!«

»Danke, gleichfalls!«

Das plissierte Gewand in strahlendem Weiß unterstrich Rosas dunklen Teint, umfloss ihre zarte Gestalt wie ein duftiges Schaumbad. Und sie roch betörend nach Rosenwasser.

»Auch ich wünsche Glück!« Hinter Eurydike trat Natale hervor, bis auf den Lorbeerkranz, den ihm die Eingangskontrolle aufs Haupt drückte, völlig er selbst. Umgeben von einer Wolke aus Rasierwasser.

»Der Spielverderber wollte nicht mitmachen!«, rief Rosa. »Ich habe ihm vorgeschlagen, sich als Spartakus zu verkleiden. Das Kostüm gab es fertig zu kaufen.«

»Als Sklave, klar«, sagte Natale spöttisch, »den man am Ende ans Kreuz schlägt.«

»Das ist nicht historisch, Spartakus fiel heldenhaft in der zweiten Schlacht am Fluss Silarus.«

»Wir sollten das alles vielleicht nicht zu ernst nehmen«, schlug ich vor.

Das Fest würde in den beiden nahe beieinanderliegenden Theatern des antiken Pompeji stattfinden: Für das große war die Hauptveranstaltung mit Programm und Buffet, für das kleine eine Ausstellung über den Vesuvausbruch sowie die Geschichte der Ausgrabungen geplant. Dazu etwas künstlerische

Untermalung. Die Besucher konnten das gesamte Gelände bei Nacht besichtigen, wofür Fackeln zur Verfügung standen. Berühmte antike Gestalten wie Augustus, Herakles oder Athena führten durch die Ruinen. Es kam mir bemüht vor, auf diese Weise eine Zeit wiedererstehen zu lassen, die es so nie gegeben hatte. Schließlich bevölkerten das versunkene Pompeji keine Götter, Nymphen oder Helden, nicht einmal Senatoren, sondern normale Menschen mit recht alltäglichen Problemen. Nett war es trotzdem.

Zu dritt schlenderten wir die Via Marina hinauf, vorbei am Forum, das verwunschen in den Strahlen der Abendsonne ruhte. Es war gegen 20 Uhr, das offizielle Programm würde in einer Stunde beginnen.

»Ist das nicht wahnsinnig aufregend?«, fragte Rosa. »Erinnerst du dich, wie du Anfang Juli in die Grabung gekommen bist? Unerfahren, mit mittelmäßigen Italienischkenntnissen und sehr eigenartig gekleidet.«

»Zumindest was Letzteres betrifft, hat sich nicht allzu viel geändert«, bemerkte ich trocken.

Natale konnte sich ein Glucksen nicht verkneifen. »Die Hotpants bei unserer ersten Begegnung hatten durchaus ihren Reiz. Und die mintgrünen Espadrilles!«

»Das hast du dir gemerkt?«

»Unvergesslich! Deinen heutigen Aufzug finde ich persönlich nicht weniger attraktiv. Hat etwas von einem Sahnebaiser.«

»Ein Sahnebaiser in Erwartung seines Verzehrs, oder wie?«

Unterdessen hatten wir das *Teatro grande* erreicht.

Es befand sich in einer Region der Stadt, in der sich während deren Blütezeit Tempel zu Vergnügungsstätten gesellten, und es trug seinen Namen zurecht. Das von den natürlichen Gegebenheiten eines Hügels profitierende steinerne Rund soll in der Antike Tausenden Zuschauern Platz geboten haben. Wir nahmen den oberen Eingang und stiegen über die Treppe zwischen den Rängen hinab.

Der laue Abend legte sich über die Szenerie wie ein schmeichelndes Tuch, die Pinien dufteten, die Zikaden sangen ihr Lied. Das Parkett war als Tanzfläche vorgesehen, Sitzplätze gab es nicht. Lediglich auf den Steinstufen der Ränge hatte man in unregelmäßigen Abständen Kissen platziert, die zum Verweilen einluden.

Unten angekommen, legte Natale salopp einen Arm um mich, einen um seine Mitbewohnerin.

»Also, ihr holden Nymphen, was darf ich euch zu trinken bringen?«

Rosa befreite sich resolut.

*»Idiota!«* Natales Gerede ging ihr sichtlich gegen den Strich. »Lass mal, ich hole uns selbst einen Aperitif.«

»Und ich muss als Erstes den hier loswerden«, sagte ich und entwand mich meinerseits der Umklammerung, denn noch immer schleppte ich die zunehmend schwerer werdende Kasserolle mit dem Birnenauflauf.

»Kann ich helfen?«, fragte ein unbekannter Römer, wohl ein Mitglied des Komitees, als ich mich durch den Gästestrom kämpfte. Ich bejahte dankbar.

Die geräumige Bühne war zweigeteilt. Über die linke Seite zogen sich lange Tische für das Buffet, auf einem von ihnen wurde nun liebevoll Annas Nachtisch arrangiert. Zur Rechten befand sich ein kleines Rednerpodium, dahinter ein Karree für die Musiker. Und dort hantierte er herum: der erhabene Orpheus Stoffel.

Das von Anna nach allen Regeln der Kunst geschaffene Fantasiekostüm kleidete ihn vorteilhaft. Eine knielange, in der Taille mit einer Kordel zusammengefasste Tunika, dazu ein kurzer roter Umhang und Schnürsandalen. In seinem linken Arm hielt er eine hölzerne Leier.

»Na, du größter aller Sänger«, frotzelte ich. »Willst du die den ganzen Abend mit dir rumtragen?«

»Quatsch, sie ist nur Deko«, entgegnete Stoffel. »Wie hat dir mein Geschenk gefallen?«

Ich zog eine säuerliche Miene.

»Nicht?« Und dann: »Schade, ich dachte, du hast ein Herz für Imperatoren, und ich dachte, du liebst saure Früchtchen!«

»St–offel«, rief es hinter uns. »Komm mit, wir wollen auf Lollo anstoßen.«

Geübt durch ihre Arbeit im *Vesuvio*, balancierte Rosa in jeder Hand zwei Gläser, deren rötlicher Inhalt gefährlich gegen den oberen Rand schwappte.

»Das ist Mulsum, römischer Würzwein, bekannt als appetitanregend, verdauungsfördernd und lebensverlängernd.«

»Klingt nach einem Wunderelixier.« Stoffel nahm ihr zwei der Gläser ab und reichte mir eines davon.

Ich nippte daran. Das Gebräu schmeckte üppig süß nach Honig, dazu kam eine pfeffrige Unternote.

»Gehen wir zu den anderen.«

Langsam füllte sich das Theater. Raffa und Lucia waren eingetroffen, ebenso Tom und meine Eltern, auch sie lorbeerbekränzt, was meinem Vater seltsamer vorzukommen schien als meiner Mutter. Sie konnte eben umschalten. Vom Capri-Hass zur Italien-Liebe? Ganz erklären konnte ich mir diesen Sinneswandel noch immer nicht.

Aufgeregt plappernd versorgte Rosa etappenweise alle mit Mulsum.

*»Auguri«*, brüllten meine Freunde. »Gesundheit für Lollo und ein langes Leben!«

Mit Mühe konnte ich verhindern, dass sie einen Halbkreis um mich bildeten und *Tanti auguri a te*, die italienische Version von *Happy Birthday*, schmetterten.

Schnell durfte ich feststellen, dass jeder gute Kaiserstühler Riesling, ja selbst der vesuvianische *Lacryma Christi* gegen dieses Mulsum ein Kinderpunsch war. Durch den beigemengten Honig ging der Alkohol rasant ins Blut und stieg zu Kopf.

»Eigentlich gehört das Verteilen von Alkohol ja traditionell zu deinen Aufgaben«, hauchte jemand in meinem Nacken, »und mit Sekt kann ich nicht dienen, aber dein Glas ist leer, möchtest du ein neues?«

Alessandro war ebenfalls fesch kostümiert. Eine bodenlange Toga machte ihn optisch größer, sein naturgewelltes Haar glänzte.

»Wen stellst du dar, Caesar?«, fragte ich.

»Caesar, ich bitte dich!«, mokierte er sich. »Also, wie sieht es aus, willst du noch etwas?«

»Gerne«, sagte ich im Zweifel, ob das klug war, denn der bestirnte Himmel über mir drückte schon etwas verschwommen auf mich herab. Das rasch herbeigeschaffte randvolle Glas Mulsum allerdings übte eine unwiderstehliche Anziehungskraft aus.

»Salute Lollo rosso«, raunte er mir zu, »auf viele glückliche Jahre und noch mehr glückliche Funde.« Sinnierend musterte er mich von Kopf bis Fuß. »Irgendwie nett, dass es die Nymphe aus der *Villa Imperiale* nun quasi viermal gibt. Du bist wirklich täuschend echt.«

Als unsere Gläser aneinanderklangen, erloschen die rings an den Rängen angebrachten Scheinwerfer, auf der Bühne verschaffte sich ein als Senator gewandeter Professore Pappalardo Gehör. Angesichts der Szene im Museum, wo er Maurizio Sorrano absolute Nüchternheit und Faktentreue abverlangt hatte, war ich überrascht, dass er sich an diesem Event beteiligte. Kommentarlos hatte er uns den Festtag freigegeben, doch es war nie die Rede davon gewesen, dass er selbst erscheinen würde. Auch Anna hatte mir nichts davon erzählt. Möglicherweise wollte er auf diese Weise Werbung für die archäologische Sache machen, möglicherweise hatte er einfach Spaß daran.

*»Salvete amici et amicae!«*, posaunte er jetzt ins Mikrofon. »Seid gegrüßt, Freunde und Freundinnen Pompejis! Ruhe bitte!«

Zögerlich kehrte Stille ein. Er habe, führte Professore Pappalardo aus, keine Mühen gescheut, einen lieben Freund und Kollegen einzuladen, von weither sogar, um diesen Abend zu eröffnen. »Schenkt ihm also euer Ohr, ehe wir uns vereint den Tafelfreuden widmen!«

Mit einer ausladenden Handbewegung winkte er den Angekündigten aus dem Hintergrund zu sich.

»Begrüßt mit mir: Professor Volker-Michael Hilarius aus Freiburg.«

Und nicht aus einer Erdspalte – was mich in dieser Situation nicht einmal verwundert hätte –, sondern vom Bühnenrand her erschien mein mir wohlbekannter Professor, selbstsicher, gedrungen, schwitzend, unkostümiert. Professore Pappalardo überragte ihn um Haupteslänge.

*»Buonasera!«*

Zurückhaltender Applaus. Manchem Gast war anzumerken, dass er sich gerne ohne weitere Verzögerung auf das Buffet gestürzt und, emotional bewegt durch musikalische Untermalung oder besser einen waschechten Gladiatorenkampf, dem Alltag entflohen wäre. Brot und Spiele, wie im alten Rom.

»Hilarius?«, fragte ich meine Freunde flüsternd. »Habt ihr das gewusst?«

Sie verneinten. Lediglich Alessandro, der sich inzwischen etwas von uns entfernt hatte, umwehte der Nimbus des Eingeweihten. Ich schlängelte mich an Rosa sowie einer Gruppe Sklaven vorbei zu ihm durch.

»Das ist ein Ding, wie kommt er hierher?«

»Sie haben sich neulich im Museum von Neapel getroffen«, erhielt ich widerstrebend Auskunft. »Professore Pappalardo hat Hilarius einfliegen lassen, weil er und Sorrano nicht weiterkamen. Ich wäre gerne dabei gewesen, doch ich musste die Grabung hüten. Unter anderem, damit ein gewisser Salatkopf keine Dummheiten macht.«

»Jetzt bin ich schuld?«

»Indirekt schon«, murrte Alessandro.

Bei all seiner oft demonstrierten Überlegenheit konnte er sich schlecht verstellen.

Und noch jemand anderes konnte sich schlecht verstellen: Mama. Meine Eltern saßen eng beieinander auf den unteren Stufen des Theaters. Während Papa genüsslich sein Mulsum schlürfte, waren meiner Mutter die Züge entgleist. Ihr Mienenspiel verriet eine Mischung aus Fassungslosigkeit, Zweifel, Schock. Ich folgte ihrem unruhig hin und her tanzenden Blick, sie betrachtete die Bühne, als sei dort soeben tatsächlich eine Gottheit aus dem Nichts erschienen.

Unterdessen hatte Professor Hilarius zu sprechen begonnen. In einem grammatikalisch einwandfreien, vom Akzent her mäßig italienischen Singsang. Die ersten Sätze seiner Rede waren mir entgangen, was er jetzt sagte, fand ich sehr spannend.

»... und so kann anhand des von meinem Kollegen Glauco Pappalardo hier in Pompeji gefundenen Briefs eines Vaters an seine Tochter der endgültige Beweis dafür erbracht werden, dass Sie alle am falschen Tag gekommen sind, um der antiken Vesuv-Katastrophe zu gedenken. Besagter Brief nämlich datiert auf Anfang Oktober 79, was bestätigt, dass der Vulkan nicht am 24. August, sondern circa zwei Monate später ausgebrochen ist.«

Weil die versammelte antike Festgesellschaft zu diesem Zeitpunkt bereits sehr intensiv dem Mulsum zugesprochen hatte und es sich bei ihr zudem weitestgehend nicht um Experten handelte, fiel die Begeisterung für diese Sensation mager aus.

»Heißt das etwa, dass wir im Oktober wiederkommen sollen?«, rief ein neapolitanischer Gladiator unter seinem Helm hervor und schwang dazu ein Plastikschwert. »Der Wein schmeckt uns heute. Mehr davon!«

Die Umstehenden lachten. Wie hätte man erwarten können, dass etwas, das den archäologischen Kosmos neu ordnete, den Rest der Welt bewegte?

»Wein her!«, schloss sich jemand von weiter hinten grölend der Forderung an. Und Professor Hilarius reagierte in einer Weise, die ich nicht von ihm erwartet hätte: Er lachte.

»Recht habt ihr!«, rief er, erhob einen tönernen Becher, den man ihm flugs reichte, und rief ein sonores »Prosit« in die Runde. Um dann – *in vino veritas* – zu einer launigen, mit bekannten lateinischen Redewendungen garnierten Rede überzugehen, die das Leben in der Antike, das Leben in der Moderne, das Leben überhaupt feierte.

Die Umstehenden tranken, lachten, applaudierten diesmal herzlicher und wirkten vergnügt.

»Was die beiden herausgefunden haben, ist ziemlich bahnbrechend, oder?«, wisperte ich Alessandro ins Ohr.

»Durchaus. Diskutiert wurde seit Ewigkeiten, dass der Ausbruch später stattgefunden haben könnte als überliefert, diverse Anhaltspunkte dafür fand man schon im 19. Jahrhundert, nur eben keinen klaren Beweis.«

»Und der Brief von Lollias Vater ist einer?«

»Wenn sein Datum einer erneuten Überprüfung standhält, ja. Ein enormer Glücksfall, denn nicht alle Briefe in der Antike waren überhaupt datiert, am wenigsten die privaten. Professor Hilarius jedenfalls scheint noch um einiges versierter in der Entzifferung alter Schriftstücke als Maurizio Sorrano. Unsere Archivmaus reagierte etwas … niedergeschlagen.«

»Ist es sicher, dass der Brief im Jahr des Ausbruchs geschrieben wurde, nicht zum Beispiel ein Jahr früher?«

»Der Verfasser erwähnt, dass Titus nicht lange zuvor zum Kaiser ausgerufen wurde, und das war eindeutig im Juni 79 der Fall.«

»Hat das auch Professor Hilarius entziffert?«

Alessandro nickte.

»Es wird für Furore sorgen, nicht nur in der Wissenschaft. Morgen sind die ersten Interviewtermine mit *La Repubblica* und *Il Corriere della Sera* angesetzt, für übermorgen hat sich ein deutsches Fachmagazin angekündigt.«

Neben uns johlte eine Gruppe Sklaven mit nackten Waden in Schnürsandalen, einer von ihnen versuchte, einen aufkommenden Schluckauf zu unterdrücken.

»Die Leute hier fragen sich wahrscheinlich, was genau es für einen Unterschied macht, ob der Vesuv vor Urzeiten im August oder im Oktober ausgebrochen ist«, sagte ich.

Alessandro leerte sein Glas mit einem letzten großen Schluck.

»Für uns heute macht es unter dem Strich keinen allzu großen«, entgegnete er spöttisch. »Für die Menschen damals dagegen schon: Sie haben zwei Monate länger gelebt.«

Professor Hilarius beendete die Ansprache, sein Kollege dankte ihm in der Art von weihevollem Respekt, wie ihn einander nur Hochschullehrer entgegenbringen können.

Ich fragte mich, ob mein persönlicher *Deus ex machina* neben der Umordnung von Katastrophen-Datierungen auch die Neuordnung komplizierter Liebesverhältnisse beherrschte. Leider war ich mir fast sicher, dass dies außerhalb seiner Kompetenzen lag, ich musste mich wohl oder übel selbst darum kümmern. Somit wandte ich mich nochmals neugierig an meinen Kommilitonen: »Wirst du wirklich in Italien bleiben, wenn die Ausgrabung beendet ist?«

»Wer hat das behauptet?«

»Professore Pappalardo.«

Alessandro zwinkerte mir hintergründig zu.

»Das würde dem alten Ausbeuter so passen. Ich bin noch unsicher, es hängt von verschiedenen Faktoren ab.«

»Von welchen?«

»Das, liebe Lollia, kann ich dir nicht sagen.«

»Dann sag mir wenigstens, wen du mit deinem Kostüm darstellst.«

Erneut zwinkernd, zog der schöne Alessandro sich den unvermeidlichen Lorbeerkranz von den Locken. Er war in U-Form gefächert, vorne offen und im Nacken mit einem Goldband versehen.

»Na, wen wohl? Ovid, den Dichter der Liebe.«

# XVIII

*Aquam foram, vinum intro*
*Raus mit dem Wasser, rein mit dem Wein!*

»Das Buffet ist eröffnet!«, riefen die beiden Professoren, und sofort begann der Ansturm. Das antike Volk eroberte die Bühne, auf der sich die Tische bogen. Ich visierte direkt den Bereich mit den römischen Speisen an.

Präsentiert wurde eine beeindruckende Anzahl der Gerichte aus Apicius' *De re conqunaria*, dem ältesten erhaltenen römischen Kochbuch. Zum Beispiel: *Isicia marina* (Bouletten aus Seetieren), *Olus molle* (Gemüsepüree), *Carduoi elixi* (gekochte Artischocken), *Minutal ex praecoquis* (Frikassee mit Aprikosen), *Lenticulae de castaneis* (Linsen mit Kastanien), *Pisa farsilia* (Erbsenauflauf), *Lepor farsilis* (gefüllter Hase), *Perna coctura* (gekochter Schinken). Dazu Exzentrisches wie *Cocleae assae* (gebratene Schnecken), *Iocinera agnina* (Lammleber) oder *Sumen* (Schweineeuter). Kleine, vor den Delikatessen arrangierte Schilder benannten diese exakt.

Ich war unter den ersten und lud mir den Teller voll, wobei ich auf die Schnecken und die Schweineeuter lieber verzichtete. Fast gleichzeitig mit mir kam Professor Hilarius an.

»Guten Abend, Frau van Veen. Die Schnecken müssen Sie probieren, sie sind köstlich«, begrüßte er mich, als wäre es völlig normal, dass wir just an diesem Abend just an diesem Ort aufeinandertrafen. Pflichtschuldig pickte ich mir nun doch zwei der formlosen grauen Batzen auf den Teller. Ich bezweifelte, dass wir in dieser Sache einer Meinung sein würden.

»Und, habe ich Ihnen zu viel versprochen, bezüglich Pompeji?« Ich schüttelte den Kopf.

»Keinesfalls, Pompeji ist großartig.«

»Igitt, wie eklig«, echauffierte man sich hinter uns. Irgendwer hatte Annas Garum probiert und konnte sich mit dessen Geschmack nicht anfreunden.

»Ihr wisst ja nicht, was gut ist!«, rief ich auf Italienisch. »Und alles Handarbeit.«

»Die Landessprache beherrschen Sie ja schon ganz gut«, meinte Professor Hilarius.

»Ich wusste nicht, dass Sie kommen würden«, wich ich aus.

»Bis vor zwei Tagen wusste ich das auch nicht. Aber es ist immer wieder schön, den guten alten Pappalardo zu treffen.«

»Ciao Lollo, *auguri*«, gratulierte der Kustode, der mich nach dem Steinschlag aus meiner misslichen Lage befreit hatte. In seiner Verkleidung als Legionär wirkte er einigermaßen imponierend.

»Geht es dir wieder gut?«

»Ja, danke.«

Mein Retter witzelte über die Anstrengungen des Legionärsdaseins, aufgrund derer er gut im Futter zu stehen habe, und häufte den am modernen Buffet ergatterten Speisenberg – bestehend aus dem üblichen Caprese, Pasta mit roter Soße, einer Pizza-Ecke –, am Tisch entlang schreitend, großzügig mit römischen Delikatessen an. Auf diese Weise entfernte er sich rasch wieder von uns.

»Heute ist Ihr Geburtstag?«, fragte Professor Hilarius.

»Ja, und bis vor Kurzem war ich fest davon überzeugt, dass er mit dem Datum des Vesuvausbruchs zusammenfällt. Ich fand das bewegend.«

Der Professor wiegte bedächtig das Haupt.

»Wissenschaftlich gesehen müssen Sie sich von dem Gedanken wohl verabschieden.«

»Wissenschaft kann deprimierend sein!«, konstatierte ich sarkastisch, als mir etwas einfiel.

»Plinius nennt dieses Datum doch in seinem berühmten Brief an Tacitus, in dem er vom Ausbruch berichtet, warum tut er das, wenn es nicht stimmt?« Mein Gegenüber zuzelte genüsslich an einer Schnecke.

»Aller Wahrscheinlichkeit ein Abschreibfehler eines der ersten Kopisten. Das Original ist bekanntlich nicht erhalten.«

»Soll das heißen, Horden an Gelehrten haben zweitausend Jahre Schwachsinn erzählt? Aufgrund eines Schreibfehlers?«

»Frau van Veen!«, rief Professor Hilarius missbilligend. »Das nenne ich, das Kind mit dem Bade ausschütten. Die Gelehrten haben geglaubt und weitergegeben, was ihnen logisch erschien. In vielen Dingen verharrt die Geschichte oder vielmehr das, was wir Nachgeborenen aufgrund von Überlieferungen dafür halten, eben im Vagen.«

Darauf wusste ich nichts zu erwidern. Der Professor schmunzelte.

»Und zugleich bleibt es ein netter Zufall, dass Sie ausgerechnet an dem Tag geboren sind, den man lange Zeit für den entscheidenden gehalten und der sich im kulturellen Gedächtnis verankert hat. Fakten hin oder her, denke ich im Übrigen nicht, dass wir das so schnell loswerden, solche Dinge sind zäh. Also feiern Sie schön, von mir die besten Wünsche! Und wenn ich mir die Anmerkung erlauben darf, Sie sehen bezaubernd aus. Sehr authentisch, man könnte meinen, Sie seien geradewegs dem alten Pompeji entstiegen.«

»Genauer gesagt der Wand der *Villa Imperiale*«, korrigierte ich. »Meine Kostümbildnerin ist eine Meisterin ihres Fachs.«

»Ah! Jetzt, wo Sie es sagen – die Nymphe, die den Sturz des Ikarus betrauert! Eine perfekt ausgeführte Wandmalerei. Restaurierungsbedürftig, aber wunderschön.«

»Sie gefällt mir besonders gut. Und ihr Gesicht gibt es ganz ähnlich auf zwei Fresken in unserer Grabung.«

»Ungewöhnlich. Das muss ich mir ansehen.«

»Wie lange werden Sie bleiben?«

»So lange der geschätzte Glauco meine Hilfe braucht.«

Seltsam, den sonst so distanzierten Professor Hilarius, den zu Hause alle siezten, jemanden ganz selbstverständlich beim Vornamen nennen zu hören. Galten in Italien andere Gesetze, auch für ihn?

Wie um dies zu bestätigen, schoss aus dem Hintergrund Professore Pappalardo auf uns zu.

»Volker-Michele, *vieni*! Setzen wir uns ein wenig dort hinüber, wir haben viel zu besprechen, und Mantegna freut sich, dich zu sehen.«

Alessandro war mir nicht ans Buffet gefolgt, sondern hatte sich ziemlich genau gegenüber meinen Eltern auf den Steinstufen niedergelassen. Umringt von einigen mir unbekannten Schönheiten im Hetärenkostüm.

»Schließen Sie sich uns gerne an, Frau van Veen«, forderte mich Professor Hilarius auf. »Es interessiert mich, wie es Ihnen in Pompeji bisher ergangen ist.« Professore Pappalardo nickte zustimmend.

Die beiden grauhaarigen Herren winkten Alessandro zu sich, der sich bei den Damen entschuldigte. Sofort begann eine angeregte Plauderei. Ich begutachtete unschlüssig meinen halb vollen Teller und hielt Ausschau nach den Eltern. Sie saßen unverändert beieinander, wobei mein Vater ungewöhnlicherweise redete, während Mama ihm versunken lauschte und in unregelmäßigen Abständen durch eine kaum wahrnehmbare Bewegung des Kopfes Zustimmung signalisierte. Sollte ich hinübergehen, sie aus ihrer Zweisamkeit reißen und zum Buffet locken? Hatten sie keinen Hunger?

Weil ich vergessen hatte, Professor Hilarius von meinem wertvollen Pompeji-Buch zu erzählen, entschied ich, mich zu den drei Männern zu gesellen.

Da enterte Anna die Szene.

In einem bodenlangen, dunkelblauen Gewand stürmte sie auf mich zu. Mit dem bis zur Hüfte reichenden offenen Haar erinnerte sie an die Pythia des Orakels von Delphi, jene Seherin, die, berauscht von Dämpfen aus einer Erdspalte, verworrene Weissagungen mit großem Interpretationsspielraum von sich gegeben hatte. Ich überlegte, ob Anna in die Zukunft sehen konnte. Vielleicht heute Abend? Ihr Auftritt jedenfalls beeindruckte; indem sie selbstvergessen durch die

Menschenmenge pflügte, verursachte sie einigen Wirbel.

»Lollo! Ich bin viel zu spät dran!«, schnaufte sie atemlos. »Gott sei Dank haben sie nicht ohne mich angefangen. Ist alles vorbereitet?«

»Ich weiß nicht. Was denn überhaupt?«

»Wo ist Stoffel?«

»Bei den anderen, warte, ich gebe ihm Bescheid!« Leichter gesagt als getan. Im auf und ab wogenden Gewimmel vor der Bühne konnte ich meinen Freund nicht ausmachen.

»Ah, dort drüben!«, rief Anna und deutete auf das für die Band abgegrenzte Karree. Neben Stoffel werkelten dort ein Keyboardspieler und einige andere Musiker herum, unter anderem eine Nymphe, mir nicht unähnlich, mit einer Piccoloflöte in der Hand. Ich trottete Anna nach.

»Was hat dich aufgehalten?«

»Nicht was, wer! Meine Tochter!« Hektisch gab sie Stoffel ein Zeichen. »Sie sagt, sie will zurück zu mir in den Süden.«

Im Vorbeigehen stellte ich den Teller zum benutzten Geschirr und ließ mir ein weiteres Glas Mulsum kredenzen.

»Gratuliere! Das hattest du dir doch erträumt. Du siehst, alles kommt ins Lot. Dein Wunsch geht in Erfüllung, du hast Gesellschaft, und dein Verhältnis zu Professore Pappalardo dürfte sich schlagartig verbessern!«

Anna erstarrte.

»Eben das könnte der Haken sein, am Ende will sich Annarita mit diesem Unmenschen versöhnen.«

»Solange sie wiederkommt …«

»Wir werden sehen«, unterbrach sie mich unwirsch. »Was habe ich verpasst?«

»Eröffnungsvortrag und Aperitif.«

»Macht nichts, das Trinklied reiche ich gleich nach. Gianni, Stoffel, seid ihr so weit?«

Die beiden reagierten nicht, dafür fiel die Piccolo-Nymphe Anna um den Hals und verpasste ihr einen knallenden Schmatzer.

»Anna, das wird wunderbar!«

Und das wurde es.

Wären wir im Konzertsaal gewesen, hätten die Musiker zunächst ihre Instrumente gestimmt, hier legte man direkt los. Gitarre und Kontrabass zupften begleitende Akkorde, die Flöte hauchte eine betörende Melodie, getragen, schwerelos. Sie war so schön, dass es wehtat.

Langsam zog ich mich Richtung Buffet zurück, wo die anderen Gäste, ohne dazu aufgefordert worden zu sein, innehielten. Nur vereinzelt Gemurmel und Klirren von Gläsern.

Dann setzte Anna ein. Mit klarer dunkler Stimme übernahm sie die Melodie der Flöte, imitierte, variierte sie.

»Was ist das?«, flüsterte ich wahllos einem der Umstehenden zu.

»›*Casta Diva*‹ von Bellini«, entgegnete mir der Fremde mit vor den Mund gelegtem Zeigefinger.

»Wow«, machte ich und muss dabei recht unwissend gewirkt haben, denn trotz der ungünstigen Situation bekam ich Details nachgeliefert.

»Das Gebet der Priesterin Norma an die Mondgöttin, eine der berühmtesten Arien des italienischen Belcanto!«

»Ich bin Archäologin«, sagte ich entschuldigend.

Anna indessen erging sich in langen Melodiebögen, kleinen Koloraturen, zerrendem Forte, schwebendem Piano. Das Geschehen auf der Bühne zog mich in seinen Bann. Nach allem, was man mir erzählt, was ich selbst in flüchtigen Augenblicken erlauscht hatte, wäre es erwartbar gewesen, dennoch hatte ich mir meine großmütterliche Freundin nicht als ernsthafte Künstlerin vorstellen können oder mir gar nicht die Mühe gemacht, es zu versuchen.

Die Mondgöttin also, dachte ich, was diese Priesterin von ihr erbitten mag?

Der Nachthimmel über dem Theater erstreckte sich wolkenlos, zwischen zahllosen Sternen leuchtete die Sichel des zunehmenden Mondes. Eine atemberaubende Kulisse, vor der sogar das antike Buffet mit seinen exzentrischen Köstlichkeiten zu einer banalen Alltäglichkeit verblasste. Rückwärts tauchte ich wieder in die Menge der Festgäste ein, nahm einen Schluck Mulsum und schloss die Augen.

*»Meravigliosa« – »stupenda« – »magnifica« – »divina«*, flüsterte es um mich herum, und all das gab wieder, was auch ich in tiefster Seele empfand: dass Anna fantastisch war.

Die vom Wein ausgehende Schummrigkeit tat mir wohl, ungeachtet der vielen Menschen um mich herum fühlte ich mich allein, ganz bei mir selbst. Mit einem Mal hing in der Schwüle der Sommernacht ein anregender Duft. Moschus, Sandelholz und etwas sehr Herbes, eine dunkle, geheimnisvolle Note des Orients.

»Alessandro?!«, murmelte ich vor mich hin, und indem ich mich sacht zurücklehnte, vermeinte ich an meinem nackten Hals einen Atemhauch zu spüren, eine Berührung an meinem Oberarm. Ein gurrender Triller von der Bühne her, ein sich in der Nacht verlierender Ton.

»Lollo rosso!«, gaukelte mir mein Hirn eine vertraute Stimme vor. »Salatkopf. Lollia.«

Konnte das sein? War er nicht bei den Professoren? Um die Illusion nicht zu zerstören, verharrte ich statuenstarr, mit zusammengepressten Augenlidern. Warum nicht träumen?

Tosender Applaus folgte, dem Anna in einem harten Übergang den Schmachtfetzen *»My heart will go on«* aus dem Film *Titanic* folgen ließ. Erstaunlicherweise wirkte dies trotz ihres Alters und ihrer Stimmlage weder aufgesetzt noch unpassend. Weniger überzeugend war Stoffels Duett-Einsatz eine missglückte Terz tiefer.

»Das ist dann wohl der Abgesang auf die falsche Katastrophe«, witzelte ein Zuschauer hinter mir.

»Schhh!«, machte es von links.

Ich kehrte in die Realität zurück, drehte mich schwankend einmal um mich selbst – nur Fremde. Mit dem Top-1-Hit und einem deftigen *»Salute!«* verabschiedete sich Anna von der Bühne, wurde beklatscht, verbeugte sich tief, strahlte.

»Schenkt ein!«

*»Evviva!«*

»Auf euch!«

Der Abend nahm orgiastische Züge an. Die Gespräche wurden vulgärer, das Klingen der Gläser lauter, man hätte denken können, alles Wasser sei herausgetragen und durch Wein ersetzt worden, sodass niemand eine Chance hatte, nüchtern zu bleiben. Die Band wechselte zu flotter Discomusik. Verwegen aufspringend gab der Schlagzeuger den Takt vor, sein Kollege am Kontrabass griff so temperamentvoll in die Saiten seines Instruments, dass sie zu zerreißen drohten. Stoffel zuckte leicht gegen den Takt. Als die Menschen zu tanzen begannen, schoss Natale, der sich mit Rosa unterhalten hatte, auf mich zu.

»Liebliche Nymphe, darf ich bitten?«

Ich atmete tief ein, schnupperte. Mein Gegenüber hatte sich mit irgendetwas markant Männlichem eingesprüht, das nicht zum ihm passte. Und es war ohnehin der falsche Duft. Kein Moschus, kein Sandelholz, kein Orient.

»Was willst du? Nein!«

Natale wich zurück wie ein geprügelter Hund.

»Den ersten Tanz, du hattest ihn mir versprochen.«

»Du hattest ihn gefordert«, widersprach ich brüsker als nötig. »Ich will nicht tanzen.«

»Gar nicht?«

»Nicht eine Minute!«

»Lollo!«

Ich fühlte, wie mir die Tränen in die Augen stiegen, und plötzlich gab es für mich nur eins: den Schoß der Familie. Hinter Natale leuchtete verschwommen Mamas gelbe Sommerbluse. Hilflos strebte ich auf meine Eltern zu, ließ mich neben meiner Mutter auf der Stufe nieder.

»Wie geht es euch beiden?«, fragte ich. »Habt ihr Spaß?«

»So lala«, meinte Mama, etwas bleich im Gesicht. »Und du?«

»Okay. Wollt ihr nichts essen?«

»Keinen Appetit«, antwortete Mama.

»Ich schon«, sagte Papa mit betrübtem Blick. Die Augen habe ich von ihm, dachte ich, weil ich mich so fühlte, wie er aussah.

»Dann geh du zum Buffet, es ist noch genug da. Ich bleibe hier.«

Mein Vater ließ sich das nicht zweimal sagen.

»Bring mehr Wein mit«, rief Mama ihm nach. »Ich brauche das heute.«

»Ob dir das guttut?«, fragte ich zweifelnd. »Du wirst Kopfschmerzen bekommen.«

»Meinetwegen.«

Die Musiker legten eine vom Publikum mit Pfiffen beklagte Pause ein. Stoffel zog den Gurt seiner Gitarre über den Kopf, sah sich suchend um. Schließlich peilte er Rosa an, die ihn freudestrahlend in Empfang nahm und mit den Händen durch sein spärliches Haar wuschelte.

»Orpheus und Eurydike«, zischte ich bissig.

»Was hast du gesagt?«, fragte Mama abwesend.

»Nichts.«

Obwohl es nicht kalt war, rieb ich mir nervös die Hände. Meine Mutter tätschelte mir beruhigend das Knie.

»Du wirkst gestresst. Bist du sicher, dass es dir gut geht?«

»Und du, bist *du* sicher, dass es *dir* gut geht?«

»Als ob das hier die Frage wäre!«

»Mama? Alles in Ordnung?«

Ich erwartete ein begütigendes Ja, doch sie schwieg.

»Weißt du, auf Capri …«, druckste sie herum. »Ich habe dort …«

»Ja?«

»Ich habe mich erinnert, immerzu habe ich an etwas denken müssen.«

»An was denn?«

Meine Mutter blickte starr geradeaus. Weil die Musik aussetzte, leerte sich das Theater. Die Leute hatten wie wir auf den Rängen Platz genommen oder sich einer der nächtlichen

Führungen angeschlossen. Außerdem war für nebenan eine Tanzperformance angekündigt.

»Eigenartig, wie fest wir manche Dinge in unserem Inneren verschließen können«, sagte Mama. »Wir wissen, dass sie da sind und lassen sie nicht an die Oberfläche gelangen. Glaub mir, Carlotta, wir Menschen gleichen tiefen Seen.«

Eine poetische Ader meiner Mutter war mir neu.

»Ich persönlich fühle mich oft eher wie ein Ozean: von Gischt gepeitscht und voller unangenehmer Überraschungen.«

»Im Ernst, mit deinem Vater auf Capri wurde mir klar …«

»Daphne!«, donnerte es quer durch das Theaterrund.

Schräg gegenüber war Professore Pappalardo aufgesprungen und legte die wenigen Meter zu uns hinüber im Laufschritt zurück.

»Du bist es!«, rief er, spürbar aufgewühlt. »Ich könnte schwören, dass du es bist.«

»Ja, ich fürchte, ich bin es«, entgegnete Mama matt auf Italienisch.

»Du kannst Italienisch?«, fragte ich perplex.

Meine Mutter blieb mir die Antwort schuldig und gaffte stattdessen Professore Pappalardo an. War er der Grund, weshalb sie sich an diesem Abend so komisch benahm?

»Ich glaubte schon vorher, dich zu erkennen«, sagte er. »Ich habe es für eine Täuschung der Nacht gehalten.«

»Ihr kennt euch!?«

»Wie lange ist das her?«

»Dreiundzwanzig Jahre ungefähr … Apoll … äh … Glauco!«

»Du bist immer noch sehr hübsch. Wie damals.«

Ich sagte nichts mehr, denn plötzlich fielen mir die Worte aus der entwendeten Ovid-Ausgabe ein.

*Für Daphne … Apoll.*

Papa hatte das wohl nicht geschrieben.

»Du hast es geschafft, du bist Archäologe geworden! Und wie mir scheint, kein schlechter! Fast eine Berühmtheit.«

»Ich bin zufrieden, danke. Ist Lollo deine Tochter?«

»Könnte man so sagen«, murmelte ich.

»Ja«, sagte Mama.

»Sie ist dein Ebenbild.«

Das hier passierte nicht wirklich, das war ein Plot für die Heftchenromane im Wartezimmer meiner Zahnärztin. Gleich würde sie ihn fragen, ob er verheiratet ist, Kinder hat, einen Maserati und einen Swimmingpool.

Sie fragte nicht, auch er fragte nichts weiter, sie betrachteten einander, wie man vielleicht ein geliebtes Gemälde betrachten würde, das man vor langen Jahren zuletzt gesehen hat und dessen Einzelheiten einem nun wieder ins Bewusstsein treten.

»Können wir uns treffen?«, fragte Pappalardo schließlich. »Und erzählen?«

Mehr sagte er nicht, schlicht *erzählen*.

»Ja, warum nicht?«, entgegnete Mama. »Wir bleiben noch einige Tage.«

Befriedigt registrierte ich, dass sie von einem *wir* sprach, das mich ausschloss, sich von daher also automatisch auf jemand anderen, Dritten beziehen musste.

Und dieser Dritte kehrte nun effektvoll zurück auf die Szene. In der Linken trug er einen riesigen Teller, mehr eine Platte, auf der er offensichtlich die Reste des gesamten Buffets geschichtet hatte, in der Rechten einen Weinkrug. So schritt Papa heran, bemerkte die verstörte Miene meiner Mutter, die bewegten Züge meines Professors und fragte nüchtern:

»Störe ich?«

»Nein, natürlich nicht. Das ist Glauco … Verrückt, ich weiß nicht einmal deinen Nachnamen.«

»Pappalardo«, half ich aus. »Papa und er haben zusammen im Dreck gewühlt, sie kennen sich schon.«

»Und ihr euch augenscheinlich auch«, sagte mein Vater.

Tatsächlich wirkten Mama und der Professor ertappt. Und ich? War völlig überfordert.

»Ich brauche was zu trinken«, murmelte ich, obgleich mein Glas noch halb voll war. In Wahrheit fühlte ich mich fehl am Platz, und mich ergriff ein unbestimmtes Gefühl des Fremdschämens. Wer war Professore Pappalardo für meine Mutter – oder besser, was war er für sie gewesen? Eine harmlose Urlaubsbekanntschaft, ihr Liebhaber? Sollten die drei das unter sich ausmachen. Ich wollte es nicht wissen. Davon abgesehen legten sie ohnehin keinen gesteigerten Wert darauf, dass ich es erfuhr, denn man ließ mich kommentarlos ziehen.

Natale, der die Szene aus etwas Distanz beobachtet hatte, löste sich von Stoffel und Rosa, zu denen er sich nach meiner Abfuhr gesellt hatte, und kam zu mir herüber.

»Die Archäologie ist wahrlich eine Disziplin voller Überraschungen«, sagte er. »Deine Mutter und Zio Glauco sind alte Bekannte?«

»Scheint so, aber was bitte hat die Archäologie damit zu tun?«

»Ich erinnere mich an ein Foto deiner Mutter vor der Villa Jovis«, meinte Natale unschuldig. »Mich würde das sehr wundern, wenn es da gar keinen Zusammenhang gäbe. Wie alt, sagtest du, bist du heute geworden?«

»Dreiundzwanzig.«

»Und wann ist deine Mutter Zio Glauco begegnet?«

»Vor ungefähr dreiundzwanzig Jah... Wird das ein Verhör?«

»Nein, nein. Mit ein bisschen Kombinieren könnte man nur auf gewisse Gedanken kommen.«

Ich spürte, wie mir die Röte ins Gesicht stieg.

»Du willst nicht etwa behaupten, dass Professore Pappalardo mein Vater ist?«

»Würde ich nie wagen – das heißt, einige Gemeinsamkeiten habt ihr durchaus. Zum Beispiel könnt ihr beide sehr eigenwillig sein. Und eine ziemliche Herausforderung.«

»Eine Herausforderung! Ich?«

»Nimm's locker, Lollo! Eine halbitalienische Familie könnte von Vorteil sein, und archäologische Verwandtschaftsbeziehungen sowieso.«

Warum verhielt er sich so? Aus Achtlosigkeit, Schadenfreude, aus Rache für den verweigerten Tanz?

»Das ist …«, setzte ich an. »Du bist …«

»Ja, was?«, fragte er interessiert.

»Viel Vergnügen noch.«

Strammen Schritts marschierte ich zum Buffet, wo ich mir von Anna, die dabei war, die Speisen zu arrangieren, die mein Vater übrig gelassen hatte, eine Flasche Sekt aushändigen ließ.

»Eine ganze Flasche?«, fragte sie überrascht. »Gibt es was zu feiern?«

»Nein, im Gegenteil.«

»Lollo, ich weiß nicht … Alkohol ist keine Lösung! Du siehst ganz blass aus.« Ihr war anzumerken, dass sie mir das Ding gern gleich wieder abgenommen hätte.

»Danke, ich finde auch, dass du wundervoll gesungen hast. Darauf einen explosiven Tropfen!« Ich schüttelte leicht die Flasche und wollte mich davonmachen.

»Kind, warte, das wird nicht gut ausgehen!«

Ich blieb stehen.

»Wusste ich doch, dass du hellsehen kannst! Was sagen die Sterne sonst so? Oder das Orakel? … Ach, behalte es für dich, irgendwo habe ich gelesen, dass es nicht gut ist, die Zukunft zu kennen, und ich bin geneigt, das zu glauben.«

»Hellsehen? Sterne, Orakel? Was ist in dich gefahren?«

»Eine Überdosis dunkler Familiengeheimnisse.«

Wäre Anna eine Comicfigur gewesen, hätten sich ihre Pupillen zu Fragezeichen verformt.

»Eines dürfte dich freuen«, fügte ich nervös auf der Stelle trippelnd hinzu. »Es könnte sein, dass ich meine Meinung über Professore Pappalardo noch zu deinen Gunsten ändere. Aber ich denke, jetzt sollte ich mich verabschieden … *Ciao*!«

»Wo willst du hin?«

»Meinen Geburtstag feiern. Mit mir selbst. Ich bin mir eine sehr verlässliche Gesellschaft.«

Lustvoll betrachtete ich den Sekt – Prosecco Valdobbiadene, keine schlechte Marke, inzwischen war ich Kennerin –, dann visierte ich den Hauptausgang an, wobei ich mich in Positur warf und unter meiner Tunika selbstbewusst die Hüften schwingen ließ.

Das blieb nicht unbemerkt.

Niemand Geringerer als Alessandro stellte sich mir in den Weg.

»Keine Vorträge über Salatköpfe, Lollo rosso, Ovid oder Sektflaschen«, forderte ich. »Und kein Ton über Capri.«

»Wieso Capri? Ich wollte dir nur noch einmal sagen, dass ich dich in deinem Aufzug ausgesprochen apart finde.«

»*Apart* ist die kleine Schwester von *langweilig*«, ließ ich ihn wissen. »Nur *interessant* ist schlimmer.«

»Du bist eine wahrhaft spröde Nymphe.«

»Und du ein wahrhaft beschäftigter antiker Dichter.«

Ich wies auf den Reigen hübscher Frauen, mit dem er sich umgab.

»Ale, wer ist das?«, quengelte prompt eine von ihnen.

»Ein übellauniges antikes Fräulein«, sagte Alessandro, ohne den Blick von mir abzuwenden.

»Höchst übellaunig! Lass sie lieber in Ruhe!«

»Ja, lass mich«, bestätigte ich gereizt, »und widme dich deinen Grazien. Lasst mich alle!«

Mit diesen Worten machte ich kehrt und rauschte mit meiner Proseccoflasche davon.

Am Ausgang griff ich mir eine Fackel, entzündete sie an einer anderen, die in einem mit Sand gefüllten Korb steckte, und verließ das Theater.

»Die nächste Führung ist in einer halben Stunde«, rief man mir nach.

»Danke, ich finde mich allein zu recht.«

Auf der Via Stabiana, einer der Hauptachsen, die die Stadt von Norden nach Süden teilte, waren etliche Leute unterwegs, deswegen bog ich bei erster Gelegenheit in eine Nebenstraße ab.

Wohin mit meiner Wut? Konnte man es überhaupt Wut nennen? Mama neigte in schwierigen Situationen dazu, das Thema zu wechseln. Und was tat ich? Lief davon. Ich war eben unleugbar ihre Tochter. Doch wer war mein Vater? Professore Pappalardo? Natales Gift tat seine Wirkung, ob ich wollte oder nicht. Was bewies schon eine uralte Fotografie meiner Mutter vor antiken Trümmern, was bewies, dass sich die beiden kannten?

*Für Daphne … Apoll.*

Aus dieser Widmung sprachen jugendlicher Übermut und eine gewisse Anmaßung. Mama war keine Nymphe, Pappalardo kein Gott, beileibe nicht! Wie so oft hatte meine Mutter sich innerlich vehement von etwas abgewandt, das ihr in irgendeiner Weise nahegekommen war. Italien, eine Begegnung, vielleicht eine Liebe. Welche Rolle aber kam meinem Vater zu in diesem Spiel?

Dies und Ähnliches wälzte ich gedanklich auf meinem Weg durch die nächtliche Grabung. Es mochte gegen 23 Uhr sein, in der sich herabsenkenden Kühle hing noch ein Rest von Tagesschwüle. Das Mulsum jagte zusätzliche Hitze in meinen Kopf. An einer der vielen kleinen Wasserstellen besprenkelte ich mir das Gesicht. Ich konnte nicht ewig ziellos umherlaufen. Wohin wollte ich eigentlich?

Es gab nur einen Ort.

Ich versuchte, mich zu orientieren, nachts sah alles anders aus. Gespenstisch einerseits, wirklicher andererseits. Als würde die Stadt nur schlafen und mit dem nächsten Tag zu neuem Leben erwachen. Die blakende Fackel erhellte den Boden zu meinen Füßen mit warmem Schein, die Wände der Ruinen warfen ihn gedämpft zurück. Ich beschrieb einen Bogen im antiken Straßennetz, fand mich schließlich unweit unseres Grabungsareals wieder. Mein Lebensmittelpunkt der letzten Wochen, meine Zuflucht! Mein Fluch? Intuitiv bewegte ich mich darauf zu und schlüpfte unter dem Absperrband hindurch.

Mich vorsichtig vorantastend, damit ich in den Schnürsandalen (eine Leihgabe von Anna) nicht stolperte, hielt ich die

Fackel zunächst in mein Cubiculum, ganz nah an das Mauergesichtchen, mein fernes Spiegelbild. Sicher eine archäologische Sünde, weil der Ruß Schaden anrichten konnte.

»Wer bist du?«, fragte ich. »Warum hat man dich dorthin gezeichnet?« Und was mochte sich in der eigenartigen verschütteten Kassette verbergen?

Nacheinander leuchtete ich ins Triklinium, in den Nebenraum, wo meine Freunde die Schriftstücke gefunden hatten, ins halb freigelegte Peristyl. Mit weniger Mulsum im Blut hätten mir die Schwärze der toten Mauern, die Geister dieses Massengrabs einer versunkenen Stadt Angst eingeflößt. Im leichten Nebel des Alkohols empfand ich alles wie gedämpft, war unglücklich und schwebte zugleich über allem. Darum beschloss ich nachzulegen.

Im Atrium stand verloren das Tischchen, an dem Professore Pappalardo seine Dokumentationen anzufertigen pflegte. Ich klemmte die Fackel ins lockere Geflecht eines Plastikhockers, schüttelte die Sektflasche, bis ich den sich aufstauenden Druck spürte und ließ los. Ein lauter Knall – und mit voller Gewalt brach eine Fontäne hervor, die sich auf die in tiefer Dunkelheit liegenden Steine ergoss. Was für eine Eruption!

»Ich taufe dich auf den Namen *Casa di Lollia*«, rief ich übermütig, dann führte ich die Flasche zum Mund. Der Sekt war warm.

Eine Weile saß ich schweigend da, mit einem Mal horchte ich auf. Was war das?

*»Lollo«*, lockte ein sanft klagender Ruf.

Ein Gespinst des Alkohols? Oder der Nacht?

*»Ich bin's, Lollia. Komm her!«*

Abwehrend presste ich die Hände fest an meine Schläfen.

»Nein, du bist seit zweitausend Jahren tot, und ich habe zu viel getrunken.«

Ein melodisches Kichern.

*»Ich bin tot, aber mein Geist lebt, unser aller Geist, in den traurigen Überresten dieser einst blühenden Stadt. Es war so schön, mein Pompeji.«*

»Ist es heute noch«, entfuhr es mir spontan.

*»Kein Vergleich!«*

»Wie gerne hätte ich sie gesehen, damals, als du gelebt hast, deine Stadt!«

*»Das kannst du, folge mir in mein Cubiculum, komm!«*

»Dein Cubiculum?«

*»Und deins! Glaub mir, es gibt so viel zu erzählen!«*

# XIX

*Cum mortuis in lingua mortua*
*Mit den Toten in einer toten Sprache*

Über Pompeji dämmert der Morgen, schlafend liegt die Stadt in der Ebene. In ihrem Westen das sanft bewegte Meer, im Norden eine Erhebung, die man Vesuvius nennt. Grautöne umspielen die Umrisse der Mauern, die Säulenhallen des Forums, die Tempel, das Rund des Theaters. Noch ehe Auroras rötlicher Schimmer erglüht, öffnet Lollia die Augen. Ein eisiger Lufthauch streift sie, denn das Kohlebecken in der Ecke des kleinen Raumes ist erloschen. Der Sommer singt klagend sein Abschiedslied, nachts regiert im Monat Oktober die Kälte. Wie rasch die Zeit vergangen ist!

Lollia richtet sich auf. Sie hat wenig geschlafen, schlecht geträumt, doch erwartet sie ein langer Tag.

»Aglaia! Aglaia, wo bist du?«

Ein Rascheln des Vorhangs, der das Cubiculum vom Atrium trennt, kündigt das Eintreten der vertrauten Sklavin an. Sie muss schon lange auf den Beinen sein.

»Was wünschst du, Lollia? Neue Kohle?

»Nein, lass das Becken verpacken, ich will es mitnehmen, wenn ich heute Abend dieses Haus für immer verlasse. Es wird mich an meine Kindheit erinnern, an die Wärme, die ihr alle mir geschenkt habt.«

Aglaia kämpft mit einer Träne, drängt sie zurück. In langen Jahren hat sie gelernt, jedweden Kummer sorgsam in sich zu verschließen. Sie liebt das Mädchen, fühlt seinen Schmerz, denn sie ist seine Amme gewesen.

»Soll ich dir das Haar richten?«

Lollia verneint.

»Ich will zum Tempel gehen«, ruft sie erregt, »du musst mich begleiten!«

Aglaia weiß, dass sie Nein sagen, darauf bestehen müsste, die junge Frau vorzubereiten, damit es keine Verzögerung gibt. Das hat sie ihrem Herrn, dem Ziegelfabrikanten Quintus Lollius, versprechen müssen. Zugleich spürt sie, dass sie seiner Tochter, die sie seit Kindesbeinen umsorgt, den sehnsüchtigen Wunsch nicht abschlagen kann.

»Dann lass uns eilen«, sagt sie, »wir müssen beizeiten zurück sein.« Lollia ist bereit. Am Vorabend hat sie ein saumloses weißes Kleidungsstück angelegt, die *tunica recta*. Gewebt aus selbst gesponnenem Garn, in der Taille umschlungen von einem doppelten Wollgürtel, dessen Knoten nur einer wird lösen dürfen – Glaucus Valerius Secundus. Mit vielem musste Lollia in diesen Tagen abschließen. Ihr Mädchengewand und ihr Spielzeug hat sie auf dem Altar der Hausgötter geopfert, mit schwerem Herzen, voller Zweifel über ihre Zukunft. Sie ist jetzt eine Frau.

»Keiner von uns kennt seine Zukunft«, tröstete Aglaia in dem Wissen, dass es nicht stimmt, denn sie selbst kennt die ihre sehr wohl: Sie wird hierbleiben, in diesem Haus, solange sie lebt. Aus Griechenland hat man sie als junges Mädchen hergebracht, nicht freiwillig, aber man behandelt sie gut. Der Dominus ist gerecht, sorgt für seinen Haushalt wie ein Vater. Seine Melancholie muss man ihm nachsehen. Oft denkt Aglaia an Domina Aurelia, an ihre Worte, die sie mit rauer Stimme sprach. Daran, wie die sanftmütige Frau erkrankte, schwächer und schwächer wurde, schließlich starb. Daran, wie ihre siebenjährige Tochter weinte. Gerne wäre sie der jungen Herrin in den neuen Haushalt gefolgt, allein, Lollius braucht sie, und ihm, dem *Pater familias*, dem Oberhaupt der Familie, ist sie in Treue ergeben.

Lollia springt auf, lässt das gelockte Haar offen über die Schultern fallen. Später wird Aglaia es ordnen und mit geschickter Hand die Vorzüge ihres Schützlings zur Geltung bringen: ihren Liebreiz, ihre Schönheit. Ach, was bedeutet Schönheit, sagt sich Lollia. *Sie ist so vergänglich wie das Leben.*

»Erwarte mich im Atrium«, befiehlt sie der Sklavin. »Es dauert nicht lange.«

Aglaia gehorcht schweigend.

Lollia nähert sich der schmucklosen Truhe, in der sie einige persönliche Gegenstände verwahrt, die ihr ans Herz gewachsen sind. Die Ohrringe ihrer Mutter, Schreibzeug und ein hölzernes Pferdchen, das sie herausnimmt und in den Falten ihres Gewandes birgt. Dann schiebt sie das leichte Möbelstück zur Seite. Auf der Wand dahinter, knapp über dem Boden, erscheint ein liebliches Antlitz mit hochgesteckten Flechten und einem Myrtenkranz auf dem Haar.

»Auch dich muss ich zurücklassen«, seufzt Lollia. »Dich, die außer mir niemand kennt. Was sie denken werden, sollten sie dich je entdecken? Und wenn – du bist ehrbar und keusch.«

In der Domus herrscht rege Betriebsamkeit, es ist viel vorzubereiten. Der Haushalt ist vergleichsweise klein. Lollia, ihr Vater und dessen Schwiegermutter, sechs Sklaven, einige Arbeiter, die dem Vater beim Wirtschaften helfen. Geschwister gibt es keine, umso wichtiger ist es, dass Lollia ihre Pflicht tut. Sie verlangsamt den Schritt. Wie sehr sie alles liebt! Die bunten Malereien an den Wänden, das klare Wasser des Impluviums, die gemütlichen Kissen, an die sie sich als Kind schmiegte.

Aglaia errät ihre Gedanken.

»Du wirst bald Schöneres haben als das, nun komm!«

Behände und unbemerkt huschen sie zum Portal.

Im Freien empfängt sie die frische Luft des Morgens. Die Domus der Familie befindet sich unweit des Tors, das zum Vesuvius führt. Würden sie sich bergauf nach rechts wenden, sähen sie ihn im Dunst liegen. Sie schlagen jedoch die entgegengesetzte Richtung ein, hinab zum Forum, zum Tempel des Apollon. Er ist Lollias Ziel. Sie zieht den gewebten Umhang dichter um sich und den Schleier tiefer ins Gesicht.

Aglaia richtet den Blick gen Osten. »Es wird ein schöner Tag! Du wirst sehen, dass das Glück dir gewogen ist, heute und in Zukunft.«

Sie passieren den öffentlichen Brunnen unweit ihres Hauses. Er ist versiegt, seit einem Erdstoß gibt es Probleme mit dem Aquädukt, das die Stadt mit Wasser versorgt.

»Hoffentlich erreichen uns die Fuhrwerke mit den Krügen vom Sarno rechtzeitig«, sagt Aglaia. »Was würden sonst die Gäste denken?«

»Wenn wir kein Wasser haben, so haben wir wenigstens ausreichend Wein!«, entgegnet Lollia gelassen. Sie ist damit aufgewachsen, dass in regelmäßigen Abständen die Erde bebt, damit, dass es in Pompeji stets etwas auszubessern gibt und man sich arrangieren muss. Tief saugt sie die Luft in die Lungen. Wie vielfältig sind die Gerüche ihrer Stadt! Der Duft von frischem Brot ist der Vorbote eines geschäftigen Tages. Alltag, denkt die junge Frau. *Für die anderen, bald nicht mehr für mich.*

»Der Herbst ist angebrochen«, sagt sie leise.

Daran gibt es keinen Zweifel. Die Ernte ist eingebracht, der gekelterte Wein ruht in den *Dolia* der reichen Landgüter Kampaniens. Eines von ihnen gehört Glaucus Valerius Secundus. Er hat es ihr gezeigt, als er um sie warb. Die riesigen Vorratskammern, der Wirtschaftsbereich, das schattige Atrium haben sie beeindruckt, ihrem Herzen ein paar schnellere Schläge entlockt.

»Du wirst die Herrin dieser Villa sein und die meiner Domus in Rom«, hat Glaucus gesagt. »Du wirst deine Pflichten erfüllen, wie es sich ziemt, dessen bin ich gewiss.«

»Ich hoffe es und danke dir.«

Glaucus Valerius ist fast zwanzig Jahre älter als sie selbst, ein Geschäftsfreund der Familie mit großem Vermögen. Lollia erinnert sich an das Gespräch mit ihrem Vater, in dem er ihr anvertraute, wie wichtig diese Ehe für die Familie ist. Glaucus Valerius würde in die verschuldete Ziegelmanufaktur investieren und ihn bei der Kandidatur um ein politisches Amt unterstützen. Für Beliebtheit beim Volk – sie hat es mit eigenen Augen gesehen – setzen sich die Wirtin Asellina und ihre Mädchen ein, deren Garküche Lollius regelmäßig aufsucht.

An der Frontseite des Hauses haben sie ihm zu Ehren eine Inschrift angebracht: »Wählt Lollius, er ist der richtige Mann für den Bau von Straßen, öffentlichen Gebäuden und Heiligtümern!«

Lollia betrachtet den schmalen Bronzereif am vierten Finger ihrer linken Hand, den sie als Unterpfand der Verlobung erhielt. Sie kann nicht sagen, was sie für Glaucus empfindet. Nur wenige Male ist sie ihm begegnet. Der Vater hätte nicht fragen brauchen, hätte diese Ehe befehlen können, aber er bat um ihr Verständnis, zuletzt in dem Brief, den er ihr vor wenigen Wochen aus Neapolis sandte. Mehrfach hat sie ihn gelesen, dann die Feder ihrer Mutter genommen und die Zeilen um drei Worte ergänzt: *Pater, tibi oboedio*. Manchmal konnte sie Dinge besser begreifen, wenn sie sie aufschrieb. Schließlich legte sie den Brief in die Kassette im Wirtschaftsraum, wo man Verträge und Abrechnungen aufbewahrte. Denn: War nicht auch er eine Art Vertrag?

Lollia und Aglaia sind fast beim Forum angelangt, sie durchschreiten einen Ehrenbogen – ihn krönt ein stattliches Reiterstandbild. Es stellt Tiberius dar, den Stiefsohn des Imperator Augustus, der lange vor ihrer Zeit regierte. Dahinter weitet sich der von Säulenhallen umrahmte Platz, Zentrum des öffentlichen Lebens von Pompeji. Selbst um diese frühe Uhrzeit ist viel los, Händler sind unterwegs, Eselskarren, Männer auf dem Weg zu ihrem Tagwerk, für das sie aus Gewohnheit die Morgenstunden nutzen wollen. Handwerker arbeiten an den weißen Marmorverkleidungen der Gebäude.

Lollia strebt die Stirnseite des Platzes an, wo der Tempel liegt, in dem man Apollon verehrt. Schon die Mutter hat dem Gott der Künste geopfert und sie gelehrt, es ihr gleichzutun. Aglaia bleibt zurück.

»Ich muss eine Besorgung machen«, entschuldigt sie sich, vage auf das Macellum zu ihrer Linken deutend, wo Fisch und Fleisch feilgeboten werden. »Vielleicht hat Marcus Brassen für mich. Ich folge dir, so schnell ich kann.«

Die junge Frau nickt dankbar. Entschlossen hastet sie davon, umrundet den leeren Sockel, auf dem sich einst eine Statue befand. Noch heute trägt das Forum die Spuren eines schweren Erdbebens im Jahr von Lollias Geburt. Siebzehn Jahre ist das her; oft hat man ihr davon erzählt, wie die Natur wütete, mit unvorstellbarer Macht, Menschen tötete und Pompeji fast vollständig zerstörte. Mancher ihrer Einwohner hat der Stadt seitdem den Rücken gekehrt, nicht wenige der prächtigen Anwesen wurden verkauft oder stehen leer.

Andere sind gegangen, weil sie es so wollten, denkt Lollia, mir bleibt keine Wahl.

Apollons Tempel erstrahlt längst in alter Pracht. Dort will sie ihr letztes, liebstes Spielzeug opfern, ganz für sich allein, doch vorher … Nervös sieht sie sich um.

»Lollia«, ruft es gedämpft hinter einer Säule des Portikus hervor. »Lollia Paulina, ich bin es.«

»Xandros!«

Freudig läuft sie dem jungen Mann entgegen, versenkt ihr Auge in das seine. Es ist so dunkel wie das verbrannte Elfenbein, aus dem Meister Leonides, dessen Gehilfe er ist, den schwarzen Farbton für seine Fresken gewinnt. Unergründlich, denkt Lollia, und warm.

»Hat Aglaia dir gesagt, dass ich hier auf dich warte?«

Lollia lässt die Frage unbeantwortet. Sie weiß, dass Xandros der alten Sklavin gefällt, dass die beiden einander manches Mal in der Stadt begegnet sind. Vielleicht auch gestern oder vor ein paar Tagen …

»Ich habe es gespürt. Ich habe gespürt, dass ich dich noch einmal wiedersehe«, sagt sie.

»Dann ist das unser Abschied?«

»Ja.«

»Wirst du zurückkehren nach Pompeji?«

»Nicht vor Anbruch des Frühjahrs, wir reisen nach Rom, Glaucus Valerius hat Geschäfte zu regeln.«

»Wie sehr ich ihn beneide!«

Ungestüm ergreift Xandros ihre Hände – und bemerkt das hölzerne Pferdchen, das Lollia fest umklammert.

»Warum hast du es bei dir?«

»Ich werde es den Göttern opfern.«

»Nein, gib es mir zurück, lass es mir, als Erinnerung.«

Das Spielzeug ist ein Geschenk an sie gewesen; an einem Sommerabend hat er es geschnitzt, damals, als er täglich mit Meister Leonides ins Haus des Lollius kam, um alte Fresken auszubessern und neue zu malen.

»Es gehört den Göttern«, sagt Lollia ernst. »Wie meine Kindheit. Und meine Liebe.«

»Warum konntest du nicht warten?«, martert sich Xandros in dem verzweifelten Bewusstsein der Sinnlosigkeit dieses Gedankens. »Meister Leonides ist alt, hat keine Nachkommen, und er will fort von hier. Bald könnte ich seine Werkstatt übernehmen.«

Mit der Rechten hält Lollia das Pferdchen umklammert, mit der freien Hand streicht sie dem jungen Mann zärtlich über die Wange.

»Es gab nichts zu warten, und das weißt du.«

Xandros blickt verdrossen in die sich erhebende Sonne.

»Meister Leonides sagt, es werden schlimme Dinge geschehen.«

Unwillig wendet Lollia sich ab.

»Dein Meister ist kein Seher.«

»Aber er ist weise. Und er schwört, dass der Berg im Norden Unglück bringt.«

»Der Vesuvius?«

»Er behauptet, dass die Unterirdischen darin wohnen. Es sei kein normaler Berg, denn am Gipfel sei alles verbrannt und öde.«

»War er jemals dort?«

»Ein Freund, der an den Hängen jagen geht, hat es ihm berichtet. Und er hat es gelesen.«

»Nicht immer sind Aufzeichnungen verlässlich.«

»Dass das Wasser versiegt ist«, fährt Xandros unbeirrt fort, »sei ein untrügliches Zeichen. Die Götter haben sich abgewandt von Pompeji.«

»Nicht mehr lange, dann sind die Rohre ausgebessert, und alles ist wie früher.«

»Heute Morgen stand Meister Leonides lauschend vor dem Haus und erklärte, die Vögel seien verstummt. Er hatte recht. Sag, Lollia, hörst du einen Vogel singen?«

»Wie sollte das möglich sein, es ist so geschäftig hier«, weicht sie aus. »Ich muss zum Tempel.« Eilig entwindet sie sich der Umklammerung seiner Hände, auf denen stets Spuren von Farbe haften. Rot aus gekochtem Ocker, Grün oder Blau aus gemahlenen Steinen.

»Geh nicht«, seufzt Xandros. Seine Augen glänzen, die Pupillen schwimmen in uferlosen Gewässern.

Lollia strafft sich, betrachtet ihn innig. Das schwarze, in die Stirn fallende Haar, die kräftigen, Geborgenheit verheißenden Arme. Und die begabten Hände, mit denen er jetzt die ihren umfasst, sie an seine Lippen hebt. Zärtlich liebkost Xandros jedes Fingerglied, selbst das Pferdchen, das sie noch immer in der Rechten hält. Dann sieht er sich erschrocken um und zieht Lollia mit sich hinter eine Säule des Portikus.

Sie haben sich vorher schon geküsst, vor einer Ewigkeit, wie es ihr nun vorkommt, einmal, als er ihr die restaurierten Fresken im Triklinium zeigte, und einmal, als ... sie will nicht daran denken.

Dieser Kuss schmeckt anders, bitterer. Es liegt keine Verheißung mehr in ihm, nur Schmerz.

»Mädchen!«, ruft Aglaia, die plötzlich neben ihnen steht. »Mädchen, was tust du?«

Ohne ein weiteres Wort reißt sie Lollia fort zu den Stufen des Tempels. Xandros bezwingt den unbändigen Drang, ihnen zu folgen; Lollia dreht sich nicht um. Sie weiht ihr geliebtes Pferdchen dem Apollon, und als sie das Heiligtum wieder verlässt, ist ihr Geliebter verschwunden.

Im Haus des Lollius sind die letzten Vorbereitungen getroffen, feierlich empfängt man die geschmückte Braut im Atrium. Zurückhaltend begrüßt sie die Gäste.

»Du bist das Ebenbild deiner Mutter«, flüstert der Vater ihr zu. »Du machst mich stolz und glücklich.« Lollia schenkt ihm ein Lächeln. Sie verzeiht ihm, dass er sich nach Domina Aurelias Tod so oft mit Asellinas Mädchen vergnügte. Und sie verzeiht ihm diese Ehe. *Pater tibi oboedio.*

Auch der Bräutigam erwartet sie froh gestimmt. Aufschwung für seine Geschäfte, dazu eine junge Frau, gebildet, fügsam. Glaucus Valerius ist großzügig. Lollia wird ihre Familie besuchen dürfen. Und trotz allem, denkt sie, bleibt es ein Abschied.

*»Fausta auspicia«*, weissagt der Eingeweideschauer mit undurchdringlicher Miene. »Die Zeichen stehen gut.«

Um sich des Wohlwollens der Götter zu versichern, haben sie ein Lamm geopfert, dessen Leber eine glückliche Zukunft verheißt. Lollia zweifelt, nichts in den Gesichtszügen des Sehers, in der Art, wie er seinen Spruch verkündet, bestätigt ihr, dass er wahr sein muss. Wer kann ihn wirklich kennen, den Willen der Götter?

Es muss die fünfte oder sechste Stunde sein, als der Ehevertrag verlesen wird und die Großmutter die Hände von Braut und Bräutigam ineinanderlegt.

Dazu spricht Lollia die uralte römische Trauformel: *»Ubi tu Gaius, ego ibi Gaia.* – Wo du, mein Mann, bist, werde ich, deine Frau, sein.«

Mit diesem Satz geht sie von der Familie ihres Vaters in die des Ehemannes über, macht sich zu dessen Besitz. Glaucus Valerius forderte diese überkommene Form des Bündnisses. Er kennt das Leben zu gut, um etwas dem Zufall zu überlassen. Flüchtig küsst er seine junge Ehefrau auf die Stirn.

»Ein Hoch auf das edle Paar!«, ruft ein junger Mann ausgelassen, und alle Anwesenden klatschen erregt.

Lollia umarmt ihren Vater und die Großmutter, vor den Verwandten des Glaucus Valerius neigt sie sittsam das Haupt.

Zur Hochzeit sind viele Gäste erschienen, die sie nicht kennt, meist jüngere Leute oder solche mittleren Alters, den anderen war die weite Reise nach Pompeji zu beschwerlich.

»Es wird gut werden, hörst du?«, beteuert Aglaia, die sich im Hintergrund hält. »Der Seher hat es gesagt.«

»Ein Lied zu Ehren des Brautpaars«, fordert der junge Mann weiter. Er mag Lollia wenige Jahre voraushaben, seine hellen Augen blitzen schelmisch. Ein Musiker greift in seine Leier, ein zweiter setzt die Flöte an.

Da bebt die Erde. Kurz nur, kaum spürbar, fast Normalität.

»Was ist das?«, raunt es unter den Gästen. Keiner von ihnen stammt von hier, das bewegte Los Kampaniens, wo so oft die Erde zürnt, ist ihnen fremd.

Ein Sklave läuft herbei, nimmt den Hausherrn beiseite, flüstert ihm etwas zu. Lollia denkt an die düstere Prophezeiung von Meister Leonides, versucht, etwas von dem zu erlauschen, was man ihrem Vater mitteilt. Sie meint das Wort »Vesuvius« zu erhaschen, sicher ist sie sich nicht. Die Antwort ihres Vaters hingegen versteht sie sehr wohl.

»Lauf zum Forum«, befiehlt er, »und erkundige dich, was geschehen ist!«

Mit einer Verbeugung macht der Sklave sich auf den Weg.

»Seid beruhigt, es ist nichts!«, ermuntert Lollius die Gäste. »Bringt den Dankestrunk! Freunde, lasst uns der Juno opfern!«

Lollia späht nach dem Mann, der ihr eine gute Zukunft verhieß – er ist nicht mehr da.

»Aglaia«, flüstert sie vor sich hin. »Aglaia, ich habe Angst.«

Die Sklavin indessen macht sich ans Werk, weist zwei Gefährtinnen an, Becher mit Würzwein vorzubereiten und das Räucherwerk, mit dem man der Göttin huldigen wird, deren Statue den Hortus im hinteren Teil des Hauses schmückt. Von einer Marmorsäule sieht Juno, Patronin der Ehe, gütig auf die Bewohner des Hauses hinab. Einst hat der Hausherr sie seiner Gattin geschenkt.

Glaucus Valerius reicht Lollia den Arm.

»Gemahlin, komm!«

Die Unruhe unter den Gästen hat sich gelegt, in festlichem Zug folgt man dem jung vermählten Paar in das Ziergärtchen mit den Lorbeerbäumchen, der Zypresse und den duftenden Blumen. Lollia erbittet den Segen der Göttin, Glaucus Valerius hebt seinen Becher, als erneut die Erde bebt. Heftiger diesmal, unbezwingbar.

Laute des Entsetzens mischen sich in dumpfes Grollen, das aus dem Boden dringt, allgegenwärtig und grausam, ehe es wieder verstummt. Die Großmutter schwankt, man sucht sie zu halten, vergeblich. Eine Welle der Erregung schwappt vom Atrium zum Hortus, wo Lollias Becher auf den Marmorfließen zu Bruch geht. Blutrot tränkt der Würzwein die Steine.

»Juno, hab Erbarmen«, fleht die junge Frau. Ihr schwankt der Boden. Momente lang zeigt die Göttin sich zögerlich, schließlich hat sie ein Einsehen und neigt sich ihr zu.

»Rette dich!«, hört sie den Ehemann rufen, mit verzerrter, plötzlich versagender Stimme. Hart fühlt sie sich zur Seite gestoßen, während das Beben den Sockel der Statue neben ihr aus der Verankerung reißt. Knirschend sackt beides nach vorne, dahin, wo vor einem Augenblick noch sie selbst stand und wo jetzt Glaucus Valerius …

»Nein!« Ihr Schrei verliert sich im entstehenden Tumult und in lauten Rufen von der Straße her. Ein Schleier sinkt herab, der sich zwischen sie und die Wirklichkeit schiebt. Gedämpft nur dringt zu ihr vor, was um sie herum passiert. Sie streckt den Kopf in den Nacken: Das Himmelsgeviert über dem Garten ist unschuldig blau wie an einem Sommertag. Vereinzelte bauschige Wolken ziehen darüber hinweg. »Wohin sind die Vögel geflogen?«

»Tochter, komm zu dir.« Ein kräftiges Rütteln löst sie aus ihrer Erstarrung.

»Vater! Vater!« Lollia lehnt sich an die vertraute Schulter, lässt sich widerstrebend beiseiteführen.

»Ich bin erschöpft«, sagt sie seufzend.

»Ein Arzt, wir brauchen einen Arzt«, ruft jemand vom Hortus her.

»Sieh dich nicht um«, drängt Aglaia, die nun an ihrer Seite ist.

Lollia will dieser Aufforderung Folge leisten und kann es nicht. Um ihren mit verrenkten Gliedern hingestreckten Gatten haben sich seine Verwandten geschart. Blut sickert aus seiner Schläfe.

Blut und Wein, schießt es durch Lollias Gedanken.

»Bin ich Witwe?«, fragt sie die Amme.

»Ich weiß es nicht.«

In diesem Moment öffnet der Hausherr das Portal zur Straße hin. Herein schwillt lautes Geschrei. Man könnte meinen, ganz Pompeji habe sich anlässlich der Hochzeitsfeierlichkeiten vor der Tür versammelt. Allein, was dort erklingt, sind keine Jubelrufe.

»Der Berg! Der Vesuvius!«

Fassungslosigkeit und Entsetzen. Die Tage des Gleichmuts gegenüber den Erdstößen sind vorüber.

»Weh uns, die Götter zürnen!«

Ihrem Vater nachtaumelnd schiebt Lollia sich nach draußen.

In der Menge erkennt sie Livia und Sextus, denen die Domus auf der anderen Straßenseite gehört. Das Ehepaar ist zum Festbankett am Nachmittag geladen, Lollia kennt die beiden seit Kindertagen. Oft hat sie bei Besuchen die hübschen, auf runde Glasscheiben gemalten Engel bewundert, die Livias Zimmer dekorieren. Während Sextus sich mit dem Vater im Tablinum unterhielt, lehrte seine Frau sie das Spinnen von Garn. Jetzt nehmen sie die junge Freundin nicht wahr, denn wie alle anderen richten sie ihren Blick senkrecht nach oben. Instinktiv tut Lollia es ihnen nach – und ihr Inneres verstummt.

Aus dem Vesuvius, dem sonst unscheinbaren Gefährten Pompejis, bricht eine dichte schwarze Rauchsäule. Tonlos strebt sie in den Himmel, schraubt sich weiter und weiter empor, als habe sie eine Verabredung mit der Unendlichkeit.

Zugleich schießt wie aus dem Nichts eine weit um sich greifende weiße Wolke aus dem Berg, Staub rollt an seinen Flanken hinab. Ein ohrenbetäubender Knall zerreißt die mit dem Geschrei der Menschen kontrastierende Stille der Natur. Das Innere der Erde scheint geborsten.

»Zu Hilfe!«, brüllt jemand in höchster Not.

»Bringt euch in Sicherheit!«

»Flieht!«, echot es auf der Straße, aber niemand bewegt sich.

Unterdessen windet sich die Rauchsäule wie ein gewaltiges Ungeheuer, gibt dabei seitlich Felsbrocken frei, die wuchtig an den Hängen des Berges aufprallen. Die Kleineren unter ihnen erreichen Pompeji, manche fliegen bis zum Meer.

»Sieh nicht hin!« Zum zweiten Mal innerhalb kurzer Zeit hört Lollia diese Anweisung, diesmal von ihrem Vater, der seinerseits zum Vesuvius starrt.

»Lauf zurück ins Haus«, befiehlt er.

Lollia verharrt sprachlos. Viel an Gutem wurde ihr in ihrem jungen Leben zuteil, manches an Schlechtem. In den elegantesten Domus der Stadt war sie zu Gast, das Theater hat sie besucht, sich in die Schriften des Poeten vertieft, den die Mutter am meisten liebte. Die Mutter, die sie so schmerzvoll an das Reich der Schatten verlor, wo auch jener Sklave weilt, der sich am Mahlstein der Bäckerei des Hispanicus zu Tode schinden musste. Oder die junge Frau aus der Nachbarschaft, die bei der Niederkunft ihres dritten Kindes starb. Lollia weiß um das Privileg einer guten Geburt, und sie kennt die dunklen Seiten ihrer Welt – um ihr eigenes Leben fürchten musste sie nie. Nun, im Angesicht der entfesselten Natur, packt sie ein nie gekannter Schauder.

»Meister Leonides hatte recht«, flüstert sie. »Der Berg bringt Unglück.«

»Mädchen, es tut mir leid«, sagt Livia, die sich ihr genähert hat. »Dein Freudentag steht unter einem bösen Stern.«

»Du bist jung, nimm deinen Ehemann und flieh«, bekräftigt Sextus. »Die Götter haben unseren Untergang beschlossen.«

»Glaucus!«, entfährt es Lollia und denkt im Herzen an Xandros. Wo mag er sein? Sie reißt sich los, zwängt sich durch die Menschenmenge.

Die Domus ist verwaist, denn mit dem alles erschütternden Knall sind auch die letzten Gäste auf die Straße gestürzt. Das Atrium dämmert in gespenstischer Stille, rundherum die Spuren des abrupt unterbrochenen Festes. Erst eine kurze Weile ist es her, und doch wirkt es wie eine Ewigkeit.

Aus dem Hortus ertönt ein Wimmern.

Neben Glaucus Valerius kniet die Großmutter, mit zerzaustem Haar.

»Er ist tot! Dein Ehemann ist tot!«, schluchzt sie der Enkelin entgegen. »Ein so reicher, edler Mann und ein solches Ende.«

Lollia sinkt neben ihrer Verwandten nieder und betrachtet den Regungslosen. Fremd war er ihr im Leben, fremd ist er ihr im Tod. Man hat ihn bis zur Brust mit einem Tuch bedeckt. Sein Gesicht ist weiß wie die Marmorfassaden des Forums, die rechte Schläfe rot vom getrockneten Blut. Ein Stück weiter, neben der zerschellten Säule, liegt die Bronzegöttin Juno, unversehrt. Ihr Segen wird nicht mehr benötigt.

»Mein armes Kind«, jammert die Großmutter. »Was habe ich nicht für dich erhofft!«

*Und meine Hoffnungen, wer hat je nach ihnen gefragt?*

Da verlischt die Sonne. Mit einer Plötzlichkeit, als habe sie jemand vom Himmel gewischt.

Über den Hortus senkt sich tiefe, sternlose Nacht.

Schon stolpern die ersten Bewohner und Gäste von der Straße zurück unter das trügerisch schützende Dach des Hauses. Lollia verlässt ihren toten Gatten, tastet sich ihnen entgegen. Die Sklavinnen entzünden Öllampen, Schatten tanzen im Atrium, doch sie untermalen keinen lauen Sommerabend, sie sind Vorboten des Todes.

»Eine Wolke, von der Form einer Pinie und schwarz wie Tinte!«, ruft jemand außer sich. »Wir sind verloren!«

»Lasst uns dem Vulkanus opfern!«, fordert ein anderer.

»Nein, dem Jupiter, dem Einzigen, der die Erde zu besänftigen vermag.«

Die Großmutter humpelt zum Hausaltar und versenkt sich ins Gebet, eine der Sklavinnen schließt sich ihr an, selbst jetzt, im größten Chaos noch, mit angemessenem Abstand.

Lollia wirft sich in die Arme ihres Vaters.

»Glaucus Valerius ist tot!«, schluchzt sie an seinem Hals. Sanft schiebt er sie von sich.

»Es mag besser so sein. Es gibt keinen Arzt.«

Er hangelt sich auf ein Marmorgesims und verschafft sich Gehör. Mit Mühe, denn die aufkeimende Panik ist kaum zu bezwingen. Nie hat seine Tochter ihn so ratlos gesehen.

»Freunde!«, ruft er. »Ihr seht mich reif an Jahren. Nichts, was mir widerfahren ist, glich dem, was heute geschieht! Die Götter haben sich gegen uns gewandt. Vielleicht zieht ihr Zorn vorüber, und wir bauen Pompeji wieder auf, wie manchmal vorher, vielleicht ist dies das Ende unserer Welt. Von daher flieht, wenn ihr könnt, oder bleibt, so ihr wollt.«

Er hält inne, ringt nach Luft. Die Anwesenden beratschlagen, reden in ihrer Verzweiflung konfus durcheinander. Jeder will sich verständlich machen, die meisten zögern.

Um einen aufkommenden Schwindel zu bekämpfen, hat Lollia sich am Rand des Impluviums niedergelassen. Sein Wasser schimmert pechschwarz, der Himmel in der rechteckigen Öffnung darüber ist dunkel wie Kohle. Das erste Steinchen, das ihren nackten Arm streift, tut sie als Täuschung ab, so duftig leicht ist seine Berührung. Schnell jedoch folgen ein zweites, ein drittes, dann geht ein Schauer nieder. Mit regelmäßigem Ticken zersprengen sie die Wasseroberfläche in unzählige kleine Wogen.

Lollia fischt eines von ihnen aus dem Becken. Es ist weißgrau, zerklüftet, wiegt nicht mehr als eine Feder. Keine große Bedrohung, wie ihr scheint.

Bald darauf wird ein Prasseln auf den Dächern laut, verdichtet sich – die Gesteinsbrocken werden größer und mehren sich.

»Wir müssen fort von hier!«

»Aufs Land!«

»Nach Nuceria!«

»Zum Meer! Die Rettung liegt auf dem Meer.«

»Nein, lasst uns ausharren! Die Natur wird einlenken, das hat sie noch immer getan.«

Plötzlich läuft der vorher so fröhliche junge Mann zum Portal. Als er es aufreißt, stürzt ihm ein Gemisch aus Bimsstein und Asche entgegen. Das Pflaster draußen ist bereits unter einer knöchelhohen Schicht begraben. Keine drei Schritte weit reicht die Sicht, alles zerfließt in bleiernem Gewirbel. Binnen Sekundenbruchteilen sind sein Haar und das Gesicht schmutzig grau.

»Was liegt im Osten?«, fragt er keuchend.

»Nuceria«, entgegnet Lollius, »und davor der Sarno. Die Brücke wird nicht lange halten, wenn du also gehen willst, geh jetzt!«

Der junge Mann nickt ernst.

Suchend sieht er sich um. Auf einem Tischchen befinden sich Schüsseln mit Wasser für die Gäste des vereitelten Banketts, daneben liegen Tücher bereit. Er nimmt eines von ihnen, befeuchtet es und knotet es sich vor Mund und Nase. Anschließend greift er nach einem der rund um das Impluvium verteilten einst bunten Sitzkissen. Durch die Dachöffnung regnet es Asche, die sich im Raum zerstäubt und das Atmen erschwert.

»Wer sich retten will, der komme mit mir! Hier gibt es nichts zu gewinnen, woanders wenig zu verlieren!«

Der Kampfgeist des Jünglings beeindruckt Lollia, seine Worte fallen auch bei den anderen auf fruchtbaren Boden. Einige der Anwesenden schützen sich wie er das Gesicht, weitere tun es ihnen nach. Langsam ordnet sich das Chaos, die Ersten erreichen das Portal noch vor ihrem Anführer, der nun zu Lollia spricht: »Ich bin Octavius, ein Neffe des Glaucus Valerius. Du bist seine Witwe, willst du mir folgen? Ich kann dich beschützen.«

»Was er sagt, ist wahr. Geh mit ihm«, verfügt Lollius harsch.

»Und du, Vater?«

Lollius senkt das Haupt.

»Ich kann nicht fort. Dort drüben« – er deutet zur Ala – »ruhen meine Verträge, mein Vermögen.«

»Was nutzt dein Vermögen, wenn du mit ihm untergehst?«

»Der Berg wird sich beruhigen. In diesem Haus wohnt der Geist deiner Mutter, ich werde es nicht verlassen.«

»Und ich soll gehen?«

»Du bist jung, du kannst es schaffen.«

Halbherzig tränkt er ein Tüchlein mit Wasser, drückt es ihr in die Hand.

»Nein, ich bleibe«, entgegnet sie, zu Octavius gewandt. Der bittet nicht lange. Ein flüchtiger Ausdruck des Bedauerns, schon beschirmt er sein Haupt mit dem Kissen zum Schutz gegen das herabfallende Gestein und wendet sich ab.

»Ich wünsche dir Glück«, ruft Lollia ihm nach, aber er hört es nicht mehr. Für den Zeitraum von wenigen Stunden haben sich ihrer beider Leben berührt, sie werden einander nicht wiedersehen.

So bleiben sie zurück: Lollia, ihr Vater, die Großmutter, Aglaia und der Tote im Hortus. Wie schnell die Welt sich verändert, wie klein sie zu werden vermag, denkt Lollia, als sie mit einer Öllampe in der Hand ins ehemals grazile Gärtchen zu Glaucus Valerius vordringt. Wenigstens sein Antlitz möchte sie bedecken, da ihm eine Bestattung verwehrt bleiben wird. Wer sollte ihn verbrennen und begraben, ihren Gatten?

Ihr obliegt es, seine Würde zu wahren.

Doch die Gewalt des Vesuvius erübrigt jede menschliche Geste, den Leichnam überzieht bereits eine Schicht aus Bimsstein. Von Schmerz überwältigt, lässt sich die junge Frau in den Schmutz fallen, beginnt mit bloßen Händen zu graben.

»Vater, Aglaia, zu Hilfe!« Ein Hustenanfall bringt sie zum Schweigen.

»Hierher!«, ruft Aglaia aus dem Atrium.

Dort erwartet Lollia eine nicht weniger erschütternde Situation. Röchelnd liegt die Großmutter auf der Seite, gestützt durch Kissen, die ihr die Sklavin in den Rücken geschoben hat. Seit Langem hatte sie ein schwaches Herz. Lollia kauert sich neben sie auf den Boden, nimmt ihre Hand, die sich leicht anfühlt, zerknittert wie ein welkes Blatt. In der Ferne dröhnen Explosionen, und wenn das Geräusch der aufprallenden Steine für kurze Momente abebbt, liegt in der Luft ein Fauchen wie der Atem eines wilden Tieres. In regelmäßigen Abständen bebt die Erde.

»Wir hätten fliehen sollen«, sagt Lollius gequält.

Seine Tochter schüttelt den Kopf und weist auf die Großmutter.

»Sie hätte es nicht vermocht.«

»Es muss einen Ausweg geben. Was auch geschah, es hat stets einen gegeben.«

Unruhig läuft er auf und ab, verschwindet im Wirtschaftsraum. Lollia empfindet Mitleid. Für diese Lage ist kein missglückter Geschäftsabschluss verantwortlich, kein Auftraggeber, der nicht zahlen will. Kluges Verhandeln wird nicht nutzen, ebenso wenig die Verheiratung des einzigen Kindes. Der Macht der Götter muss man sich beugen.

Die Großmutter stöhnt leise.

»So alt bin ich geworden«, flüstert sie mit brüchiger Stimme, »und sterbe am Tag deiner Vermählung.«

»Sprich nicht, Großmutter«, besänftigt die Enkelin, »ruh dich aus.« Als sie die Hand auf die erkaltende Stirn presst, wird ihr bewusst, dass sie nicht mehr lange warten wird.

»Deine Mutter«, setzt die Sterbende noch einmal an, »Aurelia … ich habe sie so sehr geliebt …«

»Du wirst sie wiedersehen«, bemüht Lollia sich um letzte Zuversicht. Sie hat jedes Zeitgefühl verloren, könnte nicht sagen, wie lange sie ausharrt, die lautlos trauernde Aglaia an ihrer Seite, ohne Gefühlsregung, in einem dunklen Nichts. »Bin ich schon tot?«, fragt sie sich.

Ein neues, das gleichmäßige Fauchen des Vulkans durchbrechendes Geräusch reißt sie in die Wirklichkeit zurück, hohles Knirschen, gefolgt vom Krachen splitternder Ziegel. Im vorderen Bereich ist die Domus zwei Stockwerke hoch, das obere gibt nach.

Lollius eilt herbei. »Das Gewicht der Steine drückt das Dach ein, es wird uns begraben!«

Ächzend hebt er den leblosen Körper der Großmutter empor. »Nach hinten, ins Peristyl, schnell.«

Mechanisch tun Lollia und ihre Amme, was er befiehlt.

»Vater! Es ist vergeblich! Sie ist tot!«

Lollia stolpert über einen Lederbeutel und sieht, dass die große Eisentruhe im Wirtschaftsraum geöffnet ist. Die einst kunstvoll verzierten Wände des Tablinums sind ascheverschmiert, die Bodenmosaiken bedeckt mit Bimssteinen. Aus dem Impluvium schieben sie sich quer durchs Haus. Im verwüsteten Hortus ist von Glaucus Valerius nichts mehr zu erkennen, kniehoch türmen sich die Steine, pyramidenförmig, in der Mitte höher als an den Seiten. Und noch immer kommen weitere herab, ein endloser Strom.

»Es gibt keine Rettung mehr«, stöhnt Aglaia, »für niemanden.« Lollia presst ihre Wange an die Brust der alten Sklavin und spürt das harte Hämmern ihres Herzens.

»Hab Mut!«

Der Vater legt die Großmutter in der vorderen linken Ecke des Säulengangs nieder. Seine Überdachung hält stand, denn sie ist abgeschrägt und schmal, viele der Steine rutschen nach innen oder außen. Glück oder nichts anderes als ein grausames Verzögern ihrer aller Schicksal?

Eng kauern sie beieinander, Vater, Tochter, Sklavin, von überallher tönt das Krachen einstürzender Dächer, das Bersten von Ziegeln. Lollia ruft sich ein Bild der Stadt vor Augen. Wie es jetzt aussehen mag, das am selben Morgen noch so heitere Pompeji? An diesem einen Tag habe ich alles verloren, denkt sie.

In ihrem Winkel ist es stickig und zugleich kühl. Lange starren sie in den dichten Vorhang aus herabregnendem Bimsstein. Lollia bemerkt, dass der Vater nach Atem ringt, drängt sich an ihn, mehr kann sie nicht tun. Aglaia verharrt in sich zurückgezogen, ihr Geist geht auf Wanderschaft, zu den Gestaden ihrer Kindheit, auf eine sonnenverwöhnte Insel im Ägäischen Meer.

»Tochter«, setzt der Vater unvermutet an. »Wirst du mir einen letzten Wunsch erfüllen?«

»Wenn ich es vermag«, antwortet Lollia matt.

»Lauf ins Triklinium, hinter den Tonkrügen findest du ein Gefäß aus Alabaster. Bring es mir.«

»Ich will es versuchen.«

Sie müht sich auf die Beine, den nächsten Hustenanfall unterdrückend, der ihr in die Kehle brandet. Ist es nicht egal, wie sie stirbt und wann?

Wie sehr sich das Innere des Hauses verändert hat. Die Öllampen flackern schwach, verbreiten kaum Helligkeit oder sind verloschen. Das Erdgeschoss ist unbeschädigt, die Treppe ins obere Stockwerk zerstört. Überall verteilen sich gezackte Steinchen, als wolle die Natur wieder Besitz von etwas ergreifen, das ihr von alters her zusteht. Das Atrium scheint ein sich langsam schließendes Grab.

In einem Eisenring an der Wand steckt eine mit Pech getränkte Fackel. Lollia entzündet sie an einem der erstickenden Ölflämmchen. Ein Lichtschimmer breitet sich aus, fällt auf die geöffnete Truhe. Die junge Frau tritt näher und erspäht zuoberst den Brief ihres Vaters. Mit schwindenden Kräften lässt sie den schweren Deckel der Truhe nach unten gleiten. Soll er versiegeln, was nutzlos geworden ist.

Wie das übrige Erdgeschoss ist das Triklinium solide gebaut, nach dem großen Beben wurden die Balken verstärkt. Sollten sie hier ausharren, mit einem Rest Hoffnung im Herzen auf die Gnade der Götter? Sinnlos – die Hitze, dazu die Furcht, dass die schweren Balken am Ende trotz allem herabstürzen könnten …

Jenes Beben vor langer Zeit, dem um ein Haar schon einmal alles zum Opfer fiel, hat die Wandmalereien verschont. Erst spätere Erdstöße, Lampenrauch und Essensausdünstungen besiegelten ihren langsamen Verfall. Nach dem Tod der Hausherrin wurden keine Gäste mehr geladen, das repräsentative Speisezimmer blieb unbenutzt. Erst lange Zeit später, als Lollius über ein öffentliches Amt nachzudenken begann, ließ er den Raum wieder herrichten. In dem fantasievoll ausschweifenden Stil, der seit einiger Zeit in Mode war. Auf diese Weise kamen Meister Leonides und sein Gehilfe Xandros ins Haus.

Im Lichtkreis der flackernden Fackel erscheinen Lollia das tragische Liebespaar Pyramus und Thisbe, das hassverzerrte Gesicht der Medea, die sich in einen Lorbeerbaum verwandelnde Nymphe Daphne, der sie verfolgende Gott Apoll. Und Narziss, der sich über einen Teich gebeugt in sein Spiegelbild verliebt.

»Lol–lia!«, irrlichtert ein Ruf durch die Lüfte. »Lollia Paulina!«

Zwei Menschen nur haben sie je mit ihrem vollem Namen angesprochen: Die Mutter und … er.

Lollia bezwingt die Illusion. Hastig sucht sie das Gefäß, nach dem ihr Vater verlangte. In einem Gestell an der Wand gegenüber der Fresken finden sich dicht an dicht Amphoren und Tonbehälter, die größeren enthalten Öl, die kleineren Gewürze oder Garum. Das Alabastergefäß ist winzig, nicht mehr als eine Phiole, verborgen in einer Maueraussparung.

»Lollia!« Ein erneuter Ruf, schwach, von ferne und ungeduldig. Beunruhigt verlässt sie das Triklinium und lauscht. Es ist alles wie vorher: An das weiter vorne liegende Portal hämmert die Wut der Elemente, durch die Dachöffnung über dem Impluvium trommeln Steine herab.

Doch da – kann das sein?

Ein harter Faustschlag gegen den rechten Türflügel. Ein Scharren. Halb kriechend tastet Lollia sich darauf zu, legt ihr Ohr an das massive Holz.

»Wer ist dort?«, keucht sie.

Das Geräusch auf der anderen Seite verstummt.

»Ich … Lass mich herein!«

Lollia schnellt empor und schiebt den Riegel zur Seite, den der Vater vorlegte, nachdem der Letzte die Flucht ergriffen hatte. Das Gewicht der auf der Straße geschichteten Sedimente ist so groß, dass der Torflügel fast von selbst nach innen fällt. Es wird unmöglich sein, ihn wieder zu schließen.

Herein zwängt sich ein schmutzstarres Wesen, das Lollia lediglich an den Augen und an seiner Stimme erkennt.

»Xandros. Du lebst.«

»Wasser«, stöhnt er.

Sie zieht ihn ins Atrium zu einem der Tonkrüge. Die Flüssigkeit in ihnen ist staubversetzt, aber trinkbar. Er stillt seinen Durst, kühlt das Gesicht, und sie fallen einander in die Arme.

»Ich hatte nicht geglaubt, dich hier zu finden. Ich hoffte, ihr wäret geflohen.«

»Und dennoch bist du hier.«

»Ich musste es versuchen.«

»Mein Ehemann ist tot.«

Xandros weicht zurück.

»Wie so viele«, entgegnet er ausdruckslos. »Pompeji gleicht einem Grab. Wer nicht sofort geflohen ist …«

»Dann ist alles vorbei?«, fragt Lollia mutlos.

»Noch nicht. Wir sind zusammen. Dein Vater?«

»Im Peristyl.«

Lollius erkennt den Ankömmling nicht wieder.

»Vor dir steht Xandros, der Gehilfe von Meister Leonides.« Aglaia hebt die schweren Lider und lächelt. Der Vater mustert das junge Paar. Er versteht.

»Rette sie!«, sagt er.

»Es gibt kein Durchkommen.«

»Wo ist Meister Leonides?«, fragt Lollia.

»Am Morgen sandte er mich ins Haus der Vettier, man hatte

uns für einen Auftrag bestellt. Er versicherte, er würde nachkommen … Später habe ich vergeblich nach ihm gesucht.«

»Er wusste es«, versetzt Lollia. »Er hat sich in Sicherheit gebracht.«

Sie reicht ihrem Vater das Alabastergefäß, der es entkorkt. Sein Atem geht rasselnd.

»Was ist das?«

»Meine Rettung. Und deine«, sagt er zu Aglaia gewandt, »wenn du willst.«

Xandros fasst nach Lollias Hand, drückt sie so fest, dass es wehtut. Instinktiv möchte sie sich ihm entziehen, doch es ist bedeutungslos geworden. Vor dem Vesuvius sind sie alle gleich.

»Dominus«, haucht Aglaia wie von weit her. »Ich bin bereit. Gib mir, was übrig bleibt.«

»Sorge dich nicht, es ist genug für uns beide.«

»Wovon redet ihr?«, fragt Lollia.

Ihr Vater zeigt keine Regung, an seiner Stelle antwortet die Sklavin: »Vom Tod.«

Ohne zu zögern, nimmt sie die Phiole und führt sie an die Lippen.

»Aglaia!«

Noch einmal hebt die Amme kaum sichtbar das Kinn, noch einmal sieht sie die Ziehtochter an, dann fällt ihr Kopf zur Seite. Kein Kampf, kein Schmerz – Frieden.

Lollia möchte schreien, sich niederwerfen, eine Geste des Vaters gebietet ihr Einhalt.

»Du siehst, das Gift wirkt schnell und gnädig«, sagt er. »Höre, mein Kind. Deiner Mutter verdanke ich alles, und du warst mein größtes Glück. Ich habe gehandelt, wie es von mir erwartet wurde. War ich ungerecht? Vergib mir, wenn du etwas zu vergeben hast.«

»Vater, nein!«, fleht Lollia. Zu dem Gefühl von Machtlosigkeit und Verzweiflung, das sie seit Stunden umfängt, tritt das einer namenlosen Furcht. Xandros legt den Arm fester um ihre Schulter.

Lollius atmet flach. »Eine neue Zeit bricht an, ich spüre es ... Darum unterstelle ich dich dem Schutz dieses jungen Mannes. Er wird sich ehrenhaft verhalten ... und das Rechte tun, das weiß ich ... So leb denn wohl!«

Der tobende Vulkan nimmt keine Kenntnis von den Leben, die er auslöscht, von den Schicksalen, die er machtvoll in ungewollte Bahnen lenkt. Er empfindet keine Schuld.

»Warum?«, wimmert Lollia.

Sie birgt das Gesicht an Xandros' Brust. Er riecht nach Staub, Schweiß, Farbe und ein bisschen noch nach ... Leben.

»Lass uns fliehen! Vater hat das Wichtigste zusammengesucht, ehe er ...«

»Sinnlos. Wir würden erschlagen oder erstickt. Der Weg aus der Stadt ist versperrt.«

»Das Meer?«

Ihr Gefährte schüttelt den Kopf, sein Blick ist leer.

»Nein. Wir müssen warten. Und hoffen.«

Ist es Tag oder Nacht? Der Himmel über dem Hortus lässt keine Unterscheidung zu. Es bleibt dunkel. Lollia und Xandros haben sich in die entgegengesetzte Ecke des Peristyls zurückgezogen, möglichst weit weg von den Toten, die ihr eigenes Schicksal vorwegzunehmen scheinen.

In den vergangenen Stunden ist der linke Flügel der Domus zusammengesackt, der rechte trotzt weiterhin der allmächtigen Natur. Und auch das junge Paar trotzt ihr mit dem steten, süßen »Weißt du noch?« der Liebenden.

»Weißt du noch, wie du in unser Haus kamst, so unerfahren und schüchtern?«

»Weißt du noch, wie du dich in den Raum stahlst, um uns zu beobachten?«

»Wie Vater und Meister Leonides über den Dichter sprachen, den meine Mutter verehrte. Publius Ovidius Naso, dessen Werk verboten wurde?«

»Wie ich zu dir herübersah?«

»Weißt du noch, wie du mir von der Nymphe auf einem Wandgemälde einer prächtigen Villa erzähltest, in der du mit Meister Leonides zu Gast warst? Die Nymphe, die mir so ähnlich sah?«

»Weißt du noch, wie ich der Daphne dein Gesicht gab und heimlich in deinem Cubiculum sein Ebenbild entwarf, an einer besonderen Stelle, für keinen sichtbar als für uns beide?«

»Wie wir uns vor Entdeckung fürchteten und sie dennoch riskierten?«

»Wie wir uns küssten?«

»Wie du mir das Pferdchen schnitztest?«

So geht es fort. Die Erinnerung überschwemmt die Atemlosigkeit der Gegenwart, verschleiert das Grauen vor dem, was kommen mag. Gefangen in zermürbender Zeitlosigkeit hascht das liebende Paar nach den wenigen einstigen Momenten stillen Glücks.

»Wie lange noch?«, fragt Lollia.

»Ich weiß es nicht«, antwortet Xandros.

»Warum zürnen die Götter?«

»Es sind nicht die Götter, es ist die Natur.«

»Glaubst du, dass wir uns wiedersehen, nach dem Tod?«

»Ja, davon bin ich überzeugt.«

Über den Ruinen der gemarterten Stadt dämmert ein neuer Morgen. Schmutzig grau kämpft sich das Licht einer fahlen Sonne durch den Dunst, die auf eine dicke Schicht aus Bimsstein herabsieht, aus der zerborstene Dächer und Mauerreste ragen. Unter ihnen begraben: Menschen, Tiere, Alltag. Der erste schwache Lichtstrahl blickt auf wenige Überlebende, die in einem dem Vesuvius abgetrotzten Winkel überdauern konnten. Darunter ein Liebespaar, aneinandergeschmiegt im zerborstenen Peristyl eines vernichteten Hauses.

Das gleichmäßige Ticken der herabfallenden Steinchen ist verstummt, und der junge Mann küsst seine Gefährtin auf die Wange.

»Lollia, wach auf, es ist vorbei.«
»Was sagst du? Vorbei? Wirklich vorbei?«

Als wolle er diese Worte Lügen strafen, holt der Vulkan zum finalen Schlag aus. Seine Magmakammer hat sich weitgehend entleert, durch die kollabierende Rauchsäule entsteht eine Glutwolke. Sie jagt die Hänge hinab – hat jedoch ein Einsehen, bremst knapp vor den Mauern der Stadt.

»Du irrst«, keucht Lollia. »Es wird nicht aufhören, nie.«

»Die Rettung ist nahe, komm.« Er weist nach oben. »Uns bleibt nur ein Weg.«

Im Hortus türmen sich die Gesteinsmassen seitlich fast bis hinauf an die gegenüberliegende Dachkante des einstigen Bogengangs, einfallendes Licht verheißt Ausflucht. Hand in Hand beginnt das Paar den Aufstieg. Jeder mühsame Schritt voran bedeutet einen halben zurück. Doch geben die beiden nicht auf und richten ihren Geist hoffnungsvoll auf die Zukunft.

Der Tod kommt still.

Fast sind die Fliehenden auf Höhe der Dächer angelangt, da sinkt dichter Nebel herab. Die zweite Glutwolke, die Pompeji an diesem Morgen erreicht, verschlingt alles mit erstickender Wucht. Während Xandros lautlos nach vorn stürzt, erfasst Lollia eine alles verzehrende Hitze. Ein letzter Atemzug ist ihr vergönnt. Sich ihrer selbst schon nicht mehr bewusst, presst sie beim Ausatmen noch einmal den Namen hervor, der ihr der liebste war.

Der darauffolgende dritte Gluthauch findet kein Leben mehr. Tosend führt er mit sich, was die Stadt einmal ausmachte: Tempelsäulen, Dachbalken, Mauerbrocken, Ziegel, Reste von Statuen, Karren, Bäume. Der Schlusspunkt einer Chronik der Zerstörung.

Einen Tag, nachdem der Vesuvius sein Inneres entlud, ist das einst so lebendige Pompeji Vergangenheit. An seiner statt nur noch eine wellige Aschewüste, in der sich nichts mehr regt. Auf dem fahlen Meer treiben große Inseln aus Bimsstein, weiter draußen einige hilflose Boote. Ausgelöscht sind auch das nahe Herculaneum, Oplontis, Stabiae und die umliegenden Landgüter.

Der kegelförmige Rumpf des Vesuvius blickt unbeeindruckt auf das Werk seiner Zerstörung. Er hat diesen Ort vor den Menschen bewohnt, er wird nach ihnen da sein, immer. Bald werden seine Hänge wieder erblühen. Bald wird er den geschundenen Seelen sein Vergessen schenken.

Was bleibt, ist ein ungehörtes Seufzen. Aus den Tiefen der verschütteten Häuser steigt es empor, entlang der zerborstenen Säulen, verweilt an der Oberfläche, breitet sich aus. Jahrhunderte wird es überdauern, ein Jahrtausend, beinahe zwei.

Bis jemand seinen Ruf vernimmt und ihm folgt.

Jemand wird versuchen, es zu verstehen, und zu sprechen beginnen – mit den Toten in einer toten Sprache.

# XX

*Errare humanum est*
*Irren ist menschlich*

»Lollo. Lollo? Lollo!«

Wer sprach da?

»Wie? Was? Lollia?«

»Ich fürchte, es geht ihr nicht gut«, sagte eine männliche Stimme. Sie klang besorgt.

»Xandros? Ein solches Ende …!«

»Vielleicht sollten wir einen Arzt rufen?«

»Einen Arzt? Zu spät! Es ist vorbei.«

»Zu spät für was denn? Lollo! Hast du Schmerzen?« Aus der Besorgnis wurde Alarmiertheit. Ich rang um Konzentration. Die Fackel war verloschen, vor mir glimmte ein Lichtlein, das von einer Kerze stammen konnte … oder vom Display eines Smartphones?

»Bist du verletzt?«

Der Strahl einer Stabtaschenlampe zerriss die Nacht.

»Kopfweh wird sie schon haben«, vermeldete eine zweite, tiefere Stimme in sonorem Basston. »Mir scheint, unsere Nymphe hat etwas zu viel Mulsum intus.« Der Lichtkegel wanderte nach rechts. »Und eine ganze Flasche Sekt. Alle Achtung, das habe ich in meinen besten Zeiten selten geschafft.«

Verstört kniff ich die Augen zusammen. Außer zwei schemenhaften Umrissen vermochte ich im gleißenden Gegenlicht nichts zu erkennen.

Wo war ich? Was war geschehen?

»Der Vesuv«, stammelte ich. »Was ist mit dem Vesuv?«

»Was soll mit ihm sein?«, fragte die tiefe Stimme. »Er liegt friedlich im Norden Pompejis, unten bewaldet, oben …«

»Er ist nicht ausgebrochen?«

»Zuletzt im Jahr 1944. Nicht besonders schön, aber kein Vergleich zur Katastrophe von 79.«

Ich bezwang das Chaos in meinem Kopf. Zögerlich wich die Vergangenheit, und mein Verstand schärfte sich, schaltete um auf ein Jetzt, das mir nicht weniger konfus schien. Ich musste eingenickt sein. Oder war es anders gewesen, hatte ich ihn erlebt, jenen von Alessandro erwähnten großen archäologischen Moment, der Gegenwart und Vergangenheit ineinandergleiten ließ? Hatte sich mir auf rätselhafte Weise etwas von dem erschlossen, was vor zweitausend Jahren tatsächlich an diesem Ort vorgefallen war?

»Geht es wieder?«

Der Lichtstrahl wurde gen Boden gesenkt, wodurch sich die Umrisse deutlicher abzeichneten.

Vor mir kniete Natale, hinter ihm stand Professore Pappalardo, mit halb banger, halb belustigter Miene. Er hielt die Taschenlampe.

»Mensch, Lollo, was tust du hier?«, fragte Natale.

»Meinen Geburtstag feiern«, entgegnete ich lasch.

»Alle suchen dich!«

Wie viel Zeit war vergangen?

»Wer genau sucht mich?«

»Na, alle. Deine Mutter zum Beispiel ...«

»... die kann mich mal.«

»Moment«, brummte Professore Pappalardo. »Ich glaube, ich muss erklären, dass ...«

»Kein Interesse.«

»Aber Signorina Lollo!«

»Echt nicht.«

»Dein Handy hast du ja offensichtlich nicht dabei, jedenfalls ging nur die Mailbox ran«, meldete sich wieder Natale zu Wort. »Diese Anna, dein Vater, Stoffel und Rosa rennen auch irgendwo rum, genau wie deine anderen Grabungsfreunde.«

»So viele Helfer, und es gab kein besseres Team als ausgerechnet euch beide, die verkrachten Verwandten? Ihr Armen.«

Natale blieb cool.

»Die anderen hatten sich schnell organisiert, wir sind gewissermaßen übrig geblieben. Und immerhin auf das Naheliegendste gekommen! Ich gebe Bescheid, dass wir dich gefunden haben.«

Er zückte sein Smartphone und tippte eine Kurznachricht.

»Sag ihnen, sie sollen mir bloß fernbleiben. Vor allem Mama.«

Ehe Professore Pappalardo erneut zu Beschwichtigungsversuchen anheben konnte, packte mich eine akute Nachwehe meines Vergangenheitstraums. Ich sprang auf die Füße, tappte schwankend in den hinteren Teil der Ruine. Wie einst Lollia tastete ich mich durchs Tablinum in den Hortus. Fast meinte ich die glühende Hitze zu spüren und die durch die Luft wirbelnde Asche zu atmen. Der Kegel der Taschenlampe verfolgte mich.

»Was tut sie da? *Attenzione*, nicht stolpern!«

»Die beiden dort«, rief ich. »Ich weiß jetzt, wer sie sind, das heißt, wer sie waren. Ach nein, wir haben sie ja ins Depot gebracht. Trotzdem ...«

Natale kam mir nach, fasste mich ruhig, aber bestimmt am Ellenbogen.

»Komm zu dir, setz dich noch mal hin, dann gehen wir zurück zu den anderen. Das Fest ist bald vorbei.«

»Wie spät ist es?«

»Nach Mitternacht, eigentlich sollte Punkt zwölf das Feuerwerk beginnen, aber irgendwas funktioniert wohl nicht.«

»Völlig unerwartet«, schnaufte Professore Pappalardo von seiner Position im Atrium her, auf der er verharrte wie ein Ölgötze.

»Italien!«, pflichtete ich ihm bei.

»Tut mir leid, was ich vorhin über deine Mutter und Zio Glauco behauptet habe«, sagte Natale so leise, dass nur ich es verstand. »Ich fühlte mich ungerecht behandelt, war wütend und wollte dir wehtun.«

»Ich bin nicht nachtragend.« Widerstandslos ließ ich mich zurück zu Professore Pappalardo führen.

Nein, entschied ich, er konnte unmöglich mein Vater sein. Die massige Gestalt, die breite Nase, von ihm hatte ich nichts, außer … der Liebe zur Archäologie.

»Bitte sei vernünftig, deine Mutter und ich kennen uns, weil …«

Statt mich, wie von Natale empfohlen, erneut hinzusetzen, steuerte ich mit unwilligem Gestus mein Cubiculum an, nein, das von Lollia.

»Wen interessiert das schon? Das hier … *Das* ist von Interesse. Während Sie unterwegs waren, habe ich mit Rosa etwas Spannendes gefunden.«

»Hat das nicht Zeit bis morgen?«, setzte der Professor an, doch er überlegte es sich anders. Ob aus Pragmatismus oder schlechtem Gewissen, schwer zu sagen.

»Geben Sie mir die Taschenlampe«, verlangte ich und leuchtete auf das Mauergesichtchen.

»Da! Sehen Sie! Wie die Daphne im Tablinum, wie die Nymphe in der Imperiale und … wie ich.«

»Mmh. In der Tat, keine schlechte Beobachtung. Besonders Letzteres. Scheinbar sind deine Gene ein bisschen antik.«

»Sprechen wir lieber nicht von meinen Genen«, knurrte ich. »Was hat diese Zeichnung zu bedeuten?«

»Darüber muss ich nachdenken.«

»Tun Sie das!« Gerne wäre ich mit einigen Ausführungen beigesprungen: über den einstigen Glanz dieser Domus, über die große Liebe zwischen Lollia und Xandros, dem Malergehilfen, und diese Zeichnung, die er als Liebespfand hinterließ. Die nächtliche Kühle rückte jedoch meinen Sinn gerade, und so verzichtete ich trotz Rest-Mulsum im Blut auf meine Selbsteinweisung in die nächstgelegene psychiatrische Anstalt. Stattdessen lenkte ich den Strahl der Lampe auf den unschuldigen Lapillihaufen an der Stirnseite des Cubiculums.

»Da wäre noch etwas anderes. Diese Entdeckung habe ich

allerdings nicht mit Rosa, sondern mit Ihrem Neffen gemacht.«

Besagter Neffe fühlte sich sichtlich unbehaglich. »Lollo, ich halte das nicht für den richtigen Moment«, warnte er. »Heute ist einiges geschehen, du hast zu viel getrunken, bist erschöpft. Und Zio Glauco auch.«

»Wovon sprecht ihr?«, fragte Professore Pappalardo, nie zu müde, wenn es um alte Mauern ging.

»Man merkt dir an, dass du verwirrt bist!«, insistierte Natale. »Ich muss gestehen, dass das alles wohl keine gute Idee war. Ich werde es erklären, bei Gelegenheit.«

»Keine Ahnung, worauf du hinauswillst, aber mir geht's bestens, ich bin völlig klar«, entgegnete ich steif.

*»Venite al dunque!«*, forderte der Professor, was so viel bedeutete wie, dass wir endlich zu Potte kommen sollten. »Ich habe keine Lust auf eine ungemütliche Nacht in Ruinen!«

Der Aufforderung Folge leistend warf ich mich in den Staub, die Lampe in der Rechten. Mit der Linken begann ich, an der Stelle zu scharren, die mir meine Erinnerung wies. Hinter mir hörte ich Natale geräuschvoll ausatmen.

»Nicht da!«

Ich wühlte weiter in den Lapilli herum. Denselben, die Lollia in jener Unglücksnacht vor Augen hatte?

»Geh zur Seite«, sagte mein Co-Finder schließlich und stieß einen Seufzer aus. »Du ruinierst dein Kostüm, bald wirst du aussehen wie ein abgeblättertes Fresko.«

»Was, wie wir wissen, durchaus seinen Reiz haben kann«, ächzte ich.

»Mach Platz«, wiederholte Natale. »Das Ding ist weiter rechts.«

Nach kurzem, zielgerichteten Stochern legte er den Deckel der Truhe frei. Sie befand sich noch an ihrem vorherigen Ort.

»Hier, bitte!«, sagte er.

»Leuchte die Stelle aus!«, verlangte Professore Pappalardo. Er warf einen prüfenden Blick auf das, was in den Lapilli zu erkennen war. Dann ging er in die Knie und begann, mit geschickten Bewegungen die Vorderseite des verschütteten Behältnisses aus dem Sediment zu schälen.

»Rumgraben nach Mitternacht, ohne Ausrüstung, was für ein unprofessioneller Irrsinn«, brummte er.

»Du sagst es, Zio Glauco!« Natale gab sich vernünftig. »Lass uns aufhören. Lollos Eltern werden froh sein, wenn sie wieder da ist.«

»Das bezweifle ich«, bemerkte ich gereizt. »Zumindest bei Mama.«

»Zio Glauco, so wird das nichts werden!«

»Da muss ich ihm recht geben«, pflichtete ich bei, »man sollte umsichtiger vorgehen.«

»Schluss mit eurem Lamento«, schimpfte Professore Pappalardo. »Lollo, halte die Lampe ruhig. Ich folge meiner Intuition. Was ich angefangen habe, bringe ich zu Ende, sogar nachts.«

»Besonders nachts«, flüsterte ich. »Hast du gehört, auch er beruft sich auf seine Intuition, das muss in der Familie liegen.«

Um Natales Mundwinkel zuckte es nervös, er tänzelte von einem Bein aufs andere.

»Ha!«, machte Professore Pappalardo plötzlich, und dann noch einmal: »Ha!« Während der Neffe ein unglückliches Gesicht zog, widmete sich sein Onkel immer rabiater dem Fundstück, dessen Deckel sich ohne große Mühe nach oben klappen ließ.

»Sonderbar, sehr sonderbar«, murmelte er.

»Was?«, fragte ich.

»Leuchten, Lollo!« Ich tat einige Schritte nach vorne, lugte ihm über die Schulter und verstand, was er meinte. Eine zweitausend Jahre alte Truhe hatte ich mir anders vorgestellt. Irgendwie spannender – und mehr antik. Rostig, korrodiert, kaum zu öffnen.

So wie es laut Raffa bei der Bergung der Kassette mit den Schriftrollen und Wachstafeln im Wirtschaftsraum gewesen war. Jene Kassette, in der Lollia uns die Geheimnisse ihrer Welt hinterlassen hatte.

Ich beugte mich so weit vor wie möglich und fixierte mit dem Lichtstrahl das Innere der Truhe. Darin befand sich: eine einzige Schriftrolle. Sonst nichts.

Zu sagen, dass Professore Pappalardo nach dieser Schriftrolle griff, wäre der falsche Ausdruck gewesen, er grapschte danach, zog sie heraus und rollte sie ohne viel Federlesens auseinander. Hatte er den Verstand verloren? Mein Besuch im Museum hatte mich gelehrt, dass solche Kleinode Handschuhe und Spezialgeräte erforderten. Wie rohe Eier musste man sie behandeln, nein, schlimmer, wie Kunststücke aus zartestem Murano-Glas.

»Die konservatorischen Prinzipien …«, warf ich ein. Eine Geste brachte mich zum Schweigen.

»… sollte man anwenden, wenn es etwas zu konservieren gibt.«

»Gibt es hier etwa nicht?«

Natale sah mich an. Es war schwer, seine Miene zu deuten, was nicht allein an der Dunkelheit lag.

»Na, dann hör mal zu!«, verkündete Pappalardo. »Es ist zweifelsohne originell.«

Er hielt die am unteren Ende ausgefranste, ansonsten sehr intakte Schriftrolle so, dass er besser lesen konnte, und holte tief Luft:

*»Servare potui; perdere an possim, rogas?«*, donnerte er durch die Nacht, jede Silbe theatralisch skandierend. Pause. Ein Seitenblick auf mich.

»Und? Fällt der Groschen?«

Ich kramte in der Erinnerung an meine Studien.

»Geht's nicht schneller? Mantegna behauptet, du vergötterst Ovid.«

Nach angestrengter Überlegung schlug ich mir die freie Hand an die Stirn.

*»Bewahren konnte ich; ob ich verderben kann, fragst du?«*,

übersetzte ich. »Ja, natürlich! Ovids verschollene Medea-Tragödie! Von der nicht mehr als zwei kurze Fragmente überliefert sind.«

»Na also, *brava*! Hilarius hat dir etwas beigebracht!«

»Dieser Satz ist erhalten, weil Quintilian ihn in seiner berühmten *Redekunst* zitiert, aber es ist kaum zu rekonstruieren, in welchem Kontext er sich im Original wiederfand und was letztlich damit gemeint ist. Man kann nur mutmaßen.«

»Völlig korrekt, liebe Lollo!«

»Steht auf dem Papyrus aus der Truhe denn mehr?«, fragte ich aufgeregt, »geht da der Text weiter?«

»O ja!« Professore Pappalardo lachte. »Durchaus!«

Ich verfiel in Schnappatmung.

»Das ist Wahnsinn, eine Sensation!«, rief ich außer mir. Wir hatten ein Exemplar von Ovids *Medea* gefunden, eines der wichtigsten verlorenen Werke der Antike!

»Nun ja, lies selbst!«

Er hielt mir das Papyrus unter die Nase. In Erwartung eines schwer zu entziffernden Textes war ich über die gestochene, lediglich an wenigen Stellen verwischte Schrift sehr überrascht. Ich überflog einige Zeilen und geriet ins Stocken.

»Aber wie kann das sein?«, fragte ich verständnislos. »Was hat das zu bedeuten?«

»Es bedeutet, dass – leider – der vollständige Text auch künftig ein Geheimnis bleiben wird. Denn in unserem etwas kuriosen Fundstück folgt auf die mysteriösen Zeilen des großen Dichters der Liebe schlicht ein Abschnitt aus der noch heute in jeder gut sortierten Buchhandlung erhältlichen *Medea* von Seneca. Immerhin hat man sich die Mühe gemacht, gut vierzig Zeilen daraus zu kopieren. Mit auffallend vielen Rechtschreibfehlern übrigens.«

Ich war baff.

»Dann ist das hier ...«

»Völliger Quatsch.«

»Es ist unbedeutend?«

»Absolut wertlos. Karneval, wie das heutige Fest. Von daher wiederum ganz passend.«

»Wer macht denn so was?«

Professore Pappalardo zwinkerte gutmütig.

»Offen gestanden hätte ich da eine vage Idee.«

»Und?«

»Mit wem, sagtest du noch mal, hast du diese wunderbare Entdeckung gemacht?«

Beinahe wäre mir die Taschenlampe entglitten, darum nahm der Professor sie mir ab.

»Mit Natale!!!«

»Eben. Wenn ich meinem Spürsinn vertraue, und ich konnte ihm bisher immer vertrauen, dürfte das kein Zufall sein.«

In meinem Kopf ratterte es circumvesuvianamäßig. Natales ausgeprägtes Interesse an meiner Arbeit, die wiederholte drängende Frage danach, ob ich etwas gefunden hätte, zuletzt seine Neugier in der Grabung. Der plötzliche Anruf am gestrigen Sonntag. Wütend schoss ich auf meinen Ferramenta-Freund zu.

»Sag, dass das nicht wahr ist!«

Er aber sagte nichts und damit alles, was mich noch mehr in Rage brachte. Die Wirkung von Mulsum und Sekt verflog genauso restlos wie mein Traum vom alten Pompeji.

Ich war stocknüchtern.

»Du hast dieses *Fundstück* selbst gebastelt!«

*»Eh …!«*

»Los! Ich will es wissen.«

Schleppend fand der so Beschuldigte die Sprache wieder. »Nicht ich persönlich. Nino, ein Bekannter, der Archäologie in Neapel studiert. Die kooperierten gerade mit dem Museum, ein Studienprojekt zu alten Handschriften.«

»Etwa bei Sorrano?«, gluckste Professore Pappalardo. »Korrekte Orthografie wurde dabei wohl vernachlässigt. Selbst Abschreiben will gelernt sein.«

»Dann warst das also doch du, den ich damals in Neapel

gesehen habe«, sagte ich entgeistert. »Und ich dachte, ich spinne.«

»Kann sein, Nino wohnt an der Piazza Bellini. Jedenfalls hielt er den Papyrus und auch die Truhe für gelungen. Er meinte, es würde nicht sofort auffallen.«

»Wie man's nimmt.« Professore Pappalardo schien davon weniger überzeugt. »Nur, dass es *irgendwann* auffallen würde, musste dir ja klar sein!«

Natale zögerte.

»Aber dann hätte Lollo schon ihre Freude gehabt und zumindest kurzfristig eine echte Sensation, sie wollte so dringend mal was Wichtiges finden!«

Ich wurde von der Nymphe zur Furie.

»Danke vielmals, doch nicht so!«, schimpfte ich los. »Und wann hast du den Mist hier vergraben? Gestern, ehe du mich herbestellt hast?«

Natales ohnehin strapaziertes Stimmchen wurde immer dünner.

»Schon am Samstag, ich musste erst die Lage checken! Es war ganz einfach«, gab er zu.

»Kein Wunder, dass deine Intuition so treffsicher war! Was hast du dir dabei gedacht?«

Im Licht der Lampe warf Natales Nase einen kuriosen Schatten. Wie bei unserer ersten Begegnung kam mir Cyrano de Bergerac in den Sinn, der eloquente, aber mäßig attraktive Liebende, der seine Feder dem Rivalen lieh. Natale war pragmatischer. Er hatte sich die Feder eines anderen geliehen und gleich noch Tatsachen geschaffen. Archäologische sozusagen. Wie konnte man so blöd sein!

»Also, was?«

Von hinten ziepte es an meinem wallenden Gewand.

»Finde deine Fassung wieder, liebe Nymphe«, versetzte Professore Pappalardo trocken. »Nichts hat er sich dabei gedacht oder wenigstens nicht viel. Und es gibt nur einen Grund, warum ein Mann das tut.«

»So?«, fragte ich beklommen, denn ich ahnte, dass gleich etwas ausgesprochen werden würde, das ich gar nicht hören wollte.

Der Professor schmiss die gefakte Medea achtlos in die Lapilli: »Sicher, verehrte Lollia! Es ist ganz einfach: Meinen Neffen hat Amors Pfeil getroffen. Du bist ihn sie verknallt, habe ich recht?«

Natale nickte, langsam, traurig.

»Verliebt!«, korrigierte er.

Ich fühlte, wie mir die Röte in die Wangen stieg.

»Ich weiß«, druckste ich herum, »das heißt, ich glaubte beziehungsweise dachte, ach, keine Ahnung.«

»Verliebte Männer«, fuhr Pappalardo eisern fort, »sind zu seltsam irrationalen Dingen fähig. Schon Apoll konnte partout nicht von Daphne lassen.«

»Und hat sich völlig danebenbenommen«, schnaubte ich. »Natale, ich finde nicht die richtigen Worte, tut mir leid, es ist eben so, dass …«

»Spar es dir«, unterbrach er mich abrupt. »Ich bin in der Friendzone gelandet.«

»Leider ja«, erwiderte ich betreten. »Das sind sie wohl, die richtigen Worte.«

»Sehr einfühlsam von dir«, sagte Professore Pappalardo so verärgert, dass ich nicht sicher war, ob er noch von Natale und mir sprach. »Nun, was will man erwarten, schließlich wusste ich, dass ihr Frauen nicht unbedingt souveräne Göttinnen in Liebesdingen seid.« Hatte ihm etwa die Begegnung mit meiner Mutter zu solch illustren Erkenntnissen verholfen?

Natales Augen glänzten feucht.

»Und ich Idiot habe gedacht, ich könne etwas tun, selbst gestern noch. Ich habe gehofft, wenn ich dich beeindrucke, wenn ich dranbleibe, würdest du irgendwann erkennen, dass ich besser zu dir passe als Stoffel.«

*Stoffel?!* Den hatte ich momentan überhaupt nicht auf dem Schirm gehabt, ihn gab es ja auch noch, und er trieb sich auf der

Suche nach mir auf der Grabung herum – oder eben nicht mehr, weil man mich gefunden hatte.

»Jetzt komme ich mir nur noch naiv und blöd vor.« Natale schaute betreten drein.

»Geht mir nicht viel anders«, stimmte ich ihm zu.

Professore Pappalardo zog mich mit sich ins Atrium.

»Seid nicht so streng mit euch, ihr beiden«, empfahl er. »Wie heißt es so schön: *Al cuore non si comanda* – dem Herzen kann man nicht befehlen.«

Er verpasste Natale einen kräftigen Schulterschlag. »Mach dir nichts draus, mein lieber Sohn, irren ist menschlich, und auch andere Archäologinnen haben bezaubernde Haarschöpfe.«

Vom ignorierten Neffen zum geliebten Sohn, famos. Der selbst ernannte Vater sah sinnend in den Sternenhimmel.

»Im Grunde war die Sache ja recht pfiffig. Ovids verschollene *Medea*, darauf muss man erst mal kommen!«

»Meine Idee!«, brüstete sich Natale stolz. »Nino hat sie nur ausgeführt. Ich liebe Ovid.«

»Ach ja? Man könnte fast meinen, dass du doch nicht ganz nach deinem Vater kommst.«

»Das ist korrekt, wir sind sehr verschieden.«

»Bla, bla, bla«, murmelte ich vor mich hin. »Männer.«

*Schschsch … Peng!*

Einen goldenen Schweif nach sich ziehend zischte eine Rakete in den Nachthimmel, wo sie sich in einer knisternden Explosion aus grünen, roten und blauen Kugeln entlud. Ihr folgten zögernd eine zweite und eine dritte, danach brach die Hölle los. Ein polyfones Konzert aus Farben, Formen, Zisch- und Knalllauten.

Natale und Professore Pappalardo hatten eine spontane Mitternachtsplauderei begonnen. Sie waren so miteinander beschäftigt, dass sie mich, wegen der sie ursprünglich hergekommen waren, völlig vergaßen. Darum, und weil eine gewisse Müdigkeit in meine Glieder kroch, beschloss ich, mich zu verdünnisieren.

Ich winkte grazil zum Abschied, was unbeachtet blieb, und tippelte auf meinen Schnürsandalen die Via del Vesuvio hinab, während der Himmel über mir in allen Farben leuchtete. Der Pyrozauber befand sich erst in der Aufwärmphase und würde wohl länger andauern, denn wenn man in Italien etwas machte, dann richtig. Und er bot den eindeutigen Vorteil, dass ich auch ohne künstliches Licht etwas sehen konnte, denn in den nachmitternächtlichen Ruinen herrschte die Schwärze des Orkus. Viele Menschen waren nicht mehr unterwegs, wahrscheinlich hatten sie sich im großen Theater eingefunden, um gemeinsam den Höhepunkt des Abends zu genießen.

An der Kreuzung zur Via della Fortuna hielt ich inne, um eine Weile die Explosionen der farbenprächtigen Raketen zu betrachten. Via della Fortuna, Straße des Glücks. Ein bisschen davon konnte ich gebrauchen. Außerdem ein Bett, weshalb ich meinen Weg fortsetzte.

Vor dem lang gezogenen Komplex der Zentralthermen an der Via Stabiana tanzte der orangefarbene Punkt einer glimmenden Zigarette. Da das Feuerwerk kurzzeitig abebbte, nahm ich lediglich eine vage Silhouette wahr. Ziemlich unheimlich.

Ich war im Begriff, mich an der gegenüberliegenden Häuserwand entlang vorbeizudrücken – was kümmerte mich eine einsam rauchende pompejanische Seele? –, da erklang eine wohlbekannte Stimme:

»Immer für eine Überraschung gut, unsere Lollia!«

Ich bremste ab und starrte in die Finsternis.

»Ohne ein bisschen Drama geht es bei dir nicht, oder?«

Am liebsten wäre ich einfach weitergegangen, doch etwas hielt mich zurück.

»Du? Seit wann rauchst du?«

»Seit circa einer halben Stunde. Es gibt nichts, wozu du mich nicht bringen könntest.«

»Ach!«

Alessandro stürzte so unerwartet auf mich zu, dass ich ihm nicht ausweichen konnte. Er packte mich an den Armen.

»Ich habe mir Sorgen gemacht«, presste er hervor. »Du benimmst dich seltsam, rauschst mit einer Sektflasche davon, bleibst verschwunden. An deinem Handy nur die Mailbox.«

»Ich habe es heute Abend gar nicht hier, es ist zu Hause.«

»Da warst du ja auch nicht, Anna hat mir sogar den Schlüssel gegeben, damit ich nachsehen kann.«

»Du bist extra zu Anna gelaufen, weil du dachtest, ich sei verschwunden?«, fragte ich ungläubig.

»Dass du nächtliche Grabungsversuche unternehmen würdest, konnte ich nicht ahnen.«

»Andere schon!«, entgegnete ich trotzig und ahnte im selben Moment, dass das ein Fehler war.

Das Feuerwerk hatte wieder eingesetzt, Alessandros Gesicht changierte in den Farbtönen Grün, Blau, Golden. Und rötlich, vor Verärgerung. Unvermittelt lockerte er seinen Griff.

»Dir kann man es nicht recht machen! Vielleicht solltest du wissen, dass dein treusorgender Freund sich davongemacht hat. Zusammen mit Raffa, Lucia und ... Rosa. Sie sind ans Meer gefahren, um von dort das Feuerwerk anzuschauen.«

»Na und?«

Alessandro senkte das Kinn zur Brust und musterte mich schräg von unten. Das Weiß seiner Augäpfel schimmerte im Zwielicht.

»Bedaure, da steig ich nicht mehr durch. Dein Freund kommt extra aus Deutschland angereist ...«

»Ich hatte ihn nicht darum gebeten.«

»... und der Ferramenta-Boy präsentiert sich als ritterlicher Kavalier, der alles tut, um dich zu beeindrucken.«

»Ist ihm nicht gelungen.«

»Aha! Wer soll dich verstehen?«

Er warf den Zigarettenstummel aufs antike Pflaster und trat ihn aus. »Du bist undurchsichtiger als Daphne, Echo und sämtliche sich verwandelnde Gestalten von Ovid zusammen!«

»Danke für das Kompliment, Narziss!«

»Nie um eine Antwort verlegen, wie? Du machst mich völlig konfus.«

»Beruht auf Gegenseitigkeit.«

»Um meine Gunst buhlen aber nicht gleich zwei wunderliche Typen.«

»Dafür an die hundert als Hetären verkleidete Schönheiten.«

»Lollo rosso, du übertreibst!«

»Findest du?«

»Ja, maßlos.«

Er rückte wieder etwas näher, und man merkte, dass die nächste Frage ihn Überwindung kostete.

»Und wen von den beiden magst du jetzt wirklich?«

Ich blinzelte ihm schelmisch zu. »Ovid.«

Alessandro zog eine Grimasse.

»Im Ernst, das interessiert mich.«

»Wenn dem so ist ...« Entweder war ich verrückt, oder ein launischer Gott drängte mich dazu, die nächsten Worte auszusprechen: »Eigentlich mag ich ... dich.«

Alessandro forschte in meinen Gesichtszügen nach der Ernsthaftigkeit dieser Aussage. Ich hielt seinem Blick stand. Über uns verpufften die letzten Raketen, und es wurde endgültig finster. Zaghaft, beinahe in Zeitlupe legte er die Arme um meine Taille.

»Das trifft sich gut«, murmelte er in rührender Ergebenheit. »Ich habe mich nämlich sehr bemüht, dich aus dem Kopf zu bekommen. Necken, ärgern, meiden, aussöhnen, wieder meiden. Nichts hat geholfen. Ich finde Salatköpfe unwiderstehlich.«

Mit der Rechten strich er mir den Schleier vom Haar, den ich in der Kühle der Nacht von der Schulter nach oben gezogen hatte. Meine Frisur war aufgelöst, der Myrtenkranz verschwunden, ich musste ihn irgendwo verloren haben. Voll Zuneigung griff Alessandro in meine Locken und zog mich über die Straße in eine Nische neben dem Eingang der Thermen, die in der Antike ein Laden gewesen war. Dort begannen wir hemmungslos zu knutschen.

Unsere Küsse begleitete ein Hauch Mulsum, und sie schmeckten rauchig. Wie der Vesuv. An jene Ziegel geschmiegt, die vor zweitausend Jahren ein Fabrikant namens Quintus Lollius hergestellt haben mochte, verloren wir uns in der Zeitlosigkeit aller Liebenden und in den Falten unserer antiken Gewänder.

»Eigentlich kommst du Ovid recht nahe«, gestand ich, als mein persönlicher Vulkan mir ausreichend Luft zum Atmen ließ. »Das heißt, im Grunde bist du besser.«

»Dass du so etwas je sagen würdest, überstieg mein Vorstellungsvermögen.«

»Und meines erst.«

An unserem Mauerkarree schlichen andere nächtliche Wesen vorüber. Ein Liebespaar auf der Suche nach einem Unterschlupf, Professore Pappalardo und Natale, die von ihren archäologischen Erkundungen zurückkehrten? Oder nur ein paar Grabungshunde? Uns war es egal.

»Eines allerdings wird schwierig werden«, flüsterte Alessandro irgendwann.

»Und was?«

»Deine Mutter zu überzeugen. Soweit ich mitbekommen habe, scheint sie fest mit diesem Stoffel als künftigem Schwiegersohn zu rechnen.«

Ich zuckte zusammen, versuchte, mich zu entspannen, mich auf das Schöne zu konzentrieren, das gerade geschah. Aber ich war nicht mehr bei der Sache.

»Du hast nicht zufällig ein Glas Lethe für mich?«

»Einen Vergessenstrunk?«, fragte Alessandro irritiert. »Was willst du damit?«

»Manchmal beneide ich die alten Griechen und Römer«, wich ich aus. »Die haben es hinter sich.«

»Wie deprimierend. Und ich dachte, wir stünden soeben am Anfang.« Er strich mir eine Locke aus dem Gesicht.

»Wir, ja, sicher. Ach, das ist mir zu kompliziert jetzt. Ich muss gehen.«

»Das Leben ist immer nur so kompliziert, wie man es sich macht.« Alessandro wollte mich festhalten, ich wand mich los.

»Glaub mir, manchmal sollte man durchaus das eine lassen, bevor man das andere tut.«

»Schon, aber …«

Ich schlüpfte aus dem Mauerkarree auf die Straße. Alessandro kam mir nach.

»Nicht doch, holde Nymphe!«, insistierte er. »Wohin willst du?« Er zauberte sein Handy aus dem Wust des ovidischen Faltenwurfs und schaltete es in den Taschenlampenmodus, damit wir nicht auf die Nase fielen.

»In mein neuzeitliches Cubiculum!«, erwiderte ich und beschleunigte den Schritt. »Meine müden Glieder sehnen sich nach Schlaf.«

»Schlafen kannst du, wenn wir so tot sind wie die alten Römer.«

»Kein sehr passender Kommentar für diesen Ort, findest du nicht? *Ciao!*«

Ich drückte ihm einen schnalzenden Kuss auf die Wange und nutzte das Überraschungsmoment, um zu entwischen.

Ab der nächsten Kreuzung in Richtung Ausgang hatten die Organisatoren Ölfunzeln aufgestellt, welche den Weg wiesen. Ich spürte einen kühlen Luftzug um die Schultern – Alessandro hatte intuitiv nach mir gegriffen, jedoch lediglich einen Zipfel meines Gewandes zu fassen bekommen, der Schleier war herabgeglitten und in seinen Händen zurückgeblieben.

Ich sah mich noch einmal um.

Verdattert stand er da, ziemlich genau auf Höhe der Stabianer Thermen, und presste die Nase in das weiche Gewebe.

»Sehen wir uns morgen?«, rief er mir nach.

Ich setzte ein listiges Lächeln auf, das er auf die Entfernung im spärlichen Licht der Flämmchen sicher nicht erkennen konnte, und marschierte davon.

Wo würde Stoffel die Nacht verbringen?

Und wo war Mama?

Einen Moment lang packte mich das schlechte Gewissen, weil ich mich einfach davonstahl. Ach was, sagte ich mir, von zu Hause aus konnte ich ihr eine Nachricht schicken, dass alles bestens war. Doch war es das denn?

Alessandro – Natale – Stoffel. Wie hatte ich es nur geschafft, ein solches Chaos anzurichten? Und weshalb hatte ich nicht früher begriffen, dass mein Herz nicht für Jimi Hendrix schlug und nicht für Orpheus, sondern ausschließlich für Alexander den Großen?

»Mach dich locker«, befahl ich mir selbst, als ich das südliche Ende des nächtlichen Forums überquerte. Irren ist menschlich. Idiotisch wäre allein, auf seinen Irrtümern zu beharren.

# XXI

*Omnia vincit amor*
*Die Liebe besiegt alles*

In dieser Nacht zeigte sich das moderne Pompeji auch zu später Stunde recht belebt. Die Bar war noch geöffnet, in ihr feierten Göttinnen, Hetären, Senatoren und Sklaven ohne Standesunterschiede weiter, davor lungerten ein paar betrunkene Gladiatoren herum.

»*Love is all you need*«, grölten sie mir nach, und ich war froh, als ich den Heimweg hinter und die weiche Matratze unter mir hatte. Das Nymphenkostüm behielt ich einfach an.

Auf meinem Smartphone blinkten sechsundfünzig verpasste Anrufe, die meisten von Mama, dazu eine derartige Flut an Kurznachrichten via WhatsApp, Facebook oder SMS, dass das Gerät in den Panikmodus verfiel und Speicherprobleme meldete.

Ich überflog den Wirrwarr. Um circa 23:30 Uhr: Meine Freunde fragten nacheinander, wohin ich verschwunden sei, Stoffel und Mama bekundeten ihre Besorgnis, Natale, etwas zeitversetzt, ebenfalls. Um 23:50 Uhr: Papa verlangte sofortige Rückmeldung, andernfalls er die Polizei verständigen müsse. Um 23:52 Uhr, Alessandro: *Salatkopf, wo steckst du? Mach bloß keinen Scheiß!*

Um 0:02 Uhr: Eine WhatsApp von Anna, die nichts zeigte als spärlich ausgeleuchtetes antikes Straßenpflaster. Wohl ein Irrläufer aufgrund technischer Unfähigkeit. Um 0:03 Uhr, Papa: *Ehrlich, Tochter, ich meine es ernst*. Danach Pause. Um 0:20, 0:24, 0:25 und 0:26 Uhr: Erleichterung bezüglich meiner glücklichen Rettung durch Natale und Professore Pappalardo sowie die erneute Feststellung, man sei WIRKLICH sehr besorgt gewesen und ich immer für eine Überraschung gut. Dazu grinsende Smileys, zähnefletschende Smileys oder solche, die Herzchen spuckten.

Um 0:50 Uhr, Stoffel: *Mann, wo steckst du? Bin mit den anderen am Meer, deine Mutter fand das o. k., hat wohl was mit dir zu klären. Keine Möglichkeit, heute zurückzukommen, übernachte auswärts. Sei nicht sauer!*

Bibbersmiley, Herzchensmiley, Schlafsmiley.

Um 1:00 Uhr, Papa: *Tochter, du bist nicht aufgetaucht, Glauco ebenfalls nicht, wir hoffen, dass er dich nach Hause bringt. Bitte lass hören, ob alles in Ordnung ist. PS.: Mama will dich morgen sehen. Gegen 11:00 bei dir, ja?*

Seufzend ging ich auf »antworten«: *Bin daheim, alles gut, Papa, du bist der Beste. Sag Mama: o. k.*

Noch während ich diese Worte eintippte, traf eine Nachricht von Alessandro ein. Sie bestand nur aus zwei Emojis: einem Feuer speienden Vulkan und einem knallroten, wabernden Herz.

Wider Erwarten war mein Schlaf in dieser Nacht tief und traumlos, als hätte mein Gehirn sich an den fantastischen Kapriolen meiner pompejanischen Vision abgearbeitet und wäre nicht mehr in der Lage zu weiteren Höhenflügen.

Mich weckte ein resolutes Rütteln an der Tür.

»Carlotta? Bist du da drin?«

»Hrmpf, hrmpf«, stöhnte ich. »Wie spät ist es?«

»Fünf nach elf.«

»Was, schon?« Ich schwang die Beine aus dem Bett, sah an mir herab und ging dem Unvermeidlichen entgegen.

Mama wirkte übernächtigt.

»Wie bist du reingekommen?«, fragte ich.

»Das Tor zur Straße war bloß angelehnt, die Hintertür ebenfalls. Sehr leichtfertig.«

»Italien eben«, sagte ich ironisch, »aber das kennst du ja.«

Womit ich gleich beim Thema war.

Klugerweise ließ Mama meinen Aufzug unkommentiert, weswegen ich ihr einen Espresso anbot. Die Bedienung von Annas Maschine hatte ich mir problemlos angeeignet, mir selbst machte ich einen doppelten. Mit den Tässchen setzten wir uns auf die kleine Terrasse vor dem Haus, auf der ganz pragmatisch zwei Biertischgarnituren mit Sonnenschutz arrangiert waren. Manchmal hatte ich abends dort zusammen mit Anna gesessen.

»Und?«, fragte ich provokativ.

Mama stocherte fahrig in der schaumigen Crema herum.

»Ich kann durchaus nachvollziehen, dass du verstört bist«, setzte sie an.

»Verstört? Na ja, eher überrascht. Man kann nicht sagen, dass du Italien und den Italienern in meinen dreiundzwanzig Lebensjahren den roten Teppich ausgerollt hättest.«

»Verstehe. Daran hatte ich mich irgendwie gewöhnt, alle fanden das ein bisschen amüsant. Die Geschichte von der Reisereportage als offenkundigem Auslöser deiner Sturzgeburt hat sich zur Familienlegende gemausert. Und der Rest ... Eigentlich hatte ich gar nicht mehr an die Sache damals gedacht, jedenfalls nicht bewusst. Hier in Pompeji beziehungsweise auf Capri kam alles zu mir zurück. So lebendig und eindrucksvoll, wie ich es nie für möglich gehalten hätte.«

Das wiederum konnte ich durchaus nachvollziehen. Über eindrucksvolle Visionen der Vergangenheit hätte ich derzeit ganze Abhandlungen verfassen können.

»Mich interessiert zuvorderst eines«, unterbrach ich sie nüchtern. »Wer ist mein Vater?«

Mama reagierte mit einer abrupten Bewegung und stieß dabei ihr Espressotässchen um. Ein braunes, wohlriechendes Pfützchen ergoss sich über die Tischplatte.

»Was hast du gesagt?«

»Mein leiblicher Vater, darum geht es doch wohl, oder?«

»Was? Nein. Warum?«

»Dreiundzwanzig Jahre«, erwiderte ich steif. »Professore Pappalardo hat gestern Nacht gesagt, dass *es* dreiundzwanzig Jahre her sei. Ich saß daneben, und ich kann rechnen.«

Mama tupfte mit einem der kleinen, einzeln verpackten Kölnischwassertücher, welche sie seit meiner Kindheit stets bei sich trug, die Kaffeelache auf. Der dabei entstehende Mischduft verschlug mir den Atem.

»Ah, du warst dabei, richtig«, sagte sie in Gedanken.

»Also«, bemerkte ich schroff. »Wie sieht es aus?«

Die folgende Stille ließ nichts Gutes erahnen, doch die Antwort kam erstaunlich gelassen.

»Dein Vater ist dein Vater. Wilhelm van Veen, mein Ehemann.«

Ich hätte nicht sagen können, ob ich Erleichterung empfand oder gar nichts, ich spürte, dass da noch irgendetwas war.

»Und Professore Pappalardo?«

»Hast du was zu trinken für mich?«, fragte Mama anstelle einer Antwort.

»Wasser, Cola, Aranciata?«, erkundigte ich mich, gereizt ob der offensichtlich bewusst herbeigeführten Verzögerung.

»Eigentlich dachte ich mehr an … Sekt.«

»Um diese Tageszeit, nach *dem* Abend?« Dann in Anbetracht ihrer Verunsicherung: »Wie du willst, ich gehe nachsehen.«

Annas Kühlschrank war allzeit gut sortiert. Neben Tomaten, einem Bund Petersilie und einigen Flaschen Acqua Lete ohne Kohlensäure fand sich darin tatsächlich eine Pulle Schaumwein. Draußen ratterte die Circumvesuviana vorüber. Ich köpfte die Flasche, diesmal ganz unspektakulär ohne eine Fontäne zu verursachen, und füllte zwei Gläser. In wichtigen Lebenssituationen knallten bei mir eben grundsätzlich die Korken. War dies eine wichtige Lebenssituation?

*»Cin cin«*, sagte ich, wir verzichteten jedoch aufs Anstoßen. Mama leerte das erste Glas in einem Zug, ich schenkte nach. An den Geschmack von Prosecco konnte man sich gewöhnen. Schließlich begann sie zu erzählen.

»Es war im Spätsommer 1996, dein Vater und ich hatten eine anstrengende Zeit hinter uns. Nach seiner Beförderung stand er ziemlich unter Druck, ich hatte meine Tätigkeit im Marketing eines Architekturbüros aufgegeben, um mich ganz auf das andere konzentrieren zu können.«

»Auf was denn?«

»Wir hatten noch nicht geheiratet, aber wir wünschten uns Nachwuchs, und es wollte nicht klappen. Das heißt, es klappte beinahe. Ich habe das Kind Anfang des vierten Monats verloren.«

»Das wusste ich nicht.«

»Wozu auch, es ist lange her. Dein Vater versuchte, mich zu trösten, auch die Ärzte machten mir Mut. Ich sei jung genug, gesund, kein Grund zur Verzweiflung. Ich selbst fühlte anders. Für mich war das Ende von etwas gekommen, das nie angefangen hatte, von dem ich nie wissen würde, wie es gewesen wäre. Das Schicksal schloss mich aus meinem eigenen Leben aus. Ich grübelte, wurde depressiv. Man riet zu einer Reise. Ein anderes Umfeld, ein anderes Klima, etwas ganz Neues für ein paar Wochen, das könne hilfreich sein. Ich fühlte mich nicht in der Lage, wollte lieber an dem festhalten, was schrecklich war, aber vertraut. Dein Vater bestand darauf und buchte Capri. Ein kleines Hotel, familiär, für eine Freundin und mich. Sie sollte mich begleiten, die bösen Gedanken vertreiben.«

»Capri also«, sagte ich.

Mama berichtete, wie die Fähre sie vom Festland zur Insel brachte, ihre Freundin bester Laune, sie selbst hinter einem unsichtbaren Trauerschleier, der die farbenfrohe Kulisse der Insel verblassen ließ. Der geschäftige Hafen, die freudigen Rufe der sich begrüßenden Familien überforderten ihr Gemüt, die ungefilterte Fröhlichkeit schien Teil einer Welt, zu der sie selbst keinen Zutritt hatte. Ein heiterer, kinderreicher Kosmos, der ihr eigenes Unglück nur umso deutlicher hervorhob.

»Und dennoch«, sagte sie in Gedanken an die ersten Stunden im Italien der späten 90er-Jahre, »war da unter allem anderen sofort ein Funken der Vertrautheit, so etwas wie ein Heimatgefühl. Die Seilbahn brachte uns von der Marina nach oben zur großen Piazza, und während mir durch die geöffneten Fenster der Wind um die Wangen strich, hatte ich das Gefühl, etwas freier zu atmen.«

Mama beschrieb das hübsche Hotel mit den kargen, dabei duftig eingerichteten Zimmern und der angeschlossenen Osteria, in der stets fangfrischer Fisch angeboten wurde.

»*Spaghetti frutti di mare*«, frohlockte sie, und ihre Gesichtszüge schwelgten auch über zwanzig Jahre später im Genuss dieser Gaumenfreuden.

»Die erste Zeit verlief schleppend. Wir mussten uns einfinden, Nachrichten von deinem Vater kamen spärlich, du kennst ihn ja. Ich hatte Heimweh. Dann begannen die Tage ineinanderzufließen. Es war ungewöhnlich heiß für die Jahreszeit, und manchmal hoffte ich, dass die Sonne all die erdrückende Müdigkeit aus mir herausbrennen würde. Wir fuhren hinab zum Meer, badeten in einer Bucht, wo klares Wasser an den Kiesstrand schwappte. Wenn spitze Steinchen mich in die nackte Fußsohle piekste, fühlte ich mich lebendig. Mittags aßen wir ein Panino in der Strandbar, dazu tranken wir Campari oder Limoncello. Später erklommen wir die steilen Gässchen in Erwartung eines guten Abendessens.«

»Klingt recht angenehm«, warf ich trocken ein, »geradezu romantisch.« Mama ging darüber hinweg.

»Das Essen servierte uns ein höflicher und gut aussehender, zugleich etwas unbeholfener junger Mann.«

»Professore Pappalardo.«

Mama nickte.

»Er stellte sich nur als ›Glauco‹ vor. Weil ich einen Sprachkurs besucht hatte, konnten wir uns verständigen. Sein Englisch war schlecht, mein Italienisch nicht besser – irgendwie ging es. Zunächst plauderten wir über das Essen, das Wetter, den Strand. Schließlich erzählte er, dass er im Sommer kellnerte, aber eigentlich lieber Archäologe wäre.«

»Davon träumt hierzulande scheinbar jeder«, sagte ich gereizt und dachte an Natale.

»Jedenfalls wollte Glauco uns die Villa Jovis zeigen, den einstigen Palast von Kaiser Tiberius, das archäologische Prunkstück der Insel.«

»Schon klar.« Langsam kamen wir dem Bild in Mamas Ovid-Ausgabe näher, von der ich natürlich längst wusste, wer sie ihr geschenkt haben musste. Wäre es angebracht, ihr jetzt meinen Diebstahl zu gestehen?

»Jeden Abend fing er davon an, und ich wich aus, versteckte mich hinter meiner Freundin, die angeblich lieber baden wollte, doch dann …«

»Ja, was?«, fragte ich interessiert.

»Es gab einen Todesfall in ihrer Familie. Sie musste sofort nach Hause. Ich überlegte, zögerte. Das Zimmer war gebucht, ich hatte mich eingewöhnt, Capri gefiel mir. Nach Rücksprache mit deinem Vater bin ich geblieben, allein, sogar etwas länger als geplant. Ein wenig aus Trotz, weil ihm meine Abwesenheit gerade recht schien, ein wenig, weil ich wissen wollte, was passieren würde.« *Sieh einer an, meine beherrschte Mutter hatte in jungen Jahren mit dem Feuer gespielt!*

»Bald gab ich Glaucos Drängen nach. Gemeinsam stiegen wir zur Villa Jovis hinauf. Er hatte einen Picknickkorb dabei, umsorgte mich und erzählte mir in seinem lustigen Kauderwelsch von der Vergangenheit. Jeder Stein, so kam es mir vor, wurde in seinen Worten lebendig. Ich verstand manches, nicht alles, begann zu träumen. Als es nichts mehr zu sagen gab, haben wir uns geküsst.« Dass meine 56-jährige Mutter bei diesen Worten leicht errötete, fand ich anrührend.

»Es war eine Offenbarung«, hauchte sie, »für diesen Moment vergaß ich alles. Den Alltag, mein verlorenes Kind, die Angst vor der Zukunft.«

»Und was habt ihr sonst so gemacht, in der Villa Jovis?«, holte ich sie gnadenlos in die Wirklichkeit zurück.

»In der Villa Jovis?«, fragte Mama pikiert. »Natürlich nichts. Ansonsten wurde es … kompliziert. Glauco wusste, dass ich gebunden war, doch er nahm das nicht ernst. ›Wer nicht verheiratet ist, hat sich noch nicht entschieden‹, behauptete er. Ihm schien alles offen. Mir nicht. Bei allem südlichen Zauber wusste ich, dass ich zurückkehren würde. Zu deinem Vater, nach

Freiburg, in mein altes Leben. Vielleicht, dachte ich, würde ich manches künftig leichter nehmen können, schwungvoller. Andererseits ...«

»Andererseits hast du dich verliebt.«

»Verknallt«, korrigierte Mama. »Glauco gab sich unbeschwert, er war spontan, gesprächig, leidenschaftlich.«

»Nicht so still und beamtenhaft farblos wie Papa«, sagte ich traurig.

»Und längst nicht so verlässlich. Dein Vater war ein sanft bewegter See, an dessen Ufer man Wurzeln schlagen konnte. Glauco dagegen ein aufgepeitschtes Meer mit schäumender Gischt und Wellentälern, die einen schwindeln ließen, ein Mann der Poesie und der hehren Geschichten. Er nannte mich Daphne, weil ich so schön sei wie die Nymphe aus dem Mythos. Und so scheu. Er handelte kompromisslos, in Bezug auf seine Arbeit und in Bezug auf die Liebe, das imponierte mir.«

»Und außerdem gefiel er sich in der Rolle des großen Gottes Apoll!«, ergänzte ich.

»Mmh«, machte Mama.

Ich entschied, dass nun der rechte Moment gekommen sei, erhob mich, holte die *Metamorphosen* aus meinem Zimmer und legte das Buch vor sie auf den Tisch.

»Ich habe es mitgenommen.«

Wenn meine Mutter negativ berührt war, verbarg sie das.

»Ach, da ist es. Vor unserer Abreise habe ich ein bisschen im Regal danach gestöbert. Ich glaubte, es sei bei einem Umzug verloren gegangen.«

»Nein, es steckte unter dem Glätteisen.«

»Tatsächlich? Ich hatte kaum mehr daran gedacht, erst wegen unseres Spontantrips nach Italien habe ich mich wieder daran erinnert.«

»Du hast das Buch von Professore Pappalardo bekommen«, stellte ich fest.

»Ja. Ein warmer Oktober dämmerte seinem Ende entgegen, wir mussten Abschied nehmen. In einem Secondhand-Laden auf der Insel fand er diese deutsche Ausgabe von Ovid. Am letzten Abend hat er sie mir geschenkt.« Sie schlug die erste Seite auf. »Die Widmung schrieb er vor meinen Augen hinein. Am Kiesstrand nahe der Marina Grande, während die berühmte rote Sonne bei Capri im Meer versank. Er liebte eben die großen romantischen Gesten, für diese hatte er sich extra freigenommen. Dass es auf Deutsch ›für‹ heißt, habe ich ihm erklärt.« Sie klappte den Einband wieder zu, strich liebevoll darüber und zog eine drollig betrübte Miene. »Ein schönes, wertvolles Buch. Im Gegensatz zu dir habe ich allerdings nie darin gelesen.«

»Ich habe es genommen, ohne dich zu fragen. Das tut mir leid. Eigentlich wollte ich es dir schon im Krankenhaus sagen.«

Mama schob das Buch zu mir herüber.

»Kein Problem, ich kenne ja deine Vorliebe für Ovid. Es gehört dir.«

»Ehrlich?«, stotterte ich verschämt. »Immerhin ist es die einzige Erinnerung an eine große Liebe.«

»Nicht die einzige.« In einer flüchtigen Geste deutete sie auf ihr Herz. Ich verstand, und wir schwiegen.

Hinter uns zerriss das Rattern der Circumvesuviana die Stille.

»Und ihr habt euch nie mehr gesehen, nicht einmal geschrieben?«

»Nein. Für mich ergab das keinen Sinn.«

»Aber wenn ihr euch geliebt habt«, setzte ich nach, »und ich im August darauf zur Welt kam, wie kannst du dir so sicher sein, wer mein Vater ist?«

Das Geräusch des vorüberfahrenden Zuges verlor sich in der Ferne. Mama wandte den Blick in Richtung der Gleise.

»Ich bin sicher«, sagte sie verhalten, »weil ich kurz darauf meine zweite Fehlgeburt erlitt. In der achten Woche.«

»Heißt das, dass du von Professore Pappa…«

»Es spielt keine Rolle mehr«, unterbrach sie mich. »Mir blieb kaum Zeit zu trauern. Ich gehörte zu deinem Vater, daran gab es für mich nie einen Zweifel. Bald darauf heirateten wir, ich wurde wieder schwanger; diesmal ging alles gut. Das heißt, fast, denn du hattest es eilig, kamst drei Wochen zu früh.« Der Gedanke daran brachte sie kurz zum Lächeln, gleich darauf wurde sie wieder ernst.

»Mit den Jahren dachte ich immer seltener an diese Geschichte auf Capri, ein bisschen habe ich sie wohl verdrängt. Papa ahnt nichts davon, ich habe es ihm damals verschwiegen.«

Ich wollte etwas erwidern, mit einer beiläufigen Geste brachte sie mich zum Schweigen.

»Auch wenn du dein Studium damit verbringst, in der Vergangenheit herumzuwühlen, wäre ich sehr dankbar, wenn du es hier dabei belassen würdest.«

Unwillkürlich musste ich schmunzeln. Ein Geheimnis zwischen meiner Mutter und mir war etwas Neues. Spontan langte ich über den Tisch und nahm ihre Hand in die meine.

»Versprochen.«

Sie dankte mir wortlos.

»Du, Mama«, sagte ich nach einer Weile. »Ich glaube, das mit Stoffel und mir – es ist vorbei.«

»Ach, Lollo!« Es war das erste Mal, dass sie mich so nannte. »Ich ahnte es schon, als du gefahren bist. Vor mir kannst du nichts verbergen.«

»Es gibt jemand anderen«, sagte ich. »Er gefällt mir, wie nie ein Mann zuvor. Und doch bin ich unsicher. Was soll ich bloß tun?«

Ich starrte auf das Buch vor mir, als stünde darin die Antwort geschrieben. Mama schüttelte den Kopf.

»In dieser Sache kann dir Ovid nicht helfen, und auch ich weiß keinen Rat, den weiß allein dein Herz.«

Wie zur Bestätigung quietschte in meinem Rücken das Tor zur Einfahrt, und Annas kleiner Mischlingshund kläffte freudig. Ich wandte mich um. Knirschenden Schrittes schlenderte ein überaus attraktiver Archäologe den Kiesweg hinab. Die schwarzen Locken in wohlarrangierter Unordnung, gepflegte

Jeans, ein schwarzes T-Shirt, darauf in Blau die Silhouette des Vesuvs. Mein Herz pochte. Alessandro.

»Hier ist etwas, das ich dir zurückbringen wollte«, sagte er. »Du hast ihn gestern Nacht verloren wie das Aschenputtel im Märchen seinen Tanzschuh.«

Er trat heran und legte mir den duftigen grünen Schleier um die Schulter, Annas Geschenk. In der beginnenden Mittagshitze fühlte sich das Gewebe angenehm kühl an.

»Danke sehr«, entgegnete ich mechanisch.

»Ich habe nicht die geringste Ahnung, wie ich dich je in den Griff kriegen soll«, sagte er nachdenklich, »aber ich werde es versuchen.«

»Oh, là, là!«, entfuhr es Mama, »ganz anders als Stoffel. Ein Italiener? Na, immerhin kann er Deutsch.«

»Mama«, rief ich entrüstet.

»Ich meine ja nur«, entschuldigte sie sich kleinlaut, »manchmal kann es eben von Vorteil sein, wenn man dieselbe Sprache spricht.«

Mein Italiener lächelte gewinnend.

»Alessandro Mantegna«, stellte er sich vor. »Assistent von Glauco Pappalardo und Doktor der Archäologie.«

»Alessandro der Große«, korrigierte ich schelmisch, erhob mich und umarmte meinen Helden ohne Scheu. Worauf er mich küsste – mit noch weniger Scheu.

»Wohl vielmehr Alessandro der Richtige«, murmelte Mama. »Ich glaube, ich lasse euch besser allein.«

Und das tat sie.

Was wir beide in der nächsten Stunde geredet, was wir uns anvertraut, was einander verschwiegen haben, möchte ich nicht verraten. Verraten kann ich immerhin so viel, dass wir uns recht einig waren.

Ein Knoten blieb übrig. Er hieß Stoffel, und Anna brachte ihn zum Platzen. Während Alessandro und ich weltvergessen auf der Bierbank die Köpfe zusammensteckten und gerade überlegten, ob wir uns in mein Zimmer zurückzuziehen soll-ten, betrat sie die Terrasse.

»Oh, Neuigkeiten!«, rief sie überschwänglich. »Das halte ich fest!«

Ehe wir es hätten verhindern können, zog sie ihr Smartphone hervor – jenes Smartphone, dessen Bedienung bei ihr stets zu Pannen führte –, um ein Foto von uns in inniger Umarmung zu schießen. Wenig später hatte sie es unter wildem Herumhantieren an alle ihre Kontakte versandt, einschließlich Stoffel. Eine Antwort kam beinahe prompt und kommentarlos – das Foto zeigte Stoffel und Rosa, Wange an Wange, im Hintergrund das Meer von Sorrent.

Gerne würde ich von einem großen Abschiedsfest berichten. Mit Köstlichkeiten auf einer überladenen Tafel. Am Kopfende Anna, Professore Pappalardo zu ihrer Rechten, wir anderen an den Längsseiten, fröhlich anstoßend mit Prosecco, *Lacryma Christi* und Rotwein von den Hängen des Vesuvs. Ein Hoch auf das Leben, als Digestivo ein Limoncello.

Ganz so kam es nicht.

Professore Pappalardo und Natale versöhnten sich, obwohl sie ja eigentlich nie gestritten hatten. Der Onkel versprach, seinen Neffen beim Archäologiestudium zu unterstützen.

Anna dagegen blieb distanziert, sie konnte sich nicht dazu entschließen, ihre einmal gefasste Meinung über den Exschwiegersohn zu ändern. Meine Liebesangelegenheiten bedachte sie mit wiederholtem Kopfschütteln. Alessandro stand ihr nahe, freilich, aber sie hatte auch Stoffel ins Herz geschlossen. Obwohl ich nicht sagen würde, dass der besonders litt, denn Rosa und er verbrachten noch einige turbulente Tage, ehe er abreiste, um sich für das angekündigte BWL-Studium einzuschreiben. Was daraus werden würde – aus der zarten Flamme zu meiner italienischen Freundin sowie aus der Betriebswirtschaft –, ich wusste es nicht.

Mama tauschte sich mit Professore Pappalardo über die vergangenen Jahre aus, ehe sie zufrieden mit Papa nach Deutschland zurückkehrte. »Danas Alloro« bekam eine mediterrane Rundumerneuerung, Zitronentapete, Espressomaschine und Weinausschank inbegriffen. Der Laden florierte, und die Lorbeerbäumchen davor erhielten ganz offiziell die von mir vorgeschlagenen Namen.

Manchmal ertappte ich Professore Pappalardo dabei, wie er grinsend eine Handynachricht in Empfang nahm, und überlegte, ob sie etwa von seiner aus heutiger Sicht fast schon antiken Liebe kam. Nie hätte ich zu fragen gewagt, aus Diskretion zum einen, zum anderen, weil er sich möglicherweise lediglich mit seinem deutschen Kollegen über die perfekt gelungenen Kunstharzabdrücke austauschte. Bald sollten sie im Archäologischen Museum von Neapel ausgestellt werden. Lollia und Xandros, auf ewig konserviert.

Professor Hilarius hatte einige Mutmaßungen über die Vignettenzeichnung an der Wand meines Cubiculums angestellt, war aber zu keinem rechten Ergebnis gekommen. Es gibt eben Dinge aus der Vergangenheit, die sich allein in der Unsicherheit nächtlicher Visionen erschließen.

Und ich? Ich verlängerte meinen Aufenthalt in Pompeji, liebte Alessandro und durfte endlich mit ihm im hinteren Teil der Domus graben. Rico war in Frankreich geblieben, Rosa servierte weiterhin Pizza, Lucia und Raffa machten Urlaub, darum wurde meine Mithilfe dringend benötigt. So arbeiteten wir Seite an Seite, sehr ernsthaft, schwitzend, manchmal fluchend oder uns neckend, aber stets in stillem Einverständnis.

Als der Hortus nach langen Mühen so gut wie leer geräumt war, fanden wir eine Bronzestatuette. Am Langzepter in ihrer linken Hand ließ sich unschwer erkennen, um wessen Darstellung es sich handelte.

»Juno«, rief Alessandro erstaunt. »Die Göttin der Ehe! Ob das uns beiden etwas sagen soll?«

Wir sahen uns an und lachten. Auch gegenüber Alessandro hatte ich meinen Traum vom Untergang Pompejis nicht erwähnt, ich behielt ihn für mich, und im Gegensatz zu anderen Nachtgespinsten ist er nie verblasst.

»Man muss gut hinhören«, entgegnete ich nun. »Mir jedenfalls hat sie etwas gesagt.«

»Ach ja?«, fragte mein schöner Neapolitaner neugierig.

»Sie spricht zu mir in den Worten des von dir verehrten Dichters Vergil«, erklärte ich spitzbübisch.

»Und was sagt sie?«

»*Omia vincit amor!* Die Liebe besiegt alles.«

Alessandro trat auf mich zu, das Gesicht bepudert vom Staub der Lapilli, auf dem T-Shirt ein großer grauer Fleck. Zärtlich nahm er mich in den Arm und drückte mir einen Kuss auf die verschwitzte Schläfe.

»Unvergleichlicher, kluger Salatkopf«, flüsterte er in meine schmutzstarren Locken. »Du, Juno, und Vergil, ihr habt natürlich ganz recht: Am Ende siegt immer die Liebe.«

Ich wandte den Kopf, sodass ich ihm in die Augen schauen konnte, meinem Alessandro Magno, und war fast sicher, auch Ovid hätte dem zugestimmt.

# Postskriptum

Wenig in meinem Leben hat mich so beeindruckt wie die Ausgrabungen von Pompeji. Während eines Besuchs dort beschloss ich, dieses Buch zu schreiben. Die handelnden Personen sind frei erfunden, viele der erwähnten Orte und Details dagegen existieren tatsächlich: die Villa Imperiale und die Nymphe auf einem ihrer Fresken, das Lupanar, die Wahlinschrift für einen ehrgeizigen Bürger namens Lollius, das große Theater. Und ja, es gibt auch eine lauschige Bar in der Nähe des Haupteingangs, in der man freundlich empfangen und ganz sicher nicht betrogen wird.

Sollte Sie das Pompeji-Fieber packen, machen Sie sich die Mühe: Steigen Sie von der Porta Marina hinauf zum Forum, schlendern Sie die Via Stabiana entlang bis zur Casa degli Amorini Dorati an der Via del Vesuvio. Schräg gegenüber erstreckt sich momentan nichts als ein Erdwall, doch wer genau hinsieht, erkennt darin zwei Türstöcke: die »Casa di Lollia«?

Ich danke meiner Lektorin Eva Wallbaum, die von Lollos widerspenstigem Haarschopf so angetan war, dass sie ihn zwischen zwei Buchdeckeln sehen wollte, und dem gesamten Team von HarperCollins Germany für die professionelle Umsetzung des Projekts.

Ich danke meinen unermüdlichen Korrekturleserinnen Ruth Heuberger und Renate Ment für ihren Einsatz, Barthel und Hubert für ihre moralische Unterstützung. Anna, Carla, Daniela, Enzo, Glauco, Isabella, Italia, Lori, Lidia, Marilena, Marina, Maurizio, Monia, Olga, Paola, Paolo – durch euch erst habe ich Italien wirklich kennengelernt und durch dich – Corrado – Pompeji. *Grazie!*

# Grundriss von Lollos Grabung

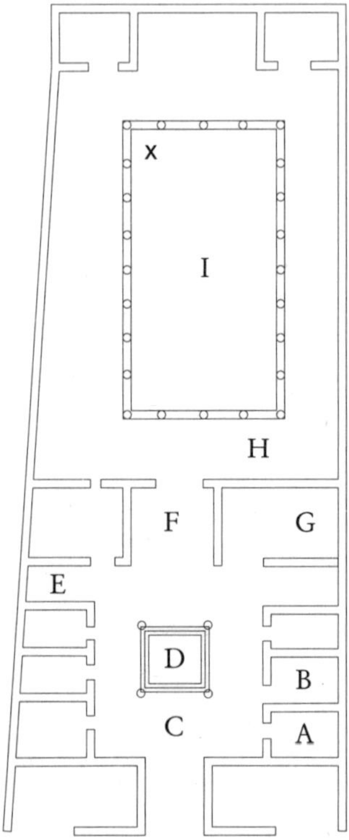


A = Rosas Cubiculum (meist als Schlafzimmer genutzter Nebenraum)
B = Lollos/Lollias Cubiculum
C = Atrium (Innenhof)
D = Impluvium (Sammelbecken für Regenwasser)
E = Ala (Seitenraum, Fundort der Truhe mit den Wachstafeln und Schriftrollen)
F = Tablinum (Repräsentationsraum)
G = Triklinium (Speisezimmer, Fundort der Fresken)
H = Peristyl (von Säulenhallen umgebener Hof)
I = Hortus (Garten, X = Fundort der Leichen von Lollia und Xandros)